ULAD OF THE DREAMS
AND OTHER FANTASTIC STORIES
FIONA MACLEOD ⁂ WILLIAM SHARP

夢のウラド

F・マクラウド／W・シャープ幻想小説集

フィオナ・マクラウド　ウィリアム・シャープ
中野善夫 訳

国書刊行会

夢のウラド　F・マクラウド／W・シャープ幻想小説集　目次

フィオナ・マクラウド

ウィリアム・シャープ

装画
林由紀子
「未生の森の記憶」
（エングレーヴィング、手彩色、二〇一五年）

装幀
柳川貴代

夢のウラド　F・マクラウド／W・シャープ幻想小説集

鳥たちの祝祭

白のコルムがハイの島で神の栄光を讃えてから百回目の安息日の朝、まだ夜が明ける前のことだった。当時はイオウアと呼ばれ、後にイー・ホナと呼ばれるようになり、現在ではイオナになった地で、聖者は幻視によって自らの〈眠り〉を見た。

断食を続け祈禱書を読んで考えるのをやめず、その金や青、海の緑の頭文字、そして大地の茶色の飾り文字のせいで疲れ果てていた。人の世界とはまた違う命あるものの世界にまつわる神秘についてずっと思いを巡らせていたのだった。

イオナの聖なる祭りとなるべき百回目の安息日の前夜、コルムは遠く北方の島から来た老賢者とじっくり話し合った。その島は荒涼とした〈山々の島〉と呼ばれているところで、女王スカアハがロホリン〔スカンジナヴィア人の謂〕の男たちを彼らの黄色の髪で吊るした島である〔松村みね子訳『かなしき女王』に収録されている「女王スカアの笑い」の物語参照〕。

その老賢者の名はアルダンといった。古い種族の一人だった。彼がハイの島へ来たのには二つのわけがあった。コルムがアイルランドから持ってきた神の教えがどんなものかを知るために、北方のピクト人の王ムイールモールに送り込まれたというのが一つ、もう一つは自分だけの理由だが、年老いた今、そのコルムという男の生き方を見極めようということだった。コルムは、イオウアを作った男であり、Innis-nan-Dhruidh-neach、すなわち〈ドルイドたちの島〉を新しい信仰の地にした男である。

三時間、アルダンとコルムは海辺を歩いた。互いに、相手から学ぶことがあった。アルダンは聖なる知者の前に頭《こうべ》を垂れた。コルムは、このドルイドは神秘を理解していると心の底から知った。

最初の一時間、神について語った。コルムが話し、アルダンが暗い目に微笑みを湛《たた》えた。コルムが話を終えると、云った。「それは、知識のための言葉だ」

「確かに、そうだ。ところで、賢者アルダン、私の神はあなたの神だろうか」と聖者が云った。

しかし、その言葉にアルダンは微笑まなかった。そして目を西へ向けた。大きな黄金《きん》の花のような太陽を指さして云った。「確かに、神はあなたの神であり、私の神である」しばらくコルムは黙っていた。そして、こう云った。「あなたとあなたの一族は、ピクト人の王ムィールモールからあなたの僕《しもべ》の中で最もか弱き者まで、いつまでも地獄で退屈を味わうだろう。あの焰《ほのお》の球は〈世界の灯《ともしび》〉でしかない。燈火と燈火の持手を区別できない者は悲しい」

次の一時間、二人は人間について語った。アルダンが話すと、コルムは深い灰色の目に微笑みを湛えた。

「それは笑うべき言葉だ」アルダンが話を終えたとき、コルムは云った。

「では、それはなぜなのか。アイルランドのコルムよ」アルダンは云った。するとコルムの目に微笑みが宿った。そして振り返って辺りを見回した。

近くの、鴉《からす》を、馬を、犬を見た。

「これは皆、あなたの兄弟たちだ」と冷笑するように云った。

しかし、アルダンは静かに答えた。「まさに然《しか》り」

その次の一時間、二人は地上の獣と空の鳥について語った。

最後にアルダンが云った。「古い智恵は、獣や鳥がかつて男や女の魂だったと云う。あるいは、これからそうなるのだと」

それに対してコルムは答えた。「新しい智恵は、それでも永遠と同じくらい古いものだが、万物は神が愛を抱いて創造したと云っている。だから、我らの立つところは同じなのだ。我らの〈真実の島〉へ向かう方向が西からか東からかで異なっているとしても。我らのあいだに平和を」

「平和を」アルダンが云った。

その晩、ピクト人のアルダンはイオナの僧たちとともに坐っていた。コルムがアルダンを祝福し、言葉を述べた。〈歌のオラン〉が神を讃える美しい歌を歌った。アルダンは立ち上がり、もてなしの酒を口につけ、歌を歌った。

コルムよ、キリストの僧たちよ、
今夜我らはこの平和を結ぶ。
然り、平和こそ良きこと、
我は平和を喜び歌う。

我らは一人の神を崇める。
汝らが神をデーと呼び、
我らがそう呼ばなくとも。
ベーアウールとその名を呼ぼうとも。

フィオナ・マクラウド

それは人のための信仰であり、
そして命あるものの世界のための信仰なのだから。
人の賢さに違いがあるはずもなく、
多くを知る者さえいないのだから。

これより良きものを知る者はない。
剣、愛、歌、名誉、眠り。
これより確かなものを知る者はない。
誕生、悲嘆、苦痛、倦怠、死。

然り、平和こそ良きこと、
我らは平和を喜ぼう。
我らは剣の男たちではなく、
歌と智の男たちなのだから。

我は真のコルムを知った。
コルムもまた真の我を知った。
汝らは皆、明日の朝に見るだろう、
驚異の中の驚異を。

汝らはこう考える、
十字架のことは自分たちしか知らないと、
だが見よ、鳥たちも知っている、
あれが悲しみの徴《しるし》だということを。

悲しみの鳥の声に耳を傾けよ、
その声が大いなる歓びを告げるだろう。
平和こそがもたらされるだろう、
鳥たちとともに。

それ以上、アルダンは何も語らなかった。皆がことごとく乞い願おうとも。

その夜、考えに耽《ふけ》る者は多かった。オランは神秘の歌を作った。コルムは闇の中で考えた。しかし、夜明け前には小部屋の中に敷き詰めた羊歯《しだ》の葉の上で眠った。夜明けとともに目覚めたばかりの疲れた目で、幻視によって自らの〈眠り〉を見た。

〈眠り〉は灰色の窶《やつ》れた姿でコルムのすぐ隣に立っていた。

「精霊よ、お前は何者か」

「コルムよ、お前の〈眠り〉だ」

「ここは平和なのか」

「平和だ」

「何をしようとしているのか」

「私には智恵がある。しかしお前の心、お前の頭は閉ざされている。持ってきたものをお前に与えることはできなかった。私は智恵を持ってきたのに」

「与えてくれ」

「見よ！」

　コルムは寝台にしている敷き詰めた羊歯の葉の上で身を起こし、目を擦《こす》った。目は疲れと断食と長時間の祈りで重かった。彼にはもう〈眠り〉の姿は見えなかった。風に飲み込まれた煙のように消えていた。

　しかし、小部屋の東の壁にある穴の、横桟の上に鳥の姿が見えた。隣に置いてあった祈禱書の上に肘を突いて身を乗り出し、語りかけた。

「赤い胸の鳥よ、歌う歌があるのか」

　すると、赤い胸の鳥が歌った。その歌は耳に心地よく、コルムの目に涙をもたらした。東から流れてくる陽の光が軽やかで、心地よい歌の中に溶け込んでいるように思った。赤い胸の鳥が歌っているのは神を讃美する歌だった。

　聖なる、聖なる、聖なるかな
　　十字架の上のキリストよ
　私の小さな巣はこのすぐそばの

苔《こけ》の茂みに隠されて

聖なる、聖なる、聖なるかな
　キリストは窶《やつ》れて弱く
その目は歌う私の姿を捕える
　ああ、我が悲しみ、悲しみよ

聖なる、聖なる、聖なるかな
「近くへ、ああ、小さな茶色の鳥よ！」
キリストが呼びかけると、見よ、
　私は命ある言葉の上に舞い降りる

聖なる、聖なる、聖なるかな
　私は嘲《あざけ》りの言葉を聞く
だが、聖なる、聖なる、聖なるかな
　私はその棘に向かって歌いかける

聖なる、聖なる、聖なるかな
　ああ、その額は血に塗《まみ》れ

フィオナ・マクラウド

聖なる、聖なる、聖なるかな
　私の胸はどこまでも赤い

聖なる、聖なる、聖なるかな
　あなたはキリストの鳥となる
聖母マリアが告げたのは
　ゴルゴタの丘で

聖なる、聖なる、聖なるかな
　小さな茶色の鳥が私
しかし私の胸は赤
　それは私がキリストの死を見たから

聖なる、聖なる、聖なるかな
　この赤い色の羽根で
コルムとあなたの僧たちが呼ぶ者と
　鳥たちは皆ことごとくともにいる

するとコルムは立ち上がった。畏敬の念と歓びに満たされて。

外に出て、僧たちに語りかけた。そして、緑の草地の上でミサを執り行うと云った。黄色の陽光は彼の灰色の髪の上に暖かく注いだ。神の愛は彼の心を温めた。

「来たれ、数多の鳥たちよ」コルムが大きな声で云った。

すると、見よ！　空の鳥たちがことごとく近くに舞い降りてきた。黄金《きん》の鷲《わし》は遥か彼方《かなた》のスカイにあるクーフリンから滑空してきた。鶚《みさご》はムル島の荒涼とした湖から、鰹鳥《かつおどり》は空の雲の上から、フルマ鷗《かもめ》と水凪鳥《みずなぎどり》は緑の波間から。鵜《う》と盗賊鷗《とうぞくかもめ》は海藻だらけの岩場から、千鳥と長元坊《ちょうげんぼう》は海岸の砂地から、鴉と渡り鴉は荒野から。そして、鴫《しぎ》や山家五位《さんかのごい》、鷺《さぎ》も。郭公《かっこう》と森鳩は森林から。鶴は沼地から、雲雀《ひばり》は空から、歌鶇《うたつぐみ》と黒歌鳥は緑の草叢から。黄青鵐《きあおじ》と頭青花鶏《ずあおあとり》、胸赤鶸《むねあかひわ》、雀、鷦鷯《みそさざい》、そしてあの胸の赤い鳥、翼を持つあらゆる鳥が呼び出された。

「平和を！」コルムが叫んだ。

「平和を！」鳥たちが叫んだ。鷲も、長元坊も、鴉も、渡鴉も叫んだ。平和を、平和を！

「ミサを執り行おう」白のコルムが云った。

そしてミサが執り行われた。さらに、鳥たちを祝福した。

最後の詠唱のとき残っていたのは赤い胸の鳥だけだった。

「来なさい、赤い胸の鳥よ。そして、私たちにキリストの歌を歌いなさい」

それからの黄金のひと時を赤い胸の鳥が歌った。その歌の歓びは心地よいものだった。

最後にコルムが云った。「平和を！　父と子と精霊の御名によって」

そのとき、ピクト人のアルダンは頭《こうべ》を垂れて、大きな声で繰り返した。

"Sith! An ainm an Athar, 's an Mhic, 's an Spioraid Naoimh!"

そして、今日に至るまで、コルムの島の歌はハイの島ではこう歌われている。Sith――Sith――Sith――an――aimm――Chriosd――

「平和を――平和を――平和を――キリストの御名によって！」

夢のウラド

一　悲しみのウラド

今ではフィーネ入江のタルベルストとして知られているが、その昔は〈掠奪者《りゃくだつしゃ》の隠れ場〉と呼ばれていた入江に、かつて〈太陽の四阿《グリアナン》〉があった。それは真に美しく、クラーシャッハ〔古代ケルト人の使った小型のハープ〕の音を響かせてその四阿《あずまや》のことを歌う吟遊詩人たちの声が遠くアイルランドでも聞かれるほどだった。

これは、黄色の髪の男たちがロホリン〔スカンジナヴィア人の謂〕からガレー船に乗り西の入江やフィヨルドに沿って群れを成して到来する前の話である。あまりにも昔のことで、ウラドがファンドに歌を歌ったのは〈公正なるジーアルミジ〉が二つの入江のあいだの狭隘な地で殺される前のことだったのかは誰にも判らないし、あるいはそれが、長衣を纏ったコルムが沖から内陸まで踏み入って行くために、〈白鳥の入江〉によく上がってきていたときのことなのかも判らない。この入江は、今は〈西の入江タルベルスト〉と呼ばれている。

しかし、過ぎ去った日々が何だというのか。その年月も、世代も、もはや秋の落葉の数に等しいというのに。

ウラドは詩人の王だった。ウラドが愛したのはファンドだった。そして、〈生〉と〈死〉があった。

ウラドがどこから来たのか誰も知らなかった。〈西の島々〉では、アルスター人の領土から来た王子だと云われた。だが、エーレ〔ゲール諸語でアイルランドを意味する〕の北部では南方の国の王子だと云われていた。遥か南の湖水地方に住む民の〈白の賢者〉と呼ばれる賢い老大王《アールドリー》は、ウラドのことを〈ベルタネの祝祭〉の夜に孤独な星の下で生まれた者の一人として語った。そして、ムルニクトの海の南か北に古くからある国から来たのだといった。ムルニクトには日が昇る方向にウェールズとコーンウォールの麓《ふもと》があり、アルモリカの砂と岩から臨めば、夕陽に赤く染まるのが西に見える。だが、今ではイオナと呼ばれるイオウアには〈白の賢者〉すなわちドルイドのドゥアハをも凌駕する賢者がいて、詩人の王ウラドのことを訊《たず》ねられると、王はアラバの内陸に住んでいる古来の種族の出であり、その古い種族は人間たちにその姿が見えていた頃、Tuatha-de-Danànn、すなわち〈聖なる民〉として知られており、彼らの清らかな躰《からだ》に死が訪れることはないのだと語った。島の民はドゥアハが語ることを畏れた。一体どんな男なのだろう。マーリンが葦笛を吹きながら、じゃれつく狼や頭上の森の暗闇を掻き乱し音を立てて羽ばたく鷲《わし》と一緒に、森の中を素早く歩いて行くのを見たという者とは。

　そして、ファンドについてはどうだろう。誰も知らないところを吹く風でさえ何らかの痕跡を残すものではないか。竪琴弾きのベルの歌と演奏は女たちの心を蠟《ろう》のように溶かし、男たちには耐え難いほどの憧憬をもたらし、激しい焔《ほのお》を血の中にたちまち燃え上がらせた。そんな竪琴弾きがファンドの歌を歌った。こんな歌だった。ウラドがハイブラジルの側を通り過ぎたとき、虹が大地に触れるところに美しく馨《かぐわ》しい白い花の垣根があるのを見た。その花を集め、胸に抱いて一晩中温め、夜が明けようという頃になってその中にそっと息を吹き込んだ。夜が明けて陽の光が差したとき、左手の掌の上から呪文を囁きかけた。白い花だったものが、その息で薔薇色になった。そして、隣に一人の女の温もりがあった。それが、ファンドだった。と。

〈掠奪者の隠れ場〉にやって来たとき、ウラドが果たして若かったか老いていたか誰に判ろう。ウラドは古来の智恵を持つ賢者だった。もしかしたら、衰えることのない緑の命を纏う術を知っていたのかもしれない。

ある悲惨な日が訪れるまで、誰もウラドがそこにいることを知らなかった。一艘の大きな漕ぎ舟が大嵐の前に、アラン島からフュンの大入江に到来したときのことだった。漕ぎ手たちは岬を過ぎたところで一息つき、驚いて目を瞠《みは》った。湾の北に見える小高い岸壁の上には、前に見たときは家などなかったのに、そのときには驚くほど見事な家が一軒建っていて、その建築様式はそれまで見たことのないようなものだったからだ。漕ぎ手たちは皆ことごとく目を丸くして感嘆した。夕陽に照らされた壁が輝く様は壮観だった。円形の〈太陽の四阿《グリアナン》〉は大きくはなかったが、丘から切り出した鉱石の岩や石塊で建てられていて、その上には草地と砂が交じったところに太い四本の松の柱が深く突き刺さっており、そこには鹿や狼、その他の獣の皮がかかっていた。

この〈太陽の四阿《グリアナン》〉を前にして漕ぎ舟の上の男たちは言葉を失い、気力をなくした櫂《かい》が湾の中で白く泡立ちながら小さく跳ねる波を音を立てて叩くこともなかった。そのとき、舟の男たちの目に一人の男が俯せに倒れているのが見えた。

初め、舟の男たちはその男は死んでいるのだと思った。それなりに立派な男だったが、自らの欲望のために身を滅ぼしたのだと云う者がいた。男は王で、人間が知り得る限りのことをことごとく知ってしまうと、かつて〈孤独王コン〉がそうしたのと同じように一人でそこまで降りてきて一人で死んだのだと云う者もいた。そして中には、この俯せになった男は悪魔であり、輝く〈太陽の四阿《グリアナン》〉は呪文で覆われた恐怖の場所なのだと云って恐れる者もいた。反対側の斜面はストラハマナラと呼ばれる土地だった。

そこから狼の吼《ほ》える声が聞こえてきたとき、男たちの背に汗が流れた。半人たちが邪《よこしま》な考えを人々に対して抱くときは顔を隠すもので、その後からは雌狼の吼える声が聞こえるとされていたからだ。

しかし、そのとき舵手《だしゅ》が合図を送った。「あれは〈驚異を鍛える者《ワンダースミス》〉のウラドだ」と嗄《しわが》れ声で囁いた。その日一日嵐から逃げつづけたために疲れ切っていて、海の塩が喉を焼いていたからだ。「あれは、〈夢のウラド〉だ」すると皆こぞって喜んだ。詩人であり王である〈驚異を鍛える者《ワンダースミス》〉のウラドのことなら誰もが知っていたからである。どの氏族に対しても悪意を抱くことがなく、ウラドのいるところで剣が振り回されることもないという。

それでも、ウラドがたった一人でこんなところにいることに皆は驚いた。この静かな荒れ地に俯せに倒れていることにも。没しようとしている太陽は、今や葡萄酒のような、あるいは湧きだす血のような、明るい驚異の色に染まる〈太陽の四阿《グリアナン》〉の上で燃え上がっていた。だが、海の潮と風が漕ぎ舟を岸に近づけると、二つの重なった音が聞こえた。耳慣れない騒《ざわ》めきだった。彼らは驚いて互いに見つめ合ったが、その驚きは恐怖に変わった。二つの重なった音の正体は、草地に臥《が》して音を押し殺して噎《むせ》び泣き、そして祈る男の声と、姿は見えないが〈太陽の四阿《グリアナン》〉の中にいる女の笑う声だったからだ。

舵手であり船乗りたちの指導者でもあったドノハは、仲間たちに手で合図をして舟を岩から一塊となって垂れている海草の方へ近づけるように指示した。舟がそこに着いて、打ち上げられた海藻の下になるように男たちが頭を下げ、すっかり隠れて見えなくなると、コンラが立ち上がった。ゆっくりと、〈太陽の四阿《グリアナン》〉の正面で、微砂と砕けた石の上に俯せになっているウラドのところへ近づいていった。だが、コンラが話しかける前に、誰かが近づいてくる姿を見てもいないのに若い王は立ち上がって、不意に笑い声のやんだ四阿の方を見ながら、両手を上げた。

両手が高く上がったとき、その唇から歌が流れ出てきた。コンラに聞こえたのは不思議な歌だった。その歌には、彼方《かなた》の海から吹く風の音が、木のない荒野を渡ってくる嵐の響きがあった。それは誰もその意味を知り得ない古《いにしえ》の嘆きと叫び、死者を悼む悲しみに満ちていた。その言葉は、船乗りたちに馴染みのあるものだったが、それでも不思議な命を纏っていた。それはこんな歌だった。

「ああ、〈太陽の四阿《グリアナン》〉から聞こえるあなたの笑い声は焰のごとく
我が悲しみの中の悲しみは、愛しい人のせい――
虹が大地に触れるところから我がもとへ来たあなたは
ファンド、黙って笑う女とはあなただったのか

嘘偽りなく、嵐のときも穏やかなときも、昼も夜も、あなたを愛してきた
嘘偽りなく、我が歌を人生最後の最高の歌としてあなたに捧げた
そして死に立ち向かい、生に立ち向かい、闇と墓にも立ち向かった
そしてなお、ファンド、私の痛みを笑うファンドよ

何もかも、あなたを勝ち取るためだけに喜んで投げ捨てた
王という身分も君主という地位も、名高い剣も、何もかも
ファンド、最後にあなたの中に女王を夢みた
男が見出せるものはすべて見出し、死ぬことのない神々が見出せるものもまたことごとく

だが、私にとってはそれがすべて。この王たるウラド、竪琴弾きのウラド
聴く者の心に焔を燃え上がらせる歌い手ウラド
風と波に云うことを聞かせる〈驚異を鍛える者《ワンダースミス》〉たるウラド
堅い城を次々に壊し、荒野に〈太陽の四阿《グリアナン》〉を建てたウラド

何もかも、ただ、あなたを探し求めるため
永遠に我が心の人を探し求めるため
その人こそ、ファンド。虹の下に咲く花、ファンド
あなたの吐く息を吸わせ、我が胸を高鳴らせ給え、我が愛しのファンド、麗しのファンド

何もかも虚しく、虚しくないものはただ一つ
我が夢の、愛の、希望のファンドよ。ハイブラジルから勝ち取ったファンドよ
我が生涯の夢、我が栄光、この世の薔薇、我が夢のファンドよ
見よ、死を知らないダナンであっても、あなたの目に適わず死に至るウラド王を」

この歌を歌うとき、若く眉目麗しいウラドは、両手をファンドに向かって差し出していたが、その姿をまだ目にしていなかった。彼女は〈太陽の四阿《グリアナン》〉の中にいたからである。
「ならば、この陽が沈もうとしている今でなくとも、新しい日が始まるときまで耐え忍べば、ファンド

は私の祈りに耳を傾けてくれるかもしれない」王が呟《つぶや》くように云った。

そうして夜の帳《とばり》が下りていった。だが、鴎《かもめ》たちの叫ぶような声が入江の上に響き、田鳧《たげり》の哀れな鳴き声が荒野の上を渡るとき、そして、谷地柳《やちやなぎ》や羊歯《しだ》の匂いが風の止んだ静けさの中を重く漂うとき、ウラドは振り向いて、荒々しい目を瞠った。何かが肩に触れるのを感じたからだった。

ウラドに手を触れたのはコンラだった。そしてウラドは男が誰かを知った。目を見つめることで相手の心にあることをことごとく知り尽くす古い智恵があり、この男がどうしてここに来たのかも知った。

「コンラよ、漕ぎ舟に乗った男たちをここから立ち去らせ、もっと湾の奥まで進ませよ」

彼は〈驚異を鍛える者《ワンダースミス》〉だったから、島の男たちは何も問うことなくウラドが命じるようにした。だが、二人だけになったときに、コンラは云った。

「大いなる王ウラド、私は、古《いにしえ》の智恵を知る王の足下にある何の価値もない砂のような存在です。永遠の若さを保つ、私の知らない国の偉大な王ウラド――少なくとも男たちはそう云っています。ですが、あなたのご存知ないことを一つ、私は知っているのです」

「もし私が知らないことを一つ話してくれるのなら、お前は望むものを手に入れることになろう」

コンラはそれを聞いて笑った。

「たとえ偉大な王ウラドであっても、私の望むものを与えるのは無理でしょう」

「その望むものというのは何なのか、島の民に賢者コンラと呼ばれる者よ」

「私の望むものは、戻ってくる古の年月の歩みを露の中に見出すことかも知れません」

「それは、私にも無理だ」

「それでも、それほど儚い望みを叶えてくださるでしょうか」

「話してみよ。聴こうではないか」

するとコンラはウラドの近くに寄り、耳元に囁きかけた。その後、穴を開けた中空の葦の茎を手渡した。ちょうど、丘陵地帯で羊飼いたちが使うようなものだった。ウラドはそれを手に闇の中へ消えていった。

月が昇ると、ウラドは葦笛を手に取って、吹いた。笛を吹くうちに、目から鱗が落ちていき、夢が頭から消え、心に明かりが灯った。そして、歌った。

「歩み出でよ、ファンド。歩み出でよ、麗しのファンド。我が乙女、我が子鹿よ。
その流れる髪の香りは野薔薇の息吹《いぶき》の如く甘い——
この白い月光に惹かれないのは、その胸の白い輝きを愛するから
神々の秘密の歌でさえ我が血潮の中の熱望と比べればあまりにも弱々しい
ファンド、ファンド、ファンド。白い人は夢ではなく一人の女
〈太陽の四阿《グリアナン》〉より出で、そして見よ、ウラド王たる我が言葉によって
雌狼として来たれ、もはや人の女ではなく
我がもとへ来たれ、ファンド。今や燃え上がる焔となって！」

すぐに低い笑い声が聞こえてきて、ファンドが〈太陽の四阿《グリアナン》〉から姿を現した。白く美しかった。あらゆる女の中で最も美しかった。ウラドは喜んだ。近寄ってくると、ファンドはウラドの耳元で囁いた。

二人は手に手をとって〈太陽の四阿《グリアナン》〉の中へと戻っていった。

夜が明けたとき、ウラドはファンドの美しさに目を向けた。花の如き美しさを目にした。

「美しく穢《けが》れのない夢よ」ウラドが囁いた。だが、ファンドは眠ったまま不意に笑い声をあげた。ウラドは、賢者コンラが云ったことを思い出した。

「お前が私の夢ではなく、ただの女であることははっきり見てとれる」ウラドが呟いた。そう云って、彼女の側から立ち上がりかけた。

ファンドが目を開いた。その美しさは、その場の朝日の美しさをも凌《しの》ぐものだった。

「では、あなたはただのウラド、ただの男だということ?」彼女は声をあげると、両腕をウラドに回し、その唇に、そして胸に口付けした。不思議な歓びに噎《むせ》びながら。「あなたの後をついて行くつもり。死ぬときまで。私はあなたが愛した女なのだから」

「ああ」そういって彼女の肩越しに目をやった。「もし私がお前を養い、私の女だと呼び、お前に歓びを見出して、私の男らしさを示すことがあればだ」

「では、そうでなかったらどうするつもり、ウラド」ファンドが怪訝《けげん》そうに云った。

「私は〈孤独王ウラド〉だ」と答え、それ以上は何も云わなかった。

その後、再び葦笛を手に取って、奏でた。笛を吹きながら、ファンドを見つめていた。彼女の心の中を、頭の中を覗き見た。

「私は夢を見ていた。だが、私は今なお〈驚異を鍛える者《ワンダースミス》〉のウラドである」

こう云って、左手の掌の上から呪文を吹き、さらに言葉を続けた。

「我が内なる魂からの叫びで呼びかけようとも、私のもとへ来ようとしなかった女よ、さらば」

その言葉とともに、ファンドの鹿革の服の上に白い花弁が吹き寄せられた。

「我が心からの苦しい祈りを気にも留めず、最後にはただ雄のもとに来る雌狼のようにやって来た女よ、さらば」

その言葉とともに、旋風《つむじかぜ》が鹿革の上の白い花弁を吹き散らすと、それは四方八方へひらひらと舞った。いつの間にかその上に立ち昇っていた虹の、淡く揺れる輝きに染まる花弁もあった。今日でも彼《か》の地では、太陽と霧から織り上げられるこの朧《おぼろ》な光彩がよく見られる。

昼になって、海を旅する男たちが歌と捧げ物を持って〈太陽の四阿《グリアナン》〉にやって来た。

しかし、そこにウラドはいなかった。

〈掠奪者の隠れ場〉にある〈太陽の四阿《グリアナン》〉で、ウラドがファンドに求愛してから三年のあいだ、彼を昔から知っている者たちの誰一人としてウラドの輝く目を見た者はいなかった。

ウラドはティル・ナン・オグに行ったのだと云う者もいれば、〈願いの島々〉に船で渡ったのだと云う者もいた。ウラドの船が北方で目撃されたという噂が流れたこともあった。その舳先《へさき》は、伝説のフォモール族〔巨人の一族。邪悪な存在であり、トゥアハ・デ・ダナンにより駆逐される〕の住む北方の島々を向いていたのだという。そのヘブリディーズの島々は、荒々しい海と荒々しい風と荒々しい男たちのものだった。あるいはまた、エーレの岸の沖合を白い帆船が、ハイブラジルの彼方、西にかかる虹の下を通る太陽の軌跡を辿って、黄色の星とともに進むのを見たと云う者たちもいた。やがて、詩人たちが孤独王の歌を歌うようになった。ウラドが勝ち取り、そして失ったファンドのことを。ウラドの悲哀のことを。その歌の中でも、最も美しく、最も心地よいものは、竪琴弾きのベルが歌う歌だった。その歌と演奏は、女たちの心を蠟のように溶かし、男たちの血の中に耐え難いほどの憧憬をもたらし、激しい焰を血の中にたちまち燃え上がらせた。

竪琴弾きベルはファンドの歌を歌った。彼女は穢れなく美しかった。だが、ウラドがファンドの心の中を覗き見たとき、ただ己の熱情の影が見えただけだった。それは己の愛の幻影、そして、己の孤独の鏡像だった、と。

この話を知らない男はいなかった。ベルが森の篝火《かがりび》の側で歌ったからだ。そして、目を輝かせて聞き入る女たちのいる土塁の内でも歌った。

ファンドも、他の女たちが女であるのと同じようにやはりただの女だったのだろうかと彼らは訝《いぶか》った。ハイブラジルの、この大地に虹が触れるこの場所で、ウラドが集めた白い花の環から創り出したファンドは。集めた白い花をウラドが一晩中その胸に抱いて温め、夜が明けたとき彼の傍らにいたファンドは。

やがて暗黒の日々がゲールの地、すなわち、エーレとアラバをことごとく覆い尽くした。戦いが全土を駆け抜けた。剣は渡り鳥のようだった。

偉大な王たちが死んだ。ある者は戦いの最中に、またある者は誰にも知られず、あるいは見苦しく。賢者たちと詩人たちは畏怖を抱いた。悲嘆の声が心乱れる国々を満たした。ほの暗い太古の森の奥で、死を知らない異界の民が夜の闇の中で星の明かりのもとに集まった。忘れられた古代の神々がやってきて、陰鬱な澱みの近くに腰を下ろし、水の中の預言を覗き込んだ。背の高い死人のような女たちが自分たちの心臓を手に取って、叶わぬ願いを歌う死の音楽を奏で、黒い松の森の中を進んで行った。オークの木々のあいだで、人ならぬ姿が腰を下ろして、考えに耽《ふけ》った。謎めいた予兆が西の、北の、そして東の山々に現れた。南からは激しい雨と雷と、大地の揺れと震えがやって来た。

三年目の終わりには、偉大な王は一人も残っていなかった。

陰気な族長たちが互いを嫉妬深い目で見つめ合ったが、剣の交わりは起こらなかった。

豊かな者も貧しい者も、高貴な者も下賤な者も、仲間たちに対する恐怖を抱いて暮らした。悪霊や忘れられた地から集まってきた神々や、月夜によく聞こえてくる翼と鬣《たてがみ》を持った恐ろしい種族の笑い声（その後、いつも突き刺さるような音と野性の悲鳴が聞こえてくるのだ）に対する恐怖はさらに大きかった。月光の中で笑っているのは誰なのか。道に迷った人間を歓びのために刺し、恐怖の叫びを楽しむのは誰なのか、誰も知らなかった。樹も生えていない丘の上に突然現れる焔は誰が点《とも》すのか、山々の谷間に恐ろしく響く谺《こだま》は何の声を返しているのかも。王は一人しか生き残っていなかったが、王は国を治めていなかった。コラは年老いて、疲れはてていた。ただ一人で暮らしていた。バンドレの大きな湖の辺《ほとり》にある森の外れに、大きな枝を組んで家を建てた。高台には、北方の王の城砦《じょうさい》があった。今では荒廃し、滅多に人が訪れることのない城砦である。訪れるのはただ、衰弱した熱意ある民だけだ。もう北方の王はいないのだから。そして、封土の王など一人として残っていないのだから。ただ、コラだけが老いと悲しみに疲れ切っていた。

ある夜コラは、松の薪の傍らで焔を通して過去を覗き込んでいた。何も聞こえなかったが、不意に誰かが側に立っているのに気がついた。

吃驚して見上げると、背の高い女がいた。それほど背の高い女には会ったことがなかった。そして、恐ろしくなるほど、驚くほどの美しさだった。緑色の長衣《ローブ》を纏っていたが、それは、数えきれないほど小さな葉が躰を包んでいるように見えた。その瞳は森の水溜りのように暗く影を湛《たた》えていた。しかし、その影が動くと、風に揺れる松明《たいまつ》の焔が見えるのだった。

「平安がありますように」コラが云った。

悪霊は笑って、云った。

「私がここに来たのは平安のためではない。私の心臓をあなたに向かって奏でるため。そうすれば知識を授けられるかも知れないから」

そう云うと、彼女は胸から心臓を取り出して、泡立つ赤い血の中へ息を吹き込み、そこに剝き出しになっている七本の弦をかき鳴らした。

しかし、少し演奏しただけでやめてしまった。風で弱まった焰のような二つの眼をコラに向けた。コラは立ち上がった。

「森の女よ、何をすればいいのかは判った。だが、どこで竪琴弾きベルを見出せるのか、そして、夢見る者ウラドを見出せるのか。どこでウラドの夢アーニェを見出せるのか」

「今から三日後にバンドレの城砦で民に話しかけるとき、ベルの竪琴の音を聴くだろう。そして、ベルの奏でる音の谺が聞こえるだろう。それが、どこでウラドを見つけられるかを教えてくれる。だが、アーニェのことは何も判らない。西の虹が大地に触れるところに暮らしているということ以外には何も」

そう云うと、女は向きを変えて闇の中へと戻って行った。

夜が明けるまでコラは坐って生と死の夢を見ていた。彼は影の領域へと入って行った。そこでは厳かで悲しさを湛えた眼をした記憶が動いていた。男たち女たちの君主、希望を失った運命の移り変わり、そして、零落。コラの思考もまた移ろう。運命の車輪が見えた。恐ろしい、盲目の神が乗る二頭立て戦車の車輪だった。

翌日になると、バンドレの葦原にある隠れ家を去り、城砦へと向かった。そこで、戦いの角笛を吹き鳴らして合図を送ると、民が近遠を問わず各地から集まった。男たちは、王子も戦士も、剣や槍、あるいは弓矢を持って集まった。皆、コラが云わなければならないことを聞くために、最後の王の最後の言葉を聞くために参集したのである。

三日目の昼までに集まったのは、桁外れの人数だった。夥《おびただ》しい数の王の息子たちがいた。そして、偉大な君主たちも。誰もが、治める王のいない王国に飽き飽きしていた。皆の心が重くなっていたのは、不吉な予兆のせい、追放されたはずの古い神々が戻ってきたせい、謎めいた焔の光が見えるせい、そして、悪霊たちが集まり、夜中に笑い声や叫び声、預言が聞こえてくるせいだった。だから、コラが云わなければならないことを云ったとき、民はことごとくその耳を欹《そばだ》てて聞いた。話し終えたとき、大きな叫び声が湧き上がった。悪霊の啓示が気に入らなかった者でさえも、ゲールの北方の国々を治める偉大な王を見つけるべきだという話を喜んだ。もしウラドが生きているのならば、それ以上の王はいない。彼が戴くウラドという名前ほど知られている名前はないし、世界の支配者の一人だと評価されている者は他にいないからだ。たとえ、ウラド自身の王国がどこにあろうと、ウラドの民を誰一人知らなくても。「だが、どこにいるんだ。〈孤独王ウラド〉はどこに。我らの王ウラドはどこに」集まった者たちが一斉に叫ぶとそれは一つの声になったが、コラはバンドレの黄金の椅子に戻って坐った。

そのとき、激しくも美しい竪琴の音が聞こえた。

誰もが振り向いて、葦の茂るバンドレの湖の方を見つめた。その音が聞こえてくる方向を。西へ通じる道を男が一人歩いてきた。歩きながら竪琴を弾いていた。

竪琴弾きのベルだった。

城砦の西側の白い絶壁までやって来て、歩みを止めた。長い間、目を瞠っていた。北方の七王が運命の山脈の大戦で命を落として以来、これほど多く、これほど力強い集団を見たことがなかったからである。

コラが立ち上がり、ベルに呼びかけた。

「国王万歳。私には聞こえる。我らの失われた王に栄光あれ！

我らに竪琴を聞かせてくれ」

ベルは竪琴を弾いて、歌った。彼が竪琴を弾くと人々の心はことごとく流れる水のようになり、その歌声の前で蠟のように溶けた。

驚くほど美しい竪琴の音色と歌声の後の静寂の中で、その竪琴の秘密は彼自身の秘密でもあったが、皆は不思議な音を聞いた。つま弾かれた弦から流れ出る曲が空へと昇って行った。帰る方向を探す鳩のよう、あるいは風のない日に立ち昇る薫煙の青い煙のように。そして白い壁の表面に当たると、蒼白く希薄な音の翼で、あるいは見えない歌の吐息に乗って、その壁を這い登った。

美しく激しい歌は、滴る露のように何とも云いようのない繊細な動きでそっと壁から上がり、螺旋《らせん》を描く音楽の芳香は風と太陽から作られた見えない切子面の網に捕えられた。何が邪魔をしているのか誰にも判らなかった。その美しく幻想的なリズムは命ある人間が作るどんな素晴らしい音にも喩《たと》えることができなかった。

人々は皆、恍惚と立っている竪琴弾きベルを見ていた。その竪琴の音はクレヴィヒンが、コルマク・コンリンガスの愛へ、そしてクレヴィヒンが心から愛したエリの美しさへ向かって死を奏でたとき以来〔松村みね子訳『かなしき女王』に収録されている「琴」の物語参照〕、最も人の心を打つ音色だったからである。

「話せ、ベル！」コラが叫んだ。「話せ！　我らに聞こえぬ声を聞く者よ。バンドレの崖に谺する声を聞く者よ」

竪琴弾きはゆっくりと辺りを見回した。そして、ゆっくりと前に進み出た。何も云わず、金の王座の側まで来た。「偉大なる国王、アメルギン家のコラは、もう亡くなっていると思っていました。この疲弊した地の、他の国王たちと同じように。そうでないのはただ一人、崖の上に谺が返ってこない王ただ一人だと。その不思議で美しい歌を知っています」

「もし谺が返ってこないのなら、風にそよぐ葦原のようなあの歌と混乱した騒めきは一体何なのか。ああ、ベル、あの不思議で美しい歌を聴いたのはどこなのか」

「その歌を、風にそよぐ葦原で聴きました。遠い、遠い昔のこと、私がまだ子供だった頃のことです。あれは、食べ物も飲み物もなく三日三晩舟に乗り、風に乗って果てしない波頭の上で沖へ流されていたときのこと。そのとき私は、自分が流れ着いた国がどこなのかを知らなかった。自分がふらふら彷徨《さまよ》っているのは、一日なのか一年なのか、あるいは長い年月のあいだの特別な一日なのかも判らず、そして自分がハイブラジルにいることも知らずに」

この言葉を聞いていた者は残らず口を開き、低い声で囁き合った。最後にコラが声をあげた。

「ならば、ベルよ、いま終わった美しい曲は、何年も前に海の向こうの〈常若の国〉で、その耳に美しく響いたものではないか」

「如何にもそうです。このような曲は他にありません。これを弾く者はなく、これを知る者もおりません。フラヒアナスの英雄たちだけがこれを耳にします。そこがまさにハイブラジルでなかったとしても、ティル・ナン・オグの草原に降りる露に似ています。月の出のときに吹く風に左耳を向ける者だけが聞けるのです。緑の人々は知っています。私たちにはもう見えない沈黙の民、影に住む者たち、そして、忘れられた神々と悪霊たちは知っています」

「演奏する者はいないのか。それを知っている者も」

「私の他に二人しか知りません。私は、その礽を演奏できるだけです。でも、私は知っています」

「それで後の二人は」

「一人は、竪琴弾きクレヴィヒンです。その魂は悪霊とともにいます。コルマク・コンリンガスと麗しのエリに彼がもたらした焼けつくような死のせいです。その魂は今、壊れた竪琴になっています。悪霊たちが、堕落した美、あるいは破滅した美を見たときに掻き鳴らす竪琴です。それは罪の中で最も重い罪なのです。美を破壊するということは」

「もう一人は？」

「もう一人は〈夢見るウラド〉です。〈孤独王ウラド〉として私はよく歌ってきました。同様に、崖の上で歌った夥しい歌も他ならぬウラドの歌でした」

「その隠された言葉を語れ。恐れず話せ。この私は、アールドリー、すなわち偉大なる王が来たるときまでここを治めているだけなのだから」

「その歌はこのようなものです。私の言葉は、夜歌う茶色の鳥を追いかける蝙蝠《こうもり》の如きものでしかありませんが。

『荒涼とした西の地
海の泡を吹き払うアラバで
偉大なる王となるべき者は待つ
王に相応《ふさわ》しく、王になる運命の者
その名はウラド

フィオナ・マクラウド

〈孤独王ウラド〉
名声高く知れ渡る
生まれながらの王であり
戦士とともにいる王を
統治の主として就かせよ
エーレの民よ
数知れぬ禍《わざわい》が
もうこれ以上追って来ぬように
篝火や城が
緑の地の緑の城砦が
エーレ全土になくなる日まで
英雄や王のいなくなる日まで』」

竪琴弾きベルの声がやむと、皆ことごとく大きな叫び声をあげた。

剣が空にむかって突き上げられた。

「ウラド！　ウラド！」誰もが叫んだ。「ベルよ、行け。そして、我らを治める王ウラドを連れ帰れ」

そこで、コラが進み出でた。

「耳を傾けよ、ベル、そして戦士たちと民よ。国王である私はこの地を平和に保とう。王たるウラドが竪琴弾きベルとともに二つの海とエーレの狭隘な地からアラバの岸辺と北の島々に戻り、ゲールの北の島々を遍《あまね》く治める大王《アールドリー》となるときまで」

そして、そのようになった。

二　王の栄光

ウラドがバンドレに来てからの三年間、北方の全土では平和が続いていた。服従を誓う王たちは剣を置いた。槍を、弓矢を置いた。ただ、狩りのときの小競り合いを別にすれば、もう武器が赤い渇きを満たすことはなかった。どこでも青い煙が立ち昇っていた。内陸の広い谷からも、森林地帯からも。紛争の噂もなかった。緑の玉蜀黍《とうもろこし》が育って、黄色の収穫を迎えた。二番刈りも平和に満たされ、戦いの噂もなかった。冬になり、春になり、夏になった。白から茶色に、茶色から黄色に、黄色から緑に、緑から薄茶色になった。季節が訪れて、そして去っていった。規則正しく、喜んで迎えられて。

森の中の村や平原の大きな城砦では、人々はゆっくりとウラドに対する好意を育んでいった。賢者たちは平和な生活と正しい行いについて教え伝えた。詩人たちは偉大な過去について歌い、英雄たちについて歌い、美しい女たちについて歌い、生き甲斐について歌った。どの歌にも夢のような美しさがあった。


それから何年も何年も後になって、この時代は黄金時代として歌われるようになった。

夢見る者は憧れの眼差しで後ろを振り返った。男たちと女たちが愛し合い歓びを得た日に、大いなる安らぎの中で、心奪われる歌を夢見て振り返った。

だが、その頃でも、ウラドの孤独を知らない者はいなかった。

男たちは皆歓びの日々を送っていたが、ウラド王だけは別だった。ウラドは独りで暮らしていた。奇矯な詩人として。男たちがその偉業を讃えても無駄だった。吟遊詩人たちがベルをも凌駕する王の美しい竪琴の音について歌っても無駄だった。女たちが白い腕を、高鳴る胸を、柔らかく燃える瞳を差し出しても無駄だった。

自分の優れた行いを誇示することなく、そんな取るに足りない話が世の中に流布していることにもウラドはうんざりしていた。なぜなら、その心はたった一つの大いなる愛を夢見て恋い焦がれていたからだった。吟遊詩人の歌も、竪琴や葦笛の柔らかい音色も、ほとんど慰めにならず、昼も夜も、心の中の寂しい峡谷や広く陰鬱で影に覆われた大渓谷に、もっと愛らしく、もっと激しく、もっと心乱される音楽を抱いていた。優雅で、甘く、美を兼ね備えた長身の女たちに彼も歓びを感じたことがあったかも知れない。だが、ファンドを自らの意志で殺してからは、どんな女に対しても愛を求めることができなかったのである。ウラドにとって愛は世界にたった一人の女に対するものしかなかった。そして、彼女についてウラドが知っているのは沈黙と追憶だけだった。

竪琴弾きベルだけが、ウラドの愛の物語を知っていた。

そして、これがその物語である。

ファンドの死の翌年の春に、孤独王ウラドはアラバから北へ遠く離れた大フィヨルドに辿り着いた。そこで、アーニェに出会った。夢で見たことのある女だった。北方の島々を治める君主である〈岩山のコルマク〉の娘だった。美しい緑の島の南端に聳《そび》える三つの頂の中央に城を持っていたから、そう呼ばれていた。

アーニェを、ウラドは初めて会ったそのときから愛した。彼女は背が高く、脚は麕鹿《のろじか》のようだった。

髪は波打ちながら、ウラドの心が痛みを感じるほど美しい顔を覆っていた。濃《こま》やかな曲線を描く眉が、瞳の上に美しい黄昏を描いていた。その瞳は、艶やかな灰緑色の榛《はしばみ》の実であり、陽の光に照らされた砂の上で波が作る窪みのようでもあった。それは柔らかく露に濡れた夕暮れにしばしば暗く翳《かげ》っても、見ていて驚くほどだった。花の如きその顔は、デルドレか、グローニャか、あるいはブラーニジかと思うほどだが、そこに満ちている夢と激情は、ヌィーシュが死ぬときその目に宿ったものよりも激しく、ジーアルミジが何もかも諦めたときの清らかさと並々ならぬ美しさにも勝り、彼女の前で燃え上がった男の命よりも深い悲しみを帯びていた。確かに、アーニェはあらゆる女たちの女王エリをも凌ぐほど美しいとウラドは思った。詩人イスラが、破滅の日の翌朝、夜明けに昇る太陽に向かってともに沖へ泳いでいった、あのエリよりも。そして、ハイブラジルの虹の下で白と赤の花を集めて作り上げたファンドのように美しく激しく夢のような姿だった。

そして、アーニェはどうだったか。彼女はウラドを愛した。彼女の命はことごとくウラドへ向かって流れ出た。ウラドは彼女の主人だった、彼女の王子だった、彼女に歌を歌う詩人だった、彼女に夢を見せる夢想者だった、彼女の英雄だった、彼女の王だった。

とうとうウラドが話すときが来た。黄昏時の林の中の空き地、打ち寄せる波の正面で。言葉が口から滑り出て、激しい沈黙の中へ飲み込まれた。二つの焔が一つになるように、一人がもう一人のところへやって来た。

後にウラドはファンドのことをアーニェに話した。それから、エリのことを話した。自分と血縁のある詩人イスラが愛し、そして愛されたエリのことを。人々のあいだでその記憶が消えることはなかった。二人の愛が如何に力強く遠くまで届く奇蹟であったかということである。

「そして、見よ」最後にウラドは囁いた。「ファンドはただの夢でしかなかった。我が夢に打ち寄せる波に浮かぶ無意味な泡だった。だが、アーニェよ、お前は我が夢の極みだ」

アーニェは溜息をついて、胸をウラドの胸に押し付けた。ウラドはアーニェの声を聞いた。山の急流の揺れと轟きの側に生える苔《こけ》から滴る雫《しずく》の音を聞くように。

「ああ、ウラド……あなたこそ！」

そうして心臓の鼓動が響く静寂の中で、影のように儚い一瞬、二人は一生涯の生を得た。そのとき、低く広がるオークの大枝が突然分かれた。男が一人、進んできた。〈岩山のコルマク〉の弟の息子オルグだった。

オルグは険しく暗い視線をアーニェに向けたが、ウラドの方は見なかった。それでも、発した言葉はウラドに対するものだった。

「黄色の髪の男たちが近づいてきている」とだけ云った。

ウラドはしっかり握りしめていたアーニェの手を放すと、ふと下を向いて手に持っていた白い花に口付けした。オルグは音もなく前へ進んだ。

槍の先端を腕に刺して、血を滴らせると、右手の窪みに落した。それでもまだ何も云わずに、その血をアーニェとウラドのあいだに零《こぼ》した。血塗《まみ》れの指で、ウラドの胸に触った。

アーニェは、蒼ざめた顔で後ずさった。しかし、その目は燃えていた。

ウラドは一瞬、立って考え込んでいた。それから、身を屈めるとアーニェの手を取って、彼女の唇に口付けをした。

「それならば、それでよい。オルグの息子、オルグよ」

こうしてウラドとアーニェは別れた。オルグが死へ至る宿恨をウラドとのあいだに置き、アーニェとウラドのあいだに血を零して大きく口を開いた永遠の裂け目を作ったことを知りながら。二人の男は翌日には相見《あいまみ》えることになろう。しかし今は夜で、黄色の髪の男たちがやって来ようとしていた。月が昇るとき、剣と槍が激しい歌を歌った。その深い渇きが癒されることはなく、剣も槍も〈月の出の戦い〉から去りはしなかった。

目に見えない天上の軍団同士が戦う戦場の上に翻っていた軍旗が引き裂かれたかのように、赤い縞に染まった灰色の夜明けが、戦いに終止符を打った。荒野と丘陵と浜辺が耐えて、とうとう星々が蒼ざめ、光の中へ溺れて沈んだ。

黄色の髪の北方の男たちがいたるところにいた。が、もう彼らは黙って動くこともなかった。ヒースの原に、巨石の隣に、波打ち際の白い岩の上に、彼らの動かない屍《かばね》が横たわっていた。彼らの口から戦いの歌が出てくることはなく、彼らの青い瞳に焔が燃えることもなかった。朝日が彼らの髪を蒼白い金に変え、顔の白さを背景に儚い花を咲かせた。もの云わぬ眼窩《がんか》の奥で、何も考えることなく、何も欲することなく、そこにはただ、鉄の槍先か羽根のついた矢の先端があるだけだった。

暗闇が灰色になり始めた頃に、戦いの潮はすでにロホリン側から引いていたのである。三十隻のガレー船からなる船団が島の北部からやって来て、ヴァイキングを不意打ちしたのだ。波に乗る男たちは岸辺へ追い詰められ、逃げ出せたのはわずか二人だった。かすかな霧がそこかしこの海の上に漂ってきたからだった。

引き潮だった、間違いなく。しかし、潮はロホリンの男たちの武勲に対する力強い讃辞を運んでいた。〈岩山のコルマク〉と五人の息子たちは、そして、彼の血族たちのほとんどは、さらにその十倍以上の氏族たちとともに〈月の出の戦い〉で斃《たお》れた。ウラドの力と声がなかったら、その数は三倍になっていただろう。戦場で彼は〈死の兄弟〉という称号を得た。

すべてが終わったとき、ウラドはアーニェを探した。コルマクの大きな城の中にも、近くにもいなかった。内陸へ入り込む入江近くにある城砦にも、王の娘の気配すらなかった。三日三晩、男たちは猟犬のように、あらゆる洞窟、あらゆる峡谷、あらゆる洞穴、森の木という木を一本ずつ、丘の巨岩の一つ一つまで探して廻った。しかし、虚しく終わった。

ヴァイキングのガレー船の他にも、緑の水の深くに横たわっている船は多かった。だが、そこにオルグの亡骸《なきがら》はなく、その痕跡を見出すことは他の場所でもなかった。オルグは姿を消したのだった。殺された者、負傷した者、無傷な者、島に住む者すべての中で、九人だけが欠けていた。アーニェ、オルグ、そしてオルグの追従者七人である。

戦いという悲運の潮に摑まったオルグは逃げるときにアーニェを助けようとしたが、ヴァイキングのガレー船が追いかけてきて捕えられてしまったのではないかと皆は恐れた。

ウラドだけが、心の奥底からアーニェは生きていると確信していた。もしも彼女が死んだのなら、どうしてウラドに判らないことがあろうか。それを知って、神経の一つ一つが跳ね上がり絶叫しないことがあろうか。

何週間もの時が流れた。行方不明の者たちの痕跡すら見出せなかった。ほんの些細な噂さえ、どの島からも、あるいは本土からも聞こえて来なかった。

六箇月が経って、とうとう真冬になっても、ウラドは一日たりとも心休まるときがなかった。アラバの荒涼とした岸に沿って、〈嵐の岬〉からモイルの海辺が波の泡で白くなっているところまで、島々を一つ一つ船で訪れた。そして、春の最初の息吹が丘の雪と入江の流氷の上を渡って優しく吹くとき、ウラドはノルマン人の住む北の島々へ向かう未知の航路を進むことにした。そして、その後はまさにロホリンの地へ向かった。

〈月の出の戦い〉から一年が経ったが、アーニェについて新たに判ったことは何もなかった。逃亡者たちの痕跡はどこにも見つからなかった。どんな国のどんな男からも、ゲール人からもピクト人からも北方人からも、〈岩山のコルマク〉の美しい娘について、そして〈浅黒いオルグ〉について、一言たりとも得ることはなかった。それでもなお、アーニェは生きているとウラドには判っていた。

その夏、ウラドの民や配下たちは誰一人として、ウラドの姿を見なかった。そしてその後の二年も。しかしウラドは、竪琴を掻き鳴らし歌いながら全地を旅していた。その口から発せられる歌はただ一つ、彼が歌うすべての歌の根底に横たわる歌であり、願いの歌であった。心の中のただ一つの歌であり、アーニェの美しさの歌であった。そして、絶えざる夢の歌であった。

三回目の春が雲の織りなす青から輝き出でて唐松の濡れた緑の枝へと姿を現したとき、ウラドはアラバに戻ってきた。心は疲れきっていたが、それでも探索の旅を諦めたわけではなかった。

夏の暑さが始まるとともに、気力が衰え、絶望を感じるようになった。この地上の美が夜に昼にアーニェの美しさについて囁きかけた。そして彼の星であり、歓びであり、力であり、夢であり、命になるはずだったと囁きかけた。

ある日の黄昏に、フュンの大きな入江の端にある森を抜けて進んでいたときに、ウラドははたと足を止めた。心臓から血が噴き上がり、一気に頭を重く打ち据えた。目の前の岸辺に、男が一人いるのが見えた。火の側に蹲《うずくま》って、獲物の鹿肉が焼けるのを見つめながら一人で歌っていた。男が歌っているその歌は、ウラドが作った歌の一つだった。アーニェに向けた歌で、〈麗しの君〉という名前は他の誰でもない彼女にこそ相応しいと作ったのだった。


「ああ、あなたの白い手は何処《いずこ》、〈麗しの君〉よ！

その手は波に洗われた砂浜の白い泡のよう、〈麗しの君〉よ！

その手は薄暗い国の白鳥のよう、〈麗しの君〉よ！

その手は細い魔法の杖、あなたの白い手は、〈麗しの君〉よ！


白い夜明けから灰色の黄昏まで、〈麗しの君〉よ！

見えない海の見えない波が聞こえるのに、〈麗しの君〉よ！

太陽が昇り、そして影の国へと沈むのが見えるのに、〈麗しの君〉よ！

それなのに、決して決して決してその白い手だけは。あなたの白い手は何処《いずこ》、〈麗しの君〉よ！」


震えながら、強い恐怖となお強い希望を抱いて、音もなくウラドは近づいた。

男は吃驚して跳び上がった。乾いた枯れ枝の折れる音が聞こえたのだ。男はウラドを見て、槍を脇に下げた。

「危害を加えるつもりはない。ただ、教えてもらいたいことが一つあるだけだ」ウラドはゆっくりした口調で云った。

「なるほど、判った。知りたいこととは何か、話せ」と男が答えた。

「こういうことだ。いつ、どこで、誰から、その歌を聞いたのか」

「〈三浅瀬〉のジェルグの息子タイグの息子であるジェルグから聞いた。それは、ここからさほど遠くはない、〈掠奪者の隠れ場〉という名で知られる入江の西岸に建つ〈太陽の四阿《グリアナン》〉の近くだった。竪琴弾きのベルが歌うように、〈詩人王ウラド〉が赤と白の花々から自ら作り上げた女ファンドに求愛したところだ。そして、摘まれた花が枯れるように彼女が死んだところだ」

「ウラドはどうなった」

「ウラドは愛し過ぎていた。だから、ウラドも死んだ」

「死んだのか。本当か」

「そう云われている。それでも、ファンドがウラドの心の痛みを嘲笑《あざわら》った〈太陽の四阿《グリアナン》〉の近くでは死ななかったと歌う詩人もいる。あの歌を教えてくれたタイグの息子ジェルグから、〈孤独王ウラド〉は、〈岩山のコルマク〉と多くの血族が殺された〈月の出の戦い〉のあと、北の遠い島々のどこかで死んだと聞いた」

「タイグの息子ジェルグからあの歌を聞いたのはいつだ」

「新月の夜に。あれから月は再び鎌の形になった」

ウラドの胸が高鳴った。そして、男を妙な目つきで見つめた。

「名前は？」

「コランだ。コラン・クー〔Cúは犬という意味〕とも呼ばれている。足が速いからだ」

それを聞いてウラドは、琥珀《こはく》を嵌めた柄の剣を剣帯から外した。

「これを受けとりなさい、猟犬コランよ。そして、〈孤独王ウラド〉の思い出として手元に置きなさい。

今日この日、重要な消息を私に知らせてくれたのだから」

コランは深く頭《こうべ》を垂れ、愛と戦いの歌で幾度となく歌われた名前の持ち主の顔を驚異の眼差しで見つめた。

「タイグの息子ジェルグのことを話してくれ」

「〈月の出の戦い〉のあと逃げてきた者の一人でした。あの大いなる戦いで島民はことごく命を落とし、逃げのびたのは盲目のオルグの息子、オルグとともにいたわずかな男たちだけでした。名も知られぬ海岸の沖合で一人残らず溺れて死んだと云う者もいます。ジェルグとオルグと〈岩山のコルマク〉の娘アーニェだけが生き残ったと云います」

ウラドは追跡犬が獲物の残した臭気を嗅いで嗅覚を研ぎ澄ますときのように身を乗り出して聞いていた。その目には、希望の青い焔が燃え盛っていた。

「それで――それで、アーニェは――オルグとアーニェは、彼らは――彼らもやはり〈掠奪者の隠れ場〉にいたのか」

「いいえ。ジェルグはそこに埋葬されました。怪我のせいでした。アーニェは、それがどの国か私は知りませんが、今はどこかの国王になっている〈浅黒いオルグ〉と一緒に住んでいたところから、他の七人とともに彼《か》の地に来たのでした。彼女はそこで死のうと思っていたのです。詩人たちの歌から、自分が愛したウラドがどこで死んだ花に息を吹き込みそれがファンドになったのかを知ったからです。実際、もう一度あなたに会えると思っていたのかも知れません。あなたは塵になって地に還った男たちの中にはいなかったと云われていたからです」

「それから?」

「オルグはアーニェを追って、〈掠奪者の隠れ場〉へ来ました。自分のもとへ戻るようにと呼びかけました。そして、自分の妻になるようにと。彼女は答えました。自分の躰はオルグに捕われていたとはいえ、自由であると。そして、生きていようと死んでいようと愛するのはウラドただ一人だと云いました。それに加えて、太陽と風に誓って、もしもこれ以上自分を追い求めるなら、自ら死を選ぶと云いました。『二人の男を愛することはできないのか、アーニェ』とオルグが叫びました。どうしても、彼女を妻にしたかったからでした。

『それくらいなら死んだ方がまし。愛は一つしかない。他のすべてに勝る愛であり、命そのものである愛があるから。私が愛するのはウラド、これからはどんな男のものにもならない。決して。我が王ウラドが今は風に苦しめられている塵だったとしても』

『ウラドは死んだんだ、アーニェ』オルグは再び叫びました。月にかけて死の誓いを唱えました。

それでもアーニェはその嘆願に耳を傾けようとはしませんでした。そしてこう云いました。『もしもあの人が今も生きているなら、私は我が王を見つけるでしょう。もしももう死んでいるのなら、我が王は私を待っているでしょう。愛は一つしかないのだから』

するとオルグは無理矢理上陸してアーニェを奪い返しました。自分の妻にするために。しかし、ジェルグと仲間たちがコルマクの清らかな娘〈麗しの君〉のために戦いました。あなたがそう呼んだように。そのいざこざでオルグは相手を撃退したものの、傷が開いて弱り、死ぬことになりました。アーニェと殺されなかった三人は船で西に向かいました。ジェルグだけは、死んだものとしてそこに置いていかれました」

コランはここで話をやめた。まるで、もう云うことが何もないかのように。それでも、ウラドが彼を責めることなく待つと、コランは何もかも話した。あのときコランはジェルグのところへ向かって、傷ついた躰をいたわった。ジェルグはコランに、あの翌日にガレー船がひっくり返って漂って来るのを見たときの様子を語った。その言葉で、アーニェと同行者たちが深い海の波間で死に臨んだと知った。それからしばらくジェルグを待っていたが、それで教えられたのはあの歌だった。そして、影がジェルグの中で大きくなりその躰を満たしたとき、彼は死んだ。と。

ウラドは頭《こうべ》を垂れた。彼の希望は、地面の上で虚しく羽ばたいている傷ついた鳥のようだった。それでも、アーニェの言葉を思い出し、嬉しく思った。しかし、ウラドが云ったのは、これだけだった。「ああ、コラン、確かに愛はただ一つだ。他は影でしかない」そして、自分にしか聞こえない声で囁いた。

「もしも彼女が今も生きているなら、私は我が女王を見つけるだろう。もしももう死んでいるのなら、我が女王は私を待っているだろう。愛は一つしかないのだから」

その日から孤独王ウラドは夢だけを見て、戦争を、賢者の王座を、故郷の人々との交わり、城砦を、城を忘れ、ただ、〈掠奪者の隠れ場〉の辺にある〈太陽の四阿《グリアナン》〉の側で、自らの思索と夢だけを抱いて暮らした。やがて、竪琴弾きのベルがやって来て、北方のゲールの民の国全土を治める国王とするために連れて帰るまで。

三

ウラドが上王であった三年間、北方のゲールの国に遍く満ちた大いなる平和はまことに驚嘆すべきものだった。物事は何もかも整然となされ、公平で実りある結果へと導かれた。だが、国王には悲嘆しかなかった。毎日毎時間変わることなく、深い悲嘆が王の心を満たした。森や丘で狩りをするときも、若者たちに高貴で騎士道精神に溢れる生き方を剣や平和とともに教えるときも、評議の席に着いているときも、吟遊詩人の歌や神の僕《しもべ》たちの神秘に耳を傾けているときも、移動しているときも食べているときも休んでいるときも、自ら竪琴を弾いているときも、一人彷徨《さまよ》っているときも、記憶の中に一人で引き籠っているときも。毎晩、悲嘆に暮れて目を閉じるのだった。

なぜなら、愛は一つしかないのだから。

王の栄誉などというものが、ウラド王自身の何に役立つのか。彼にとってただ一つの栄誉は、アーニェではないか。彼にとってただ一つの望みは、アーニェではないか。彼にとってのただ一つの歓び、ただ一つの願い、ただ一つの安らぎではないか。

ある日、遠く南の国エリから噂が届いた。最も美しく麗しい女王が大いなる皇子アルスタンとともに暮らしている。王女は、かつて島々を治めた今は亡き王の娘だという。その噂をもたらした男は、彼女はアーニェと呼ばれていると云った。

ウラドはよくよく考えてみて、アーニェがその女王だということはあり得ないと判った。それが彼女だったら、自分のところにくるはずだからだ。愛は一つしかないのだから。

それでもウラドは竪琴弾きのベルに女王の言葉を持って帰るように命じ、南の国へと送り込んだ。ベルが出発してから、月が三回昇った晩、ベルの竪琴は再びバンドレで調べを奏でた。確かに、アルスタンの妻はアーニェと呼ばれていた。そして、彼女は美しく端正で慈悲深かった。だが、その美しさも、ウラドが愛したアーニェには及ばず、それは二月の窶《やつ》れた顔が六月の栄光におよばないのと同じことだった。

　そんなふうにしてウラドの治世の三年が過ぎた。四年目のある朝、身分の高い古老たち、司祭たち、吟遊詩人たちが、ウラドのもとへ嘆願しにやって来た。その嘆願というのは、女王を娶《めと》ってくれというものだった。美しい未婚の女なら誰でも、喜んでウラドの妻となるだろう。その日、誰よりも美しい七人の女たちが、吟遊詩人の伴奏で歌を歌った。その姿は、ゲールの王国の七つの薔薇のようだった。

　ウラドは彼女たちの言葉に耳を傾けた。彼女たちが話し終えると、こう云った。

「ゲールの国のどこにも、〈岩山のコルマク〉の娘、アーニェの瞳の美しさを霞ませる目の女はいない。そのアーニェを何年も何年も待ち続け、飢える苦しみを味わっている。夢だけが私の救いだ」

「しかしながら、陛下の愛するアーニェが亡くなってから長い月日が経ったのは確かです。千人の美しい女たちの中に、妻となるべき一人がきっといるでしょう。この〈ゲールの七つの薔薇〉から一本を引き抜いてください。いえ、もしお望みとあらば、あの南方王国の王アルタンに対する戦《いくさ》に我らを率いて行ってください。そして、ご自身で女王を連れ戻せば、失った女王アーニェだと証明できるかも知れません」

「愛は一つしかない」とウラドは答え、話していた者たちから疲れたように目を逸《そ》らした。その後すぐにウラドはバンドレの背後にある森の中へ入り、そこで癒すことのできない渇望という長年の悲しさと辛《つら》さとともに暮らすと、眉に冷たい雫《しずく》が滴り、星々が諦めることのできない夢の神聖な徴《しるし》で夜を満たした。とうとう、赤と灰色の夜明けが来た。そのとき、ウラドは自分の場所へ、うんざりするような王としての栄光へ、そして、鎮めることのできない渇望という長年の悲しさと辛さへと戻った。

　ある晩、年老いたコラがウラドのもとへとやって来た。

「ウラド」と云ってから、しばらく黙ったままだった。「私も悲しみという暗い冠を知っている。私も王だったのだ。そして、今では私も年老いて、並々ならぬ年月の重荷を背負っている。もしかすると、あなたの心の中を覗き見ることができるかも知れない。暗く孤独な悲しみが見える。だが同時に、あなたが国王であることや、嫌々かも知れないが、それでもなさねばならないことをなすということも見える」

「白髪《はくはつ》のコラよ、聴きなさい。まだ若かった頃、私はしばらくのあいだ、人間の王子の中でも最も偉大な王子のもとに逗留したことがある。海の向こうのキムリの国だった。そして、別れを告げるとき、手を取って私に必要なことを一つ願ってくれと頼んだ。王子は私の幸せも、富も、名声も、戦争に勝つことも、女たちの愛も、偉大な智恵も、歌も、夢見る力も願わなかった。王子が願ってくれたのはこれだけだった――『私があなたのために願うのは、夢見る力だ。最期のときまで耐える力だ』男たちの中の男である王子のこの言葉をよく思い出すのだ」

このとき、コラは少し気持ちが楽になり、その場を去った。それでも心の奥では、ウラドの〈最期〉が彼方の丘を越え、森を抜けて進んでいるのだと判っていた。

コラは再び、王に話をしに戻ってきた。だが、ウラドは西方を見つめたまま、その目は夢の栄華に満ちていた。

その日以来、この上王は衰え始めた。それは躰の衰えではなかった。ティル・コンラの君主バルバはゲール諸国で最も背が高く最も力のある王子だったのだが、そのバルバが怒りに任せて人前で妻のマルヴを打ち据えたとき、ウラドは彼の腰を摑んで持ち上げ、頭上で振り回すと、地面の上に叩きつけたのである。「塵を食え、女を打つ犬め！」と叫んだ。しかし、その言葉は相手の耳に届かなかった。バルバはすでに暗い影の国に旅立っていたからである。憤怒の叫びの微かな反響すらその耳には届かなかった。

〈平和の祝祭〉が近づき、男たちは皆、その日を祝う準備をした。北方諸領の吟遊詩人たちの口から王の栄光を讃える言葉が流れ出た。人々は皆、強い王国がなお続くことを夢見た。だが、ウラドだけは、虹の彼方の王国を夢見た。

木の葉が降るように落ちる季節の、日の光が消えていこうとする時間に、ウラドは城砦の外に置いた彫刻のある大きな椅子に坐っていた。近くにいた者は誰も話をしていなかった。誰もが、王が夢見ているのを見つめていた。竪琴弾きのベルが竪琴を弾いていた。ほの暗い音が響くその地で、人々は皆、愛の願いを耳で追っていた。ウラドは思い焦がれていた。長く続いている悲しみと、痛む心の癒されない渇望という苦しみとともに。

ベルはもういちど弦をゆっくりと掻き鳴らした。そのとき、音が止まった。皆が竪琴弾きを見た。吟遊詩人の目は、緑の衣を纏った人影が森からゆっくり近づいてくるのを見つめていた。

男は近づいてくると、持っていた小さな竪琴を小さな音で弾いた。誰もが身じろぎすることもなく、その音色の美しさに聴き入っていた。ベルだけが溜息をつき、ウラドの目は暗くなった。

それはただ月光に浮かぶ鳥の歌だった。甘く、短い歌だった。緑の竪琴弾きの音がやんだとき、ベルが立ち上がった。緑の竪琴弾きは竪琴を降ろし、頭《こうべ》を垂れた。そして、躰を起こすと、まっすぐウラドを見た。

「〈最期〉が待っています」

しかし、ウラドは答えなかった。その影を纏った瞳は、森から出てきた男の凝視にも揺るがなかった。

誰も見たことがないその男の顔には、内から発せられる不思議な光が宿り、そこに浮かぶ微かな微笑みは逆巻くほの暗い記憶の波を呼び起こし、島の岸辺の潮の香りを運んできた。

「〈最期〉が来ました」竪琴弾きのベルがまた云った。しかしそのあいだでさえ、緑の竪琴弾きは音を奏でていた。

その竪琴の音を聴いた者は皆、夢の朧《おぼろ》げな国へと足を踏み入れた。歓びを見て、その歓びと戯れる者もいた。安らぎを見出し、その安らぎに求愛する者もいた。愛を見る者、栄誉を見る者、富を見る者もいた。屈強な男たちが塞ぎ込んだように坐って、剣に注意を向けることもなく、狩猟の角笛を顧みることもなく、ただ、深い歓びの歌、深い平和の歌、夢の中の夢の歌のことしか気にしていなかった。女たちが心の中で涙と憧れを霧の渦の中に沈めると、その霧の中から白い鳩と綺麗な虹色を帯びた欲望の幻影が出てきた。茂みの一つ一つに、そして木の一本一本に静寂が宿った。動く鳥も一羽としてなく、茶色の小さな胸を震わせていた。森に住む野生の鹿は立ち尽くし、一本の足の蹄を持ち上げた。子鹿たちが、ポプラの葉のように震えていた。彼らの命が、驚きに満ちた流れ動く瞳の中へ消えていったからだ。狐がオークの根元で眠そうな瞬きをした。生きる者にことごとく夢が訪れた。

そのとき、竪琴弾きのベルに最期が訪れた。彼は若い頃の自分を見て、そして死んだ。ウラド以外の男たちの中でただ一人、緑の竪琴弾きが演奏した歌の秘密を知っていたかもしれない男だった。理解していたかもしれない男だった。そして、実際に知っていた。その顔にはまだ微笑みが浮かんでいたが、そこにいた者には誰一人として見えなかった。草地の上で俯せに倒れた骸《むくろ》しか見なかったからである。ベルは、ティル・ナン・オグの花でいっぱいの林の中の空き地を素早く通り抜けて、再び並々ならぬ美しさの若者となって歓びに噎《むせ》び泣きながら、ある女の名前を呼んで呼んで呼び続けた。

そしてウラドは――彼もまた聴いて、理解した。その演奏の中にアーニェの顔の美しい幻影を見、アーニェが呼ぶ声の遠い谺を聞いた。

ウラドが行くのを見た者はいなかった。黄金の王座でウラドは微動だにしなかった。それでも、ウラドは立ち上がり、皆の前を通って行ったのだ。緑の竪琴弾きは微笑んで、その前を歩いて森の中へ入っていった。二人は前へ進み、森の暗がりを出て、西方に面した滑らかな緑の丘陵を越えた。その先は、黄金の霧の中に陸地と遠くの海が広がっていた。燃えるように輝く虹が、広大な険しい雲の崖を背景に壮麗な姿を見せていた。

虹の下をウラドは歓びで目を熱くして歩いて行った。

「あなたの王国をご覧なさい、ウラド」隣を歩く声が聞こえた。その声はあまりにも麗しく、ウラドの魂が生命の深みへと突き動かされた。竪琴弾きの輝く目を見ようと思って、隣を見た。そこにはアーニェの顔があった。アーニェの声があった。アーニェの手があった。

「アーニェ！」ウラドは大声をあげた。

アーニェは両腕をウラドに回し、その唇に口付けした。

「もしもあの人が今も生きているなら、私は我が王を見つけるでしょう」彼女が囁いた。「愛は一つしかないのだから」

そのとき〈白のコラ〉が、大王の大いなる椅子に白く静かに坐っているウラドの冷たい顔の上に身を屈めて、深く静かな、もはや何事にも悩まされない瞳を覗き込むと、皺だらけの震える両手を高く上げ、必死に声を張り上げ、大いなる声を響かせた。

「見よ！　この王の栄光を！」

アンガス・オーグの目覚め

ある日の昼、丘に囲まれてアンガス・オーグは横になって眠っていた。横たわるところは清らかで、周りにはヒースと九月の黄金色《こがね》に染まる羊歯《しだ》が茂っていた。丘の斜面には鴉《からす》が降りて身を休めるほど高い杜松《ねず》の樹もなく、大きな岩もなかった。辺り一面、黄金《きん》の羊歯と紫のヒースで、その中に色の薄い御《ぎょ》柳擬《りゅうもどき》が混ざっていた。そこで目を引く存在が七竈《ななかまど》の樹だった。生育していくあいだにどんどん斜めに伸びていったので、太陽が東のベン・モナハの上に昇ると、陽の光は羽毛のような葉のあいだを抜けて、その下の小さな湖に降り注いだ。そして、あまりにも傾いているので、太陽が西のベン・ヴァゴナハの水平線へ沈むときには、何百リーグにも広がる黄色の羊歯を越えて上がってくる輝きが、七竈の葉を真鍮の如き色に、その実を青銅《ブロンズ》の如き色に染め上げた。

湖といっても、大きな岩が作った窪み程度のものだった。遠く霞むほどの太古に押し寄せてきた花崗《かこう》岩《がん》を滑り落ちる泉の水が湖に注ぎ込んでいた。湖がその冷たい唇を、ヒースに深く埋もれる岩だらけの小さな水盤の縁につけるのをやめることはなかった。南端では、縁を越えて渦巻く波の中へ御柳擬が倒れ込んでいた。七竈の樹の下には苔《こけ》が密生し、ゲールの人々が沼地の銀梅花と呼ぶ谷地柳《やちやなぎ》の芳香が漂っていた。

ここで昼のひと時、アンガス・オーグは眠っていた。この神は、陽光の洪水の中に咲く花だった。その髪は緑の谷地柳の上に広がり、あたかも草地の中に落ちた水仙の花のような黄色だった。頭上の青は測り知れない海だった。雲の欠片も漂うことなく、鷲《わし》が山の高みにある巣から飛び立ったり、隠れた低地から大きく旋回しながら上って行く影が差すこともなかった。

アンガス・オーグの周りには、等しく深い静寂があった。七竈の葉を風がそよがすこともなく、その白い四肢に羽毛のような葉が影を落すこともなかった。ベン・モナハの尾根に育つヒースの若芽に風が身を擦り付けていくこともなかった。ベン・ヴァゴナハの上空には、海風がかつて蓬菊《よもぎぎく》やフランス菊の回廊中庭に降りてきた道筋があったが、その大気の通り道を風が滑っていくこともなかった。

しかしそのときにも、アンガス・オーグを見つめる目があった。オルヒルがヒースの下で見ていた三位一体の夢より目覚めたのである。この女神は生と死の機《はた》を操るのをやめ、じっと考え込むようにアンガス・オーグを眺めた。アンガスは、美の神であり常若の神である。愛の王、音楽の王、歌の王である。「この神はこれほどの時を眠って過ごしたのか」かなりの時が過ぎてから女神は囁いた。その血潮が唇を赤く染め、静かな血流が籠の中の鳥のように激しく脈打つのを感じた。

だが、しばらく女神が黙然としていると、三人の年老いたドルイドが丘の向こうからやって来て、ゆっくりと黄色の髪の神が夢を見ているところまで進んできた。しかし、この三人は人間ではなく古《いにしえ》の神々であることを女神は知っていた。

神々はアンガス・オーグの近くまで来て起こそうとした。だが、その前にオルヒルが花崗岩の岩越しに息を吹きかけ、太古の年月をアンガス・オーグに纏わせたので、古の神々の声ですらその耳に届くときには蚋《ぶよ》の羽音ほどにも響かなかった。

「目覚めよ」とケイホルが云った。その声は、極地から風が押し寄せてくるときの松の森の溜息のようだった。

った。

「目覚めよ」とマナナンが云った。その声は太洋が虚《うつ》ろに唸《うな》るように響いた。

「目覚めよ」とヘススが云った。その声は宇宙を駆け抜ける緑の世界、あるいは飛躍する太陽のようだった。

しかし、アンガス・オーグが目を覚ますことはなく、ただ夢が続いていた。力強い鷲が無限の空間から空高く舞い上がり、翼の先の塵のように星々や惑星を散らす夢だった。その惑星はことごとく落下して、広大な太洋へと広がった。そこでは数知れない波が跳び上がり陽光の中で踊っては、笑いに満ちた歌を歌った。星々が銀の雨となって降り注ぎ、数えきれない森の中へと広がった。森では世界の四方から吹く風が竪琴《ハープ》をかき鳴らした。その黄金色と影に囲まれて飛び交う白鳩はアンガス・オーグの接吻であった。

「決して目覚めることはあるまい」ケイホルが呟いた。緑の世界の神は悲しげに立ち去り、葦笛で思いつきの甘い歌を吹いた。その歌は今日でも草原の風の息吹《いぶき》に残っている。あるいは、木々の葉のざわめきに、あるいは、葦の茂る岸辺にひたひたと打ち寄せる波の音に。

「決して目覚めることはあるまい」マナナンが呟いた。太洋を分ける神は悲しげに帰っていった。貝殻の中に響く海の音楽が丘陵の斜面に漂い響いた。古の嘆きと齢《よわい》を重ねた哀歌の悲しみに満ちていた。その音は、今なお沈黙の暗闇の中を進む死者たちの耳にあり、死にゆく世界の多年の時を閲《けみ》した岸辺に漂っている。

「決して目覚めることはあるまい」ヘススが呟いた。目に見えない神の鼓動は海の最も深いところよりも深い底にあった。その吐息は星々の凍てつく光であり、その光と一体であった。そのため、蒼空に冷たく咲く燦然《さんぜん》たる輝きを見る者はなく、大地と太陽のあいだのこの焔は西方にかかる雲の帳《とばり》に隠された栄光となった。草葉の緑の先端に留まる静かな露に宿る輝きだった。そしてこの光は潮が満ちるように上っていった。その動きにつれて鳴り響く死んだ月のシンバルに向かって、噴火する世界に向かって、千の太陽のクラリオンに向かって、宇宙を堂々と進む星々の騒《ざわ》めきが溢れた。しかし、アンガス・オーグは花崗岩の深い古の齢を纏い、死んだように眠りつづけた。

オルヒルは微笑んだ。「彼らは老いている。年老いた古の神々だ。彼らはあまりにも年老いて、永遠というものを安らかに見ることができない。アンガス・オーグは若さの神だ。そして、アンガス・オーグだけが永遠で不変なのだ」女神はそう囁いた。

そして再び生と死の機《はた》へ戻る前に、目を上げて茶色の大地を視線で貫き、緑の世界の上に立ち上がると、空の静寂をその只中で搔き乱す存在になった。氷の星々がそこに雪を降らせ、アンガス・オーグは真昼の焔でも融けない白い屍衣に包まれた。さらにオルヒルは、神秘の機から忘却の影を一つ摑むと、アンガス・オーグが眠る小さな湖の辺《ほとり》の七竈の樹の下でベン・モナハを縛った。

千年の月日が流れた。そして唐松の湿っぽい緑の香りが冬から春へと千回目に漂ったとき、オルヒルは織り続ける生と死の機から視線を上げた。というのは、三人の年老いたドルイドが丘の向こうからやって来て、ゆっくりと黄色の髪の神が雪の下で夢を見ているところまで進んできたからだった。

「目覚めよ、アンガス」とケイホルが叫んだ。

「目覚めよ、アンガス」とマナナンが叫んだ。

「目覚めよ、アンガス」とヘススが叫んだ。

「目覚めよ、目覚めよ」彼らは叫んだ。「世界は俄《にわか》に寒々と古びてしまったのだ」

そこに立っている間に三人は灰色の苦悩を纏い、〈沈黙〉と向かい合った。

するとオルヒルが機《はた》で織っていた布のうえに神秘の杼《ひ》を置き、こう云った。

「古の神々よ、我が問に答えよ。ケイホルよ、もしも汝に死が訪れたら何が起こるのか」

「緑の世界は萎《しお》れて乾き、どことも判らないところへ風で虚しく飛ばされる茶色の枯れ葉のようになるだろう」

「マナナンよ、もしも汝に死が訪れたら何が起こるのか」

「深い海は干上がるだろう。露が滴っていたところに砂が降るだろう。最後に世界は揺らぎ、地の底へと落ちて行くだろう」

「ヘススよ、もしも汝に死が訪れたら何が起こるのか」

「大地の心臓の鼓動は止まるだろう。太陽と交代で上がる星々も消えるだろう。闇と静寂のみの世界となるだろう」

するとオルヒルは笑い声をあげた。

「それでも、千年のあいだアンガス・オーグが雪の下で眠っているうちには、誰もそんなことを知らなかったではないか。千年のあいだ、愛という彼の心臓の鼓動は世界の律動だった。千年のあいだ、彼の鼻孔を通る呼気は人の心に春をもたらしてきた。千年のあいだ、彼の命の呼気は恋人たちの唇を温めてきた。千年のあいだ、これらの記憶はいとも簡単に忘れられてきた。それどころか、誰一人としてアンガス・オーグの深い眠りを夢見たことはなかった」

「それは誰なのか」ケイホルが叫んだ。「彼は私よりも齢を重ねているのか、緑の大地が生まれるのを見た私よりも」

「それは誰なのか」マナナンが叫んだ。「彼は私よりも齢を重ねているのか、虚空から水が最初に湧きだすのを見た私よりも」

「それは誰なのか」ヘススが叫んだ。「彼は私よりも齢を重ねているのか、最初の彗星が星々の群れの中から彷徨《さまよ》い出るのを見た私よりも。月がまだ焔を上げて燃える太陽だったとき、太陽が七倍もの焔を燃え上がらせているのを見た私よりも」

「アンガス・オーグの方が老齢だ！　神々の魂なのだ」とオルヒルが云った。

そして、掌の上から林へ向かって息を吹きかけ、麗しの神が纏う花崗岩の深い古の齢を取り去った。

「目覚めよ、永遠の春よ！」オルヒルが叫んだ。するとアンガスが目覚め、歓びの笑い声をあげた。その笑い声を受けて、緑の全大地を雪の花々が覆った。

「立ち上がれ、永遠の若さよ！」オルヒルが叫んだ。するとアンガスは立ち上がって微笑んだ。その微笑みを受けて、茶色く古びた世界は露で濡れた緑を纏った。どこもかしこも世界の美は若い者の目にも年老いた者の目にも等しく甘く映った。どこもかしこも脈打つ心臓に愛の鼓動が踊った。

「進め、永遠の希望よ！」オルヒルが叫んだ。するとアンガス・オーグは太陽の光の溢れる中を歩み去った。彼が通り過ぎるところにかかった虹が古い丘を清く照らし、悲しみの谷に光が満ちた。どこもかしこも歓びに溢れた。

そしてこれが、オルヒルが黙って暗闇で機《はた》を織るとき、ケイホルが盲目となって遠い丘陵や人のいない岸辺の夢を見る理由である。そして、マナナンが影のように動いている世界の太洋の下で深い眠りに身を重く横たえている理由である。そして、ヘススが消えゆく星々の霜で真っ白になって新世界の重荷に倦んでいる理由である。そしてこれが、若さの神アンガス・オーグが彼らよりも老齢で、なおかつ永遠に若い理由である。彼らの時代は終わったのだ。忘却が太古の時代に迫ってきた。しかし、アンガス・オーグの心には〈若さの薔薇〉が花開き、その美しさは衰えることがない。まことに、〈時〉はその薔薇の名前であり、〈永遠〉はその美しさであり馨《かぐわ》しさである。

暗く名もなき者

この夏のある日、パードルグ・マクレイとイヴォル・マクランとともに、ムル島のロスの南西海岸で舟に乗った。二人はイオナの漁師である。

ロスの海岸にはどこまで行っても名状し難い荒々しさと寂しさしかなかった。イオナ島のバリモアの対岸にあるフィーナフォルト（現フューンフォルト）から、アリジ灯台の集落まで、一帯には住む人もなく、生き生きとした緑の植物は皆無といってもいい過言ではなかった。鵜《う》と海豹《あざらし》の生息地だった。

この地を訪れたことのない者には、そこが如何に不毛か実感できない。唯一美しいものは、陽の光を浴びてそこに咲く儚い花だけだ。雲も霧もない空を太陽が東から西に動くときに内なる焔を輝かせる花である。それは花崗岩《かこうがん》の赤みがかった色のせいだ。この荒野はどこもかしこも花崗岩でできている。

ここは海に痛めつけられる地だ。海からの風に鞭打たれる地だ。数えきれない細い入江、フィヨルド、小海峡、水路が、ぎざぎざした境界線をさらに刻み込んでいる。無数の小島や暗礁が飢えた狼のように牙をむき、浅瀬で見張りに立ち、海峡で待ち伏せする。腕のいい漁師でなければ、アリジの海峡を渡り、ロスの海岸まで突破してはくれないだろう。

平安の季節がないわけではない。島の者たちはイースターから秋分までをそう呼んでいる。そのときは、アリジもロスのその他の海岸も、魔法にかけられているように見える。美の魔法だ。太陽の黄色の光は、崩れ落ちた岩の塊、岸壁の岩棚、巨大な〈花崗岩の花〉の赤みがかった花弁や葉に降り注ぐ。そこに、雲の影が紫の幻影の足跡を残していく。彼らが大鎌を振るうと、溢れる黄昏の温もりも瞬く間に消失する。濡れた巨石から巨石へ、貝殻の多い介砂層《クラッグ》から介砂層へ、亀裂から亀裂へ、海は絶え間なく泡の帯を織り続ける。その向こうに広がる輝く水面は、陸地の近くでは緑で、海岸から離れるにつれて目の覚めるような青へと変わり、そこかしこに紫水晶《アメシスト》の広い道がある。輝く水面が竜の落し子たちで白く沸き立つとき、笑い声のうねりと飛沫《ひまつ》がスルガン・ドゥヴからルア・ナム・ムール・モラまで広がる。あるいは、スゲーレグ・ア・ヴォホディヒの潮に洗われる岬まで。そこから内陸を見れば、目に入るのは、絶えることのない水煙のヴェールが虹色に光っている様子である。

　しかし、太陽の魔力はこの荒々しい地表では女性の美の魔力よりもなお移ろいがちである。だから、今の諺《ことわざ》にもあるではないか。潮が引くように、葉が萎《しお》れるように、女の美しさも消えていく。ただし——ああ、例の「ただし」だ——見出し得ない歓びの泉にたまたま巡り会えば、人生の中で今一度甦らせることができるのだという。それ以降は、ただ夢の中でしか見出せず、〈虹の国〉も〈波の下の国《ティル・ナ・ホン》〉も、決して到達し得ない。もはや彷徨《さまよ》う波には開かれていないのだ。

　あの日、私はパードルグから、彼の親族であるムルドホにまつわるその奇妙な話を聞いたのだった。私が別のところで話したことのある「神の裁き」〔荒俣宏訳『ケルト民話集』所収〕の話だ。そして、私に〈アリジの海の魔女〉の話をしてくれたのもやはりパードルグだった。

「そうだ。エフシュゲ（海獣とか海の精、馬に似た海の怪物だ）のことは聞いたことがあったが、自分の目で見たことは一度もなかった。父や兄も、そういう存在は知っていた。だが、俺が知ったこいつは、俺たちがアン・カラハ・イシュケ（セイレンか海の魔女のようなものだ）と呼んでいるやつだ。カラハだ。マイジャンワラ（人魚）なんかじゃない。あれなら何の害もないからな。俺の云ったことがあいつに聞こえますように！　カラハというのは歳をとっていて、海藻を纏っているんだ。でも、その声は若い。いつも、その姿を眺める者の目に煌《きら》めきが宿るように坐っている。男の目には若く、美しく見えるんだ。そいつには親しくしている海豹が二頭いる。一頭は墓のように黒く、もう一頭は墓の中にある屍《し》衣《い》のように白い。海の魔女の歌を漁師が嘲《あざわら》笑ったりすると、こいつらが舟をひっくり返すこともある。

　ある男の網に、この一頭がかかった。もう百年以上前のことだ。鰊《にしん》の底引き網にかかって舟に引き上げられた。だが、もう一頭が、舳先の上で前足と頭を使って網を激しく引き裂いた。もうその網が使いものにならないのは間違いなかった。二頭が叫び悲鳴を上げ、それから低い声で呟《つぶや》くのを、男は聞いた。錯乱している女たちのようだった。怖くなって網を放りだした。舟の漕ぎ手座のあたりに少し切れ端が引っかかっているだけだった。後になってその切れ端を見ると、女の髪が絡まっているのに気がついた。確かにそうだった。石碑ではそう伝えられている。

　この男の孫、ホーミシュ・マクニルはまだ生きている。カルンブルグ諸島のルンガの先にあるエラン・ウアヴァン島の羊飼いだ。数年前のことだが、カラハン岬の沖で、この孫が二頭の海豹を見た。そして、姿は見えなかったが、老婆の声を聞いた。これから話すことは、目の前の〈キリストの十字架〉にかけて本当のことだ」

　パードルグが話しているあいだずっと、イヴォル・マクランが他所《よそ》を見ているのに気づいていた。何も聞こえていないようにも見えたし、聞きたくないようにも見えた。その目は夢を見ているようだった。私には判った。だから、しばらく何も云わなかった。

「どうしたの、イヴォル」低い声で、とうとう訊《き》いてしまった。彼は驚いて、私の方を不思議そうな目で見た。

「どうしてそんなことを訊くんだ。何を探ろうとしているんだ。秘密でもあると思っているのか」

「何か気に病むことがあるように見えたから。話そうという気はない？」

「話してやったらどうだ」とパードルグが静かな声で云った。

だが、イヴォルは黙ったままだった。そのときの目つきで、彼の気持ちが判った。そのあと、舟を進めたが、舟の上では一言も話さなかった。

その夜は、暗い雨の夜だった。隠れた月に向かって吹き上がる風が吹いていた。イヴォル・マクランが耳の聞こえない母親と住んでいる小さな家に行った。耳が聞こえなくなってもう二十年近くになる。死の風が吹いた後、溺れた者たちの中に夫のカルムがいると囁く女の声を聞いた、その夜以来だった。

私が入っていったとき、イヴォルは石炭を燃やす火の前に坐っていた。今やイオナ島では、マカリン・モールの法令によって泥炭を燃やすことはなくなっているからだ。

「もう話そうという気になった？　イヴォル」とだけ云った。

「ああ、これから話そう。さっき話さなかったのは、海にまつわる古い話を流れる波の上で話すのは賢いことでもよいことでもないからだ。マクレイだって、そんなことをしていいわけはない。次に網を持って海に出るときにその報いを受けるかも知れない。今晩、俺たちは海に出る予定だった。だが、俺はやめた。行かない。もちろん、行くわけがない。サウンド海峡じゅうの鰊と引き換えでも行かない」

「それは大昔の言い伝えなの？」

「そうだ。いつの時代のことなのかは知らないが。フェンの時代と同じくらい古いんじゃないか。まあ、よく判らない。それが俺たちまで受け継がれてきたわけだ。ティレーのアラスダル・マカラスダルは、コルムとブリージの話を全部知っているってよく自慢していた。そいつが俺のお袋のお袋に話したんだ。

それから、俺が聞いたというわけだ」

「何という話？」

「まあ、名前はいろいろあるんだが、『暗く名もなき者』と呼ばれていたといっておけばいいだろう」

「暗く名もなき者ですって！」

「そんな感じだ。だが、イシュトのマクオドルム家の話を聞いたことがあるんじゃないか」

「ええ、シュリアハグ・ナン・ロンでしょう」

「そう、それだ。間違いない。シュリアハグ・ナン・ロン……海豹の子供たちだ。いや、命の影の中で動くもののことは誰も知らない。さて、これから古い古い話をして聞かせよう。お袋のお袋から聞いた通りに」


あの日、コルムは一人で岸辺を歩いていた。修道士たちが、鍬《くわ》や鋤《すき》を持って働いていた。牛の乳搾りをしている者もいれば、魚を獲っている者もいた。フェレフ・ギェヴリ〔Faoilleach Geamhraidh：冬の二月の謂〕の第一日目だったと彼らは云う。ブリージの祝日〔Am fheill Brighde：Candlemas とも。カトリックの聖燭節で、松村みね子は燈火節と呼んだ。二月二日〕と呼ばれている日だ。

聖者コルムは、ソアを対岸に臨む岩だらけの岸を彷徨《さまよ》い歩いていた。コルムは祈り続けていた。聖者が声に出して祈るとき、巣の中で死んでいた卵から鼓動が聞こえ、枯れた木の芽が膨らみ、蝶が繭を破って出てきたと云う。

そのとき大きな黒い海豹が岩場の上に横たわっているところに出くわした。海豹の目は邪悪だった。

「我が祝福を、海豹《ロン》よ」とコルムはいつもと変わらぬ善良で礼儀正しい口調で云った。

「Droch spadadh ort」海豹が答えた。「僧服のコルムよ、悲惨な最期を迎えるがいい」

コルムは怒って云った。「なるほど、そうか。その呪いの言葉で、お前がキリストの友ではなく、北方の邪《よこしま》な異教の信奉者だと判った。ここで〈白のコルム〉あるいは〈聖者コルム〉として知られている私を、聖なる白い長衣《ローブ》を纏っているからといって愚弄するのはピクト人と非道なノルマン人だけだ」

「おやおや」海豹が答えた。それは上手なゲール語で、もともと深い海で使われていた言葉であるかのようだった。そんなことは誰でも、盲目の風にだって云えるようなことだが。「おやおや、まあそういうことにしておこうじゃないか。ここに波の進む道があり、また向こうにも波の進む道がある。だが今は、もしお前がドルイドなら、〈焔のドルイド〉だろうが〈キリストのドルイド〉だろうが構わないが、私の妻がどこにいるのか、そして私の娘がどこにいるのか云うがいい」

これに対して、コルムは海豹をしばらくのあいだじっと見つめていた。そして、理解した。

「お前はかつて人間だったのか、海豹よ」

「そうかも知れないし、そうでないかも知れないな」

「その訛《なま》りのあるゲール語は北の島々の出身だということだろう」

「それは間違いない」

「お前が誰なのか、そして何なのか、今やっと判った。お前は異教徒オドルムの種族の一人だ」

「まあ、それを否定はしない。そして、それだけではない。私はアンガス・マクオドルムだ。イーンガス・マク・トルカル・ヴィク・オドルムであり、その名を〈黒のアンガス〉として知られている」

「相応《ふさわ》しい名前でもある」聖者コルムが云った。「なぜなら、お前の心には黒い罪があるからだ。そして、神がお前のために用意しているのは黒い死だからだ」

それを聞いて〈黒のアンガス〉は嘲笑った。

「なぜ笑う、人海豹よ」

「いや、何とよき連れができたのだろうと思ったからだ。だが、今度は答えてくれ。これまでに、キルステエン・マクヴリヒと呼ばれる女に会ったことはあるか。あるいは、聞いたことがあるか」

「キルステエン——キルステエン——修道女に相応しいような良い名前だ。海の妖女などではなく」

「ああ、どんな名前だろうと、そんなものは形のない砂と同じだ。ということは、私の妻がどこにいるのかは知らないのだな」

「それは確かだ」

「ならば、お前の腹に杭を打ち、お前の手を釘で貫き、お前の舌を焼き、お前の目を鴉《からす》に啄《ついば》ませよう」

そういって、〈黒のアンガス〉は緑の海に飛び込んだ。嗄《しわが》れた荒々しい笑い声が空中へ迸《ほとばし》り出て、風に負けた鷗《かもめ》のように崖の上に落ちて死んだ。

コルムは、深く考えに耽《ふけ》りながら、ゆっくり修道僧たちのところへ戻った。「神は慈しみ深い」と低い声で繰り返し繰り返し云った。その言葉が発せられるたびに、草の中に綺麗な雛菊の花が開いた。あるいは、黄色の鳥が身を起こして、聴くものの耳にこれほど素敵に甘く届く歌は初めてというほどの声で歌った。

〈神の家〉の近くまで来たとき、ムルタハに会った。その島々の古い種族の出の老僧であった。

「キルステエン・マクヴリヒというのは誰だ」

「彼女はキリストの良き僕《しもべ》でした。南の島にいました。〈黒のアンガス〉に海へ連れて行かれるまでは」

「それはいつのことだ」

「千年ほど前のことです」

その言葉にコルムは驚いて目を瞠《みは》った。しかし、ムルタハは事実を語る男だ。寓喩で語る男ではない。

「そうです、我が父コルム。千年ほど前のことです」

「だが、命ある者の罪はそれほどの時が経っても消えないものなのか」

「はい、消えはしません。遥か昔、オシーンが歌う前の、フィアンよりもクーフリンよりも前の時代に、名声高き偉大な王子がいました。当時、トゥアハ・デ・ダナンが緑のバンバ〔アイルランドのこと。トゥアハ・デ・ダナンの女王である女神の一人の名前〕全土の主でした。〈黒のアンガス〉は、キルステエン・マクヴリヒという女を礼拝の場を離れて岸辺へ降りていくように仕向けました。そこで彼女を餌食とし、〈黒のアンガス〉は彼女を連れて海へ入りました」

「もう彼女は死んでいるのか」

「いいえ、遠くアリジとして知られている荒々しいところで海の呪文を紡いでいます。アン・カラハ・イシュケ、すなわち海の魔女と呼ばれています」

「では、なぜ〈黒のアンガス〉はここで、あるいは別のところで彼女を探しているのだ」

「そういう運命なのです。彼女こそ、アダムの最初の妻なのです。遠い海で、岩礁の鋭い牙のあいだの泡の絶えることのないところにいる海の魔女です」

「では、〈黒のアンガス〉とは何者なのか」

「その躰《からだ》は、オドルムの種族のトルカルの息子であるアンガスの躰です。海豹のような姿に見えているとしても。しかし、魂はユダのものです」

「黒いユダか」

「はい、黒いユダです」

この言葉を云い終えると、イヴォル・マクランはつと暖炉の前から立ち上がり、その夜はもう一言も話さなかった。辺りでは取り乱したような孤独で物悲しい叫び声が、風の中や、次々と打ち付ける波の音の中に確かに聞こえた。そこに不気味な笑い声や人間のように聞こえる鷗の叫び声が加わった。

出て行くときに私が彼の母親のショールに手を触れると、彼女は吃驚した目で私を見上げて云った。

「神様が私たちとともにおわしますように」私は扉を開けて、打ち上げられた海藻の潮の匂いを鼻に感じた。そして、溢れる夜の闇を。

聖別された男

アハナ七兄弟というのは、ギャロウェイに住むアハナ家のロバート・アハナの息子たちのことで、親族との激しい確執から逃れるために自ら流浪の身となって遥か北方の〈夏の島々〉にあるエランモルで暮らしていた。そして、この兄弟は皆、多少なりとも気が触れたように見えることがあった。いつもというわけでなく、そうでないときもあるのだが。

いつの日か兄弟たちの話をする機会がきっとまたあるだろう。特に、いちばん歳上と歳下の話は。ソルウェイ湾の海の牧草地から、ルイス島の海藻で覆われた海岸に到るまで、ケルトの地であれほど変わった男たちに出会ったり知り会ったりしたことはない。七番目の息子ジェイムズには、一族の呪いがいちばん最後に、そして最も過酷に降りかかった。またいつか、その数奇な生涯をすっかり話すときが来るかも知れない。その身を滅ぼすに到った悲劇と哀れな最期について。たまたま私は、兄弟たちの中でもいちばん歳上のアラスダルと歳下のジェイムズのことをよく知っていた。他の、ロバート、アラン、ウィリアム、マーカス、グルーム〔憂鬱・陰気（な人）という意味の語で人名としては変わっている〕については、最後の一人を除いて誰一人今日まで生き延びた者はいなかった。といっても生きているかも知れないというくらいで、もう何年もその姿を見た者はいない。グルームという、この奇妙で意味の判らない名前を以前は怖く思ったものだが、それは彼の残酷な運命のせいもあるだろうし、ロバート・アハナの六番目の息子にあまりにも相応《ふさわ》しい名前なのでなおさらそう思うのだろう。判っているのは、十年ほど前にローマにあるイエズス会の修道士だったことだけで、渡り鳥のようなこの男がどこから来てどこへ行ったのか、私には知りようもなかった。二年前に彼の縁者からグルームは死んだと聞いた。海の向こうのイスパニョーラ島の古い都でメキシコの貴族か何かに殺されたらしい。その知らせが真実に基づいているのは間違いないだろう。それでも、グルームのことを考えると、急な用事だといってはるばるここに向かっているところではないかというぼんやりとした不安に襲われる。そして、我が家への道を急ぐその足は、もうすっかり土埃で白く汚れているのではないかと。

だが今はただアラスダル・アハナのことを話したい。私のかけがえのない友人だった。アラスダルが四十歳近い男だったのに対して、私はその半分にもなっていない少女だったとしても。皆に「沈黙《だんまり》アリイ」と呼ばれていた私だが、アラスダルとのあいだには共通点がたくさんあって、あれほど親しみやすい相手は他に知らなかった。彼は背が高く、ひどく痩せていて、何となく締まりのない体つきだった。その目はくすんだ青で、森から立ち昇る煙の色だった。ユーイストの島にあるカンナと谷地柳《やちやなぎ》に囲まれた沼地の中の小さな湖のようだといつも思っていた。子供の頃に私がいつも夢見ていた場所である。

アラスダルが笑うときの顔の輝きによく目を惹かれた。若い母親が初めての子どもの揺り籠の上に身を屈めたときに浮かべる穏やかな歓びのような光を放っていたのである。だが、どういうわけか、私はその光を不思議に思ったことは一度もなかった。弟たちだけでなく父親でさえも、半ば軽蔑するような、半ば畏敬の念を抱くような言葉をアラスダルに投げ掛けるときでも。ときに彼を冷笑するのを聞くときでさえも。ある八月の嵐の寒々とした日に、グルームがこんなことを云ったのを耳にして困惑したことを今でも覚えている。怒りと嘲《あざけ》りの声だった。「あそこにいるのは〈聖別された男〉じゃないか!」私はその方向を見た。だが、そこで見えたのは、憂鬱なほどの寒さなのに、収穫が壊滅的なのに、じゃがいもが収穫できずに腐ってしまったのに、微笑みながらのんびり歩いているアラスダルの姿だった。周囲に広がる灰色の土地をぼんやりと見つめる目に歓びを湛《たた》えていた。

　何もかも理解できたのは、それから一年くらい経ったときのことだった――日付を覚えているのは、私が最後にエランモルを訪れた日だったからだ。そのとき私はアラスダルと一緒に西に向かって歩いていた。日の沈む方向である。光がアラスダルの顔に当たっていたが、まるで躰《からだ》の中から発せられているように見えた。もう一度、畏敬の念のようなものを抱きながらその顔を見ると、もう西方からの輝きは消えていた。その晩は、どんよりとした、今にも雨が降り出しそうな天気だったから。その頃、アラスダルは悲しみに沈んでいた。三箇月ほど前、弟のアランとウィリアムが海で死に、その一箇月後にはロバートが病気になった。ほとんど骨となった姿の弟のロバートは泥炭を燃やす炉端で朝から震え、不機嫌そうに目を見開きながら黙りこくっているばかりだった。台所の上の部屋では、身体が麻痺した老ロバート・アハナが大きな寝台に横になっている。アラスダルとジェイムズ、そして誰よりも、最愛の友であるアン・ギレスピー、アハナの姪であり陰鬱な一家の中の太陽である彼女がいなかったら、私には耐えられなかっただろう。

　アラスダルと一緒に歩いていくとき、耐えがたいほどの憂鬱を感じていた。私たちが後にしてきた家は悲しさに満ち、冷え冷えと濡れた牧草地も悲しさに満ち、私たちが渡る石だらけの地もまた悲しさに満ちていた。何もかも静まり返り、ただ大杓鷸《だいしゃくしぎ》のか細く啼く声だけが聞こえていた。そして、何より悲しげだったのが、海の音だった。そこから見えない海は噎《むせ》び泣くように島の周囲を回っているのだ。云いようのない悲嘆のせいで私は立ち止まってしまい、もうこれ以上行くのはやめて家に戻ろうと云おうとした。少なくとも家に帰れば暖かく、アンが糸を紡ぎながら歌を歌っているだろうから。

しかし、一緒に歩いていたアラスダルの顔を見上げたとき、その内から本当に光が輝いているのに気がついた。その目は近寄り難く、広がる大地に注がれていた。そこには萎《しお》れたじゃがいもが、髑髏《どくろ》のような白い石の転がる荒れ地で腐っていた。今でもよく覚えている。あの不思議な青過ぎる目を。静かな歓びの明かり、安らぎの明かりを。私にはそんなふうに見えた。

「アハナカルン（その一帯はそんなふうに呼ばれていた）を見ているの？」と訊《たず》ねた私の声は囁くように小さかったに違いない。

「そうだ」答えるアラスダルの言葉はゆっくりだった。「見ているんだ。美しい。美しいではないか。ああ、神よ、この世界は何と美しいのだろう」

どうして自分がそんなことをしているのかも判らないまま、その言葉を聞いた私はヒースの茂る地面に身を投げ出して、激しく噎び泣いていた。

アラスダルは身を屈めて力強い両腕で私を抱え、柔らかい手でいたわり穏やかな言葉で慰めてくれた。「話してみなさい、いったいどうしたのか。どうして泣いているんだ」何度も何度も、そう云った。「あなたよ、あなたのせいでしょ、アラスダル」私にようやく云えたのはそれだけだった。「さっきあなたが云ったことを聞いて怖くなったの。ぜったいに変でしょう。こんなにぞっとするような忌々しい荒野を美しいだなんて、どうして云えるの。こんな恐ろしい日に。あんなことがあった後だというのに」

このとき、アラスダルが自分の肩掛《プレード》を濡れたヒースの上に広げ、私をそこに坐らせると自分も隣に坐ったのを覚えている。

「これが美しくないというのかな」と目に涙を浮かべて、云った。そして、私の返事を待たずに静かに云った。「聴きなさい、話してあげるから」

　そう云ってから妙な感じで黙っていた。一分、おそらくもっと、息もしていないように見えた。それから、話し始めた。

「十二、三歳だったころの、まだ子供と云ってもいいくらいのときに、あることが起こった。そいつは妖精の町の虹の橋《カハル・シー》から降りてきた」と云って、そこで話をとめた。もしかしたら、私が話を理解しているかどうか確かめるためだったのかも知れない。いろいろなお伽話に慣れ親しんでいた私に判らないはずもなかった。「花々に蜜が滴る頃に、ヒースの荒野に出ていったことがある。ずっとこの島と海を愛していたんだ。もしかしたら莫迦だっただけかも知れないが、その黄金の日が嬉しくてたまらなくなって、大地に身を投げ出し熱い口付けをすると、ぼんやりとした不思議な思慕の気持ちに噎び泣きながら両手両腕で大地を抱きしめていた。それでも、いつしか静かに横たわって目を閉じていた。そのとき気がついたのは、小さな二本の手がヒースの若枝の茂みから出てきて、この両眼に柔らかくていい匂いのするものを押し付けたことだった。目を開けても、見慣れないものが見えたりすることはなかった。誰かが見えたりすることもなかった。だが、囁く声を聞いたんだ。『立って、この地をすぐに離れなさい。今夜は、外に出てみたりしないように。悪いことが起こるといけないから』私はそこで立ち上がると、震えながら家に帰った。その後も、自分が変わったとは思わなかったが、それでも同じではなかったんだ。皆が見ているようには見えなくなった。親や弟たち、あるいは島の皆が醜くつまらないものだと思っているものでもね。親父には何度も怒られ、莫迦だと云われた。あの荒れ果てた人気《ひとけ》のない場所を見ても、美しい光と魅力的な輝きを放っているように見えた。とうとう親父は怒りを募らせ、ひとしきりばかにした後、町へ行って汚く卑しい醜悪さの中で生きる人間を見てこいと云った。だが、町の貧民窟と呼ばれるところや工場の煙の中、そして、貧しさが積もり積もったところで他の人間たちに見えていたものはもちろん私にも見えていたが、そんなものは消えゆく影でしかなかった。そこでこの目に見えたものは、不思議な輝きに溢れた美しさと、甘く純粋な男女の顔であり、彼らの純白の魂だった。そこで、その嫌々出かけた探索の旅に戸惑いうんざりして、エランモルに戻った。そして、家に帰ったその日に、モラグが来た。〈滝のモラグ〉だ。彼女は親父に向かってお前は愚かでこの男のことが何も見えていないと云った。『アラスダルの額には白い光がある。私には見える。雷の鳴り響く天気の日に南からの風が吹くとき、波間で揺らめく光のように。〈妖精の薬〉を塗られたんだ。妖精たちはこの男のことを忘れはしない。だから、死を迎えるその日まで変わらないだろう。人妖精《ディンシー》が死ぬとしたらの話だけどね。すでに一度死んで再び生まれた男なんだから。〈妖精の薬〉を塗られた者は皆、醜く恐ろしく悲しく辛《つら》いものを美しい輝きを通して見る。それは、マカルピン〔ピクト人の王であり、九世紀のスコットランド王国初代国王となった〕が海と海のあいだを支配していたときからそうだったし、お前の息子アラスダルもまたその一人だ』

　それだけのことだ。腹を立てた弟たちに〈聖別された男〉と呼ばれるのはそのためだ」

「それだけのこと」そうなのかも知れない。しかし、アラスダル・マハナよ、花々が染み出る蜜で甘くなる頃にあなたがヒースの荒野に見出した美しい宝に何度思いを馳せたことか。野生の蜜蜂はそのことを知っていたのか。私にその透き通る翅の柔らかな音が聞けたなら！

　瞼《まぶた》にあの手で一触れして貰うためなら、自分の持ち物の中で最上のものを差し出すのを拒む者がいるだろうか。中にはすべてを差し出す者もいるだろう。だが、その地は遠く、その時は隠されている。求めることのできないものなのだから、探し当てる者はいないだろう。

　ただ、野生の蜜蜂だけが知っている。だが、それは〈歓びの平原《マグ・メル》〉の蜜蜂に違いない。そして、命ある者がその地を歩くことはない――今までは誰も。

島々の聖ブリージ*

S・F・オールデンの美しい思い出に

SLOINNEADH BRIGHDE, MUIME CHRIOSD

Brighde nighean Dughaill Duinn,
'Ic Aoidth, 'ic Arta, 'ic Cuinn.
Gach la is gach oidhche
Ni mi cuimhneachadh air sloinneadh Brighde.
Cha mharbhar mi,
Cha ghuinear mi,
Cha ghonar mi,
Cha mho dh' fhagas Chriosd an dearmad mi;
Cha loisg teine gniomh Shatain mi;
'S cha bhath uisge no saile mi;
'S mi fo chomraig Naoimh Moire
'S mo chaomh mhuime, Brighde.

フィオナ・マクラウド

『キリストの養母、聖ブリジットすなわち聖ブリージの系譜』

聖ブリジットは、ドゥガル・ドンの娘
ドゥガル・ドンはヒューの息子、ヒューはアルトの息子、アルトはコンの息子
来る日も来る夜も
聖ブリジットの系譜に思いを巡らそう
そうすれば、殺されることはないだろう
傷つけられることはないだろう
魔法をかけられることはないだろう
キリストに見捨てられることもないだろう
悪魔の焔《ほのお》に焼かれることもないだろう
なぜなら、私は聖母マリアの庇護のもとにあるから
そして、優しい養母聖ブリジットの庇護のもとにあるから

一

聖コルムがモイルからイオナの島へとやってくる前、当時、イオナはInnis-nan-Dhruidhneach、すなわち〈ドルイドの島〉とイオウア島民には呼ばれていたのだが、そのドゥン・イーの南東斜面に、ドゥ

ヴァハという名の貧しい牧夫が住んでいた。本当に貧しかった。だが、貧しさのせいで緑のバンバと呼んでいたアイルランドに戻れないのではなかった。アイルランドから追放されたからだった。古い者たちの国シュリーアヴ・ゴラムを吹き渡る風が運ぶヒースの匂いを嗅ぐことはもう二度とないのかも知れない。

彼は故国で王子だった。それでも、イオナでは大ドルイド以外に誰もその名前を知らなかった。大ドルイドだけが、ドゥヴァハがドゥガル王家でドゥガル・ドンと呼ばれていて、コンの息子であるアルトの息子の国王ヒューの、その息子であることを知っていた。若い頃、高貴な血筋の乙女に悪事を働き告発されたのだった。彼女が子供を生んだあと、その亡骸《なきがら》に向かって誓うよう求められた。王女が自分の命と引き換えにした娘に誠実で裏切らないこと、聖なる地で娘を育てること、エーレから立ち去り、この地に二度と足を踏み入れないことを。これはドゥガル・ドンにとってはつらいことだった。王の前で、司祭たちの前で、そして民の前で、告発されたことに関しては潔白であると風と月にかけて誓ったのだから、なおさらである。神聖な誓いだからといって彼の云うことを信じてくれた者もいたが、王女モルナの誓いもまた同様の効果をもたらしたがゆえに、信じない者もいた。そのうえ、詩人であり預言者でもある〈金髪のイー〉が、モルナは不死者に生を授けたのであり、モルナの子の名はいつの日か星々の中で輝く月のように讃えられることになるだろうと明言していたのだ。それで王の心が鎮まることはなかったものの、末の息子の命だけは助けてやった。ドルイドのイーの助言に従ってドゥガル・ドンは北へ向かって進み、クラナドンの領土を抜けると、ある入江に着いた。そこは当時、デオバル入江と呼ばれていた。そこで他の旅人たちとともに舟を手に入れると、アラバ〔スコットランド・ゲール語でスコットランドのこと〕へ向かった。しかし、モイルで嵐に遭い、貧弱な舟は北へ流された。夜が明けたとき、今はイオナと呼ばれているイオウアの南岸に魚のように放り出された。そのとき生きている者もいれば、死んでいる者もいた。生き残ったのは二人だけだった。ドゥガル・ドンと幼子である。その場所は、来たるべき年の来たるべき日に聖コルムが小舟《コラクル》に乗って来て、膝を地につけて感謝の祈りを捧げることになるところだった。

陽の光に温められて二人が身を起こすと、目に入ったのは荒涼とした土地だった。嫌な予感がしてドゥガルの気分は沈んだ。そして、ドゥガルが驚き恐れたことに、幼子ブリジットは岩場の上に跪《ひざまず》き、周囲に散らばる貝殻のように小さな桃色の両手を握りしめて、聞いたことのない言葉の歌を歌っていたのだった。その幼さを思えばなおさら驚くべきことで、それまで唯一耳にしたことのあるゲール語すらまだ一言も話せなかったというのに。

イーが予見して話していたのはこのことだったのかと判った。なるほどこの幼子はただの人の子ではない。そこで、ドゥガルもまた幼子の前に跪き頭《こうべ》を垂れ、トゥアハ・デ・ダナン一族の子なのか、あるいは古い神々の子なのかと訊《たず》ねた。そして、もしかしたら、自分は彼女に仕える僕《しもべ》となることを求められているのかとも。跪いていた幼子はドゥガルを見て、低く優しい声でゲール語の歌を歌った。

私はただの幼子
アルトの息子ヒューの息子ドゥガル
しかし我が衣が置かれるのは
この世の主の上
そう、確かにそれは我が主の上
万物の王たるその方に

主が我が胸に身を預けるとき
私は主に安らぎを差し上げましょう
安らぎを求める者にはことごとく差し上げましょう
彼は力強い王子だから
その母は〈安らぎの娘〉だから

これにドゥガル・ドンが驚いているあいだに、イオナの大ドルイドが、白い長衣《ローブ》を纏った司祭たちを伴って近づいてきた。重々しい歓迎の言葉が外来者に与えられた。神の僕《しもべ》のなかで最も若い者に幼子が委ねられ、大ドルイドはドゥガルを呼び寄せ、質問をした。三日経って、老人は決定を伝えた。ドゥガル・ドンは、イオナに住みたければ居住を認めてもよいが、どちらにせよ幼子は留まるものとする。彼の命に危害が加えられることはないし、如何なる苦役も与えられない。耕すためのささやかな土地、そしてその他に必要なものが与えられる。だが、自分の過去について語ることは許されない。その名を廃し、ただドゥヴァハとだけ名乗ること。幼子もまたブリージと名乗ることとする。ブリジットという名は島々のゲール語でそう呼ばれるからだ。

そのときドゥガルがした質問というのは――そのときから彼はドゥヴァハになっていたわけだが――なぜそんなに幼子のことを、この娘のことを重視するのか、恥ずべき行為から生まれた子と云われる娘だというのに、というものだった。大ドルイドのカハルが答えて曰く「お前たちをここへ送ってきた我が親族である金髪のイーは大王よりも、イーマグのどのドルイドよりも賢いのだ。まことに、この子は不死の身である。この幼子に関する古い預言がある。そしてその子が今ここにいる。他の誰でもない。

預言は、イニシュファーイルの遠い昔の種族の乙女から穢《けが》れのない娘が生まれると云っている。七度目に聖なる年が巡ってきたとき、彼女は白い花として永遠の存在を膝に抱くだろう。清らかな胸が〈この世の王子〉のための乳で膨らむだろう。〈万物の王〉がその乳を吸うだろう。だから、ドゥヴァハよ、お前に云うのだ。安らかに過ごせと。妻を娶《めと》り、イオウアの東側にある土地を与えるから、そこで暮らせ。ブリージを自分の魂であるかの如く扱い、太陽と風について教えよ。時が満ちたとき、預言も実現するだろう」

その日を境にして、まさにそうなった。ドゥヴァハは妻を娶り、その妻が幼いブリージを乳離れさせ、ブリージは美しく淑《しと》やかに育ち、男たちは皆ことごとく驚嘆した。七年のあいだ、毎年ドゥヴァハの妻は男の子を産んだ。息子たちはそろってたちまち成長し、ブリージの人生で七回目に聖なる年が巡ってきたときには、堂々とした三人の青年と、さらにもう三人は端正な顔立ちで力強い若者、そして容姿の整った男の子一人が、兄弟になっていた。しかし、大ドルイドであるカハルを除いては誰も、ブリージ自身ですら、牧夫ドゥヴァハがイニシュファーイルの王家の血を引くドゥガル・ドンだとは知らなかった。

とうとう、ドゥヴァハでさえ自分は夢を見ていたのだと思うようになった。あるいは、少なくともカハルは預言の言葉を正しく理解しなかったのだと考えるようになった。ブリージは類い稀な美しさで不思議な敬神の念を呼び起こし、女神を前にしているかのように若いドルイドたちが頭《こうべ》を垂れてしまうほどだったとはいえ、世界は前と変わることなく、日々の暮らしには何の変化もなかったのだから。ブリージがまだ幼かったころには、ときどき赤ん坊のときに云った言葉について訊ねてみたが、そのことはまったく覚えていないようだった。一度だけ、彼女が九歳のとき、ドゥン・イーの丘の斜面であれとまったく同じ言葉で歌を歌っているのに出くわしたことがあった。その目は遠くを夢見ていた。ドゥヴァハは頭《こうべ》を垂れて、〈光を与える者〉に祈りを捧げ、カハルのもとへ急いだ。賢者は、幼子に向かってもう二度とその神秘について話してはならないと命じた。

ブリージは毎日何時間もドゥン・イーの丘で過ごした。羊の群れの番をしたり、今では〈草地《マハル》〉と呼ばれている小丘と草の生えた砂丘の上で雌牛を追ったりした。世界の美が日々の糧だった。その内なる魂は白い花の背後の陽光のようだった。緑の茂みの中の小鳥たちは彼女の青い目を見ると、歓びの歌を歌った。ブリージの心の中にある、あらゆる獣たち、鳥たち、無力な子供たち、疲れた女たち、老いた者たちのための優しい祈りが、その頭上で白い鳩の姿となり、陽光の中を飛んでいくのが見えた。その年も半ばになった頃、それが預言されていた年であることをドゥヴァハはすっかり忘れていたが、もうすっかり大人になっていた長男のコンが、ブリージがまだ結婚していないことにぶつぶつと不満を漏らすようになった。彼女が美しいからであり、本土の族長が彼女を妻に迎えたがっていたからでもあった。「ブリージを妻とするか、さもなければイオウアを襲撃するかだ」という言葉を送ってきたこともあった。

そこである日のこと、夏祭りの大火の前で、コンと兄弟たちがブリージを責めた。

「ブリージ、お前のその清らかな目を夫婦の臥所《ふしど》を照らす光としないのは、如何にも無駄ではないか」

「確かに、私たちはこの目の光で暮らしているわけではありません」と乙女が穏やかに答えてから片手で自分の顔をさっと撫でると、兄弟は恐れ驚いた。彼らが目にしたのは虚ろな眼窩《がんか》だったからだ。

この不吉な兆候を畏れ、震えながらドゥヴァハがあいだに入った。

「太陽に誓って云う。ブリージ、誰とでも望む相手と結婚しようという気になったときに結婚すればいい。そうしたくないというのが自分の意志ならば結婚しなくて構わない」

ドゥヴァハがそう云うと、ブリージは微笑んで、再び手を持ち上げて顔を撫でた。すると、そこにいた者は皆恥じ入った。その瞳に朝の光のような青が輝いていたからである。

二

穏やかな天気になった。海の上の島はどれも美しかった。遥か南の視界の向こうには、エーレの海岸が延びている。西には何リーグにも及ぶ太洋が静かに微睡《まどろ》み、茫漠と広がる船影もない海原の波は最後には **Tir-na'n-Og**、すなわち〈常若の国《テイル・ナン・オグ》〉の岸辺を洗う。北は、魔法にかかったような水面が太陽の光に煌《きら》めき、ところどころに紫色の影が浮かんでいる。それらは、スタッファとウルヴァの島々、ルンガと〈柱塔の島々〉、霧深いコル、そして波の下の国タイリー島である。陽炎《かげろう》の中に蒼白くヘレヴァル、ハスケヴァル、オレヴァルと呼ばれるルムの山々が浮かび、切り立ったスクール・ナ・ギリアンすなわち〈ギリアンの剣〉やクーフリンの峰が見えるのは、彼方《かなた》のスカイ島である。

遅い春の優しい美しさの中で何もかもが、夏への讃歌に清々しさを与えている。その讃歌を静かに歌うのは鳥たちである。

草地がまだ朝露で濡れている頃、ブリージが父の家から出てきて、ドゥン・イーの斜面を登っていった。牧草地にいる雌羊や仔羊たちの哀れを誘う鳴き声が夜明けの向こうから聞こえてきた。斜面に窪んだ砂地から、あるいは裾野にある牧草地からは牛の鳴き声が。島全体に水が滴る音が耳に心地よく流れていた。無数の囀《さえず》りは、海草のあいだにいる小嘴千鳥《こばしちどり》や天の青い螺旋を昇る雲雀《ひばり》の声だった。

それは彼女の誕生の朝だった。ブリージは白を纏っていた。腰には聖なる七竈《ななかまど》の帯を巻いていて、彼女の動きに合わせてその纏った長衣《ローブ》の上の柔らかな緑の葉が薄暗い影を揺らめかせていた。朝が目覚めるとともに彼女の金色の髪の上に光が輝き、背の高い玉蜀黍《とうもろこし》畑の真ん中で小さな歓びの声を発した。彼女は歩きながら鳩の鳴き声のような柔らかな声で歌った。誰かがそこにいて歌を聞いたら当惑しただろう。その言葉はゲール語ではなかったから。そして美しい娘の目は幻影の中に現れる者の目だったから。

もうすぐ夜が明けるというときになって、ようやく〈剣《スクール》〉の頂上に着いた。そこは小さな丘だったが、それでもイオナではただ一つの頂上といえるようなところだったのでずいぶん大きく感じられた。そこに、若いドルイドが三人いるのを見つけた。太陽の光が火を点《とも》すとすぐに、聖なる焔の番をするために来ていたのある。三人ともオークの葉の帯のある白い長衣《ローブ》を纏い、黄金の腕飾りを付けていた。ブリージが近づいて行くと三人は静かに深々と頭《こうべ》を垂れた。彼女の美しさに顔を赤らめながら一人が進み出た。その美しさは神の恵みの波であり、清廉の花であり、歓びの陽光であり、平安の月光であり、芳香の風であった。

「ドゥヴァハの娘ブリージ、もしそうするおつもりがあるならば、どうぞ近くへ」畏敬の念とともに特別の礼儀を尽くすような声で云った。「聖なるカハルはかつて、あなたを〈万物の源の息吹《いぶき》〉と呼んでいました。今ここに女性の身で来るのは法に適ってはいませんが、顔の上に、そして目の中に輝く法をお持ちだ。ここへは祈りにいらっしゃったのでしょうか」

そのとき、仲間の一人から低い叫び声が聞こえた。彼は振り向き、仲間たちの声に加わった。それから、三人は揃って跪き、両手を天に向かって差し上げ、神が昇ってくるのを讃えた。

太陽が昇ると、重々しい詠唱が彼らの口から溢れ出て、静かな大気を通って真っ直ぐ上って行った。

新しい一日の恵みが音もなく訪れた。平和が青い空に、青緑の海に、緑の大地にあった。海そのものは静かで、島の白い砂の周りでは寝息ほどの音も立てず、あるいは、岩にしがみついている長い海草を潮が持ち上げるところでも、押し殺した囁きほどの声も出さない。

奇妙で謎めいたその様子を、ブリージは見ていなかった。三人のドルイドが両手を聖なる焔の前に差し伸べると、微かなぱちぱちという音が聞こえた。青く螺旋を描く煙が三本細く立ち昇ったかと思うと、すぐにほの暗い赤と薄い黄色の焔の舌があちこちで動き始めた。神への生贄《いけにえ》が捧げられた。窺い知れない天国から黄金の二輪戦車に乗って神がやって来た。神の愛という驚異と神秘に包まれて、主はこの世界に甦った。辺境の島の低い丘の上の小さく儚い焔として生まれ変わった。主の愛はまことに大きく、こうして日々、千に及ぶ場所で死ぬこともできる。神の愛は大きく、日々の死に己の躰《からだ》を譲ることもできるし、残り火の中にある聖なる焔にも耐えられる。燃え上がり、崇《あが》められ、そして世界の四方へと散らされるべく主が焔を輝かせているのである。

ブリージはもはや大いなる愛の神秘に耐えられなかった。その神秘は彼女を法悦へと至らしめた。聖なる愛の優しさは日々世界を救っている。邪悪で残忍なことに対して泣き続ける地上はどれだけ耐え忍ばなくてはならないのか。先の見えない運命をどれだけ苦々しく辛抱し続けなくてはならないのか。崇拝されるべきベル〔太陽の化身とされるケルト人の神〕の美しさを、ブリージは黄金の光輪のように纏っていた。彼女の心が、歌うことのできない歌に躍った。彼女の魂のうちの尽きることのない愛と憐れみが、ドルイドも、世界のどの人間も耳にしたことのない讃美歌を歌わせた。ただ、〈命〉の白い魂だけがその歌を知っていた。

頭《こうべ》を垂れると、歓びの涙が雷雨のようにブリージの手の上に落ちた。そして立ち上がり、歩み去った。ドゥン・イーの頂上から遠くないところに、隠れた泉があった。今日では〈若さの泉〉と呼ばれている。彼女はそこへ向かった。夜明けに、昼に、夕暮れ時に丘へ登ったときはいつもそうしていたように。泉を上の方から見えないように隠している大きな岩のすぐ近くまで来たときに、哀れを誘う羊の鳴き声が聞こえた。彼女の癒しの眼差しが仔羊に注がれた。仔羊は岩のあいだの裂け目に嵌まり込んでしまっていたのだ。岩の上に隼《はやぶさ》が立って、温かい血を期待するあまり荒々しく叫んだ。素早い足取りでブリージが近寄った。仔羊を両腕で抱え上げてみると、躰にはまったく傷がなさそうだった。母の胸に抱かれる幼子のように、柔らかく、温かかった。そして、静かな瞳で隼を見上げると、隼は冷酷に見つめるその目を閉じた。

「どこも悪いところはありませんよ、ショーワグ」ブリージが優しく云った。「それに、血の掟がいつも勝つとは限りません。この朝を平和な時としましょう」

ブリージがこう云ったとき、丘の鷹が空から舞い降りて彼女の肩にとまった。仔羊の鼓動が速まることもなく、眠たげな目で母羊のそばにいるかのように彼女に寄り添った。ブリージは泉の側で立ち上がると、ふわふわした幼い羊を羊歯《しだ》の中に置いた。仔羊の啼く声はすでに母羊の寂しい心に甘く届いていた。隼が舞い上がりブリージの頭上で円を描いていたが、速度をあげて青い空を飛び去っていった。それが黄金の霞の中の一点になるまで見守ったあと、ブリージは振り向いて〈若さの泉〉の上で身を屈めた。

泉の向こうに勢い良く伸びる木が二本立っていた。何年ものあいだ、そんな気配もなかったというのに。それが今は太陽の光を浴びて金緑色に輝いていた。緑茶色の実はまだ赤くなっておらず、小さかった。花崗岩の岩や丸い巨石の上に指のように長い影が揺れているのがよく見えた。

ブリージはその枝に繁る葉を通して向こう側をよく夢見ていたものだが、今はただ驚きの眼差しで見つめていた。唇を泉の水につけ、そして後退《あとずさ》ったのは、自分の姿の向こうに、あまりの美しさに魂が苦しくなるほどの女の人の姿を見たからで、声にならない悲鳴を上げて、その姿を崇めた。震えながらもう一度目をやると、そこには自分の姿しかなかった。一体何が起こったのか。勢い良く伸びる二本の木を見つめていると、その大枝が組み合わさって、枝が緑のアーチを形作っているのが判った。さらに奇妙なことに、七竈の実が血のように赤い塊になっていた。残暑の季節はまだ先だというのに。

ブリージは立ち上がった。躰が震えていたのは、〈若さの泉〉の甘く冷たい水の流れのせいだった。だからこそ、その水はその日彼女のために湧き出でたものなのだというような気がしていた。毎年一度、そこへやって来る者へ、新しい命の兆し、若さという力と歓びを与えるための水なのだ。ゆっくりとした足取りで、若木のアーチの方へと進んだ。頂上でその枝が輪か冠のような形になっていて、滴る血のような赤い雫《しずく》となって垂れている紅の実を見ると、胸の鼓動は高まった。赤と緑の茂みの奥に古代の詩人が歌った白い黒歌鳥《くろうたどり》の姿を見たとき、そして驚嘆の念に溢れる歓喜の声を聞いたとき、歓びの溜息がその唇から漏れ出てきた。それは今や、歓びに対する苦痛であり、苦痛に対する歓びであった。

神秘の鳥の歌は近づくにつれて、さらに激しく、さらに甘くなった。束の間、ブリージは躊躇《ためら》った。そのとき、白い鳩が目の前を、緑の茂る大枝の下をゆっくり飛んでくぐり抜けていった。鳩は雪のように白かったが、太陽の焔で輝いていた。ブリージは夢のような微笑みを顔に浮かべ、驚異と神秘で瞳を輝かせ、その後について前へ進んだ。そこには、影のような水が月光の下で溢れ出ていた。

これが、〈ブリージの神隠し〉である。ドゥヴァハも義兄たちも、その後一年と一日のあいだ、ブリージの姿を再び見ることはなかった。老いた大ドルイドであるカハルだけが彼女の幻影を見て、そして歓びの涙を流した。カハルはそれから七日後に死んだ。

三

白い黒歌鳥の歌声が途絶えたとき、それは飛ぶ燕の歌が消えてからさほど経っていないようにも思えたが、ブリージは夜が訪れるのを見た。黄昏の紫の闇の中を静かに歩いた。ただ、足が熱い砂を踏む音だけが聞こえていた。右を見ても左を見ても、砂の窪みと膨らみがあるだけだった。ところどころに茂みがあり乾ききった地面から木が生えていた。どれも見たことのないような植物だった。とても行けないような遠い東にある太陽の国の話をドルイドがするのを聞いたことがある。そこでは椰子《やし》と呼ばれる木が生え、絶え間なく溢れ続ける太陽の光の中でも枯れることがなく、背が高く黒い糸杉の葉は、聖なる櫟《いちい》のような暗緑色だという。それを今、目にしているのだ。夢を見ているのだろうか。心の奥底に何か思い出すことがあった。はっきりしない像に過ぎないが、もしかしたら、北方の海の中に浮かぶ小さな緑の島だったかも知れない。声、言葉、顔など、慣れ親しんでいるようでもあり、知らないものでもあるような記憶を、必死に手繰《たぐ》り寄せようとしても、浮かんでつきまとうだけだった。

熱が地を覆っていた。乾いた大地が「水を、水を」と溜息をつく。

薄暮の中を進んでいくと、遠くに白い壁があるのが見えてきた。白い壁と白い四角の建物が闇の中にぼんやりと浮かび上がっていて、それが海辺の牧草地にいる牛たちから聞こえるベルのように懐かしく感じられた。そこかしこで輝いている黄色の光のせいだった。

白い服を纏った背の高い人影が近寄ってきた。憶えているはずのない記憶に纏わりついていた男たちはそんな姿だった。近くまでやって来たとき、ブリージは小さな歓びの声を上げた。父親の顔を見て嬉しかったからである。

「ブリジット、水差しをどこにやったんだ」と父親が云ったときの言葉は、それまで一人でいたときに馴染んでいた言葉ではなかった。それでも、その言葉が判ったし、同じ言葉が彼女の口からも出てきた。

「水差し……ですか」

「ああ、夢見る娘よ、いつになったら気をつけられるようになるのか。水差しを置いてきただろう。きっと〈駱駝《らくだ》の井戸〉のそばだ、間違いない。だが、そんなことはどうでもいい。もう井戸に水はないのだから。旱魃《かんばつ》が酷いからな。しかし……ブリジット……」

「何ですか、お父さま」

「おまえが夜、沙漠に出るのは危ない。野生の獣が闇から出てくるし、追い剝ぎも、影に潜む乱暴な男たちだっている。ブリジット……ブリジット……おまえはまだ夢見ているのか」

「私は北の海に浮かぶ涼しい緑の島を夢見ています。そこでは……」

「そこにおまえが行くことは決してないのだ。莫迦な娘だ。そんなことは決してないのに。私たちのところにどんな旅人が来たって、お前に云えるのはあの先にある村がベツレヘムだということくらいではないか。他には私が宿屋のドゥガル・ドンであり、ヒューの息子ドゥガルであり、ヒューはアルトの息子、アルトはコンの息子であるという程度だ。いやいや、私も歳をとってきているし、老人には驚くようなものが見えると云う奴もいるだろう。だが自分の娘が、自分の町も、そこにあるよい宿屋も、疲れて渇いた喉を潤してくれる強くて美味いエールの冷たさも忘れてしまうなんてことで驚きたくはない。私の生涯の来たるべき日が近づいているんだ。『私の安息の地が緑でありますように』とそのとき泣き叫ぶだろう。トレンモールの勇者の血統に連なるフュンの息子オシーンですら老いては泣き叫んだように。もしオシーンとフィーアンがここにいたら、彼らにも緑の地でないことは判るだろうが。野火のあとのヒースの原のように大地は焼け乾いているのだから。だが、ブリジット、今はベツレヘムに帰ろうではないか。今すぐ云っておかなければならないことがある」

二人は黙ってすっかり暗くなった薄暮のなかを歩いて、白い門に着いた。そこでは、驢馬《ろば》や駱駝が蒸し暑い闇の中で、乾いた舌を干涸びた口の中で動かしながら、疲れはてた息をしていた。そこから狭い道を次々に通っていった。そういう道には白い長衣《ローブ》を纏ったヘブライ人と沙漠の息子たちが黙々と歩く姿がちらほら見える。あるいは、壁の窪みに坐っている姿が。ようやく、二人は広い中庭に着いた。そこでは二十頭ほどの駱駝が横になって丸くなり、眠りながら唸るような声を出していた。その向こうにあるのが目的の宿屋だった。以前は〈エイルピアン一族の安息所〉という名前だったが、ドゥガル・ドンの顧客や友人たちは〈安息と感謝の宿〉と呼んでいた。彼自身は母方の〈島のマカルパイン家〉の者ではなかったし、大王たる偉大なコルマクの親族でもなかったからだ。父親のヒューは君主としてコルマクの封土を賜っていたが。

二人が中の部屋へ通じる板石敷きの通路を歩いていたとき、ドゥガルが立ち止まって貯水甕をよく見るようにとブリージに云った。

「これを見なさい」悲しそうな声だった。「この貯水甕も樽もほとんど空っぽだ。水がすっかりなくなるのももうすぐだろう。こうして静かな声で囁こうとも、その相手がたとえ石でも誰かに聞かれてはまずい。ここに来ている者はもうひそひそ話しているだろう。一日中エールを飲んでいられる男などいるわけがないし、旅の汚れを手足から洗い落としたい旅人たちも激しい不満を口にするだろう。そして……お前ならどうすると云うかね。雌牛か。ああ、そうだろう。雌牛がいる。だが、哀れな獣たちも熱には勝てない。丘の上には乳搾りの老婆《カラハ》はいない。カラハなら私たちが雌牛たちの乳搾りをするよりもずっと大量に牛乳を絞り取れるのに。乳搾りの娘たちの喉は、ただ古詩を唱え尽くして海辺の塩生植物のように乾ききっている。

いや、私が云おうとしているのはこういうことだ。これから何箇月も雨が降らなければ、水の入った瓶はことごとく〈歓びの平原《モイ・メル》〉〔人間の住む世界とは異なる楽園〕の秘蔵の蜂蜜のように扱われるだろう。山の泉から水を運んできてから、月が二度満ちた。今はそれが干上がろうとしている。占い師たちは日照りは長く続くだろうと云っている。その言葉がもし本当なら、冬が来るまで雨が降らないことになる。ベツレヘムには〈安息と感謝の宿〉という宿屋はなくなるだろう。もうお前の小さな喉に安らぎを与えるだけの水すら足りないのだから。エールだって皆が飲むには足りないし、駱駝や驢馬といった哀れな動物たちはエールが飲み物だということも理解できない」

「確かにそのとおりです、お父さま。でも、どうすればいいのでしょうか」

「それを云おうとしていたところだ。エルサレムから来たオーガーナハに云われたのだが、その大いなる都のそばにある〈オリーブの山〉と呼ばれる丘には、水が涸れることのない清らかな井戸があり、その水は北風が吹きつける海のように冷たいという。だから、その丘に行こうと思う。駱駝と馬と驢馬を集めて、革袋を積んで行こう。そして、旱魃が終わるまで生きるのに十分な水を入れて帰って来よう」

その夜の話はそれで全部だった。宿屋は夜明けには慌ただしくなった。ベツレヘムの住人たちが皆集まって、ドゥガル・ドンとロナルド・マキアンが出発するのを見守った。ドゥガルのところで働く羊飼い、マクレイン家の者とマカラム家の者も一緒だった。彼らが〈ナザレの門〉と呼ばれる白い門を通って進んでいく様子はなかなかのものだった。先頭を笛吹が歩き、「剣よ集え」を吹いていた。その後ろをドゥガル・ドンが駱駝に乗って、マキアンが馬に乗り、牧者たちが驢馬に乗り、最後はコリー犬たちが歓びに吼《ほ》えながら後を追った。

出発する前に、ドゥガルはブリージを他の者から話が聞こえないところへ連れ出した。そしてもう澱んで腐ったような水が少し残っているだけだと云った。エールもまともなものは樽に一つ分も残っていない。その樽と綺麗な水の一瓶を彼女とともに残していく。どんなことがあっても、旅人には一滴も分けてはいけない。どんなに頼まれてもだ。自分がいつ戻れるかは判らないし、お客の相手をする者がいないだけでも勘弁してほしいのに、戻ってきたとき、死んだ娘に出迎えられたくはないからだ。さらに、決して、たとえ相手が他所《よそ》から来た者であっても、自分がいないあいだは誰も宿泊させないと誓いをたてさせた。

午後になり、夜になった。夜明けになり、また夜になった。そして、それがもう一回繰り返された。三日目の午後、蟋蟀《こおろぎ》ですら渇きで死にかけているとき、ブリージは宿の扉を叩く音を聞いた。

出てみると、疲れ切った灰色の髪の男がいた。埃にまみれてぐったりしていた。隣には頭《こうべ》を垂れた驢馬がいて、若くて美しい女が乗っていた。緑の葉が作る涼しい影と流れる水がたてる冷たい細波《さざなみ》のようだった。だが、ブリージが驚いたのはその美しさではなかった。いや、明らかに子供が中にいると判る大きな腹でもなかった。夢で彼女を見たことがあるのを思い出したからである。確かにあれは夢だった。山腹の泉の水が溜まっているところを覗き込んだとき、この美しい顔を見たのだ。ウスナハの息子たちの一人、ヌィーシュがデルドレを森の中で見て以来、人間の男たちが見てきた姿の中で最も美しかった。そうだ、デルドレよりも遥かに美しい。女たちの中で比類のない美しさだった。

"Gu'm beannaicheadh Dia an tigh" 灰色の髪の男が疲れ切ったような声で云った。「神の祝福がこの館にありますように」

“Soraidh leat” 優しい声でブリージが答えた。「こんにちは、あなた方にも神の祝福がありますように」

「私たちに食べ物と飲み物、そして一夜の宿を与えていただけませんか。もしそうしていただけるのなら、本当にありがたく、お礼の云いようもありません。これは妻のマリア、神の神秘を身に受けています。私はアリマタヤの大工、ヨゼフといいます」

「ようこそいらっしゃいました。お二人に安らぎがありますように。でも、もうここには食べ物も飲み物もないのです。父は私に自分が戻って来るまで、誰にも宿に泊めてはならないと云い残して出かけました」

大工は溜息をついた。しかし、驢馬の上の美しい女がその影を帯びた目でブリージを見ると、彼女は歓びと畏れで身が震えた。

「私のことを覚えていないというおつもりですか、聖ブリージ」と低い声で云った。上品で柔らかい島のゲール語だった。その声は静かな雨の降る森で木の葉がたてる音のようだった。

「いいえ、はっきり覚えています」ブリージは深い畏れに満ちた囁くような声で云った。そして、何も云わずに後ろを向き、二人に着いてくるよう促した。驢馬は戸口に残すように云うと、二人は従った。

「私のところにあるエールはこれで全部です」瓶をヨゼフに渡しながら、云った。「それから、ここにある水はこれだけです。少ししかありませんが、あなたになら差し上げましょう」とマリアに云った。

二人が喉の渇きを癒すと、燕麦のビスケットとスコーンと黒パンを持ってきた。それから、喜んで牛乳を持ってこようと思ったが、もう牛乳は残っていなかった。

「ブリジット、牛小屋に行きなさい。そうすれば、最初の雌牛が乳を出してくれるでしょう」とマリアが云った。

そこでブリージは牛小屋に行ったが、雌牛は詩も歌も歌わない人間に乳を出そうとはしなかった。それなのに、彼女の喉は渇きすぎて、歌えなかった。

「この詩を唱えなさい」とマリアが云った。

乳を彼女に差し出しなさい
天国の緑の丘を越えて呼びかける彼女に
冷たい水の流れる楽園の草地を越えて

ブリージがそう唱えると、確かに乳が出てきた。彼女は喉を潤し、客たちのところへ戻った。二人にそのままここに泊まるよう云えないのが悲しかった。だが、ブリージにはできなかった。誓いがあるからである。

夫のヨゼフは疲れていて、その夜、別の場所を探しに行くのは無理だった。牛小屋か馬小屋に空いているところがあれば、マリアとヨゼフは朝まで休めるのだと云った。それを聞いて、ブリージは喜んだ。さっきの雌牛がいた牛小屋のすぐそばに、涼しくて綺麗な馬小屋があったからである。そこで、二人をそこに連れていって、安らかな気持ちで家に戻った。

宿屋に戻ると、彼女はまた落ちつかない気持ちになった。見よ、マリアとヨゼフが壺や瓶の水をたっぷり飲んでいたのに、そこには前のようになみなみと水が入っているではないか。食べ物も、二人がスコーンやオート麦で作ったビスケットを割って食べるのをはっきり見たのに、まったく減っていないようだった。

物思いに耽《ふけ》っていたブリージが笛の音で我に返ったとき、外はもう夕暮れ時だった。それからほどなくドゥガル・ドンと仲間が宿屋に到着した。彼らが運んできた冷たい水や葡萄、大地でとれる緑の果物を皆で喜んだ。

食べたり飲んだりしているときは、エールがまだ瓶に残っていてよかったと思って、旅人のことを話した。ちょうど話が終わったとき、ドゥガルは黙っていろという合図をした。聞きなれない不審な音が聞こえたからだった。

「あれは何の音だ」と低い静かな声で云った。

「とうとう雨が降ってきたに違いありません、お父さま。喜ばしいことです。大地はまた緑になるでしょう。動物も死ぬことはなくなるでしょう。ほら、丘を水が流れ落ちる音も」だが、ドゥガルは不機嫌そうに坐ったままだった。

ようやく口を開いて、云った。「ああ、この国にこの世の王子がお生まれになるという預言がある。それは、長い旱魃のあとに、激しい雨が降り続いているあいだのことではなかったか。ブリジット、ブリジット、マリアという女はその王子の母に違いない。そして王子は人類を災いと苦痛と死からお救いになるのだ」

そういって立ち上がると、ブリージについてくるように云った。二人は角灯を持って、眠っている駱駝、驢馬、馬のあいだを通り、雌牛が静かに鳴いている牛舎の前を通りすぎて、馬小屋に着いた。

「ずいぶん強い明かりを持っているんだな」ドゥガルが心配そうに呟《つぶや》いた。確かに、小屋は太陽の光でいっぱいの貝のようだったからだ。

二人は小屋の扉を軽く押してみた。中を見て、二人は跪いた。マリアはこの世のものとは思えないほどの美しさで、夕闇の国に輝く太陽のようであった。その膝の上では、嬰児《みどりご》が嬉しそうに静かに笑っていた。

このような美しい子供を二人は見たことがなかった。光でできているようだった。

「誰なんだ」ドゥガル・ドンが、うっとりとした目をして、そばに立っていたヨゼフに向かって囁くような声で云った。

「平和の王子だ」

そして、マリアが微笑んだ。幼子は眠っていた。

「我が妹、ブリジット」そう囁いて、マリアは小さな子をブリージに差し出した。

清らかな娘は嬰児を両手で受け止めると、その躰を自分のマントで包んだ。それゆえ彼女は今日、**Brigde-nam-Brat**、すなわちマントの聖ブリージと呼ばれているのである。

それから一晩中、この母が眠っているあいだ、ブリージが優しい手と穏やかに囁く歌で、幼子の面倒をみた。彼女が歌った歌の一つがこれだった。

　ああ、幼子キリスト、愛しい子
　　ブリジット・ブリージは歌った
　何と美しい
　我が愛しの幼子
　我が心の中の心

フィオナ・マクラウド

その身を重くしたマリア
我が愛しの三位のひとつ
　ブリジット・ブリージは歌った
幼子たるあなたを産み給うマリア
その心は明るく、歓びに満ち
神の愛を身に纏います

私の膝の上にお坐りなさい
　ブリジット・ブリージは歌った
ここにお坐りなさいと
ああ、愛しい幼子
私の心臓の近くへ、もっと近くへ
私はあなたの育ての親なのだから
無力な仔羊
ああ、怖がらないで
　良き聖ブリージは歌った

誰も、誰も、

私は怖くない
私に抱き締めさせて
あなたのそばに寄り添って
そうして歌を歌います
ああ、ブリジット・ブリージ

我が主よ、我が王子よ、私は歌います
我が愛しの幼子、我が王
　ブリジット・ブリージは歌った

この夜、遠く離れたイオナで、大ドルイドのカハルが死んだ。しかし、その息が彼から離れるとき、至福の場面が目の前に現れ、それを見て最期にこう云った。

Brighde 'dol air a glùn
Righ nan dùl a shuidh 'na h-uchd!
(ブリージが跪き
　この世の王子はその胸に眠る!)

夜が明けたとき、マリアが目覚め、幼子を受け取った。そしてブリージの額に口付けをすると、こう云った。「ブリジット、我が妹、あなたはいつの世にもMuime Chriosd、すなわちキリストの養母として知られることになるでしょう」

四

マリアが話しかけるとすぐに、ブリージは深い眠りに落ちていた。その眠りはあまりにも深く、ドゥガル・ドンが旅人の様子を見にやって来て、牛乳とポリッジを朝食に用意したと云おうとしたときも、ブリージには言葉を掛けなかった。彼女は、マリアが幼子を寝かせていた飼い葉桶の下の、汚れのない黄色の麦藁に埋もれて寝ていた。ドゥガルは驚いて目を瞠《みは》っていた。子を産んだ母の姿も、平和の王子である嬰児の姿も、大工のヨゼフという落ち着いて静かな男の姿もなかったからである。一方ブリージは、ただこんこんと眠っていて何を云ってもその耳に届かなかったというだけでなく、その様子にドゥガルは畏敬の念を抱いたのだった。その姿を見たとき、彼女の周りに輝く光輪があったからである。心の中に湧き上がってきた何事かに動かされて、気がつくとそばに跪いて祈っていた。小さな声で啜り泣きながら。立ち上がったときには、すっかり穏やかになっていた。近くの暗い影の中に現れた天使が彼の魂を慰めたのかも知れない。

ブリージが目覚めたのはずいぶん遅くなってからだったが、それでも目を開かず、横になって夢を見ていた。ずっと自分がTir-Tairngire、すなわち約束の地にいると思っていたからである。あるいは、甘く美しい〈歓びの平原《マグ・メル》〉の平原を歩いていると。夢の国の風が何とも馨しい芳香を運んできた。耳には大いなる歓びを歌う聴き分けられないほどの歌を。

周囲が歓喜の音楽に満ちていた。それまでに聴いたことのないほど美しい歌声が谺《こだま》した。狂喜の翼を持った歌声でいっぱいだった。竪琴や喇叭《らっぱ》の心地よくも騒々しい音が聞こえると、青い丘と静かな水面を越えてバグパイプの音が渡ってきた。ブリージは涙を流しながら聴いていた。歓びでいっぱいの大きな笛の音がときおり、クーフリンとともに行進する古《いにしえ》の英雄たちを、あるいはフィンとの戦いへ向かう英雄たちを、勝利の歓びで満たした。ふたたびヒースの花が蜜で重くなる頃の蜜蜂の羽音のように、低く甘美になった。天使の歌と激しい音楽が、彼女の心を宥《なだ》めた。しばらくのあいだ、マリアという女のことも、養い子である幼子のことも、心から消えていた。

彼女の心の中に、Aoibhneas a Shlighe、すなわち「これこそ彼の道の歓びである」を演奏する笛の音が忽然と湧き上がったのだった。花婿が花嫁のところへ向かう前に奏される行進曲である。

この歓びの音楽から一人の声が抜け出してきた。丘の中腹で子供が歌っているような声だった。

「驚異の道は汝のものなり、おお、聖なるブリージ！」

子どもの声はこう歌っていた。それから曲は、西方の竪琴弾きが一人残らずクラーシャッハ〔古代ケルト人の使った小型のハープ〕を演奏しているかのような響きに変わった。大勢の声がこう歌っていた。

「ブリジットに祝福がありますように、この世の王をその胸で守ったブリジットに。祝福がありますように、聖母の聖なる妹ブリジットに。いつの世にもキリストの養母、すなわち救い主であるイエスの育ての親と呼ばれるブリジットに」

その歌を聴いてブリージはすべてを思い出し、そして目を開けた。そこで目に入ったものに不思議なものは何もなかった。ただ、自分が馬小屋で寝ているということは別にして。そのとき、すっかり夜が明けていることに気がついた。ランプも蠟燭も灯っていないのに、柔らかな光が小屋の中に広がっているのはどうしてなのだろうと思ったからだった。耳には、激しく美しい音楽の名残がまだあった。

不思議だった。何もかも夢だったのだろうと思った。だが、そう思ったとき、飼い葉桶の麦藁の上にある自分のマントが半分の大きさしかないのに気がついた。このときにも驚いていたが、それを手に取ったときにはもっと驚いた。嬰児を包んだときのみすぼらしいマントの半分ほどの大きさもなかったのだが、神秘的な金の糸と、大ドルイドも島の王子もみたことがないような見事な宝石で飾られていたからである。ブリージがこの衣を肩から纏うと、躰がすっぽり包み込まれた。このとき、この驚異にようやく畏敬の念を抱いた。

もう夢を見ていたとは思っていなかった。奇蹟は起きたのだ。歓びを抱いて馬小屋から出て、宿屋へ入った。ドゥガル・ドンは、娘を見て驚き、そして喜んだ。

「何がそんなに嬉しいのですか、お父さま」

「確かに嬉しい。人々はこれから間違いに気がついて笑い出すだろうから。まさに今朝、泥炭の火で湯を沸かしているあいだ外に出たときに、生まれたばかりの平和の王子に会ったと云ってまわったんだ。たった今、〈安息と感謝の宿〉の裏にある馬小屋でお生まれになったばかりだと。兎たちの中にいる鼬《いたち》のようだった。歳をとって歯もない鼬だが。ベツレヘムの誰も彼もが私をばかにして笑った。嘲《あざけ》る奴もいたし、ひどい言葉を投げつけてきた奴もいた。脅してきた奴だっていた。そういうのは、片っ端から呪ってやった。先祖たちの血にかけて、誰一人として容赦せず、剣と血を、黒の疫病と灰色の死を願ってやった。いや、いくら呪ったところで、奴らは信じやしないのだが。それから、ここへ戻ってきて、宿屋を通って馬小屋まで行ってみた。『悲しみが灰色の霧のように私を包んでいる』とオシーンがオスクールの死を悼んで云った。そして、確かに灰色の霧が私を包んだ。そのとき、男の姿も女の姿も子供の姿も見えなかった。お前はぐっすり眠り込んでいて、モイルの三月の風でも起こせなかっただろう。そこでさっきのところへ戻って、この話をしたら、ベツレヘムの住人が皆で私をばかにした。すると、最後には長老たちがやって来て、罰金を科されたんだ。よいエールを三樽、粗挽き粉を一袋、黄金の細い鎖を三つ、それぞれ一ヤードの長さで。嘘の噂を流したからだという。それでますますベツレヘムの良き民の物笑いの種になった。マードック・ドゥというナザレの鍛冶屋の長だ。笑って長老たちにこの難題を出させたのはそいつなんだ」

そのとき、ブリージは自分に不思議なことが起きているのに気がついた。掌に魔法の呪文をそっと吹きかけると、その支払い分をどこで見つけられるかが判ったからである。

「掌に息を吹いたら、どこに行けばよいか見えました。宿屋の地下室に行ってください。そこに良いエールがいっぱい入った樽が三つ、その横に粗挽き粉の袋が一つあって、袋は三本の黄金の鎖で結ばれています。三本の長さはそれぞれ一ヤードです」

しかし、ドゥガル・ドンが喜んで地下室へ向かい、ブリージが話したとおりのものを見つけている頃、彼女はもう通りへ出ていた。薄暮の中で誰もその姿に気づくことはなく、東の門へ歩いて行ったことにも気づかなかった。癩病院の前を通るとき、マントを脱いで、寄付品置き場に置いた。宝石と金細工はことごとく癒しの翼を持った見えない鳥になった。その鳥たちは一晩中病人たちの頭の周辺を飛び回り、夜が明けて患者が皆立ち上がると、すっかり病が癒えていることに気づき、喜んで帰宅の途についた。まさにその朝、ベツレヘムを出て行った者は、綺麗な白い長衣《ローブ》と新しいサンダルが最初の一マイルの地点にあって、次の二マイルの地点に食べ物と冷たい水が、三マイル地点には金の欠片と杖があるのを見つけた。

東門の衛兵はブリージを誰何《すいか》しなかった。注目の先は他所者の男たちの集団だったからだ。星に導かれて東方からやってきたという羊飼いの王たちだった。ベツレヘムを最初に訪れたとき、彼らは珍しい品々を贈り物として持ってきていた。だが、誰を訪ねてきたのか、何が目的なのか、そしてどこへ去って行くのか、誰も知らなかった。

ブリージはしばらくナザレへ向かう道を進んだ。暗い穴の中からハイエナの吼える声が聞こえたときには、優しい心を恐怖が満たした。月が出て、彼女を静かに照らしたとき、ブリージは喜んだ。月の光の下、夜露の中を進む足跡を前方に見つけた。濡れた草の銀色の輝きの上に黒い足跡が見てとれた。そのとき彼女が歩いていたのは、草で覆われた丘の上だったからである。一日前は、芽も葉も茶色に萎れていたというのに。ブリージが追う足跡は、女と子供のものだった。

一晩中、夜露の中、ふらふら進む足跡をブリージは追った。目の前にある足跡はいつも新しかった。村から離れても、暗闇の中をうろつく野獣はいないところだった。疲れることはなかったが、一体いつになったら探し求める驚くほど美しい顔を見られるのだろうと思っていた。背後からも、やはり夜露の中を歩く足音が聞こえたが、それが誰なのかブリージにはまったく判らなかった。〈追いかける愛〉の足音だった。これは今日では Lorgadh-Brighde と呼ばれている。すなわち〈聖ブリージの探索〉である。

夜を徹して歩き、高い丘の上の坂道の上に立っていた。月の光の中で人の姿は一人も見えなかった。夜露に濡れた新しい足跡が彼女の前にあったが、少し先の輝く草地には何もなかった。

ブリージの足が止まった。もう足跡がなかったからだ。目を凝らして前をよく見てみた。足元を下る谷の向こうの丘の上に、黄色の星々が輝いているのが見えた。それは、都市の光だった。「見なさい、あれがエルサレムよ」畏敬の念に打たれて呟いた。それまで大都市を一度も見たことがなかったからである。

ブリージが立っている丘の上のオリーブの木々を揺らしながら通り抜けてくる微風は甘かった。それはヒースの香りで、近くの丘に生える羊歯の茂みが揺れる音が聞こえた。

「ここはきっとオリーブ山に違いない」ブリージは囁いた。「お父さまがこの山のことを話していたのを聞いたことがある。それから、あれは確か、ゴルゴタの丘といったはず」

驚きの眼差しで見つめているときでさえも、さらに新たな驚きで溜息をついた。あの黄色の星々が太陽の焰の瞬きのように東の丘の頂上付近で輝いていたからである。夜明けが満ちてくるとともに生きる歓びが湧き上がった。微かな背黒鷗《せぐろかもめ》の叫びが朝の空気を満たした。海辺の草の生えた巨礫《きょれき》の方から、盗《とう》賊鷗《ぞくかもめ》が悲しげに叫んだ。

途方に暮れて、ブリージはただ立って待っていた。あの足跡をもう一度見つけられさえすればと思った。どちらへ向かうべきなのか、どちらへ進むべきなのか。足元には黄色の花が一輪あった。身を屈めて、花を摘み取った。

「教えて、小さな向日葵《ひまわり》、私はどっちへ行ったらいいの」そう云うと、花の中心から小さな黄金の蜂が飛び立ち、ブリージから見て左手の丘の方へ飛んでいった。その日から、蒲公英《たんぽぽ》は**am-Bèarnàn-Brighde**、すなわち〈ブリージの窪み〉と呼ばれるようになったのである。

ブリージはなおも躊躇《ためら》っていた。そのとき、海鳥が口笛を吹くような声を上げながら飛び過ぎた。

「教えて、都鳥、私はどっちへ行ったらいいの」

するとこのとき、都鳥は急に向きを変えて、黄金の蜂を追った。こう叫びながら。「こっちだ、ブリージ、ブリージ、ブリージ、ブリージ、ブリージ」

その日から、都鳥はGille-Brighde、すなわち〈聖ブリージの僕《しもべ》〉と呼ばれるようになった。
そのとき、ブリージが歌った歌はこのようなものだった。

Dia romham;
Mhoire am dheaghuidh;
'S am Mac a thug Righ nan Dul!
Mis' air do shlios, a Dhia,
Is Dia ma'm luirg.
Mac' 'oire, a's Righ nan Dul
A shoillseachadh gach ni dheth so,
Le a ghras, mu'm choinneamh.

私の前には神が、
私の後ろには聖母マリアが、
そして、万物の王に遣わされた御子が。
私は神の風上にいます！
そして、神は私の足跡の上に。
マリアの子、万物の王が、
何もかもその意味を解き明かしてくださいますように、

私の前に、神の恵みによって。

歌い終えたとき、目の前に二本の勢いよく伸びる樹があるのが見えた。その大枝はアーチを形作るように曲げられていた。緑の葉の奥では、白い黒歌鳥が一羽、驚くほど美しい歌を歌っていた。その上の小枝は捩《ねじ》ってリースか王冠の形にしてあり、日の光を浴びる愛らしい七竈の実の房があって、その緋色の実から赤い雫《しずく》が血のように垂れていた。

鳥の歌声が弱くなっていって、そして聞こえなくなった。美しい七竈の緑の影は、今は真っ直ぐ育った若い松の木になっていた。空から甘い歌声が聞こえるところを、太陽を背景に白い鳩が飛んでいた。

ブリージは見上げ、その目が喜んだ。故郷のドゥン・イーの斜面に咲くヒースの花。緑と金のイオナは、彼女の青い海に浮かぶ小島だった。父ドゥヴァハの小屋から細くたなびく蒼白い煙が見えた。コリー犬たちはブリージの姿を見ると喜び、大きな声で吠えて出迎えた。

羊のめえめえ啼く声、雌牛の低い声、その向こうに広がる海から吹く潮風の息吹、下の方でざわめき寄せる満ち潮の歌。故郷に帰る歓びだった。

目に星の光を湛《たた》えてヒースの原を降り、黒い羊歯のあいだを通り抜けた。白く、素晴らしく、目に麗しかった。

＊原註　この伝説の物語は、古くから知られ、そして今なお伝えられている（どうしようもないほど互いに矛盾していることも多いのだが）、ブリジッドあるいはブリージにまつわる、Muime Chriosd、すなわち〈キリストの養母〉としてよく知られている言い伝えに拠っている。人々

は彼女に尊敬と畏敬の念を、かつても今も変わらず世界のどこでも遍く抱いていて、聖母その人に次ぐ敬意を向けているのだ。また、〈ゲールのマリア〉とも呼ばれている。

また別の名として、西方ではしばしばBrighde-nam-Bral、すなわち「マントを纏った聖ブリージ」と呼ばれており、その名前からこの伝説物語の話の流れが判る。しかしながら、キリスト者の聖女ブリジットを、時間的にも地理的にも遠く離れた、ケルトの歌の詩神ブリジットと混同してはならない。

射手

この話をしてくれたのは、南へブリディーズ諸島のバラ島に住むコル・マコルという男だった。網を繕いながらゲール語で話してくれた。その言葉は網にかかる鰊《にしん》の稚魚のようだと感じたことを思い出す。網をあっさりすり抜けるものもあれば、鰓《えら》がしっかり刺さるものもある。だから、聴いたとおり正確に書き残してはいない。だが、話の内容はコルが話してくれたとおりだ。

コルはもう死んでしまった。きっと〈射手〉を見たのだ。コルは詩人だった。島民たちはあいつは狂っていると云っていた。だが、それはただ自分の運命の領域を超えた愛を知ってしまったからなのだ。

一人の女を愛した男が二人いた。俺が話しているのはただ綺麗な顔をした娘なんかじゃない。二人の男を虜《とりこ》にした女だ。その女はシリスという名前だった。男たちの名前は、シェーマスとイアンだった。

男は二人とも若かった。二人とも強く、口数の少ない島の男だった。だが、イアン・マクラウドの方が背が高かった。額にはデルミジの口付けが、心にはアングスの焔《ほのお》があり、そして詩人だった。

シリスはシェーマスの妻だった。だから、シェーマスには帰る家があった。そうしようと思ったときには彼女の胸を枕にできた。彼女の声を日々の音楽にできた。シェーマスの目は決して渇くことがなかった。日ごと夜ごとにシリスの美しさで潤していたのだから。だが、イアンには安らぐ家がなかった。自分の手の届かないところにある家を見た。歓びも力も衰えた。なぜなら、そこに輝く光はイアンのためのものではないのだから。

　ある晩、二人の男は海に出た。死んだように静かな夜だった。二人は網を仕掛けた。月の光もなく、空の黒い片隅に星が一つか二つあるだけだった。海の中を彷徨《さまよ》う焔があった。そばを漂う大きな海月《くらげ》は潮を照らすランプのようで、それを死者が溺れた顔を下にして耳を傾けている姿だという者もいる。

「シェーマス、いつの日か、お前に何か妙なことを云うかも知れない」最後の網が小さな光の水煙を潮の渦の上へと送ってから、長い間黙りこくったままだったイアンがふとそんなことを口にした。

「ああ?」シェーマスは銜《くわ》えていたパイプを手に取って、マストの方へ上っていく煙の渦巻きを見ながら、云った。海の水の上を、舟は穏やかにゆっくりと滑っていた。入江へ向かっているのを感じさせるのは潮だけだった。そこは風がそよとも吹いていなかったからだ。そこかしこに薄暗い影があった。インヒユニシュの漁師たちの舟だ。それぞれが赤い光を灯していて、中には緑の角灯をマストの真ん中辺りに吊るしている舟もあった。

　しばらく、どちらも口を開かなかった。

　イアンがとうとう声を出した。「何の話をしようとしているのか心当たりがあるんじゃないか」

　シェーマスはそれに答えなかった。パイプを燻《くゆ》らせながら、暗い海の水を覗き込んでいた。

　しばらくして立ち上がると、マストに寄りかかった。月の光もランプの明かりもなかったが、いつものくせで目の上に手をかざした。

「こんな夜には鯖《さば》が来るんじゃないかと思うんだ。ポラックの鼾《いびき》を聞いたのはこれで三回目だ――あっちの方だ。ピーター・マカラムの舟の向こうからだ」

「ああ、シェーマス、俺は少し眠ることにする。昨日はほとんど眠れなかったから」

イアンはパイプの灰を叩いて落すと、ロープを重ねているところに横になって、目を閉じた。しかし、自分は家庭のない男なのだという鈍い痛みで気持ちが悪くなり、まったく眠れなかった。家庭、家庭、家庭。それをシリスと呼んでもいい。

一時間か、あるいはもっと後のことか、躰《からだ》がこわばってきたので少し身動きをして目を開いた。相棒は坐って舵を握っていたが、パイプの火は消えていた。それでも、パイプを口に銜え、目は大きく見開いていた。

「俺ならその話はやめておくだろうな、イアン」シェーマスは云った。

イアンは何も答えなかった。脚が攣《つ》っていたのだが、それでも元いた場所に戻った。そして、また目を閉じた。

満潮になったとき、偽の夜明けと云われる頃合いになる前の闇の深い時間、最初に見える光は朧《おぼろ》げですぐに消えてしまうのでそう呼ばれているのだが、二人は立ち上がって交代した。舟に足音が響いた。二人ともパイプに火を点け、小さな灰色の煙が細く長く纏わりついた。風がまったく吹かない夜だったからだ。

ジョン・マカルパインの舟〈駒鳥〉の上では、若いニール・マカルパインが歌っていた。〈白鳥〉に乗った二人にもその歌声が聞こえてきた。イアン・モール〔Mórは「大きい」という意味〕にまつわる謎めいた歌だった。

ああ、彼女の心は深く暗い、たとえ顔は美しくとも
その髪の影に隠れているかのように深く暗い
その髪に宿る精霊の魂は白くないのだから

地獄はその堕落した精霊の口付けという希望のない天国にこそある
彼女の掌には二人の男、その手の窪みには二人の男
二人の魂を手に取り、吹き寄せられた取るに足りない砂を飛ばすように息を吹きかける
一人は彼女の胸に落ち、そこが男の静かな家になる
一人は夜の中へ落ちる、風に吹かれる泡のように

シェーマスは〈白鳥〉の舵柄に寄りかかってイアンを見つめ、その顔に漂う影を見た。彼は右舷のデッキにある帆桁《スパー》を右足でこつこつ叩いていた。

歌声がやんだとき、イアンは腕を上げて、離れた水の上に浮かぶ〈駒鳥〉の方へ向かって脅すように握った拳を振った。

唇から言葉が出てきたが、その声は愛の歌「俺の茶色の髪の恋人」〔an teid thu leam, mo nighean don? という歌詞の歌で「茶色の髪の恋人よ、俺と一緒に行かないか?」という意味である〕を歌い始めたニール・マカルパインに掻き消された。

「イアン、教えてくれないか。あの家のない男の歌を作ったのは誰なのか」とシェーマスが云った。

「イアン・モールだ」

「〈丘〉のイアン・モールか」

「ああ」

「影が取り憑いていると云われている」

「だから何だ」

「愛のせいだったのか」

「愛のせいだった」

「その女は彼のことを愛していたのか」

「ああ」

「彼女は男のところへ行ったのか」

「いや」

「彼が闇の心を持っているからか」

「ああ」

「だが、彼女を愛していたんだろう。それは彼女も同じじゃないか」

「彼は彼女を愛していたし、彼女も同じだった」

しばらくシェーマスは何も云わなかった。そして、また口を開いた。

「彼女は誰か別の男の妻だったのか」

「ああ、別の男の妻だった」

「夫は妻を愛していたのか」

「そうだ、間違いない」

「妻は夫を愛していたのか」

「そうだ——そうだ」

「ならば、彼女は誰を愛していたんだ。女が愛せる男はただ一人のはずだ」

「二人を愛していた」

「それはあり得ない。深い愛はただ一つだ。そんなのは嘘だ、イアン・マクラウド」

「そうだ、嘘だ、シェーマス・マクリーン」

「彼女はどっちを愛していたんだ」

イアンはパイプからゆっくり灰を落して、一瞬躰を震わせて、ほんの一瞬、北東の空に目をやった。

「もうすぐ夜明けだ、シェーマス」

「ああ、お前に訊《き》いているんだ、どっちの男を彼女は愛していたんだ」

「彼女に指輪を与えた男を愛していたのは間違いない」

「どっちの男を愛していたんだ」

「ああ、本当にお前はあっちの本土にいるバリーモアの裁判に出ている弁護士のような訊き方をするんだな」

「俺も同じことをお前に対して云うことにするぞ、イアン・マクラウド、もしその女の名前を話す気があるなら」

「名前は知らない」

「それはメアリか――ジェシーか――あるいは、もしかしたらシリスではないか」

「名前は知らない」

「ああ、それならシリスかも知れないということだな」

「ああ、確かにシリスかも知れない。他の名前かも知れないし、シリスかも知れない」

「それなら、もう一人の男の名前は何だ」

「どの男だ」

「彼女が指に嵌めている指輪はどちらの男のものか」

「名前は覚えていない」

「ああ、それならパードルクかも知れない、あるいはイヴォルか、それとも、もしかして、シェーマスかも知れない」

「ああ、そうかも知れない」

「シェーマスか」

「ああ、そうかも知れないし、別の名前かも知れない」

「結末はどうなったんだ」

「何の結末だ」

「愛の結末だ」

イアン・マクラウドは低い声で笑った。それから、身を屈めて、さっき落したパイプを拾おうとした。突然、パイプに手を触れずに身を起こした。踵《かかと》をその陶製パイプに乗せて、踏み潰した。

「その手の愛の結末はこうなる」そういって、また低い声で笑った。

シェーマスは躰を伸ばして、踏み潰された破片を拾った。

「まだ温かいぞ、マクラウド」

「そうか」イアンが大声で返事をした。赤い光に照らされた瞳が青くなった。「ならば二人は、歌に出てくる男が行ったところへ行くのだろう。いくら家を求めようと、その窓辺に輝くランプの光の及ぶところには決して近づけない」

そう云ってパイプの欠片《かけら》を暗い海の中へ投げ捨てた。海はもう灰色になりつつあった。

「こういうのも確かなやり方だ、シェーマス・マクリーン」

「ああ、まさにそうだろう、そうさ。ああ、お前が云うように、イアン・モールは影に足を踏み入れた。それは、彼が家庭を手に入れられないからか」

「そう云われている。今は網を引き上げよう。真っ黒になるほど重くなっている。諺で云うようにな。本当に重いぞ、こんな静かな夜に、南の風だったのに。こんなふうに鱈《たら》が獲れるなんて」

「それにしても変だな」

「何が変なんだ、シェーマス・マクリーン」

「これはお前が云うべきじゃないかとね」

「何のことだ」

「ああ、大したことじゃないが。シリスがこの前、夢を見たと云っていた。お前が一人で〈白鳥〉に乗っている夢を見たそうだ。一人で重い網を引き上げていて、顔に汗が流れ落ちていた。その顔は蒼白だったそうだ。網を引き、引き上げ続けた。誰かが、隣にいた。誰だかシリスには見えない男は、笑い声をずっとあげていたらしい。それで——」

悪態の言葉を飲み込みながら、イアンは話を遮った。

「おい、ちょっと待てよ、その男、つまり俺のことだが、〈白鳥〉の上で一人だったと云っていなかったか」

「ああ、シリスはお前の他には誰も見なかった、イアン・マクラウド」

「でも、俺の隣で誰かが笑い続けているのを聞いたんだろう」

「そう云っていた。そして、お前は蒼白だったと云っていた。顔に汗が流れ落ちていた。そして、網を手繰《たぐ》り続けた。そのとき、お前は彼女の方を向いて、こう云った。『真っ黒になるほど重くなっている。諺で云うようにな』」

イアン・マクラウドはそれには答えず、ゆっくり網を引き上げ始めた。動きの速い陽の光が北東から滑ってきた。海が灰色になった。新たな、鼻を突く塩の匂いが波間から上がってきた。小型帆船《スマック》の帆が次々とたたまれていくのが、暗い海の上に朧に見える。どの舟も薄暗がりを背に茶色の影の翼を持ち上げている。そこに、無数の光の雫《しずく》が絶え間なく流れ出す。

今や、こちらの舟、あちらの舟から、嗄《か》れた声が響き合っていた。

〈マリー・バン〉は夜明けの微かな風の前でゆっくり向きを変えて、小さな飛沫《しぶき》を跳ねとばしながら舳《へ》先《さき》を母港へと向けた。〈マギー〉、〈トリレホン〉、〈赤鹿〉、〈ジェシー〉、そして〈マリー・ドン〉も次々に後を追った。

黙ったまま、〈白鳥〉の二人は網を引き上げた。網を船倉に収めると鰊が一面銀色に光った。夜明けの光が強まるとともに、震える銀色の塊が煌《きら》めいた。甲板は輝く鱗の覆いを纏っていた。二人の漁師の脚も、腕も、手も、また同様だった。

「よし、終わったぞ」とうとうシェーマスが叫んだ。「イアン、舵を取ってくれ。港に帰ろう」

〈白鳥〉は、いちど帆が風をいっぱいに受けると、素早く向きを変えてしっかり進み始めた。最初に〈鰺刺《あじさし》〉を抜き、次に〈ジェシー・マカルパイン〉を、騒々しく進む大きな〈マギー〉に追いつき、〈赤鹿〉が残す波と航跡に沿って進んだ。インヒユニシュでいちばん軽快な舟だ。

沖合で、蒸気船の〈鶚《みさご》〉がこの帆船の集団と待ち合わせていて、舟から鰊を一クランずつ〔鰊の嵩を量る単位で三七・五ガロンに相当する〕引き取った。〈鶚〉が舷側を風に向け、スクリューが泡を立てながら海岸の暗緑色の海を進んでいくよりもずっと前に、〈白鳥〉は小さな停泊所に戻っていて、クラガルトの岬で浜辺の砂利にその鼻先を突っ込んでいた。

シェーマスとイアンは岩場の道を黙ったまま歩いてぽつんと建っている小屋に向かった。マクリーン家の住まいである。水漆喰を塗った低い壁の前を、燕が矢のように飛び交っていた。音の出ない機《はた》のあいだを飛ぶ杼《ひ》のようだった。雨に濡れた夜明けの蒼白い金色の光は、人魂のような白だった。そのとき、イアンが立ち止まった。

「もう話してくれないか、シェーマス、彼女が愛していたのはどっちの男だったのか」

マクリーンも立ち止まったが、相手の方に目を向けなかった。ただ白い小屋を、枠にゼラニウムの鉢を載せている小さな窓の四角形を、見つめていた。

だが、彼が躊躇《ためら》っているあいだに、イアン・マクラウドは振り向くと、濡れた羊歯《しだ》や立柳の中を素早く歩いて〈櫟の丘《いちい》〉の向こうへ姿を消してしまった。その斜面に隠れた、針金雀児《はりえにしだ》の荒れ地の真ん中にイアンの小屋が建っていたのだった。

シェーマスは、彼が視界から消えるまで見つめていた。そしてやっとそのときになって、質問に答えられるようになった。

シェーマスはのろのろと呟《つぶや》いた。「俺が考えるに、彼女はイアン・モールを愛していた」

「そうだ」しばらく経って、海の水に濡れた服を脱ぐときにまた呟いて、台所にあるベッドに横になった。そこからはぐっすり眠っているシリスがいる小さな部屋の中を見られるのだ。「そうだ、俺が考えるに、彼女はイアン・モールを愛していた」

疲れ切っているのに、まったく眠れなかった。

陽の光が赤い砂岩の床に差し込んできて、妻のベッドにまで這い進んだとき、そっと立ち上がって妻を見つめた。部屋に入るとき、身を屈める必要はなかった。イアン・マクラウドだったら身を屈めるだろう。

いつまでも、シリスを見つめていた。その暗い髪が顔を囲んでいた。これほど美しく見えたことはなかった。誰かが詩の中で彼女を指して、〈子鹿のシリス〉と呼んだだけのことはある。

誰かが彼女を歌う詩を書いただって？　そうだ、間違いない。誰が書いたのかをどうして忘れられようか。それはイアンではない。その男もまた詩人であり、第二のイアン・モールと呼ばれていた。

「第二のイアン・モールか」その言葉を息を潜めて繰り返しながら、妻の上に身を屈めた。白い胸が上がっては下がった。月の光が流れる水の中で動くように。

それから、シェーマスは跪《ひざまず》いた。ほっそりとした白い手を取ったが、彼女は目を覚まさなかった。その手は愛情を込めて彼の手を包み込んだ。

夢見る顔に微笑みが静かに浮かび、消えていった。ああ、美しく、白い、夢見る顔。星にも似た瞳を隠している。顔にはほのかな赤みが差し、唇はわずかに開いている。半ば覆われた胸は、脈打つ心臓からの大波に従って上がっては下がる。

「シリス」シェーマスは囁いた。「シリス……シリス……」

彼女は微笑んだ。シェーマスがその唇の上に身を屈めた。

「ああ、私の心の人」囁く声が漏れた。「ああ、イアン、イアン、私の愛しい人、私の心の光、イアン、イアン、イアン！」

シェーマスは身を引き離した。彼もまたシリスの夢の中にいる男のようだった。死んだように蒼白く、大粒の汗が顔に浮いていたからだ。

音を立てないように炉端に戻り、ゆっくり燃える泥炭の前に掛けておいた濡れた服を手に取り、またそれを身に付けた。

それから、小屋を出た。

イアン・マクラウドの小屋まで歩く五十ヤードしかない道が遠かった。遠い遠い道を歩いた。

敷石を囲む濡れた草の上に立ったとき、扉が少し開いているのが見えた。イアンは一晩中起きていたのだ。梣《とねりこ》材のリュートを抱え、それを爪弾いたり低い声で歌ったりしていた。

マクリーンは壁際まで近づいていって、耳を傾けた。最初は歌が途切れ途切れに聞こえてくるだけだった。

そのとき、イアンが不意にリュートを置いて立ち上がった。そして、大きな響き渡る声で歌った。

夜明けの光のもと、遠く丘の上で
羊歯の葉が揺れ子鹿が跳び上がるのを見た
我が心は高まり風のように揺らいだ
心の影が子鹿に付き纏い、羊歯の上を飛び回った
シリス！　シリス！　シリス！　丘の上で風が歌った
シリス！　シリス！　シリス！　丘腹の窪地に谺《こだま》が満ちた
追い求める我が心は歓び勇んだ。夜明けの光のもとで
今こそ我が美しい美しい〈子鹿〉を追うのだから

そのまま、死んだように静まり返っていた。それから、小屋の中から重い溜息が聞こえてきた。シェーマス・マクリーンはとうとう足を踏みだした。影がドアにかかる前に、イアンがもの悲しい旋律を少し奏で、ゆっくりとした嘆きの歌を歌い始めた。

ああ、心は破れる
　破れる、破れる
我が家を手に入れることは決して叶わないのだから、決して
ああ、傷む心に疲れはて
　疲れはて、疲れはてる
我が家を手に入れることは叶わない、叶わない！

シェーマスの顔は白く疲れていた。鰊漁は疲れる仕事なのだ、間違いなく。白い石段を上って、大きな音で扉を叩いた。イアンが出てきて、シェーマスを見た。歌い手は微笑んだ。その微笑みに輝きはまったくなかった。夜の波のように暗かった。

「どうした」

「入っていいか」

「どうぞ入ってくれ。何の用なんだ、シェーマス・マクリーン」

「まったく、寝るには遅くなってしまって、それなら話してくれることになっていた話を聴きに行って

はどうかと思ってね」

相手の男はそれを聞いても何も答えなかった。お互いに煌めく目で瞬きもせず見つめ合っていた。「あまり公平なやり方じゃないな」とうとうイアンがゆっくりとした口調で云った。「あまり公平なやり方じゃないな。俺の方が大きいし強いからだ」

「他のやり方もある、イアン・マクラウド」

「そうか」

「お前か俺が彼女のところへ行く。それで、何もかも話す。最後にこう云う。『俺と一緒に来てくれ、そうでなければ彼と一緒にいるか』」

「それでいい」

そこで、その場で順番を決めた。骰子《ハザード》で勝ったのはシェーマス・マクリーンだった。

何も云わずにイアンは振り向いて家の中へ入った。そこで笛《フエダン》を手に取って小さな音で吹いた。燻《くすぶ》る泥炭の赤い中心を見つめながら。微笑むことも顔を顰《しか》めることもなかった。ただ、一度だけ微笑んだのは、シェーマスが戻ってきて、来いと云ったときだった。

二人は黙って濡れた草地の上を歩いた。盗賊鷗《とうぞくかもめ》と鯵刺が大声で啼いていた。背黒鷗《せぐろかもめ》の笑うような騒々しい声が雑草の茂るクラガルトの岸辺に響いていた。寄せる潮が泡立ち、漂着物のかたまりのあいだを流れた。遠くから雌鶏のこっこっこっという声、牛のもうもうという声、メルモナハの斜面にいる羊のめぇめぇという声が聞こえた。刺すような潮風が二人の男の鼻をひりひりさせた。

小屋の前で、シェーマスは黙っているように合図をした。それから、掛け金を外して中に入った。「シリス」その声は小さかったが、はっきり聞こえた。

「シリス、俺は戻ってきた。涙を拭いて、また話してくれ。本当の真実をもう一度聞きたくて仕方がないからだ。お前がいちばん愛しているのは俺なのか、それともイアン・マクラウドなのか」

「もう話したでしょう、シェーマス」

外ではイアンがその言葉を聞いて、さらに近寄った。

「それに、あなたが私をいちばん愛しているのは本当でしょう。あの人と私を選ぶときがきたら、私を選ぶでしょう」

「それは本当だ」

部屋に影が差した。イアン・マクラウドが戸口に立っていた。

シリスは白く美しい顔を向けて、入ってきた男を見た。イアンは微笑んだ。彼女は臆病者ではない、我がシリスだ。そう考えて、イアンの心は高鳴った。

「それは本当か、シリス」ゆっくりとした口調で彼は訊いた。

彼女はシェーマスの方を見た。それから、イアンを。そしてまた、夫の方へ目を戻した。

「シェーマスを殺すことになるかも知れない」息を殺して呟いたので、二人にはその言葉が聞こえなかった。「殺すことになるかも知れない」と繰り返した。

それから、素早く目を転じて、口を開いた。

「ええ、本当です、イアン。私はシェーマスと一緒にいます」

それだけだった。

シェーマスの顔に現れた安堵の波に彼女は気づいた。イアンの目に異様な暗い潮が満ちるのを見た。イアンはシリスを見つめていた。もしかして聞き取れなかったのだろうか。もしかしてまだ夢見ているのだろうか。イアンは夢見る男だ。詩人だ。もしかして、彼には理解できなかったのだろうか。

「A ghraidh mo chridhe――我が愛しの人よ」嗄れた声で囁いた。

しかし、シリスは凍りついたままだった。

イアンはしばらく立ったまま、妙に躰を震わせていた。彼女には躰じゅうの神経が服の下で震えているのが判った。大きくて力強く、巨人といっていいほどの恋人なのに、今や彼の方が子鹿のように震えていると思った。その青い目が不意に曇って暗くなった。そして、死ぬほど冷たい彼女の嘘がイアンの内なる何かを殺した。それがなければ命もないに等しいほどのものを。

イアンは振り向いた。扉の向こうの目も眩む白い光の中へよろめき出た。小屋を出るところで、耳に微かな消えゆく潮の音が飛び込んできた。シェーマスはシリスの方を見なかった。二人はただ耳を傾けていた。やがて、舟の停泊場へと通じる道の砂利を踏むイアンの足音も聞こえなくなった。

三日後にイアンを見つけたとき、真っ白になって黙りこくっていた。仰向けに寝ている巨人のようだった。水辺に生える菖蒲《しょうぶ》の緑の葉の中にいた。三夜の冷たい星の光が静かな顔に染み込んでいた。


ずいぶん時間が経ってから、コル・マコルが話の続きを始めた。あの夜、月の光の中、コルはメルモナハの丘の斜面を歩いていた。

七竈《ななかまど》の樹の下に立って、羊歯の葉を通して子鹿が高く跳ぶのを見ていた。驚いて見つめているときに、背の高い影のような女が通り過ぎるのを見た。彼女は立ち止まると、持っていた大きな弓を引いて、矢を放った。鋭い音を発しながら、矢は空中を飛んだ。シリス――シリス――シリスとも聞こえた。コルは、そんなふうに聞こえたと私に云った。

矢は、真っ直ぐに子鹿を貫いた。

だが、そこで奇妙なことが起きた。子鹿は跳んで逃げると、夜の中で噎《むせ》び泣いた。その心臓は枝垂れ樺《かば》の白い矢柄が刺さって止まっているのに。

「そして、今日まで」やっとコルが口を開いた。「俺はあの射手が誰だか判らなかった。あの子鹿が誰なのかも。それがこの愛する二人だと思うかね。いや、神様にしか判るまい。だが、俺が考えるには、あれは俺が見たただの幻だ。小鹿は哀れに苦しむ〈愛〉の心で、射手は星々のあいだで狩りをする偉大なる〈影の射手〉だ。〈櫟の丘〉にいたあの夜、やがて訪れた暗闇の中で、一人の女が星々に向かって次々に矢を放つのを見たんだ。夜明けに、躰を起こして立ち去った。まるで、煙のように、彷徨《さまよ》う蒼白い焔の向こうへ」

最後の晩餐

ストラハ・ネルで最後に〈人を獲《と》る漁師〉〔「マタイによる福音書」第四章十九節などに出てくる「わたしについて来なさい。人間をとる漁師にしよう」（新共同訳）というイエスの言葉に由来する。〕を見たのは、アラスダル・マクラウド〔「漁師」の登場人物で〈漁師〉に会ったアラスデル・マクラオドを指す。松村みね子訳『かなしき女王』所収〕ではなく、幼子、アルト・マッカーサーだった。アルトはメアリ・ギルクリストという女から生まれた。女たちの悲しみを知る者だった。

　そのとき、アルト・マッカーサーはまだ幼い子供だった。道に迷って心細く、〈影の谷〉にある小川のそばで羊歯《しだ》の上に打ち臥《ふ》し、泣きじゃくっていた。

　年月が流れ大人の男になると、数多《あまた》の甘美な歌で男にも女にも愛されるようになった。その心に嘘偽りはなく、善良な男であるアルトは誰に対しても悪意を抱かなかった。

〈人を獲《と》る漁師〉に会ったのは、まだ幼い子供のアルト・マッカーサーだった。アラスダル・オグが死んだ日の前夜だったと云う者もいるが、それについては私はまったく判らない。彼が見たことは、そして聞いたことは、その暗い心の海に射す月の光だった。光はその中へ沈み、彼の毎日を生涯にわたって光で満たした。月の光に照らされた心を、アルト・マッカーサーは持っていた。その心には常に音楽があった。皆の耳には聞こえない音が聞こえるのはどうしてなのかと訊《き》いてみたことが一度だけある。すると、ただこう答えた。「胸が愛で満たされ、安らぎが湧き上がり、雫《しずく》となって心に溢れ落ちる。それが〈歓び〉の歌が聞こえるときだ」

それは魂の輝きのせいに違いない。アルト・マッカーサーを光を放つ者だと思い、愛する者たちがいた。その心は深い海の音をやむことなく響かせる貝殻であった。そして、彼を知ることは、果てしない海の驚異と神秘に、そして静かな預言者であるその美しさに息を呑むことであった。今は安らぎに満たされ、彼方《かなた》の丘に生えるヒースの下に横たわっている。だが、〈人を獲《と》る漁師〉が再びこちらへと送り返すだろう。波の上に光を、茶色の地上に輝きを与えるために。

この話を、アルト・マッカーサーが私に話してくれたとおりここに記してみることにしよう。だが、彼が自ら語ったように、そのすべてが子供のときに夢見たこととは限らない。というのは、何年もの漂泊の日々のあいだに記憶を繰り返し呼び起こしてきたからだ。色や香りが花になるように、新たな解釈を施してきたからだ。

繰り返し、しかし思い掛けないときに、夢のように心に浮かぶ情景がある。そのたびに、心の中の緑の谷を懸命に覗き見ようとする。その谷からやって来て、そして瞬く間に虹の輝きのようにその谷へと消えていくからだ。それが我が魂から出《い》で来たる燦然《さんぜん》と輝く景色なのか、あるいは幼い自分にたまたま起きた出来事だったのかを知ろうと谷へ近づいてみると、見よ！　それは昼の光の中へ消えていく夜明け、太陽にかき消される星の光、地へ落ちて行く朝露ではないか。

だが、私が忘れることはないだろう。決して、決して、草の静寂がこの目を覆うときまで、あの日の黄昏を忘れることはないだろう。

苦い涙を流すのは子供である。私たちが無駄な言葉を費やして語ることも子供たちは迸《ほとばし》る苦痛の水飛沫《しぶき》で云い尽くす。あの日、私は悲しみを抱いていた。不思議な敵意が見慣れた羊歯の茂みにも潜んでいた。ひゅうひゅうと音を立てて木々のあいだを抜ける風も、傍らを流れる茶色の水の音も、それまでは親しみを感じていたのに、今や畏怖の念を呼び起こす声だった。草の上の静かな光も焰《ほのお》をあげていた。影に潜む猛々しい目が無力な私を見つめている。闇が訪れるとき、自分は死ぬだろうと思った。私の知らない野生の生き物に貪り食われて。母は来てくれないのだろうか、我が家の柔らかな蠟燭の光を目に湛《たた》えて、救いの手を差し伸べに来てくれないのだろうか。

そのとき私の啜り泣きが止まったのは、足音が聞こえたからだった。恐れを抱いて、哀れな幼い私はこの荒野から誰が出てくるのかを見守った。それは男だった。背が高く、痩せて疲れ切っていた。その髪は長く、顔にかかるほどだった。顔は暗い荒れ地で月の光に照らされている小屋のように蒼白く、声は低く優しそうだった。その目を見たとき、私から恐怖がすっかり消え去った。母のような眼差しが灰色の影を帯びていた。

「お前だったか、我が幼子アルトよ」立ち止まって私を抱き上げると、そう云った。

怖くはなかった。私の目の涙が消えた。

「何を聴こうとしているのだ」そう囁いたのは、私が身を傾けて懸命に何かを聞き取ろうとしているのに気づいたからだった。ただ、自分でもそれが何かは判っていなかった。

「はい、何なのか判らないのですが、向こうの森から音楽が聞こえてくるような気がしたからです」

私はその音楽を確かに聴いた。夢の中で吹く笛のような不思議な甘い旋律だった。笛吹きのカルム・ダルでも、これほど見事な音は出さないだろう。カルムは月光の輝く夜に生まれた七番目の息子なのだ。

「今日のこの夜、私と一緒に来ないか」と男が訊《たず》ねた。唇を私の額に当て、落ち着かせてくれた。

「そうします。きっと、必ず」そう云って私は眠り込んでしまった。

目が覚めると、猟師の小屋にいた。そこは〈影の谷〉の端だった。

小屋には粗削りの長い食卓があって、深皿がいくつも、そして牛乳の入った大きな壺、燕麦ビスケットを積み重ねた皿、その隣にはライ麦パンがあるのを私は目を見開いて見つめた。

「幼いアルト、私が誰だか判ったかな」と私を連れていった男が云った。

「はい、王子だと思います」私の口からおずおずと言葉が出てきた。

「そうだ、愛しい幼子よ、そのとおりだ。平和の王子と呼ばれている」

「これを食べるのは誰なのでしょうか」

「これは最後の晩餐だ」と、ほとんど聞こえないような低い声で王子は答えた。まるで囁いているかのようだった。「私は日々、死ぬからだ。死ぬ前に、十二人が私と食事をともにする」

そのとき、食卓の片側に六つのポリッジの深皿が並び、その向かいにも六つあるのに気がついた。

「王子さまのお名前は何なのでしょうか」

「イーサだ」

「他にも呼び名があるのでしょうか」

「イーサ・マク・イェー、すなわち神の子イエスと呼ばれている」

「この家にお住まいなのですね」

「そうだ、だが幼子アルトよ、お前の目に口付けをしよう、そうすれば誰が私と食事をともにするかが見えるだろう」

そう云って、王子は私の目に口付けをした。すると私に見えるようになった。

「もはや見えなくなることはないだろう」そう囁いた。これが、それ以来ずっと生涯にわたって魂に歓びを感じている理由である。

そのとき見えた不思議な光景に、私は驚いていた。食卓には十二人が席につき、皆ことごとくイーサに愛の眼差しを向けていた。だが、彼らに似た男たちを、それまで私は見たことがなかった。背が高く、金髪で、怖かった。荒れ地の朝のようだった。ただ、一人だけは色が黒く、躰《からだ》と悍《おぞ》ましい瞳に影を纏っていた。

一人一人が輝く霧に包まれているように見えた。彼らの目は霧を通して瞬く星々のようだった。

そして一人一人が、パンを手に取ったり、眼前の深皿のポリッジに匙を入れる前に、食卓の上に杼《ひ》を三つ置いた。

私は彼らをずっと見つめていた。イーサが両腕に抱き抱えてくれていたから、恐れを感じなかった。

「この者たちを誰だと思うか」とイーサが私に云った。

「神の子供たちです」自分が何を云っているのかよく判らずに云った。私はただの子供だったのだから。

イーサはその答えに微笑んだ。「見なさい」食卓についている十二人の男たちに呼びかけた。「お前たちの中で最も賢い者よりも賢いこの幼子を見なさい」その言葉に彼らは皆、嬉しそうに楽しそうに微笑んだ。ただ、一人を除いて。影を纏っていたあの男だった。その男が私の方を見た。丘の中腹にある二つの黒い湖が頭に浮かんだ。水魔《ケルピー》と溺死者の恐怖で黒い湖が。

「この人たちはどなたなのですか」畏敬の念のあまり恐れを感じて囁いた。

「〈十二人の織手〉だ、幼子アルトよ」

「何を織るのですか」

「我が父のために織る。その織布が私なのだ」

王子を見上げたが、織布は見えなかった。

「あなたは王子イーサではありませんか」

「私は〈命の織布〉なのだ、我が幼子よ」

「では、〈織手〉が横に置いている三つの杼は何なのでしょう」

子供である自分の目をその杼に向けたとき、その杼が命ある不思議な存在であり、決して同じ姿を見せないことを知った。

「〈美〉、〈驚異〉、そして〈神秘〉と呼ばれている」

そして、神の子イーサとともに席につき、十二人と言葉を交わした。黒い瞳で横目で見ている男を除いて、誰もがとても美しかった。一人を見るたびに、他の誰よりも美しいと思うのだった。だが、いちばん見惚《みと》れたのは、イーサの両隣の二人だった。

「この子は、人々の中で〈夢見る者〉となるだろう。だから、自分が何者かを教えてやりなさい」と王子が云った。

すると、右側の男が私に目を向けた。私はそちらに身を傾け、その瞳、輝く髪、彼が纏っている長衣《ローブ》の青い空のような輝きがもたらした歓びに笑い声をあげた。

「私は〈歓びの織手〉」と云って、〈美〉、〈驚異〉、そして〈神秘〉と呼ばれている三つの杼を手に取ると不滅の像《かたち》を織り上げた。織布は美しい歓びの歌を歌いながら、部屋から緑の世界へと出ていった。

その次に、イーサの左の男に見つめられ、私の心臓が飛び上がった。彼もまた金色に輝く髪だったが、瞳の色はその眩《まばゆ》いばかりの美しさのせいで何色か判らなかった。「私は〈愛の織手〉。イーサの心の隣に坐る者」そして、〈美〉、〈驚異〉、そして〈神秘〉と呼ばれている自分の三つの杼を手に取り、不滅の像《かたち》を織り上げた。織布は美しい歓びの歌を歌いながら、部屋から緑の世界へと出ていった。

そのとき、子供の私はもう他の男を見たくないと思った。〈歓びの織手〉と〈愛の織手〉ほど美しい者は他にはいないだろうと思ったのだ。

しかし、耳の中で歌う甘美な驚異の歌声と、頭に置かれた冷たく柔らかな手の持ち主がこう云った。「私は〈死の織手〉」その美しい声の囁きで私を落ち着かせてくれた者がこう云った。「私は〈眠りの織手〉」それぞれ、〈美〉、〈驚異〉、そして〈神秘〉と呼ばれている自分の三つの杼を手に取り織り上げた。そのどちらの美しさが勝《まさ》っているか私には判らなかった。〈死〉は〈愛〉のようにも見え、〈夢〉の眼の中に〈歓び〉が見えた。

この二人が織り出した美しい不思議な像《かたち》にいつまでも見惚《みと》れていた。〈眠りの織手〉からは星の瞳を持つ〈沈黙〉の不滅の像《かたち》が、〈死の織手〉からは隠れた焔の心を持つ愛らしい〈黄昏〉が生み出されていた。そのとき、十二人のまた別の二人の声を聞いた。その声は、小麦畑を渡る風の笑い声のようでもあり、小麦の上の黄金の焔のようでもあった。その一つが云った。「私は〈情熱の織手〉」その声を聞き、この方は〈愛〉でもあり〈歓び〉でもあるのだと思った。そして、〈死〉と〈命〉でもあると。私は両手を差し伸べた。「私が与えるのは〈力〉」と云って、彼は私の手を取り口付けした。それから、イーサが私をまた膝の上に乗せているときに、〈情熱の織手〉が隣の白い光輪の方を向いたのを見た。イーサが、彼は世界の秘密であり、〈若さの織手〉だと囁いてくれた。それがどこからどのようにやって来たのかは判らなかったが、空の色の鳥たちが歌う声が聞こえ、その二人が、〈美〉、〈驚異〉、そして〈神秘〉と呼ばれている自分の三つの杼を手に取り、それぞれが不滅の像《かたち》を織り上げると、部屋から緑の世界へと出て行くよう織布に告げた。人間の耳に甘美な歓びをもたらす歌をいつまでも歌い続けるために。

「ああ、イーサ。この人たちは皆あなたの兄弟ですか。皆があなたのように美しく、皆が瞳に点《とも》している白い焔が、あなたの心の中にもあるのを見て取れますから」と私は声を上げていた。

しかし、イーサが話す前に、部屋が音楽に満ちた。私は歓びで打ち震えた。音楽は耳の中でいつまでも響き続け、それが消えることはこれからもないだろう。そのとき、その音楽と聞こえたものは、星の瞳を持つ十二人のうち、イーサの七番目と八番目、そして、九番目と十番目の僕《しもべ》たちの息の音だった。彼らの名前は〈笑い声の織手〉、〈涙の織手〉、〈祈りの織手〉、そして〈平和の織手〉だった。皆が立ち上がり、私に口付けをした。「幼いアルト、私たちはいつまでもお前とともにいるだろう」彼らはそう云った。私はその一人の手を取り、叫んだ。「ああ、美しい方よ、私の母とも一緒にいてください」〈涙の織手〉の囁きが返ってきた。「私が最後までともにいよう」

そのとき、驚きの眼差しで見つめる私の前で、やはり他と同じであるけれども決して同じではない杼を手に取って、不滅の像《かたち》を織り上げた。そして、この〈涙の魂〉たる織布が部屋を出ていったとき、私は母の声が美しい歓びの歌を歌っているのだと思い、その声に大声で呼びかけた。

美しい不滅の像《かたち》は私の方を向いて手を振った。

「私は決してお前から遠く離れはしない」といって溜息をついた。まるで、葉に降り注ぐ夏の雨のようだった。「だが、今は女たちの心の中にある私の家に帰ろう」

十二のうち残るは二人だけだった。〈命〉であるイーサの顔から目を離さない一人を見たとき、私の心は歓びと嬉しさに満ちた。その一人も、〈美〉、〈驚異〉、そして〈神秘〉の三つの杼を手に取り、その部屋に〈虹の霧〉を織り上げた。その輝きの中で、あの暗い十二番目ですら目を上げて微笑むのを見た。「あなたのお名前は」と、その凛《りん》とした姿に両手を伸ばして叫んだ。しかし、私の声は届かなかった。

彼もやはり自分の生み出した輝く霧から次々と虹を作り出しては、緑の世界へと送り出していたからだった。いつまでも人々の目の前にあるようにするために。

「〈希望の織手〉というのだ」と神の子イーサが囁いた。「そしてここにいた皆の魂でもある」

そこで私は十二番目の方を向いて、云った。「あなたはどなたですか。瞳に影を湛える気品ある方よ」

だが、返事はなかった。部屋に沈黙が満ちた。部屋にいた〈歓びの織手〉から〈平和の織手〉まで、誰もが目を落とし、何も云わなかった。〈希望の織手〉だけが、虹を作りあげ、十二番目の孤独な織手に向かってそれを流した。

「では神の子イーサ、この方はどなたなのですか」と私は囁いた。

「この幼子に答えなさい」とイーサが云った。その声は悲しげだった。

するとその織手が答えた。

「わたしは〈讃美の織手〉――」と云い始めたが、イーサが見つめると、それ以上言葉は出てこなかった。

「幼子アルト」平和の王子が云った。「彼は私を永遠に裏切る者だ。〈恐怖の織手〉ユダだ」

悲嘆に満ちた影を目に湛える男が、十二番目に目の前に置かれた三つの杼を手に取った。

「それは何ですか、ユダ」と私は真剣に訊ねた。その杼が黒いのが見えたからだった。

彼は答えることなく、十二人の一人が身を乗り出して彼を見つめた。〈死の織手〉だった。

「彼は〈恐怖の織手〉。ユダの三つの杼は、〈神秘〉、〈絶望〉、そして〈墓〉と呼ばれている」と〈死の織手〉が云った。

それを手に取って、ユダは立ち上がって部屋を出ていってしまった。だが、そうやって織り上げる像《かたち》も、彼の影のように一緒に進んでいった。どの像《かたち》も暗い世界へと旅立っていった。〈影〉は人々の心や意識の中へ入り、平和の王子たるイーサを裏切るのだ。

そしてイーサが立ち上がり、私の手を取って部屋を出た。そのとき一度だけ振り返ると、十二人のうち、〈希望の織手〉だけが残っているのが見えた。彼は荒々しくも甘美な歌を歌っていた。〈歓びの織手〉から教えられた歌を虹の霧の中で歌い、輝く栄光を織り上げていた。太陽の如く眩《まばゆ》く輝いていた。

そして、私は目覚めた。母の胸に身を預けていた。母は私の上に涙を落とし、その唇は祈りの言葉を囁いていた。

ルーエルの丘

ある夜、エリとイスラと私は、泥炭の上で燃える松の薪から上る焰《ほのお》を前に腰を下ろして、雪が家の壁に当たって囁く音に耳を傾けていた。その白く混乱した噂話の背後で、谷間を吹く風が泣き声をあげ、丘から溢れ流れる水が騒《ざわ》めいていた。

エリは低い声で歌を歌い、イスラはその姿を眺めていた。私がイスラをいつまでも見ていられなかったのは、心に涙が溢れ出てきたからだった。自分でも理由は判らなかった。

少し声が途切れたせいで、三人は外の荒れ狂う音に坐って耳を傾けることになってしまったが、エリの美しい歌声がやっと沈黙を貫いて流れ出てきた。

「丘の向こうの遠い彼方《かなた》」
それはいつか聴いた曲
ああ、私にも聞こえたらいいのに
残酷で蜜のように甘いルーエルの丘の民の声が

イスラの目の中に影が差すのが見えた。それで、私は思わず従兄弟に話しかけた。
「イスラ、あなたはルーエルの丘で生まれたから、きっと蜜のように甘い民のことを聞いたことがあるでしょう。エリの歌に出てきたような」

彼はすぐには答えなかった。エリがイスラの方を盗み見るのに気がついた。

「一つ、話をしよう」やっとイスラはそう答えた。


昔むかしのことだった。美しい女性がいて、その名前はエテンと云った。エテンはある男に愛されていた。その男の名前は覚えていない。遠い昔の話だからだ。だが、彼は王子だった。今はアルトと呼んでおこう。もしかしたら、〈隠者〉アルトの息子だったのかも知れない。それは隠された民の歌を聴いたり、月夜の踊り手の姿を見たりすることの多い男だった。

このアルトは、エテンを愛していた。エテンもまたアルトを愛していた。そこで、ある日アルトはエテンを自分の城塞に連れていき、エテンはアルトの妻となった。しかし、これはアルトのような者にとってはよくないことだった。アルトは、詩人であり夢見る男だった。彼はこの女を愛し過ぎた。彼女はアルトの命を完全にその掌に握った。それでもなお、彼女はアルトを本当に愛していた。彼女なりのやり方で。〈夢〉で目が見えなくなっていたアルトにとっては、何もかもうまく行っていたのかも知れない。ただ、一つのことを除いて。アルトは臆病者ではなかったが、恐れていることが一つだけあった。それは死だった。自分の死ではない。エテンの死ですらない。だが、死であった。アルトは生の境界線をわずかに越えたところでエテンを愛し、自分を引き寄せようとする影に慄《おのの》いた。

ある日のこと、恋しさに激しく嘖《さいな》まれ、一人でルーエルの丘へ出ていった。そこで一人の男に出会った。見たことのない男で、それまでに会ったどの男よりも端正な顔立ちだった。黒い目は夢を湛《たた》え、微笑みは影を帯びていた。

「つまりは、夢見る男アルトよ、〈影〉がお前の上に影を落すときに、エテンに逢う方法をおそらく知りたいのだろう」

「まさに然《しか》り。ただ、あなたのことも、どうやって私の名前を知ったのかも判らないが」

「ああ、私はただの放浪の歌い手に過ぎない。だが、今ここで出会ったのだから、歌を進呈したい、我が君アルトよ」

アルトは顔を顰《しか》めるように男を見た。我が君などと呼びかけるこの男は、君主の権威などには無頓着のようだ。

そのとき不意に男の口から歌が流れ出てきた。その旋律は驚くほど軽く、不思議で心乱されるようだった。それはエリが暖炉の側で歌った歌の詞だった。

頭の中で歌が形作る静寂の暗がりを通して、その他所者《よそ》が肩に掛けた、黄金の首飾りで留めた子鹿の革袋から葦笛を取り出すのをアルトは見た。男はその笛を吹いた。

演奏が続く間、ルーエルの丘の上で活発に動く者の姿をたくさん見た。緑の民がことごとく集まってきていたのだった。彼らは歌っていた。

アルトがその蜜のように甘い歌声に耳を傾けていると、その歌の歓びと安らぎが眠気を誘った。アルトはエテンの名を呟《つぶや》きながら眠りにおちた。

目が覚めると、彼は年老いた男になっていて、顔の両側から垂れる灰色になった髪は、もはや記憶にない涙で濡れていた。しかし、これに気づいていないアルトは、起き上がって叫んだ。「エテン、エテン！」

自分の城塞に辿りついても、そこにエテンはいなかった。古い灰の上に坐り込んだ。隙間から風が吹き込んでくる場所で、アルトは考え込んだ。老人が薄暗がりの中へ入ってきた。

「エテンはどこにいる」アルトが云った。

「エテンとはミディルの妻のことか」

「違う、アルトの妻エテンだ」

老人は口を開いてもごもご云った。

「私がまだ若かった頃から、アルトの妻エテンはミディルの妻エテンだった」

「そのミディルというのは誰だ」

「ミディルは世界の王だ。女たちの心を砂にし、男たちの望みを塵にしたという」

「私は虚しい夢を見ていただけだったのか」アルトは心の中で啜り泣き、胸を引き裂かれる思いで叫んだ。

「ああ、お前がアルトなら、ルーエルの丘で長い夢を見ていたということになる」

しかし、年老いて弱ったアルトが振り向いてルーエルの丘の蜜のように甘い民の方へと戻り、再び夢を見ようと思ったとき、ミディルが笑う声が聞こえ、そして死んだ。

「これでお終いだ」と唐突に話を終え、イスラはエリの方も私の方も見ることなく、ただ泥炭の焔を見つめていた。

エリはその夜、もう自らに微笑みかけることもなく、低い声で歌うこともなかった。

聖なる冒険

「このささやかな本を始めるにあたり、聖なる奇蹟の証拠が示されたことをはっきりさせておこう。これがランプの一種であるかのようにはっきりと。」

『聖アダムナン』第二部第一章

「私たちは三人、〈躰《からだ》〉、〈意志〉、そして〈魂〉である……私たちの共同の住まいから初めて一人で外に出た〈意志〉と〈魂〉はお互いに似通った体を選んでいた」――「聖なる冒険」[*1]より

一

あれは聖ヨハネ祭前夜のことだった。私たちは一緒に、だが一人一人独立した三人のよき友人としてしばらく出かけようと話していた。私たちは同じ家を共有し、共通した楽しみがたくさんあっても、一体だったことはまったくなかった。それと同時に、それぞれ真実への強い欲求があり、それ以上の欲求があるとすれば美に対するものくらいしかなかった。

私たちは長いあいだほとほとうんざりしていた。私たちを悩ませていたのは、年月の重荷でもなく、重篤な病でもなく、自らの影の中で大きくなってきた深い苦悩でもなかった。私たちは若かった。しかし、生きることとの両極というべきものを知っていた。愛することと苦しむことである。深い愛にはいつもこの上なく暗い焰《ほのお》がある。小蠟燭が点《とも》す焰の中心と同じように。この暗い苦悩を糧《かて》として〈北極光《ダンサー》〉は生きているのだと思う。〈北極光《ダンサー》〉！　彼は〈歓び〉であり〈愛〉であり、勢いよく燃え上がる焰である。彼こそは、あの有名な惑星〈踊る星〉の息子だ。

あの聖ヨハネ祭前夜、私たちは友人たちとこの日にまつわる異教の祭りの古い謎について話していた。ようやく引き上げる気になったのは、疲れたからでも喧嘩になったからでもない。精神に隠されていた

ものがただ現実の出来事にすぎず、伝説が偶然でも想像でもないのに、そんなことを議論するのはいささかくだらなくてばかげているように思えたのである。そのとき、月光の中で白い両手を上げていたものが、今もなお、夢見る心の月光を浴びて〈聖なる炉〉へと合図を送っているのだから。

屋根の低い小屋にある部屋から私たちは外へ出た。そこの窓は開いていたけれども、二本の蠟燭がしっかりした焔をあげて燃えていた。夜は静まり返っていた。フクシアの茂みの先で薔薇が溜息をついていた。そこでは、絶え間なく寄せる波が泡も立てずに、岸辺の静寂を手探りしていた。月の道が遠く青銅色の海の先へと延びる様子は、まるで影のない白い道のようだった。港の黄昏の中で、赤や緑の光が二つ三つ光っていた。平底の小型漁船が錨《いかり》を下ろして流し釣りをしているのである。陸地側には暗い丘が連なっていた。聖ヨハネ祭前夜の火の一つがすぐ近くの丘の上で燃えていて、その火が作る円錐形が東の空の千に及ぶ星々を隠していた。焔は高く立ち昇ったかと思うと、脈打つように沈んだ。もしかしたら、遥か高みまで上る海風か、あるいは山からの空気が焔を舞い上がらせたのかも知れない。南側の茫漠とした暗闇の中から、さらに暗い深淵がいくつも飛び出してきた。そこでは長く引き伸ばしたような雷鳴が恐ろしい溜息をついていた。それらの側面を幕電《まくでん》の光が歩き回った。

この小さな湾には音がまったくなかった。沖の方では一尋《ひろ》ほどの燐光の帯が、月光の中で鯖《さば》の一群が遊んでいるのを教えてくれていた。黒ずんだ火成岩《トラップ》の岩棚が山羊の放牧場から海の底深くまで下って伸び、夥《おびただ》しい数の輝く幻影がその近くを動き回っていた。海月《くらげ》が、緑、紫、淡い青の亡霊のような焔を躰《からだ》に満たしてゆらゆら彷徨《さまよ》っていた。

私たちはしばらく黙って立っていた。それから、私たちの一人が云った。

「少しのあいだだけ、この密接な関係を休むことにしよう。離れ離れになって旅をするのは無理だから、私たちを悩ませている問題について光明が得られるかどうかを一緒に探しに行こう。もしかすると、同じことを同じ目で見ようとする今までのやり方は虚しかったが、別々の目で探せばもっとよく見つけられるかも知れない」

他の二人も同意した。「光明を見つけるのは私かも知れない」一人が云った。「光明を思い出すのは私かも知れない」さらにもう一人が云った。

「では、家に戻って、今夜は休もうではないか。そして、明日、ゆっくり眠って食事を摂《と》った後で、元気よく出発することにしよう」

他の二人は答えなかった。一人にとって食べ物は何の意味も持たなかったし、もう一人にとって睡眠は思い出すことであると同時に忘れることだったからだが、それでも、自分があまりにも嫌い、多少の怖れを抱きながらもなお深く愛している相手がどうしても必要だとぼんやり感じていた。

二

こういうわけで、ある夏の日の朝、私たちはそれぞれ独りで歩いて出発した。どこかはっきりした目的地があるわけではなかったが、西に朧《おぼろ》に見える青い丘陵の方へ行こうと話していた。〈夢の丘〉と私たちは呼んでいた。だが実際は、どちらへ向かったらいいかさっぱり判らなくて徒《いたずら》に悩んでいたのである。〈聖都〉を目指した昔の巡礼者たちのように、私たちも西へ向かう長い旅の一歩を踏み出した。だが、途中には危険な土地が待ち受けているということも同様に判っていた。

私たちが三人だったというのはすでに云った。〈躰〉、〈意志〉、そして〈魂〉である。並んで歩くというのは不思議な感じがした。お互いに親しい間柄なのに、相手のことを何も知らない。共通点がたくさんあるのに、云いようのないほど異質な相手である。お互いにそう感じていたのだろうと思う。勇気を持って足を踏み出しながらも、横目で様子を見つつ。野生の蜜蜂がぶんぶん音をたてているフクシアの茂みの側を通り、黄菖蒲《きしょうぶ》の花のあいだで白い山羊がもぐもぐ口を動かし、狂ったような目をした毛むくじゃらの牛がタイムの塩っぽい新芽を食べている海辺の放牧地を廻った。そのとき、一人の漁師に出くわした。何年も前から知っているイアン・マクレーという男だった。そのときまで、私の孤独癖を知っている人が、見慣れない男たちと一緒に歩き回っている私を見たら、変に思うのではないかということが、どういうわけか全然頭に浮かんでいなかったと気づいた。そしてもう一つ、二人が私にそっくりだということにもそのとき初めて気がついたのだった——目を別にすれば私自身ほとんど違いを見つけられないほどだ——これほど似ていたら吃驚するだろうし不思議にも思うだろう。

私はどうしたらいいか判らないまま、歩みを止めてしまった。「そうだ」息を殺して呟《つぶや》き、ゆっくり先を進む二人を見つめた。「そうだ、あの二人は他の人には見えないんじゃないか。思いつきもしなかった」私が立ち止まっても、二人は止まらなかった。イアンのそばを通りすぎるとき、二人が重々しい笑みを浮かべてうなずくのが見えた。老人は帽子を取って、道の脇に寄って立っていた。

妙な胸騒ぎを感じて、私はマクレーの方へ近づいた。

「イアン」私は話しかけるというより、囁きかけるように云った。

「ああ」マクレーは素っ気なく、遠くを見るような厳めしい目で私を見ながら云った。

「先に歩いていった私の友人たちに会ったことがあるかな」

「いや、一度も会ったことはない」

「ここに、もう――もう何日もいたのだが」

「会ったことはない」

「教えてくれ。彼らが誰だか判るか」

「これまで会ったことがないんだから判らない」

「いや、つまり――誰か知っている人に似ていないか」

「いや、誰にも似ていないな」

「確かかな」

「ああ、確かだ。誰に似ているっていうんだ」老漁師は疑わしそうな目で私を見た。

「教えてくれ。私に何か変わったところはないかな」

「いや、ないね。全然ない」

途方に暮れて、この新たな謎をよくよく考えてみた。私たちには三人の人格があるのか。外に対しても、内と同様に。

その瞬間、〈意志〉が振り向いた。その声がヒースの香り漂う岩棚に沿って降りてくるのが聞こえた。

「私たちもこの謎には戸惑っている」と〈意志〉は云った。

私の考えていることが〈意志〉にも判ったのだ。私たちの考えだ。そう、今度は〈魂〉が振り向いて、その息の陽光のような温かさが道端の忍冬《すいかずら》を越えて聞こえてきた。

「私もまたこの謎に戸惑っている」と〈魂〉が云った。

「イアン」私たちを不思議そうに見ている老人に呼びかけた。「イアン、教えてくれ。私の仲間たちは何に似ている？　どんなふうに見える？」

老人は吃驚したようにちらりと私に目をやり、それから夢から目覚めかけているような感じで目を擦《こす》った。

「どうしてそんなことを訊《き》くんだ」

「それは、二人が私に似ていると思ってなさそうだからだ。二人は——二人は私とそっくりだと思うのだが」

マクレーは皺だらけの震える手を皺の寄った口元に持っていった。くすくす笑いながら、こう云った。

「ああ、判ったよ。冗談だな。イアン爺さんをからかっているんだ」

「そうだともそうでないとも云えないが、どんなふうに見えるかを教えてもらいたかったんだ。あそこの二人がね」

「ああ、判ったよ。あっちの友人は、最初に話した方だがね、へとへとにくたびれたような老人だね。自分に似ているからそう思う。いや、そっくりだ。よくよく見れば、あれは俺の生霊かも知れないな。もう一人の方は、上品な若者だ。若い漁師に違いない。神様があの若者の心を締めつけて放さないのでなければいいがね。こんなことを云うのは、その目に老人の悲しみの色が見えるからだ」

私はイアンを見つめていたが、そのときはっと閃《ひらめ》いた。

「ありがとう、イアン」と云ってから急いで付け加えた。「あなたとご家族に神様のご加護がありますように。そして、網と舟にも」

そう云ってから、私を待ってくれている仲間たちの方へゆっくり歩いていった。そのときにはもう判っていた。老漁師は自分自身の本質を見たのだ。私たちの共同の住まいから初めて外へ出た〈意志〉と〈魂〉は、お互いに似通った体を選んでいた。だが、その揺らめく姿は、他の二人にとっては、自分たちを見つめる者の反射に過ぎない。イアン爺さんも疲れきった己の姿と若い頃の自分を見たわけだ。新たな恐怖を感じて、〈躰〉は私たちに呼びかけた。そして、私たちも〈躰〉に。私たちは一人だった。それでも三人だった。そこで私たちは一緒に前に進んだ。

三

私たちは黙っていた。これほど強く親密に結びついている三人にとって簡単なことではなかった。長いあいだそういう間柄だったのに、突然新しい仲間という関係になって、かつて一人だった三人はばらばらになったのだ。新たな沈黙が私たちに訪れた。皆黙って歩いていた。その日の美しさを、海と空の美しさを、そして紫になりかけている荒野の美しさを意識しながら。鷗《かもめ》たちが青い空の白い点となり、黄《き》青鵐《あおじ》や野鶲《のびたき》が針金雀児《はりえにしだ》や香りの漂う谷《や》地柳《ちやなぎ》のあいだをすいすい飛ぶ美しさを。私たちには口に出して語りたいと思うものがなかった。それぞれが自分の思いに耽《ふけ》っていた。

夢を見る三人は、というのは私たちがうっとりするような夢の時間の中にいたからだが、しっかりとした足取りで前へ進んでいった。入江にやって来たのは正午から一時間も経っていない頃だった。入江はとても狭くて、川のように見えたが、両岸に密生する菖蒲《しょうぶ》のあいだから潮風が立ち昇っていて、水に沈んだ岩棚には浜簪《はまかんざし》と浜昼顔《はまひるがお》の香りが漂っていた。干満のある水は草の緑色で、ただ、長い藤色の影のあるところだけが暗くなっていた。

「ここで休むことにしよう」〈躰〉が云った。「陽の光を浴びてこんなにも美しいし、冷たい水もある」

〈意志〉が微笑んで、オークの根元から小石だらけの岸辺まで達している苔《こけ》で覆われた斜面に身を投げ出した。

「お前はいつもそうだな」微笑みながらそう云った。「休憩が大好きだ。漂う雲が太陽の手招きを好むのと同じだ」

「どうしてそんなことを思ったんだ?」それまで、口を開くことなく、考え事を心に秘めた相手として親密に語り合っていた〈魂〉が不意に口を開いた。

「どうしてそんなことを訊《き》く?」

「私もまた考えていたからだ。太陽が手を振って漂う雲に合図をするように、羊飼いが散らばっている羊たちに呼びかけるように、手が私たちに前へ進むよう合図してくれるんだ。遠い彼方《かなた》では、虹が太陽と霧を織り上げている。もしかしたら、そこで出会うのは、私たちが見たいと思って旅に出た目的そのものなのかも知れない」

「だが、〈躰〉は休みたがっている。それに、ここが美しくて太陽の光に溢れているのは確かだ。緑の水が流れ、その流れが葦と旗のあいだで囁いている。海の歌を歌いながら」

「それなら、休もうではないか」

私たちがその場で横になると、大いなる安らぎが訪れた。〈魂〉の目からは涙が流れ、〈意志〉の顔には夢見る微笑みが浮かび、〈躰〉の安らかな眼差しには並々ならぬ美が湛《たた》えられていた。そこでは好きなだけ横になって夢見ることができた。私たちは、心の安らぎのなかで類い稀な幸せを知った。

しばらくして、〈躰〉が身を起こし、水辺へ歩いていった。

「何と美しい。沐浴をしないわけにはいかない」そういって服を脱ぎ捨てると裸になって、入江を縁取る葦と黄色の旗のあいだに立った。

太陽の光がその白い体に注いでいた。象牙のように白い体に。淡い影がその体軀《たいく》にそっと触れた。そこかと思うとまた別のところを。陽の光を受けた緑の葉や茎が影を形作っていた。純粋な歓びの声をあげて、両手を振り回し、足を踏み鳴らして水を跳ね飛ばした。

楽しそうに振り返って、大声で云った。

「結局のところ、生きているっていうのはいいものだ。考えなくても夢見なくてもいい、ただ存在することに満足すればいい」

誰も何も云わずにいると、〈躰〉は楽しそうな笑い声をあげて、輝く太陽へ向かって身を躍らせた。

二人の仲間は目を輝かせて、それを眺めていた。

「それにしても、美しいからつい見つめてしまう」〈魂〉が云った。

「そうだな」〈意志〉が重ねて云った。「もしかしたら、〈躰〉にとっては他のどこを選んでもよかったのかも知れないな」

「大半の者にとっては〈永遠〉よりも、いまこの瞬間の方が良いということがあり得るのか」

「〈永遠〉というのは何なんだ」

少しのあいだ、〈魂〉は黙っていた。自分にはすぐ近くにあるように見えるものも他人にとってはぼんやりとしか見えないこともあると理解するのは難しかったのである。もしかしたら蜃気楼《しんきろう》にしか見えないかも知れないということを。もともと〈魂〉は、狭苦しいこの世の境界のすぐ手前にいたのだ。〈永遠〉はその境界線のすぐ向こうから泳ぎ上ってくる。もの問いたげに〈魂〉を見ていた〈意志〉が、また云った。

「〈永遠〉に属するもののことを話していたが、〈永遠〉とは何なんだ」

「〈永遠〉とは〈神の息吹《いぶき》〉のことだ」

「それでは何のことか判らない」

「〈死すべき運命〉から解放された〈時〉だ」

「やはり、さっぱり判らない。それとも、私の知恵が足りないのか。〈永遠〉は私たちにとって何なんだ」

「私たちが不滅であることだ」

「ということは、それは〈死〉に対する保証でしかないのか？」

「いや、それ以上だ。〈時〉は、私たちの活動領域だ。〈永遠〉は、私たちの家だ」

「お前が虫けらから学ぶことは他にないのか。あるいは、塵の中から」

「どういう意味だ、兄弟」

「解体は、お前にとって何の意味もないのか」

「解体とは何なんだ」

今度は〈意志〉が不思議そうな目で見つめる番だった。その質問は、彼が〈魂〉にした質問と同じくらい心乱されるものだった。一分ほど経ってようやく口を開いた。

「お前は私に解体とは何か訊いているのか。お前は死が私にとって何を意味するのか判らないのか」

「私や〈躰〉にとってよりも、お前にとって意味を持つのはなぜなのかだ」

「お前にとっては何なんだ」

「〈美〉の夢から〈美〉への変化だ」

「それで、最悪の場合は？」

「解放だ。狭い壁の隙間からの脱出だ——そこは往々にして暗く汚い」

「何《いず》れにせよ、変化の一つに他ならない。瞬間的で絶対的な変化だ。だが、何から何への？」

「まさに然《しか》り」

「怖くないのか」

「まったく怖くない。なぜ怖がらなくてはならないのか」

「なぜ怖がってはならないのか」

ふたたび二人のあいだに沈黙が割って入った。やっと〈魂〉がこう云った。

「なぜ怖がってはならないのか。判らない。だが、私は怖くない。私は〈神の子〉なのだ」

「それでは私たちは？」

「ああ、そうだな、兄弟よ。お前もそうだし、〈躰〉もそうだ」

「だが、私たちは消滅するんだぞ」

「〈躰〉は復活する」

「どこで——いつ」

「記されているとおりだ。神の時にだ」

「あの虫けらも、〈神の子〉なのか」

〈魂〉は下を向いて緑色の水を見つめたが、返事をしなかった。戸惑ったような妙な表情を目に浮かべていた。

「〈永遠〉の向こう側にあるのは〈墓地〉ではないのか」

〈魂〉はまだ答えなかった。

「神は〈墓〉の下にも囁きかけてくれるのか」

それでも〈魂〉は立ち上がって、落ち着きなく動き回っていた。

「教えてくれ」〈意志〉はまた口を開いた。「〈解体〉とは何か」

「塵だった者が塵に還ることだ」

「では、塵とは何なのか」

「形のないもの。不完全なもの。〈壺作り〉がそこから新たな器を作り出す塊だ。あるいは、新しい形を作るために流し込むものだ」

「だが、お前は塵にならないのか」

「私は遠い彼方《かなた》から来た。私はまた彼方へ還る」

「だが、私たちは——私たちは形がなくなるのだろう。不完全なものになるのではないか」

「お前はまた作り上げられるだろう」

「どうやって」

〈魂〉が振り返って、仲間の隣に腰を下ろした。

「判らない」〈魂〉はそれしか云わなかった。

「だが、もし〈躰〉が塵に戻るのであれば、その中にある命は吹き消されるだろう。揺れる焰《ほのお》のように。そして遠い彼方から来たというお前が彼方へ還るのなら、そのとき、不死の魂を持たず、か弱い人間の一員でもない私は何になるのか」

「神はお前を必要としている」

「いつ——どこで」

「自分が推察することすらできないことを、どうやって人に教えられるというのか」

「ではこれを教えてくれ。もし私が〈躰〉と融合したら、そして〈躰〉が死に、私も死んだなら、そうしたら私にも復活があるということになるか」

「判らない」

「もしも〈躰〉が何週間も、何年も、何十年も経ってから、崩壊して塵となり大地に吸収され、化学変化によって生きているものの中に取り込まれたとしたら、それは〈躰〉にとっての復活と云えるか」

「いや、それは復活ではない。変成だ」

「今は、それだけだ。他には可能性はない。塵は塵に。〈躰〉にとってと同じように、心にとっても、命の息吹は〈意志〉なんだ。つまり私のことだが。〈墓地〉に入ればもう苛立ちはない。嘆きも、歓びもない。あるいは、思考も、夢もない。恐怖も、希望も、何もない。神ご自身がそう仰ったわけではないが、預言者の口を借りてそう仰ったのではないか」

「理解できない」〈魂〉が戸惑って、呟《つぶや》いた。

「〈墓地〉にはお前の場所はないからな」

「だが、私だって〈死〉のことは知っているはずだ！」

「確かにそうだ。何の変化だったかな――〈美〉の夢から〈美〉への変化だ！」

「神は、私がお前たちと一緒に行けたらいいと望んでいることはご存知だ。お前と、あの向こうにいるのと、私だ。もし、それができなくても、あいつは完全に命の限りがある存在だということだから、せめてお前と私だけでも」

「しかし、私たちにはできない。少なくとも、私たちにはそう思える。だが、私は――私もまた生きているし、私にも夢や未来像《ビジョン》がある。歓びも願いもある。絶望だってある。私自身にとっては無に等しい。私は結局のところ、風に揺らめく焔のようなものだ」

「そうではないかも知れない。何かが私に、何度か囁いたことがある。お前と私が一体になると」

「教えてくれ。不死者は命に限りがある者と一体化できるのか」

「できない」

「では、どうやって私たちは一体となるのだ。私の命は限りがあるのだから。私のこの命は〈躰〉に依存している。〈躰〉は落ちる枝であり、崩れる波であり、不意の病魔に斃《たお》れる者だ。一瞬にして、それまでとは違う存在になってしまう。冷たく、自力で動くこともできない〈墓〉の収容物だ。蛆虫《うじ》や虫けらの仲間だ。そして、私は――私は引いていった波だ。渦巻いて消えた煙だ。ぱったりと消えてしまった小さな旋風《つむじかぜ》だ」

「最後にどうなるのか、お前は私より判っていないではないか。私たちが転換される瞬間のことだ」

「ああ、お前だってそうではないか。〈魂〉よ、お前には強い確信があるのだと思っていたが」

「私は何も知らない。そう確信している」

「ならば、私たちと同じということにならないのか」

「私はほとんど知らない。そう確信している」

「私なら元気なときに、新鮮で、満ち足りて、豊かで、素晴らしい人生というものがあると信じられる。この世界においても、精神界であっても。〈躰〉が病気のときには、お前が受け継ぐもののことを考える。だが、もしお前に確信がないなら――お前が何も知らないのなら――お前もまた夢を育んでいなかったのかも知れないし、叶えられない希望を弄《もてあそ》んだだけかも知れないではないか。無駄に燃え上がる焔なのかも知れない。私と同じだが、ただもっと広くて気高い考え方をする。暗闇の中で戸惑い〈人間性〉という気が滅入るような心を抱えた単なる霊的な神経ではないのかも知れない。お前と私と〈躰〉が終わりを迎えることはないかも知れない」

「そうかも知れない。〈神の言葉〉というものがある」

「私たちの読み方は違っていた」

「それでも、〈言葉〉はある」

「そうだ」

「不死の命などというものがあると信じているのか――〈永遠〉の存在を信じているのか」

「ならば、〈永遠〉とは何なのか」

「その質問はもうしたではないか！」

「お前は〈永遠〉の存在を信じている。〈永遠〉とは何か」

「継続性だ」

「〈永遠〉に属するものとは何なのか」

「滅びることのない欲望だ」

「ならば、永遠に私たちの手が届かないところにあるものを懸命に追いかけている、命に限りのある私たちに必要なものとは何なのか」

そこで、乱暴な笑い声をあげながら、〈意志〉は立ち上がって身に付けているものを脱ぎ去ると、太陽の光で緑に輝く水の中へ飛び込み、まだ潮に向かって泳ぎながら太陽の光を浴び歓びの声をあげている〈躰〉に楽しそうな大きな声で呼びかけた。

一時間後、私たちは立ち上がり、また黙って旅を再開した。

四

午後も半ばになった頃、私たちは海辺を離れた。海岸が崖になって巨岩が転がる地域になってきたからだ。茶色の水流を辿って進んでいくと、やがて山の陰に入った。雌羊や仔羊たちが絶え間なく悲しげな啼き声をあげていた。その声は、山々の幽寂の中で岩棚から岩棚へと落ちていく。丘陵地帯に古代から続く悲嘆そのもののようだった。

そうしてやっと巨礫《きょれき》のあいだを抜け出した。そんな岩は、苔で緑になったり地衣類《ちいるい》で灰色になったりしていて、羊歯《しだ》の中にぽつんと転がっていたり、風に揺れる樺《かば》の木の陰や、もうすっかり赤くなった実をたくさんつけている七竈《ななかまど》の掌のような葉の陰になっていたりもした。ときどき私たちは、興味を惹かれたことについて話をした。自分たちが歩く横をずっと流れてきた茶色に渦巻く濁流の中で光と影が戯れている様子や、川姫鱒《かわひめます》の姿を眺めてぐずぐずしてしまう澱みの話だった。澱みが映す美しい影を帯びた曖昧な非現実に魅入られるのだ。影すら感じさせない現実よりも。あるいは、松の木がつくる重々しい薄暗がりのこと。孤立した小農場の向こうにある緑の小さな玉蜀黍《とうもろこし》畑に斜めに差す藤色の影のこと。私たちには見えないが山の中腹付近にいて幻影の雲の姿で動いていく紫色の幽霊のこと。あるいは、内陸の静寂の中で波の音の谺《こだま》を返していた独りぼっちの鴎《かもめ》のこと。

何もかも、私たちには愉しく感じられた。〈躰〉は何度も嬉しそうに笑っては、こんな話をした。影を追い回していたら、とうとう振り向いて飛びかかってきた。その後、影は森の中の野生の生き物に戻り、計り知れない時間の他には何も知らず、幸せに暮らしたという。これは、ゲールの山の人々のあいだで信じられている古い話である。

「もっと古い話があって、もしその話が本当なら」と〈意志〉が〈魂〉に向かって話しかけた。「お前と〈影〉はまったく同一の存在だ。いや、三位一体の神秘はここでまた象徴化される——私たち三人の中に。古代の忘れられた人々の忘れられた言葉がある。それは〈息〉、〈影〉、そして〈魂〉のような意味の言葉だ。〔原註　アステカ語の言葉 Ehecatl は、〈風〉（あるいは〈息〉）、〈影〉、そして〈魂〉という意味である〕」

前に進みながら、私たちは次第に寡黙になっていった。正午から六時間ほど経った頃、小さな岸辺の町が緑の牧草地の中にあるのが見えてきた。海岸線の揺れ動く青い帯が覆い被さっているようにも見えた。〈躰〉は喜んだ。ここには友人たちがいるし、もう自分の同類にはうんざりしていたからである。〈意志〉と〈魂〉もまた喜んだ。彼らは死を免れないという共通の運命を分かち合っていて、倦怠というものを、飢えや渇きと同じようによく知っていたからである。そこで私たちは家々から昇る青い煙の方へ進んでいった。

「風に揺れる枝の上の巣も野鳩には優しい。花崗岩《かこうがん》の下の緑の羊歯は疲れた雌鹿がくつろげる我が家だ。盲目的に規則に従う私たちはそんな動物よりも怠惰な旅人なのだから、あそこの村で今夜くつろげる家を見つけるのがいいだろう」

そんなことを〈魂〉が云った。

〈躰〉が陽気な笑い声をあげて、付け加えた。「そうとも。緑の羊歯よりは楽しそうな住まいだ。どうだ、〈夜の三人の仲間たち〉というのを聞いたことがあるか」

「〈夜の三人の仲間たち〉だって？　〈祈り〉、〈望み〉、〈安らぎ〉のことかな」

「〈魂〉はそう云うが、お前はどうだ、〈意志〉よ」

「私なら、〈夢〉と〈安息〉と〈憧憬〉だろうか」

「私たちはいかなるときでも一致しない」〈躰〉が溜息をついた。「私が云った〈夜の三人の仲間たち〉というのは、〈笑い〉と〈葡萄酒〉と〈愛〉なのだから」

「もしかしたら私たちは同じことを云っているのかも知れない」〈意志〉は小さな声で云って、苦々しい皮肉の漂う微笑みを浮かべた。

私たちは甘い声で囀《さえず》る小鳥でいっぱいの、忍冬《すいかずら》の垂れる砂の小道を下りながら、これらの言葉についてよくよく考えた。

〈祈り〉、〈望み〉、〈安らぎ〉なのか。〈夢〉、〈安息〉、〈憧憬〉なのか。それとも、〈笑い〉、〈葡萄酒〉、〈愛〉か。これらは、〈心の欲望〉の同類なのか。

小道を離れて生け垣の緑の暗がりを進んでいると、土蛍《つちぼたる》が青白い光を発しているのが見えたところで、白い曲がりくねった道に出た。若い男が一人、積み重ねた石の横に立っていた。男は作業の手を止めて、私たちを見た。私たちの一人が話しかけた。

「あなたのように若くて逞しい男性がどうしてこんな仕事をしなくてはならないのですか。体を壊した者がするような仕事でしょう」

「お前たちはなぜ息をしているんだ」男がぶっきらぼうに云った。

「息をするのは生きるためですよ」〈躰〉が明るい口調で答えた。

「なるほど、俺が石を砕くのも生きるためだ」

「それだけの価値があるのですか」

「死ぬよりはましだ」

「確かに、死ぬよりはましだ」〈躰〉がゆっくり云った。

「教えてほしい、なぜ死ぬよりもましなのかを」〈魂〉が訊《たず》ねた。

「生きることを望みたくない奴なんているか」

「ああ——ならば、これほど求められる望みはないということか!」

石割り工は、そう云った相手を不機嫌そうに見た。

「もし、どうしても生きたいと思わないのなら、持っている金を俺にくれないか。金が無駄になるのは残念なことだからな。俺はまさに今日この夜、金をどこで使ったらいいかよく判っているのだから」男は不意にゲール語で付け加えるように云った。

〈躰〉は不思議そうな目で男を見つめた。

「金をどこで使うつもりですか」〈躰〉はやはり同じ言語で訊ねた。

「今夜はジョン・マクドナルドの結婚式がある。アメリカから来た金持ちだ。町から戻ってきて、今夜は友人を一人残らず呼んで、友人の友人まで呼んで大きな祝宴を開く」

「それはエルシー・キャメロンと結婚するジョン・マクドナルドでしょうか」〈躰〉が勢いこんで訊《き》いた。

「そうだ、その男だ。だが、相手はアラスタル・ルアの別の娘だったかも知れない。モラグといったか」

〈躰〉の顔がさっと赤くなった。その目が煌《きら》めいていた。

「エルシーだ」〈躰〉は男に云った。

「たぶんそうだ」石割り工が関心なさそうに呟《つぶや》いた。

「アラスタル・ルアと娘たちはどこにいるか知っていますか」

「ああ、ベーン・マルサンタにあるマクドナルドの大きな館にいる。〈椦《とねりこ》農場〉だ」

「道を教えてもらえますか」

「俺もそっちへ行くところだった」

そこで〈躰〉が仲間たちの方を振り向いて、云った。

「彼女を愛している。私はモラグ・キャメロンを愛しているんだ」

「お前が愛しても仕方のない相手だぞ」〈意志〉がきつい声で云った。「アーチボルト・シンクレアと婚約しているからだ」

〈躰〉は笑って、明るく云った。

「愛は愛なんだ」

「さあ」〈魂〉がうんざりしたように遮った。「ずいぶん道草を食ってしまったじゃないか。もう、行こう」

私たちは立って、石割り工を見ていた。石割り工も私たちを不思議そうに見つめていたが、不意に笑い出した。

「どうして笑うんだ」〈魂〉が云った。

「いや、俺にも判らない。だが、これは云える。お前たちの二人が町に行きたいと思うなら、この道を辿っていくだけでいい。もしも、〈椦農場〉へ行きたいのなら、こっちの道を俺と一緒に行かなければならない」

しかし、〈躰〉は苛立たしげに払いのけるような身振りをした。「放っておいてくれ。私はこの男と一緒に行きたいんだ。明日の朝、向こうの町から西へ行く道の最初の橋で待ち合わせよう。ちょうど、この水流が小石の上をゆっくり流れるところだ」二人は気乗りしない視線で仲間が去っていくのを見ていた。〈意志〉は苦々しい笑いを浮かべて、いつまでも〈躰〉を見つめていた。それを埋め合わせる愛が、〈魂〉の憧れの眼差しに宿っていた。

「行くな」と〈魂〉が囁いた。

遠くの農場を目指して歩きはじめて、〈躰〉と石割り工の二人だけになると、互いに間を空けて言葉を交わした。農場にはすでに明かりが灯り、農場の牛小屋からは雌牛が低く鳴く声が聞こえてきた。ちょうど乳搾りの時間だったからである。

「一緒にいたのは誰なんだ」と男が訊いた。

「友人だ。一緒に出てきたんだ」

「何のために」

「ああ、世界を見に、といったところか」

「世界を見にだって」と云って男は笑った。「世界を見にか！　金はあるのか」

「必要な金はある」

「ならば、お前たちには何も判らないだろう。世界はすでに持っているものしか与えてくれない。持っているものをもっと与えてくれるんだ」

「今晩は何をしたい？」

「酔っぱらいたいね」

「貧弱な願いだな。炉端で笑ったり冗談を云ったりすることを考える方がいい。それから、食べ物や飲み物のことも。もしそうしたければ。パイプとかダンスとか綺麗な娘たちのこととか」

「好きなようにしろ。俺は酔っ払いたいんだ」

「どうして」

「どうしてかだって。そうすれば別人になれるからだ。日が出てから日が暮れるまで覚えていることをすっかり忘れられる。道端で石を砕くたびに心の中の希望が打ち砕かれるのがどんなことか、お前に判るか。それが俺なんだ、石割り工なんだ。おれは石の外側だけでなく内側も砕く。心の中で石のようになっているところだ」

「そんな話し方をするにしては若いじゃないか。それに、もっとよい時代を知っている者のように話す」

「ああ、俺はもう若くなんかない」男は少し笑って、云った。

「それはどういう意味なんだろう」

「どういう意味か。つまり、こういうことだ。俺は聖書と同じくらい歳をとっている。聖書の中に出てくるくらいだ。ただ、そこでは豚の群れの世話をしていて、ここでは石を砕いている」

「父親は生きているのか」

「ああ、あいつは安息日のたびに俺を呪っている」

「じゃあ、聖書に出てくる古い話と同じというわけではないのだな」

「ああ、同じことなどまったくないと同時に、何もかも同じだ。ただ、お前が酔っぱらっているときは別だというだけのことだ。酔っていれば、同じものだけが、裏返しになる。だが、見ろ、あれが農場だ。

俺の助言のとおりに、飲め。炉端にいるよりも、食べ物よりも、キスよりもいいし、愛よりもいい。憎しみよりもいい。他にできることといったら自棄《やけ》になって酒に溺れることくらいだ」

この後すぐ、〈躰〉はベーン・マルサンタ・マクドナルドの家に入っていき、モラグ・キャメロンに会って、笑い、喜んだ。他にも会って心が舞い上がるような相手がいた。

真夜中の小さな宿屋の一室で、〈意志〉は坐って二冊の本を読んでいた。一冊を読んでいたかと思うと、今度はもう一冊を。一冊はゲール語の聖書だった。もう一冊の本は英語の聖書で、『一つの望み』という書名だった。

村の時計が十二時を打つと、〈意志〉は立ち上がって窓辺に行った。潮風が、浜に打ち上げられた海藻のつんとする香りを運んできた。この小さな湾に、細く朧げな帆柱が煙のように立ち並び、背景に溶け込んでいる。その一本から緑の角灯が下がって揺れている。犬の吠える声が上がっては消える。波が寄せる微かな音が耳に届く。大きな平底漁船の上で、男たちが数人、笑ったり罵《のの》ったりしている。

頭上は堪え難いほどに荘厳だった。静まり返った音楽の数えきれない音符である無数の星々が、静寂の中で目に見えるようになった。光のない深淵を覗き込むことは安らぎなのに。

「この使われていない神の槍は心を貫き、精神を殺す」〈意志〉が呟いた。無数の白い星に対する鈍い怒りを抱いて夜空を見つめた。そして苦々しい様子で付け加えた。

「もし〈魂〉がここにいたら、このきらきらする紛い物を、永遠の望みの前触れであるかのように見つめるだろう。私にとっては漂白された墓だ。『私たちは生きている』と彼らは死に行く者に向かって云うだろう。『神は耐え忍んでいる』と彼らは消え行く者に向かって云うだろう。彼らは〈死すべき運命〉に対して〈永遠の望み〉を囁くのだ」振り向いて、本を置いてきた場所に戻った。また別の本を一冊手に取って、読んだ。

「〈時〉と〈機会〉が誰にも訪れるという神自身の言葉を私たちは知らないのか。遅かれ早かれ私たちは皆ことごとく網に捕えられるという言葉を私たちは知らないのか。〈機会〉が目的もない気晴らしに狙うのは私たちであり、〈時〉が苛々して足を踏み降ろすのは私たちの上なのだ。まことに虹はこの悲しい厚かましさほど脆《もろ》くもなければ儚《はかな》いものでもないのである」

溜息をついて本を置き、もう一冊を手に取った。求めるページを見つけると、ゆっくり声に出して読んだ。

「……時と機会はだれにも臨むが、人間がその時を知らないだけだ。魚が運悪く網にかかったり、鳥が罠にかかったりするように、人間も突然不運に見舞われ、罠にかかる」〔旧約聖書「コヘレトの言葉（伝道の書）」第九章十一～十二節〕

闇に覆われてきた窓辺に〈意志〉は戻った。微かな音を耳が捕えた。黄色の光が走り出てきて舗道を横切って飛び、焰《ほのお》を揺らす風のように通り過ぎていった。〈意志〉が扉を閉めようとしたとき、石畳の上を歩く足音が聞こえた。見下ろすと、〈魂〉がいた。

「じっとしていられないのか。眠れないのか」と〈意志〉が云った。

「いや、そうではない。だが、私の心は〈躰〉のせいで疲れきってしまった。出かける前に、さっきお前が読んでいたところの続きを別れの言葉として読んでくれと云っておきたかった。〈時〉と〈機会〉だけではなく、こういうこともよく考えるべきだろう。つまり、神はご自身がなすことを、そしてそれがいつどのようにしてかを知っている。初めからすでに結末まで知っているということだ」

〈魂〉が風の吹く通りを静かに歩み去ってしばらくして、〈意志〉はまた本を手に取って、〈魂〉が指定していったところを読んだ。

「そうかも知れない」〈意志〉は呟いた。「目を覚ましているのに夢見る者はまだ夢を見ているのかも知れない――『風向きがどうなるかも判らないのに、すべてのことを成し遂げる神の業《わざ》が判るわけはない』〔旧約聖書「コヘレトの言葉（伝道の書）」第十二章五節（一部改変）〕」

そういって、疲れたように溜息をつき、星々の苦々しい弁舌にまた向き合いたくなかったので、蠟燭に火を灯してベッドに横になった。暖かく穏やかな焔を見つめているうちに、眠りが訪れた。ヘンルーダの草や糸杉の樹を夢見ることはもはやなく、月光を浴びる不凋花《ふちょうか》を摘み取った。

しばらくのあいだ〈魂〉は小さな町の外れに向かって足早に歩き、白い鵞鳥《がちょう》たちが集まって眠る草に覆われた砂地のそばを通りすぎ、綱で繋がれた驢馬《ろば》が普段ならぴくぴくさせている長い耳をまったく動かさずにうなだれて立っている吹きさらしの共有地を横切った。月の光を浴びて、その疲れた動物の影が驚くほど遠くにまで延びていた。その先の一点を見て〈魂〉がはっとしたのは、〈十字架〉の影が見えたからだった。

〈柊農場〉の近くまで来ると、大騒ぎしている音が聞こえてきた。何組もの男女がまだ踊っていたし、バグパイプや甲高いフルートの音がそこに加わっていた。踊らない者たちは、歌い、笑っていた。笑い、叫んでいた。声を嗄《か》らして罵っていた。煙草と酒から立ち昇る臭気を通して女たちの笑い声が細波《さざなみ》となって響いていた。

窓から中を覗き込んだ〈魂〉の目は悲しげだった。最初に目に入ったのは〈躰〉だった。その蒼い眼に焔を灯し、顔を葡萄酒で火照《ほて》らせ、まだあどけない若い娘を左腕で胸に抱き寄せ、髪を振り乱し、眼をぎらぎらさせていた。それでも、歓びに満ち溢れた笑い声は美しかった。

〈魂〉は虚しく呼びかけた。その声がふと小さくなったが、耳には聞こえない声も心には届いていた。

そのとき〈躰〉が身を起こして、云った。

「もう酒は飲まない」

すぐそばで、感情のない大きな笑い声が上がった。長椅子にぐったりもたれかかっていた石割り工が身を起こして給仕卓に寄りかかった。

「友よ、俺はもう酔っている」男は眼に焔を宿して大声をあげた。「俺は酔っている。今は王のように誰の云うことも気に掛けない。教皇のように落ち着いていて、神のように無頓着だ」

〈魂〉は男の方に目をむけた。灰色の燃え殻から赤い焔が上がるのが見えた。燃え殻はその男の心であった。焔は無力で朽ち果てようとしている命であった。

悲しみに打ちひしがれ、〈魂〉はドアの方へ向かい、中に入った。まっすぐ石を砕く男のところへ行った。男は、樅材《もみ》のテーブルの上で腕と頭を祈るような格好にしていた。

酔っぱらった男の耳に〈魂〉が囁きかけた。男は頭を上げて、野獣のような赤い眼で相手を見返した。

「何だ、あれは」大きな声をあげた。

「お前の母親は清らかで高徳だった。お前に自分の命を与えて死んだ。その命がまた必要になったと彼女が云う日が来たらどうなる」男は何かから身を守るように腕を上げた。瞳にあるのは恐怖の眼差しだった。

「お前のことは知っているぞ。お前の名前は〈良心〉だ」

〈魂〉はその言葉を発した男を見つめた。「私には判らない」とだけ答えた。「だが、私は神の存在を信じている」

「神の愛はどうだ」

「神の愛もだ」

「神はどこにでもいるのか」

「どこにでもだ」

「それなら俺は神を見つけるだろう。俺は神の愛を見つけるだろう。ここで」そういって男は死をもたらす酒をまた口に運び、また飲んだ。そして、笑い、罵ると、酒の残りを見知らぬ友の足下に投げつけた。

「さらばだ！」しゃがれた大声を出したので、近くにいた客たちが一斉に石割り工を見つめ、そして見たことのない顔の男を見つめた。

〈魂〉は悲しげに振り向くと、離れ離れになってしまった仲間を探した。しかし、どこにも見当たらなかった。二階の部屋で愛する友は砂と風のかたい誓いを囁いていた。あの少女、モラグがぴったり身を寄せ、彼を誘惑すると同時に彼女もまた誘惑されたので、二人ともその砂の中に立っていると、二人の髪が吹いている風で絡みあった。

〈魂〉はそれを見て、理解した。ゆっくりそこから出ていくとき、悲しい目をした無言の他所者《よそ》が引き上げていくのを見て誰もがほっとしていたが、〈魂〉という他所者に話しかける者はいなかった。

外では冷たい海風が強く吹きつけた。鶉水鶏《うずらくいな》が荒々しい声で連れ合いを呼ぶのが聞こえた。石の堤《つつみ》で囲まれた畑では、穀類が黄色になりかけていた。夜鷹が柏槙《びゃくしん》の方へ忍び寄っていた。愛の旋律を歌いながら。鳥たちの甘く罪のない欲望を祝福してから、空を見上げ、星々の白い動きをしばらく見つめていた。星々は彼にとって神の神秘を表す徴《しるし》であった。頭《こうべ》を垂れて、「世界の塵」と呟き、畏れた。「世界の塵」と。

ゆっくりとその館の側を歩きながら――大きく穏やかな夜の動物たちに対して、それはあまりにも騒々しく、あまりにも耳障りだった――開いた窓の破風《はふ》のすぐ横に来た。横桟にヴァイオリンが置いてあった。酒を飲んで騒いで忘れているに違いない。それを手に取って、夜の風に向かって掲げた。ヴァイオリンが浄化されると、香り豊かな闇の中で森が活力の源となり、楽器を肩に乗せてそっと弾き始めた。

何を演奏したのだろう。多くの者が聞いたが、何という曲かは誰にも判らなかったし、どんな曲を編曲して弾いているかも判らなかった。〈魂〉はただ思い出して弾いていたのだった。それだけでよかった。

その柔らかい音色は涼しい海風のように館の中へ忍び入った。黄昏が流れているようだった。美しくも耳慣れない音が、そして音が途切れたときの静寂が、甘く流れ、部屋を満たした。最後の客が慌てたように、妙な胸騒ぎを感じて静かになった。農場に住む者たちがこそこそ別れの挨拶をして逃げていった。

それから一時間、月が沈むまで〈魂〉は演奏を続けた。「夢の歌」を、「安らぎの歌」を、三つの「神秘の歌」を弾いた。館の中の災いが消えていった。その演奏によって、あちらこちらで目に見えない秘密の命が目覚めた。空中の敏捷な生き物たちが完璧な闇の中で旋回した。茶色の大地から、岩と樹の隠れた聖所から、緑と灰色の生き物が滑り出て、しっかりと立ち上がった。丘の中腹からは古い生き物たちが出てきた。意欲漲《みなぎ》る声が溢れ、葉が風でざわめくような音で満たされた。狐は横になって、赤い舌をだらりと垂らしていた。牡鹿は羊歯の茂みから身を起こし鼻の穴を膨らませた。夜鷹の声が止み、鶉《うずら》水鶏《くいな》が静かになった。月光で目覚めた鶫《つぐみ》たちが震えるような歌声を発することはなかった。静寂が深まった。流れるような薄暗がりから眠りがそっと忍び出てきた。揺れる葦、動く葉もなかった。影の不思議な仲間が息もせずに立っていた。木々の上には、今にも外れそうな星々が激しく輝いていた。沈黙の孤独な焔だった。

〈魂〉は弾き続けた。一度、石割り工のことを考えた。その心の中へ向かって奏でた。男は心を強く動かされ、重い瞼《まぶた》のあいだからは涙が滲み出てきた。そのとき耳に聞こえたのが、母親の声だったからである。低い声で歌う子守歌だった。愛する者をよく見られるように下を向いた彼女は白くなった髪を後ろで押さえていた。「灰色の愛しい人、灰色の愛しい人よ」男が呻《うめ》いた。そのとき、心が明るくなって、月の光の安らぎが寂しく荒れ果てた場所を聖別した。

ふたたび、そしてようやく、旅の仲間のことへ〈魂〉の思いが至った。頭上にある部屋で葡萄酒をたっぷり飲んで、欲望に酔っている仲間のことだ。その仲間に向かって〈魂〉は〈美〉の、〈不死の愛〉の不滅の美しさを奏でた。あとで彼は自分の性格の弱さを恥じるよりも、誇りを抱いて思い出すだろう。少女の心に向かって何を弾いたのかは、聖母マリアが眠っているときに囁いた言葉を聞いた女たちだけが知っている。それは、第二の命が息を潜めて呼吸をするときだ。

ヴァイオリンを弾き終えたとき、深い眠りが皆の上に芳香となって舞い降りた。〈魂〉は跪《ひざまず》いて祈った。

「あらゆる〈美〉の中の〈美〉よ。汝を知らずに誰も死なせ給うな」

このとき、かつて一人だった私たち三人は、〈祈り〉と〈望み〉と〈安らぎ〉が、〈夢〉と〈安息〉と〈憧憬〉が、〈笑い〉と〈葡萄酒〉と〈愛〉が、実際には〈心の欲望〉に何となく似ているだけにすぎないことを知ったのである。

五

夜明けとともに起きた。歓びの動きが美しい朝の潮に見て取れた——繊細な緑色、青、そして金。草の尖塔は朝露で洗われ、その夥《おびただ》しい数は一晩中月光を浴びた一つの緑の花のようだった。川にかかる橋のところで待ち合わせることにしていた。この小さな町の少し先にある砂利の多い川岸が続くようになっている辺りである。

そこで〈魂〉と〈意志〉は、〈躰〉を長いこと待っていた。陽が昇って一時間が過ぎ、黄色の罌粟《けし》が砂地の続く海岸近くを進む水上の金と青に輝く光の大群を高い崖の下へ導いていた。そして、崖の片岩は橄欖《かんらん》石のように輝き、黒い玄武岩でできた恐ろしい稜堡が朧げに見えて、それがまるで風のない夕の頭上にかかる雷雲のようであった。

あたりは谷地柳《やちやなぎ》、下野《しもつけ》、白野薔薇の鼻を突くほどの甘い香りでいっぱいだった。羊歯《しだ》の緑の匂い、七竈の木の繊細な森の香りが、ふわふわと吹く風に乗ってそこかしこから漂ってきた。その風は、浜簪《はまかんざし》や麝香草《じゃこうそう》の上を渡ってくるときは陽の光で暖められていたが、羊歯に覆われた地面や、羊が横たわる岩だらけの丘に生えるヒースの茂みから、あるいは海の道が曲がったところに生える松の木の下から舞い上がるときには、涼しく爽やかだった。その木の下では灰色の鳩たちのくーくー鳴く声が物憂げに甘く聞こえている。

〈魂〉は黙っていた。前の晩から眠っていなかったが、暗闇の中で演奏したあとは、安らぎが訪れていた。

夜明け前に、〈意志〉が横になっている部屋に入ってきた〈魂〉は、長いこと仲間を見つめていた。眠っていると〈意志〉はなおさら〈魂〉に似ていた。起きているときは、〈躰〉の方に似ている。こんなにも愛しているのに、ほとんど何も知らない相手に対する深い哀れみを〈魂〉は感じた。

どうして〈躰〉に対してはさほど自分と異なる存在だと感じないのだろう。どうしてこれほど奇妙で力強く不可解な存在なのだろう。どちらも愛しているのに、どうして互いにこれほど異質なのだろう。〈躰〉は〈意志〉を恐れていた。〈魂〉もまた、ときに恐れを抱くことがある。永遠の命という驚くべき素地も友人の鋭い眼差しの前では怯《ひる》んだ。〈心〉が限りある命の本体を離れて命を保つなどということがあり得るのだろうか。そんなことが可能なのだろうか。もしそうなら――

ここで〈意志〉が目を覚まして、友に微笑みかけた。

〈意志〉は挨拶の言葉を発することなく、〈魂〉の考えに答えた。

「そうだ」その声は落ち着いていて、まるで今まで議論を続けてきたかのようだった。「それは不可能だ。もし我らの兄弟である〈躰〉の限りある命の本体のことをいっているのなら。だが、それでも、物質としての実体ということならあり得ないわけでもない。〈心〉が思いも寄らないような創造の力を持ったとしたら。その力ですぐに創り上げることができるのなら」

「創り上げるというのは何を」

「必要とする新たな環境だろうか。そいつを湾の海深いところで溺れさせれば、その瞬間に肉体から解放されて、好きな形の中へ収まることもできる。空中の自由な空間を纏って、そうやって呼吸して生きるのかも知れないし、大気中に姿を現すかも知れない。新たな形をとって、新しい環境に入り込んでいくために。新たな生を生きるためにだろうか」

「それはあり得ることだ。だが、完全な変貌のあとで、〈心〉はなお同じなのか、あるいは別のものになっているのか」

「〈心〉は唯一不滅なものとして現れる」

「実際に、〈心〉が分割できない本質だとしても?」

「そうだ、〈心〉が分割できない唯一のものとしてもだ」

「そう信じているのか」

「どうなんだ、お前は実体のない存在なのか。お前自身は、たまたまここで限りある命の存在なのか」

「云っている意味が判らない」

「結局お前は、私には命があるのか、意識があるのか、個としての連続性があるのかという疑問を抱いているわけだ。お前も私も今は共有している、この限りある命の実体を別にして。私たちが愛し憎んでいる、人間としてそれぞれが帰るべきところは、〈無限性〉の動く住まいであり、それは生まれたときには〈無限性〉の一粒の砂のように見え、死ぬときには再び突然消滅してしまう。お前はこれを不思議に思ってきた。だがどうだ、お前は自分がどうして自分として存在できるのかを不思議に思ったことはなかったのか。この現実性、この形態、この物質主義に属するものとは別の〈躰〉の中で他所者《よそ》であると気がついた自分が存在できることに」

「私は精霊だ。私は息吹だ」

「だが、お前はお前なのか」

「そうだ、私は私だ」

「その並外れた自己中心癖は、ただの息吹に過ぎない〈魂〉であるお前でも、状態でしかない〈意志〉

である私でも、あるいは我らの兄弟で、〈永遠の命〉に対して権利を要求する〈躰〉でも同じだ！」

「私は神の中に生きている。私は来たところに還るだろう」

「息吹がか」

「きっとそうだ」

「それでも、お前はお前なのか」

「そうだ、私だ」

「ならば、お前になるその息吹は形態を持っているに違いない。〈躰〉に形態がなければならないように」

「形態は明確な形を持たないもののためにある、人間的な型に過ぎない」

「いや、それどころか、〈形態〉こそ命だ」

「お前にはずっと一つの願いがあったように私には思える。死ぬべき運命という重い軛《くびき》を私にかけることだ」

「そうではなく、その軛を自分から外すことだ」

「では、〈躰〉は？」

「昨夜、〈躰〉をどこに置いてきたんだ」

「〈躰〉が〈夜の三人の仲間たち〉について云ったことを覚えているだろう。〈笑い〉と〈葡萄酒〉と〈愛〉だ。私は〈躰〉をこの三人のところに置いてきた」

「彼らは〈涙〉、〈疲れ〉、〈墓〉とも呼ばれる。あいつにはあいつの場所がある。たぶん、うまくやっているだろう。〈死〉はいろいろな懲罰の邪魔をするからな」

「〈躰〉もまた夢の中に自分の夢を持っているんだ」

「そうだ、お前はそれに向かって奏でた。静寂と暗闇の中で」

「私が奏でるのを聴いたのか。あそこで私が弾いたのを、ここにいて」

「聴いた」

「それで、眠ったのか。それとも目覚めたのか。癒されたのか」

「私は〈風〉を聴いた。その音を何度も耳にしたことがある。闇の中で歌う自分の声も聴いた」

「それはどんな歌だ」

「こうだ。

森の静寂の中で、
昼も夜も聴いてきた、
無数の風が飛んでいく音を。
その名は〈無数《ミリアド》〉。
幾度となく私は悲しみ、
また幾度となく喜んだが、
姿の見えないその子らを恐れて、
蒼ざめたことはそれよりなお幾度とない。
それゆえそれは無数と云われるのだ」

「それで、その歌をいつ聴いたのか」

「翼がいっせいに羽ばたいた。私の髪が後ろになびいた。そのとき不意に静かになった。その静寂から月の光が現れた。一つの星がゆっくりと闇の中を落ちてきた。そして、その星が私の顔をかすめたとき、唇が私の唇に押し付けられるのを感じた。お前が口付けをしたように思った」

「では、私がお前に口付けしたとき、私は何か囁いたか」

「お前はこう囁いた。『私は〈追い風の愛〉だ』」

「ならば、それが〈神の息吹〉だったことが判っただろう。お前は深い安らぎと眠りを得ただろう」

「それが〈追い風の愛〉だと判った。〈神の息吹〉だった。深い安らぎと眠りを得た」

〈魂〉は窓辺から寝台へと向かい、身を屈めると〈意志〉に口付けをした。

「愛しい人。あの星は私の理解が及ばないただの〈安らぎ〉の雫《しずく》だった。お前に対して、癒しの雫が与えられた者に対して、泉の水を拒むことなどあり得ようか」

「ああ、美しい夢を見る者よ、その愛らしい詭弁《きべん》でこれ以上私を狼狽《うろた》えさせないでくれ。ほら、もうすっかり遅くなった。私たちは小さな川に架かる横桟橋で〈躰〉と落ち合わなくてはならない」


二人が牛乳と新鮮なパンという質素な食事をとって宿屋を出ると、それぞれ内なる自分との対話を続けながら、約束の場所へと向かった。

彼らは〈躰〉の姿を見る前に、その声を聞いた。〈躰〉が歩きながら歌を歌っていたからだった。それは聞きなれない、意味をなさない歌の断片だった。誰かが作った「風の小さな子供たち」という歌だった。それは未完成でありながら完全だった。風に吹き飛ばされた花のように、飛ぶ鳥が落した花のように、名も知れない放浪の歌い手が道端で何となく投げ捨てた花のように。
風の小さな子供たちが
寂しい場所で独りぼっちで泣いているのが聞こえた。
子供たちの顔を私は見なかった。
それでも、後ろで渦巻いて舞う葉っぱを見た。
震える小さな風の葉っぱを。
〈魂〉が〈意志〉の方を見た。
「〈躰〉も〈風〉の声を聞いたというわけだ」〈魂〉が優しい声で云った。

六

一日中、私たちは西に向かって旅を続けた。ときどき、遥か彼方に青白い〈夢の丘〉がうっすらと見えた。そのとらえどころのない丘陵地帯が私たちの目指す方向だった。針金雀児《はりえにしだ》の茂る高台か内陸の谷間から見ると、ときに驚くほど近くに見えることもあって、風の通り道に影の草が揺れるのを見たような気がしたり、山の壁のような巨石の下でまだ朝露に濡れているタイムの香りがしたように思ったりした。だが、昼になっても、夜明けとともに後にしてきた海沿いの小さな町からぜんぜん距離は縮まっていなかった。羊歯《しだ》の群生の影が、空想の牧夫たちのあとを追う羊の群れのように羊歯と松の木のあいだの緑の平地に広がっていったときでも、〈西の丘〉は今なお遠く、なお近く、輝かしい虹の衣を纏っていた。寂しい放牧地に寝ころんで羊飼いたちが見上げる虹であった。

しかし、昼まではまだまだ時間がある頃、私たちが喜んでいたのは、三人の一人に起きた出来事のせいだった。

私たちが川に架かる橋から出発したときに、途切れることなく続く薔薇の茂みに夜明けの光が投げかけられた。白い黄金の羽毛を纏う陽光の長い柱が東から投射された。いたるところで、新しい一日が震えながら目覚めた。街道から二十ヤードほどのところに小さな田舎家が建っていた。雀たちがその草葺《くさぶ》きの屋根で動き回り、すばしこい妖精蜘蛛《ようせいぐも》がざらざらした水漆喰の白い壁を走り、駒鶫《こまつぐみ》が一羽、フクシアの茂みで歌を歌っていた。泥炭の燃える蒼い煙が屋根から昇っていたが、あまりにも薄い色なので、陽の昇る方向に立つ七竈の先で見えなくなっていた。その田舎家の西側は牛小屋だった。牛や鶏が鳴く声が聞こえていた。

どの谷にも、丘の斜面ごとにこんな小農場があった。今、私たちが見ている農場にもとくに変わったところはなかった。ただ、七竈の立つ水路の向こう側にコリーがうずくまってくんくん鳴いていたのだった。

「何もかもうまくいってなさそうだな」〈意志〉が云った。

〈魂〉が囁くように答えた。「そうだ、悪魔王に仕える者の影のような足跡が私には見える。ここで待っていろ」

そう云って〈魂〉は田舎家の方へ足早に歩いて行き、小さな窓から中を覗き込んだ。彼の考えはすなわち私たちの考えだ。だから、女が一人部屋の中で横になっていること、そして、子供が産まれそうになっていることが判った。さらにまた、黒く残忍な目をして鷹の羽を纏う邪《よこしま》な者たちも、この中では力を持たず、影の縁に建つ田舎家の外で戸惑い、落ち着きなく歩き回るのが判った。家主自身はそこにはいなかったが、その喚び声が邪悪な霊たちに届くと鴉《からす》の群れのように舞い上がり、飛び去った。そして、私たちの仲間の一人が一歩下って頭《こうべ》を垂れ、跪《ひざまず》いた。

〈魂〉が戻ってきて、私たちは束の間、一つになった。そのとき、背が高く美しい七人の霊たちが、星のように輝き、焔《ほのお》を纏い、手を握り合い、田舎家の周囲を円で囲むように立っているのが見えた。〈歓びの息子たち〉だった。この世の時間の中に限りない命の魂が生まれたから歌っていたのである。魂はこの世の命の白色と赤色の焔《ほのお》の中で歓びと美の魂となるはずだから歌っていたのである。新しい歓びの誕生ほどの歓びは、〈精霊〉のいる領域にはなかったのだから。

ずいぶん長いあいだ、私たちは黙ったまま歩いた。〈魂〉の目の中に、私たちは美しい聖なる光を見た。〈意志〉の目の中に、私たちは虹の架かる深淵を見た。〈躰〉の目の中に私たちは歓びを見た。

「我らは一人だ！」

誰が云ったのか誰にも判らない。一瞬、私は自分の声が聞こえ、草叢《くさむら》の中に自分の影を見た。そして、次の瞬間に三人は立ち尽くし、吃驚したような眼差しでお互いに見つめ合っていた。

「行こう」〈魂〉が云った。「まだ、これから遠くまで旅しなくてはならないのだから」

それぞれがそれぞれの夢を見ながら、前へ進んだ。〈魂〉がさっと振り向くと、〈躰〉の目を覗き込んだ。

「お前は孤独のことを考えているな」と真面目な声で云った。

「そうだ」〈躰〉が答えた。

「私もだ」〈意志〉が云った。

しばらく誰もそれ以上の言葉を発しなかった。

「私は本当に独りぼっちだ」しばらく経って私は独り言でこう囁いた。一瞬にして、古い高度な知恵が消え、私たちは一人ではなく三人になっていた。

「だが〈魂〉よ、一時間おきに目に見えない仲間が現れるというのに、どうやって孤独になれるというのだ。権力と影響力が、三つの領域の創造物である悪魔と天使が、霊たちが、そして肉体を持たない存在の淡い蒼白い群れが通るのを見たところだというのに」

「目に見えるものでも見えないものでもなく、感じるだけのものだから、私には孤独というものが判らない。ここでこうやって並んで歩いていると、まるで、底知れない海と底知れない夜のあいだにある狭い岸辺を歩いているかのようだ」

一人の考えることは、三人の考えることだ。私はその大いなる孤独に身を震わせた。〈躰〉は隣を歩く〈意志〉をちらりと見た。そして、〈意志〉は〈魂〉を。

「孤独のことばかり考えているのはよくないぞ」と三人目が云った。

「〈躰〉、お前もだし、〈意志〉よ、お前もだ。それは私たちが見失った〈主〉の徴《しるし》だ。聴け、孤独の虚《うつ》ろな深淵に〈羊飼い〉の声が聞こえるはずだ」

「何も聞こえないが」〈躰〉が云った。

「私には谺《こだま》が聞こえる」〈意志〉が云った。「谺が聞こえる。だから、貝殻の中の本物の海の声が聞こえる。本物の声だ！　その囁きが永遠の声ではないとはっきり判ったとき、波の囁きが真珠のように輝く沈黙を生み出すことはなくなり、ただ自分の血が流れる音が耳と貝殻の曲面に沿って虚しく聞こえるだけなんだ！」

「ああ！」〈躰〉が大きな声を上げた。「それは嘘だ。科学という残酷な言葉だ。貝殻は海の声をいつまでも囁かなければならない。もし、そうでなかったとしても、少なくとも私たちはそうだという夢を抱こう。すぐに、すぐに私たちには夢なんかなくなってしまう。何もかも耳の中の虚しい雑音に過ぎないなんてどうして認められようか。〈意志の希望〉と〈魂の声〉と〈言葉〉の伝達内容と〈永遠の精霊の囁き〉がどれもこれも私にとっては〈命の貝殻〉である殻の中の偽物の谺でしかなく、夢の中にしか存在しないつまらないものだなどとどうして認められようか」

「それでも、この谺がなかったとしたら、お前にとって命は耐え難いものになっていただろう。お前にとってもまた」

〈意志〉ははばかにしたように微笑んだ。

「夢は安心を与えてくれるものではない。慰めでもなく、不満を和らげてくれるものでさえない。病んだ心に浮かぶ泡の上に飛ぶ水煙以上のものではないと判っていたとしてもだ」

私たちの一人が低い声で物悲しい歌を歌い出した。

心臓を流れる血の海の歌が聞こえる
耳を流れる血の海の歌が聞こえる
そして私は遠く離れて
そして年月の中で迷って

それでも横になって夢を見れば
草地の上を軽やかに歩く最初の男の影の前で
私は打ち拉《ひし》がれて何も云えない
ただ来たるべき予感だけを抱いて

この道に迷う海の歌はただ
年月の神秘の古い歌のほんの一部
ただ疲れた心の谺に過ぎない
それとも、涙の谺なのか

だが、誰も答えなかった。そこで、私たちは再び黙って前に進んだ。風が止んで、昼間の暑さにうんざりしはじめた。樺《かば》の木の小さな森の枝のあいだから水の煌めきが見えたときにはほっとした。水は羊歯の大海の中をゆっくり進んでいた。樺の木々の向こうに虹が揺らめいていた。ぽつんと浮かぶ雲が峡谷から峡谷へと漂っていた。そのとき、木々の梢が割れた。
「あそこを〈昨日〉が行くぞ」と〈躰〉が笑いながら叫んだ。朝の虹は過ぎ去った夜明けの幽霊なのだと仄めかしながら。次の瞬間、〈躰〉は歌の一節を歌い出した。

兄と妹は彷徨《さまよ》う
黄金の〈昨日〉から抜け出して

フィオナ・マクラウド

埃まみれの〈今日〉とほの暗い〈明日〉を通り抜け
手に手をとって〈歓びと悲しみ〉へと
「そうだ、歓びと悲しみだ、晴れやかな〈躰〉よ」〈意志〉が叫んだ。「だが、歓びだけなら虹のように
虚しい。他に何のメッセージもないのだから。〈悲しみの虹〉と呼ばれるべきだ」
「そうではないだろう」穏やかに〈魂〉が云った。「そうだとしても、お前が云うような意味ではない

―

澄み渡った視界を与えてくれるのは〈愛〉ではない
苦い涙から、零《こぼ》れない涙から、
〈悲しみの虹〉が頭上に上るのだから、
その虹の下に澄み切った光があるのだから」
〈意志〉が微笑んで、云った。
「詩人たちよ、私にも云わなければならないことがある。
夕暮れの雨から虹が上るところ
忘れられた島々の寂しい岸辺で
独りぼっちの〈声〉が訴える

『世界はここにあるが、世界はどこにもない』

その〈声〉は風かも知れない、海かも知れない
あるいは西に沈む太陽の魂かも知れない
あるいはもしかしたら解き放たれる甘い微風《そよかぜ》かも知れない
〈聖なる島々〉から解き放たれる

そうかも知れない——しかし私は振り向いて
私が今なお愛するものの方を見て
すると見よ、あの日々の声が——
『世界はどこにもないが、世界はここにある』

どちらからでも同じ終着点へ
どちらの道もすぐに忘れられる
『今日という世界がすべて
明日という世界は今はどこにもないのだから』」

七

　昼の暑さの中で私たちは横になった。池の辺の榛《はしばみ》の木陰で休み、体を冷やすために。水は暗く茶色で、どれくらい深いのかは判らなかった。遠い向こう岸に鷺《さぎ》が一羽、身動きもせずに立って、胸の羽毛から水を滴らせていた。

　池の中心近くでは、茶色の草の斜面が青紫の深みに向かい、そこにたった一つの雲が見えるのみで、私たちが横になっているところからは他に何も見えなかった。もっと近くでは、赤い実の房をたわわに実らせた七竈の樹を水が映し出していた。その長く、羽毛のような葉がよそよそしく馴染みのない微風《そよかぜ》の中に垂れていた。幻影の枝の沈黙に囲まれて、人目を忍ぶ撞木鳥《しゆもくどり》たちがときおり素早く飛び交った。

　何時間も歩いたあとに、やっと休めるのが嬉しかった。持ってきていたオート麦のパンと牛乳を堪能した。

「こんな池のそばだった」私たちの一人が云い始めたが、次の言葉が出てくるまでにかなりの時間がかかった。「昔の預言者たちがコンラに呼びかけたのは。そして、コンラはそれを聞いた。それは、私たちがその名を知らぬ、死ぬべき運命の者の名前だ」

「今こそ、喚び出せ」〈躰〉が勢い込んで囁いた。

〈魂〉は身を乗り出して、底知れぬ茶色の薄暗がりを覗き込んだ。

「話せ！　コンラ、お前は何者なのか」

　安息日の鐘の音のように明朗に風のない草地を越えて、声が聞こえた。

「私は今なお待ち続けている者の一人だ。あらゆる老人よりも齢《よわい》を重ねている。私の若さは〈智恵〉だからだ。そして、あらゆる若者よりも若い。私は〈明日〉という名前だからだ」

それ以上は聞けなかった。一緒になって、あるいはばらばらになって、その沈黙を破るところを探したが無駄だった。それは限りある命の瞬間を、時を超えた時から切り離す沈黙だったのだ。〈魂〉自身は、聞くことも見ることも、そして思い出すことさえできなかった。それは、しばらくのあいだ自発的に引き受けた肉体という命ある衣のせいだった。

「まったく夢ではない夢の話をこれからしよう」私たちが横になって長々と、あの声が発した言葉は何だったのか、あの声は、死は沈黙よりも深い謎を秘めていると教えてくれたのだろうかと考えていたら、ようやく〈魂〉の声が聞こえてきた。

〈意志〉が訝《いぶか》しげな表情で彼の顔を覗き込んだ。

「それは、私たちが共有していた夢なのか」ゆっくりとした声で訊《き》いた。

「それは判らない。でも、たぶんそうなのではないか。その夢を私は〈歓びの息子たち〉と呼んでいる。もし、お前か〈躰〉も夢を見たのなら、それぞれの関連性を考えよう」

「そうだな。私もその夢を見たことがある。だが、私なら〈嬉しさの息子たち〉と呼ぶだろう」〈躰〉が云った。

「そして、私なら〈沈黙の息子たち〉だ」〈意志〉が云った。

「夢の話をしてくれ」〈魂〉が〈躰〉の方を向いて云った。

〈躰〉がすぐに答えた。「あれは夜だった。私は独りぼっちで荒れ果てた場所にいた。足は茨《いばら》の棘にひっかかり絡まった。すぐ横には沼地があった。茨の上に大きな杖が育っていて、そのすぐ横に織り上げられた棘の小さな輪があった。それらを私は白く柔らかい光の元で見た。月光だったに違いない。茨の反対側に、月の光に照らされた野薔薇の迷路が見えたからだ。野薔薇は美しく、馨《かぐわ》しかった。その杖を手に取ろうと思ったのだが、棘だらけのリースが巻き付いていたので月光と野薔薇の方を振り返った。そのとき、美しく背が高い人々の姿が目に入った。男もいれば女もいた。一人残らず薔薇の冠を頭に載せていて、白く美しい女たちは、薔薇の葉のような唇をしていた。彼らは歌を歌っていた。それは〈歓びの歌〉だった。私も歌った。歌いながらも、怪訝《けげん》に思っていた。私を取り巻く歌は愛と夢に満ち溢れていたのだが、まるで一つ一つが目に見えない棘に傷つけられているかのようだった。だが、それでも歌声は高まり、草地の花々がそこに息を吹き込み、星々のゆっくりと広がるリズムが荘厳な踊りになっているのが判った。そのとき、夜が明けて、彼らの姿が見えた。皆、翼があり、七色の羽の飾りをつけて押し合うように集まっていた。そして、それが虹になった。虹の真下に鳥が飛んでいて、歌を歌っていた。そのとき、自分がその鳥なのだと判った。虹が消え、夜明けの空が灰色になって寒くなった。私は地面の方へ降りていった。だが、下は沼地と湿地ばかりだった。もう自分は歌ってはならないのだ。ところが、歌声が聞こえてきた。『おお、幸せな、美しい鳥よ、あらゆる歓びを見た鳥よ、魅惑的な歌を歌う鳥よ、さあ、歌え、歌え、歌え』だが、私はもう歌えなかった。死んで、横たわっていたからだ。

これが私の夢だった」

〈魂〉が溜息をついた。

「それは私が見た夢とは違う」と〈魂〉は囁いた。「私のは、こうだった――

夜の海辺に立って、星々の迷宮を見つめていた。見つめ、夢見ているうちに、声が聞こえてきて、振り向くと、大勢の人の姿が見えた。誰もが悲しみに満ちた様子だった。その多くが、疲労と絶望でいっぱいだった。皆ことごとく重い病に苦しんでいた。その中には、泣き続けている者がたくさんいた。彼らには、期待もなく、夢もなく、希望もなく、ただ何もかも忘れ、眠るだけだった。

私は彼らに呼びかけた。どこに行こうとしているのかと。

『私たちは〈墓〉へと向かっている』溜息をつくような返事が来た。

そのとき、〈墓〉が目に入った。その入口に天使がひとり立っていた。天使はあまりにも美しく、顔から光を放っているほどで、その光は限りなく輝いていた。その一つ一つの中心に小さな焔《ほのお》が上がっていた。その聖なる者の名は〈希望〉だった。

〈墓〉の裏側にある暗い道に、密《ひそ》やかに影が一つまた一つと滑り込んできた。天使が一瞬、その白い額の一つ一つに触れた。

〈墓〉の向こうを見ているのだと私にもやっと判った。宇宙を渡る果てしない道には、いくつもの太陽や月や星が果物のようにぶら下がっていた。幾重にも内側へ折り重なって。

そのとき、再び、前にいたところに立って、〈墓〉をもう一度開くのを見た。光り輝く無数の美しい者たちが隊を成してそこから戻ってきた。中には再生した魂もあれば、美しい思考、夢、希望、憧れ、支配力、権力、強力な魂などもあった。それらがことごとく歌っていた。

『我らは〈歓びの息子たち〉』

それが私の夢だった」

しばらく私たちは静かに黙っていた。それから、〈意志〉が話し出した。

「この私たちの夢は、一つは〈躰〉の夢として、もう一つは〈魂〉の夢として現れたが、まだもう一つある。私が覚えている夢は――

冷たく静かな夜のことだった。春分の吐く息が撒き散らした星々が絶え間なく輝きはじめたとき、頭上の空の裂け目を切り裂く楔《くさび》のように飛ぶ雁《かり》の啼き声が聞こえた。

瞬くほどの間に、私は最後の翼の最後の影を越えていた。

私の前には、オーロラの光で厳かに彩られた大地があった。千年ものあいだ、私はその地を彷徨《さまよ》ったが、ほんの一瞬であるかのように感じられた。そして、遥か先に、大きな半円状に並ぶ聖なる人影が見えた。背が高く、美しく、月の焔の衣を纏い、皆、顔を上げていた。風を受ける森のようだった。〈東〉を右に〈西〉を左にして立っていた。

『誰なんだ』と私は彼らのあいだを青白い煙のようにふらふら通り抜けながら叫んだ。

『我らは〈笑う神々〉だ』彼らが答えた。

そのとき、私は海の領域、あるいは陸の領域を越えて凍《い》てつく氷の荒野を彷徨ってきたあとで、東から西へ三日月様に伸びる大集団を再び目にしていた。もっと背が高く、もっと美しく、星々を冠として戴き、朽ちた時で白くなって死んでいるいくつもの月の上に立っていた。

『誰なんだ』と私は青白い煙が漂うように彼らの側を通り過ぎながら叫んだ。

『我らは〈笑わぬ神々〉だ』彼らが答えた。

そのとき、私は極地の沈黙を越えて彷徨った。踊る焔が遥か後方で青白く輝き、住むのに適していない空気しかないところで、東から西へ三日月様に伸びる大集団を再び目にしたのだ。さらに背が高く、なお美しく、彼らは燃える太陽を冠として戴き、彼らの脚は古《いにしえ》の星座群の塵で白くなっていた。

『誰なんだ』と私はぼんやりした青白い煙のように彼らの側を通り過ぎながら叫んだ。

『我らは神々だ』彼らが答えた。

そして、無の中に消えながら、私は海の塩の匂いを鼻で感じ、空を裂いて南へ飛ぶ雁の啼き声を耳で聞いていた。

それが私の夢だ」

〈意志〉が話を終えると、誰も何も云わなかった。私たちは皆すっかり謎めいた考えに心動かされていたのだった。いつもこうだったのか。私たち三人が一人だったとき、本物とも贋物とも見分けられない一つの夢を夢見ていたのかも知れない。だが、それぞれが一人で夢見るときは、その夢は、その有り様は、形も意味も異なっていたのだろうか。

私たちは長いこと横になって休んだ。しばらく経って、眠った。私がそのときどんな夢を見たのかは思い出せないが、三人の夢が一つになったことは判っているし、〈魂〉が見たものと〈意志〉が見たものと〈躰〉が見たものは、この新しい一つの夢に出てきたときの方が三人別々に見た夢よりも、もっと近く身に刺さるような啓示となっていた。私はこのことを思い出そうと思ってじっくり考えてみた。だがいつも、深い夢ほど思い出せないもので、ほんの一場面、静寂の中へ消えていく静かな足音、叫び声、何か素敵だが思い描けない感覚、あるいは耐えられないほどの光の感覚だけが残っているものである。しかし、一瞬だけだが思い出すことができた。一瞬の閃光《せんこう》のあいだに、私はすべてを見て取ったのだ。そして何もかも理解したのだ。

私は起き上がった——水面が輝き、葉の一枚一枚がちらちら光り、空気の壁が風の大河に崩れ落ちていた——そこで、一人ではなく三人が、お互いを見つめながら、失ってもう微かになった残響を耳にして戸惑っていたものは「私」という存在だった。

八

日没近くになって、丘のあいだに位置する小さな村に辿り着いた。近づくにつれて、私たちの鼓動が速まったのは、山々の西の空に燦然《さんぜん》と輝いて集まる星々が優しい驚異の光をもたらしていたからだ。これほど熱心に旅してきた目的地である丘へ向かう門にとうとう来ているのだと思った。だが、最後の松の木が生えている尾根のところへ着いたとき、遥か西に野生の鳩が飛んでいるのが見えた。私たちの先の、白い星の下にぼんやりと見える荒涼とした薔薇の茂る地が、〈夢の丘〉だった。

〈魂〉はただちにそこを目指して出発したがった。もう、すぐ先のように見えたので、月が昇っているときに着いた方がいいだろうと思ったからだ。だが、他の者は疲れていて、〈丘〉は彼らにとってそれほど近くはなかった。そこで、羊飼いの小屋に行って泥炭の火の側に腰を下ろし、牛乳とポリッジの食事をして、羊飼いにその辺りの道や丘のことを聞いてみた。どうやって行くのがいちばんいいのかと訊《き》くと、「もし仕事が欲しいのなら、南へ行った方がいい。そこには町がいくつもある。そんな寂しい丘に行くことはない。不毛の地で、今では山羊飼いだって、自分の山羊を放しに行かなくなった」

「幽霊が出ると云われているだろう」と、誰も口を開こうとしないのを見て、〈躰〉が付け加えた。

「ああ、確かにそうだ。みんな知っていることだが、ついでに云えば、実際、ここから少し降りたところの森で三日前の晩に人影と光る焔《ほのお》を見たな。あの森に亡霊はいないんだが――いやいや、うろついているジプシーたちなんかじゃなかった。今日あそこに入ったときは犬を連れていったんだが、去年のジプシーが残した跡もなかった。その向こうの低くて樹もない丘だったら、男でも暗い時間には近づこうとしないし、女や子供だけで行かせたりもしない。ゲール語ではMaol Déと呼ばれていて、それはつまり、〈神の丘〉という意味だ」

羊飼いとずいぶん長々と話をした。変わったことや、美しい話や、野蛮で怖い話もいろいろとしてくれたからだ。兄弟の一人は、不道徳な生活を続けたあとに狂ってしまって、今でも小高い丘の中にある洞窟に住んで、ずっと四つん這いで歩き、毎日昼も夜も罵《ののし》り続けているのは、自分が空腹と怒りと野蛮な眠りしか知らない野豚に変えられてしまったと思っているかららしい。羊飼い自身は、体が弱って働けなくなった年老いた父親の世話を甲斐甲斐《かいがい》しくしていた。父親は、妖精が草地の羊歯《しだ》の中に集まってたてる楽しげだがうんざりする物音のせいでよく眠れなくなった。我らの友人は、その純朴な民の音を自分で聞いたことはなく、老人は少し頭がぼんやりしてきたんじゃないかと思っていると打ち明けた。自分が聞いたことがあるのは、アマダン・フが独りで遊んでいる音だと云った。誰もが知っていることだったが、その男は二つの黄昏のあいだにある影の中を彷徨《さまよ》っているのだ。「窪地では、川に近寄らない方がいい」そう云ってから、少し間を空けてこう続けた。「子供の頃は、こんな晩の月が上がる少し前の時間に、ウーナランを見た。今でもそうだが、あんたたちでも他の誰かでも、川の水の側に立っているのを見ると、川の水に押し沈めて溺れさせるのを避けるだけで精いっぱいになる。ああそうだ、俯せに身を投げ出して、草を噛んで、自分の魂が人殺しを咽《のど》から叩き出すまで祈り続けるんだ。ウーナランのせいでそうなってしまうからだ」

その後で、私たちの目に付いた珊瑚細工を見せてくれた。粗野な作りの革紐で首から下げている。

「これはお守りかな」私たちの一人が訊いた。

「いや、これは娘のだ」

私たちは問いかけるように男を見つめた。

「三十年前に死んだ娘だ」

誰も口を開かなかった。私たちの一人が立ち上がり、羊飼いと一緒に裏手の小さな部屋に入った。戻ってきたとき、男の顔には美しい輝きが宿っていた。私たちの仲間は戻って来なかったが、横に目をやると、見よ！〈魂〉がそこにいるではないか。まるで、最初からそこを動いていなかったかのように。そのとき、彼が何をしたのかが判ってはっとした。彼が何を云ったのかも。そして、私たちはそれが嬉しかった。

小屋を去るとき（羊飼いは一晩泊まっていってほしいと云ったが、私たちはそうしたくはなかった）、星々が見えていた。夜は圧倒的な美しさに満ちていた。

羊飼いが話していた森の方へ道を下っていって、月が昇る頃に森に行き着いた。しかし、道は森の縁に沿っていたので、私たちはその曲がりくねってほのかに白く光る小道を辿っていった。このときは遠くの丘に早く着きたいと少しばかり気が逸《はや》っていた。そこに行けば、心からの願いが、あるいは少なくとも、私たちが見出したいと願ってきた絶対的な〈真実〉の、絶対的な〈美〉を洞察する力が得られるに違いないと確信していたのだ。

〈躰〉が警告するように不意に手を振ってこちらを振り向いたのは、私たちがまだ道程の三分の一も進んでいないところだった。私たちは何も云わずに集まって、ただじっと立っていた。自分たちが秘密の庭園にいるのだと判ったからだ。柊樫《ひいらぎがし》の木々の中にいた。その先に立つ背の高い糸杉は大地から立ち上る暗い焔のようで、その手前には揺れる月の焔が灯っていた。彼方《かなた》で丘の狐が吠えていた。近くの暗がりの中で梟《ふくろう》が鳴いていた。巣の中の野鳩は黙っていた。一度、遠くの夜鷹がちりちりと鳴く声が耳障りな音となって響いてきたが、それでも闇と静寂の中では不思議と心を落ち着かせるものだった。

「見ろ！」〈躰〉が囁いた。

見ると、七本の大きな糸杉の樹の下の苔の生えた斜面に、男が一人地面に横たわって眠っていた。見ているうちに月の光が動いて、その顔がはっきり見えるようになると、あまりの美しさとあまりに深い悲しみの表情に胸が痛くなった。それにもかかわらず、そこには計り知れない安らぎがあった。ただ、その顔を見つめているだけで命の動きが止まった。月の光がゆっくりと動いて、その聖なる顔から離れた。自分の呼吸が深まり、そして静まるのを感じた。神秘の風が吹く前の羽根のようだった。すると、さらに驚いたことに、眠っている者が一人ではないことに気づいた。その男の周辺にまだ十一人いたのだった。やはり皆眠っていた。だが、その中の一人が身を起こした。夜警が自分の担当時間にうたた寝をしていたかのように。

〈躰〉が囁きながら身を屈めているあいだに、私たちは大きな木の幹の後ろにいるもう一人の睡《ねむ》り人の白い顔に目を向けた。最初の睡り人を中心に集まった仲間たちの十二番目で、片手を上げて大きく目を見開いていた。もう一方、地面に向けて下げている手には、松明《たいまつ》を持っていた。彼は、〈睡り人〉を見つめていた。

ゆっくり、私は前に進んだ。だが、そうしているときに、あるいはそうしていたためか、私にはよく判らない何か繊細な魔法を破ってしまった。私たちを再び一つにしていた魔法を。気がつくと、三人は誰もいない場所に立っていた。私たちの側には誰もいなかった。眠っている者も、見張っている者も、命ある者も、死んでいる者も。遠くで丘の狐が吠えていた。糸杉の枝で梟が鳴いた。そして、また静かになった。

「私たちは夢を見ていたのか」誰かが誰かに訊いた。そのとき〈躰〉は、自分が見たこと、聞いたものを話した。ここに書いたこととほぼ変わらなかったが、ただ、彼には眠っている者たちが窶《やつ》れて可哀想な男たちに見えていた。襤褸《ぼろ》を着て、疲れはて、樹の後ろに隠れている十二人の白い顔の下には、敵意に満ちた目をして凶暴な顔で剣を抜く邪《よこしま》な男たちの一団が隠れているように見えた。

「そんなものはまったく見えなかった」と〈意志〉が激しい口調で云った。「ただ、灰の中に消えていこうとしている焔が見えただけだった。あちこちで舞う落ち葉に囲まれて、弱い風に吹かれる焔だった」

こんなことを云う〈意志〉を見つめて、〈魂〉は溜息をついた。「〈意志〉よ、神はお前の周りに命ある焔を植え付けようとしていたのだ。信じようとはしないだろうが」

〈意志〉はぼんやりとした口調で答えた。「私にはたった一つの夢しかない。ただ一つの希望だ。それは信じることだ。私をからかうのはやめろ」〈魂〉は身を屈めて、彼の額に優しく口付けをした。

「さあ、私が見たのはこれだ。眠っている〈聖なる愛〉を見た。限りある命の者が眠っているのとは違う。聖なる静けさのなかで計り知れない平安を抱き、〈永遠の歓び〉と心を通わせていた。その周りには〈九人の天使〉、すなわち我らの祈りでいう Crois nan Aingeal、すなわち「天使の十字架」と二人のセラピム――〈世界の十一人の能天使と主天使〉だ。そして、神が彼らを見守り、神を見守った。暗い森から、顔を絶望で白くして。大いなる恐ろしい〈影の王〉だ。〈死神〉とも、あるいは〈悪魔〉、または〈恐怖〉、〈無名の神〉とも呼ばれる。その背後には悪霊たちと悪霊に取り憑かれた生き物たちが群れていた。そして、すべてが次々に死んでいった。森自体も。あれは果てしない森だった。神を待つ人の魂たちの森だった」

見えた。

〈意志〉は妙に目を輝かせて耳を傾けていた。すっと跪《ひざまず》いて、祈った。その目から涙が流れているのが見えた。

「私には何も見えず、何も聞こえていなかった」そう云って〈意志〉は立ち上がるときに、〈躰〉の耳元に囁きかけた。「だが、忘れてしまわないように、私がどこにいるのか教えてくれ。いま私たちがいる場所を」

「ゲッセマネの園と呼ばれるところだ」相手が答えた。どうして〈躰〉が知っているのか私は知らなかったが。私は――私たちは、月と星の薄明かりの中、黙って先へ進んだ。無数に増える薄くて軽い蜘蛛《くも》の糸が白くなり、暁の露で蒼白く煌《きら》めきながら重く垂れるのを見た。

九

夜明けの薄明が揺れ動いた。数えきれない灰色の鳩たちが空に向かって舞い上がり、薔薇色の風を受け地面に向かって広がったかのようだった。それから、斑《まだら》模様の鳩の灰色が薄れ、紅の焔《ほのお》が反射したような薔薇色が垂れ降りてきた。紅玉《ルビー》の暗い島々と紫水晶《アメシスト》の海峡、白い黄金とサフランと四月の緑が生まれた。新しい一日の始まりだった。

私たちは黙って立っていた。そこにある美はあまりにも強烈だった。森の先にある、木が生えていない低い丘に向かって、回り込むようにゆっくりと進んだ。誰もいなかったが、その頂上には三つの十字架があった。真ん中の大きな十字架が東の崖っぷちから西の麓《ふもと》に向かって影を投げ掛けていた。〈魂〉が立ち止まった。何かに心を奪われているようだった。私たちは畏れを抱いて彼を見た。その顔が内なる光で輝いているように見えたからだった。「聞きなさい」彼が囁いた。「〈歓びの息子たち〉が歌うのが聞こえる。さらば。だが、私は戻って来る」

私たちだけになっていた。私たち二人。黙って、私たちは前に進んだ。太陽の光が草の葉を通り抜けて滑り動き、鳥たちが歌い、新興の世界が古《いにしえ》の微笑みを浮かべた。だが、私たちには注意を払わなかった。新たな孤独の中で、それぞれが互いを憎んでいた。正午に、新たな悲しみが、新たな恐れが、私たちに訪れた。丘の尾根の上で、西を見ていた。そこにはもう丘がなかった。

きっと〈魂〉は、彼らが進もうとしていた道を先に進んだのだ。私たちにとって——彼らはもうそこにはいなかった。

「引き返して、家に帰ろう」〈躰〉が疲れたような声で云った。

〈意志〉は立ち止まったまま考えていた。

「家に帰ろう」

そう云うと振り向いて、歩いていった。何時間も何時間も。私たちの知らない道だった。前に歩いたところはまったく見当たらず、私たちが辿ってきた道から大きく外れた場所を歩いていった。少なくとも私たちには見えなかった。夕暮れ時になると、〈意志〉はもう進もうとせず、ゲツセマネと呼ばれる庭に通じているかも知れない道を探すことさえ賛成しなかった。

「そんな場所がもしあったとしても、もう遠いところに来てしまった。あれは夢だったんだ。もう夢にはうんざりだ。〈躰〉よ、もし家に戻れたら、もう私たちは夢を見るのはよそう」

〈躰〉は黙っていたが、不意に笑い出した。旅の仲間が不思議そうに見ていた。

「なぜ笑うんだ」

「もう涙を流さないと云ったんじゃなかったのか。そう思ったら嬉しくなってね」

「嬉しそうには笑っていなかったな。だが、私が云ったのは、もう夢は見ないということだ。もう夢は見ない」

「同じことだ。私たちは夢を見るから涙を流すんだ。もし、希望をもう抱かないなら、夢を見ることもない。もし、夢をもう見ないなら、泣くこともない。だから笑ったんだ。もし、もう涙を流さないのなら、私たちは好きなように生きていける。不可能な明日を考えることもなく、今日のささやかなことだけを考えて」

しばらくのあいだ、考えながら歩き続けたが、その歩みはゆっくりとしたものだった。夜の帳《とばり》が降りてきたからだった。どちらも口を開こうとしなかったが、急に〈躰〉が立ち止まって、両腕を振り上げた。

「ああ、何て莫迦だったんだ。何て莫迦だったんだ！」

〈意志〉は何も云わなかった。〈躰〉の前に立って闇の中を見つめていた。

私たちは大きなオークの木々に隠れて休息しようとしたが、細かい雨が降ってきて、寒さに震えることになった。あの羊飼いの小屋に戻る道を見つけたらどうかという考えが浮かんだが、わざわざ云うまでもなく希望のない探索になるのは判っていた。自分たちがどこにいるのか判らなくなる一方だったし、進んでいる方向さえ判らなくなってきて、星や月を頼りにすることもできず、ただ闇雲に道を辿っているだけだったからだ。だが、しばらく躊躇《ためら》いながら進んでいるうちに、光が見えてきた。赤い焔が、雨に濡れた暗闇の先でしっかりと輝いていたので、旅人が掲げるランタンから出ている光ではないと判った。しばらく歩いたら、光の源に行き着いた。森のチャペルで灯されている赤いランプの光だった。

私たちは掛け金を外して中に入った。人の姿は見えなかった。聖具室にも誰もいなかった。入口に戻って、近隣の村か集落、せめて森に住む者の小屋の在り処《あか》を示してくれる光でもないかと四方を眺めてみたが無駄だった。

雨を凌《しの》ぐことができて、ランプの光もあると喜んだこと、考えたこと、夢、願望が私たちを引き裂いた。私たちは互いを横目で見て、互いの視線を求め、避けた。

「私はここには泊まれない」とうとう〈躰〉が云った。「ここにいると息が詰まる。ここに泊まると考えただけで怖くなる。外の小道はよく踏み固められていて、はっきり見えている。どこかへ通じているに違いない。ここにチャペルがあって、明かりが灯されているのだから、そう遠くないところに村か、少なくとも家が一軒はあるはずだ」

〈意志〉は〈躰〉を見つめていた。

「行かないでくれ」真剣な声で〈意志〉が云った。

「なぜだ」

「判らない。だが、離れ離れにはならないでくれ。私はここを出ていく気にはなれない。一夜を安全に過ごせる唯一の場所のような気がするんだ」

〈躰〉は扉まで歩いていって、それを開けた。

「私は行くつもりだ。私が行くのは、もうお前にも〈魂〉にもうんざりしているからだ。私には一つの道しかない。私はその道を行く。さらばだ」

扉が閉まった。〈意志〉は独りだった。少しのあいだ、ばかにしているように見える微笑みを浮かべて立っていた。絶望したような身振りをしたかと思うと、扉に駆け寄り、勢いよく押し開けて、外の闇を覗き込んだ。

誰の姿も見えなかった。誰の足音も聞こえなかった。〈躰〉を求める長い叫びが寂寥《せきりょう》の中に吸い込まれていった。そしてゆっくりと扉を閉めた。ゆっくりと石畳の上を歩いた。腕を組んで立ち、祭壇を見つめた。祭壇は、身廊の真ん中に下っている大きなランプから出る光で赤く染まっていた。

聖歌隊のための椅子が右手にあった。そこに坐るとすぐに、眠りたいという欲望がすっかり消えてしまった。そして、夢を見始めた。これには笑ってしまった。ついさっき、自分はもう夢を見ないと云ったばかりだったからだ。

二人の生涯の仲間から離れはしたが、まだ微かに繋がっていて、互いに影響を受けながらも、〈意志〉は新しい孤独を感じていた。命は恐ろしいものになり得るのだ。命は……その言葉に〈意志〉は驚いた。〈躰〉が死んでしまったら、一体どんな命が自分にあり得るのだろうか。それが、「さらばだ」という不吉な言葉を残して仲間が出ていったときに苦悩の叫びを上げた理由だった。実際は、今も生きている。呼吸をして、何かを考えている。これまでと同様に。だがこれは、実在に対する何か不可解な奇蹟によって、自然の法則を満たし、あらゆる面で支配され従いながら、かつて一人だった三人がそれぞれ別の道へと出て行ったのだと判っていた。もしも〈躰〉が死んだとしても、そのときは凍りつくほどの寒さの中でする息のようにはならないのではないか。もしも〈魂〉の方が……ああ！　そのときは何が起こるだろうかと思いを巡らした。

「〈躰〉と一緒にいたときは、私は夢にうんざりしていた。あるいは、実行できる夢だけを望んでいたのか。しかし、今は……今は違う。私は独りだ。私は自分自身の規則に従わなくてはならない。だが、何を、どうやって、どこで、私は選ぶのだろうか。世界は生きている光という心臓のある荒野だ。私たちが見ている面が〈命〉だ。私たちに見えない面を〈希望〉と呼ぶ。あらゆる道が――千に及ぶ道がある――そこへ導いてくれる。どれを私は選ぶのだろう。どうやって私はそこへ行くのだろう」

そして、私は夢を見始めた……私は……私たちは……そして、〈意志〉は夢を見始めた。

〈森のチャペル〉がゆっくりと大勢の群衆で満たされた。その人数は増え続け、さらに大勢でぎっしり詰まって、とうとう壁が外に倒れて側廊が影の世界へと果てしなく続いて、現在から過去へと、そしてほの暗い時代へと及んでいた。

祭壇の後ろに生きた〈精霊〉が立っていた。驚くべき〈美と恐怖〉の服を着ていた。

そのとき、〈意志〉は見て、理解した。これは救い主ではなく、あるいは〈聖霊〉でもなく、主天使なのだと。それはこの世界の〈精霊〉だ。老人たちが神々と呼ぶ能天使や主天使の一人なのだ。だが、数えきれないほどの群衆の誰もが、この〈最高神としての精霊〉を崇めているのだ。〈意志〉はまた、崇拝者たちにとって、この〈精霊〉は違うように見えるのだということに気がついた、または理解した。今や、冷静で威厳ある夢想者として、霊感を受けた戦士として、巨大な十字架の影を背にして茨《いばら》の冠を戴いた男として。〈神の子〉として、〈神の預言者〉として、あるいはさまざまな意味で、ヤハウェから野蛮な〈呪物〉まで、〈最高の存在〉として。

溺れた命の大海原から、虹色の羽飾りを着け、オパール色に染まった〈精霊〉に目を戻そうとした。ただ、そのときは誰の姿も見えず、見えない手の掲げる松明《たいまつ》から微かな煙が昇っているように見えるだけだった。祭壇の前に司祭はいなかった。

あの群衆もいなくなった。夥《おびただ》しい数の人々は揺れる影になり、それ以上のものはなかった。

子供が一人、教会に入ってきた。幼い男の子は身廊をゆっくり歩いて赤いランプの下まで来た。纏っている白い長衣《ローブ》がその光で暖かく染まった。男の子が歌うと、〈意志〉はこういうところで聞く歌にしては変わっていると思い、この子供は自分の心の中にいるだけの像ではなかったのだと少し驚いた。

昼が暗くなるとき
薄暮が明るくなるとき
朝露が降りるとき
〈静寂〉が夢見るとき
私は風の音を聴く
風が呼ぶ声を聴く
昼も夜も

あの風は何
私が呼び声を聴いた風は何
昼も夜も
呼び声が聞こえる風は何
昼が暗くなるとき
薄暮が明るくなるとき
朝露が降りるとき

〈意志〉は立ち上がって、子供の方へと歩いて行った。そこには誰もいなかったが、祭壇の近くに空気の渦巻きがあるのが見えた。小さな雲が薔薇の葉をくるくると巻き上げていたからである。夢の中にいるときのような声を聞いた。甘い微かな声を。

宮殿から外へ
〈静寂と夢の宮殿〉から
私の声が落ちて行く
高みから高みへと
私は〈風〉
呼びかけ、呼びかける
昼も夜も

赤い焔が弱くなり、そのまま戻らなかった。祭壇の上の白い焔は、月の焔の中で燃えるオパールのように穢れのないものだったが、一瞬燃え上がったかと思うと、次の瞬間には闇の中へと意味あり気に吸い込まれていった。

〈意志〉は驚いて身動きもせず暗闇の中に立ち尽くしていた。これは最期の徴《しるし》なのか――赤い焔と白い……〈躰〉と〈魂〉の？

そのとき、ゲールの古の賢者のことを思い出し、〈森のチャペル〉を出て森の中へと入っていった。唇を大地につけ、緑の葉を額に当て、木の枝に耳を押し付けた。もはや限りある命の大事な肉体の重みを感じなかったので、今なお人間の一人であったが、私たちには聞こえない音を聞き、私たちには見えないものを見て、私たちには知り得ないことを知った。緑の命はことごとく〈意志〉のものだった。この新しい世界で木々の命を見た。この蒼白い緑の、この薫煙の青の、この紫水晶の命を。石の灰色の命を、草や葦の葉の息を。子鹿のように繊細で荒々しい空の生き物を。俊敏で、獰猛《どうもう》で、恐るべき、まだ発見されていない野生の虎を。光を反射する翼と乳白色に光る鶏冠《とさか》の他はほとんど目に見えない鳥たちを。

これらの命、馴染みのある自然界の命とともに、あらゆる鳥と獣の一族であり、そして〈意志〉を一族であると知っている鳥や獣とともに、夜が白むまで生きた。夜が白む頃から日が昇るときまで、夜明けから正午まで生きた。昼になって〈意志〉は眠った。目を覚ましたとき、遠くまで彷徨《さまよ》い歩いていたことを知った。森に住む者の小屋の前に行き着いたときには、喜んだ。そこで女が牛乳とパンを与えてくれたが、彼女は口が利けなかったので、何も教えてもらえなかった。高いところへ向かう小道を辿って、日が暮れる前に、〈森のチャペル〉まで戻ると、そのチャペルが青い丘の山脚に建っているのが判った。

あのとき驚くほどの激しい衰弱に襲われていなかったら、いなくなってしまった仲間を探しに出ていただろう。樹に背を凭《もた》れて横になりながら、どんな病気になってしまったのかとぼんやり思っていたときに、車輪の音が聞こえた。それからすぐ、がたがた揺れる荷車が〈森のチャペル〉に勢いよく向かってきたが、〈意志〉の姿を見つけるとその地元の男は急に手綱を引いた。まるで、探してきた相手が一瞬にして誰だか判ってしまったかのようだった。「あんたの友人が死にかけている。もう一度会っておきたいなら、すぐに来た方がいい。あんたを探しに行くよう云われて来たんだ」

たちまち、疲労と苦痛が〈意志〉から出ていった。荷車に飛び乗ると、あれこれ質問をした〈彼の心は恐ろしいほどの不安でずきずきしていたが〉。だが、寡黙な同乗者から知り得たことは、自分の仲間が倒れて、乱暴でだらしない人々のところにいるということだけだった。彼らと一緒に一晩中飲み明かして、賭事をして、不道徳な時を過ごしたのだ。そして今日はずっと前後不覚になって横になっていたのだという。午後になって起きてくると、すぐに女のことで喧嘩になって、激しい怒鳴り合いと殴り合いの末に、ナイフで刺されて致命傷を負った。今は、もう死の手が届きそうな状態で、〈四つ辻の宿屋〉で横になっているという。

渦巻く不安と恐怖、新たなすさまじい混乱のせいで、〈意志〉は何を云うべきか、何をすべきか、友がどうなるのか、自分に何ができるのか、はっきりと考えられなかった。網にかかって風や波にあちらへとこちらへと動かされるままの鰊《にしん》になったかのようになす術もなくぐらぐら揺られているうちに、宿屋に着いた。

勢い余ってつまずきながら階段を上って、小さな、小綺麗だが、がらんとしてみすぼらしい部屋に入った。それでも、西向きの窓から入る夕暮れの厳かな陽の光に満ちていた。

白いベッドの上には〈躰〉が横たわっていた。〈意志〉は一目見て、仲間の命が長くはないと判った。怪我人が胸に握っているハンカチは裂けた肺から出た鮮やかな赤色に染まっていた。蒼白の顔は枕よりも白かった。両頰には赤い斑点があった。

死にかけた男は、扉が開くと目を開いた。誰が入ってきたのかが判ると、嬉しそうに微笑んだ。

「来てくれて本当によかった」〈躰〉は囁いた。「独りぼっちで死んでいくんじゃないかと恐れていた。意識が混濁したまま、あるいは意識を失ったまま。もう最期のときまで独りじゃない。その後は――」

しかし、ここで〈意志〉がベッドの横に跪《ひざまず》いた。数分のあいだ、握りしめた手の上に涙を零《こぼ》した。嗚咽《おえつ》が咽《のど》を震わせた。これほどの愛を仲間である第二の自我に抱いていると初めて判った。歓びや悲しみ、興味、願い、そして恐れがお互いに如何に深く影響し合っていたことか。

祈るように腕を振り上げて、〈意志〉は叫んだ。「ああ、死なないでくれ！　ああ、死なないでくれ！助けて、助けて、助けてくれ」

「自分を助けられないのに、どうしてお前を助けられようか」〈躰〉が割れた声で訊《たず》ねた。「私の砂はすっかり流れ落ちてしまおうとしている。私の最期の時は近づいている」

「でも、そんなこと判らないだろう。判るはずがない。お前がいなくなったら私は生きてはいけない。私も死ぬに違いない。お前がそんなふうに死ぬのなら、私もまたその最期の息とともに行くだろう」

「違う、違う、違う！　ほら、もう私たちは一人ではないじゃないか。三人だ。〈魂〉はもう遠いところに行ってしまっている。もうすぐ、お前も自分の道を進むことになるんだ。この美しく愛しい世界の中へ進めなくなるのは私だけだ。もしできることなら、お前の知識をすべて、そして智への果てしなき探求、お前の願いのすべて、夢のすべて、〈魂〉に対する穢れなき信頼を、美しい人間の命一年と引き換えにしてもいい。いや、一箇月でも、ああ、何て云えばいいんだ、数日でも、一日でも、数時間でも！　こんなふうに消えていくのがほんとうに怖い。昨日、荷馬車の周りを走りながら、喜んで跳びはね、吠える犬を見た。その一瞬後には、馬車の車輪に巻き込まれて轢《ひ》き潰され、命のない塊になってしまった。もう犬なんていなかった。あの哀れな獣はもとから存在しなかったも同じだからだ。世界が存在したこともなかったかのように、これ以上存在することもないかのように。犬は無から出て無へと消える、誰にも記憶されることのない微風《そよかぜ》だった。死とはそういうものだ。死とは、そういうものなんだ、

〈意志〉よ！」

「いや、それではあまりに恐ろしい――あまりに残酷だ――あまりに不当ではないか」

「そうだ、お前にとってはそうではない。お前の道は、死の道ではなく、命の道だ。私にとっては。だが、私にとっては……私はあの獣たちと同じ、彼らの哀れな主人、彼らと同類だ、ああ、そうだ、同類だ。同類なんだ。私は万物に対する自然の法則に従う。今はもう判っている、お前と〈魂〉がいなかったら、私は無邪気な欲望と命と何も考えない死の他に、何も知らない獣《けだもの》だったに違いない」

〈意志〉がゆっくりと立ち上がった。

「私たちが離れ離れになってこんな探索に出たのは気違い沙汰だったんだ」〈躰〉をじっと見つめながら云った。

「そうではない、友よ。私たちは遅かれ早かれ離れ離れになるべきだった。私たちが何をしてきたにせよ。私がときとしてお前を恐れ、顔を背けたことがあったとしても、お前を愛していたし、今なお〈魂〉のことはもっと愛している。お前たちは二人とも私にあまりにも嘘をついてきた。特にお前は。だが、愛と希望のためにしたことだと判っているから赦《ゆる》そう。そしてお前は私がもたらしたこと、今もたらそうとしていることを赦してくれ。何度も邪魔をしたこと、鬱陶しく冷淡な態度をとったこと、頻繁に足を引っ張ったことを赦してくれ。ああ、しょっちゅうそんなことをしていた。今はもう死がすぐ手の届くところに来ている。だが、一つだけ頼んでおきたいことがある」

「云ってくれ」

「人生が破綻する前のことだが、私には愛する人がいた。あらゆる希望、あらゆる夢、あらゆる歓び、あらゆる悲しみを、私はこの愛から受け取った。私の人生が破綻したのは彼女の死のせいだった。ただ、彼女を失って悲しいとか、彼女が私にとってはすべてだったとかだけでなく、その死が悲劇的な不注意でもたらされたからだった。彼女は若く、強く、美しかったのだから。彼女は死ぬ前に、私たちはまた会えると云ってくれたんだ。私はかつて一度も彼女に相応《ふさわ》しい存在ではなかったのに。今でもそうなんだ。それでも――それでも、大いなる美しい愛だけが、私が疑い、恐れなければならないものであるなら、私は疑わず恐れはしない。だが、いや、私たちはもう会うことはないだろう。どうやって会えるというのか。明日になる前に、私はあの轢き殺された犬のようになるだろう。そして、もう存在しなくなる。まるで、いちども存在しなかったかのように！」

血が湧き出てきて、嗚咽と涙でそれ以上の言葉は聞けなくなった。だが、しばらくするとまた〈躰〉が話し出した。

「だが、〈意志〉よ、お前と〈魂〉は二人とも私に似ているんだ。私たちは同じ色の花のように、同じ型から作った泥人形のようだ。もしかしたら、お前が彼女に会うことがあるかも知れない。私は最後に彼女のことを考えていたと伝えてくれ。彼女に私の夢と希望を渡してくれ。そして、こう云ってくれ――云ってくれ――云って――」

だが、ここで〈躰〉はベッドに身を起こした。開いた唇は灰のように白く、目を必死で開けていた。

「何なんだ、早く、早く云ってくれ。何と云えばいい」

「こう云ってくれ。私は自分の中にあっていちばん愛しているものを、やはり彼女の中にも見出し、いちばん愛していた。それは、〈魂〉だ。私は決してすっかり絶望することはなかったと伝えてくれ。もし、ここに〈魂〉がいさえすれば、私は今でも絶望してはいないだろう。こう云ってくれ、私は何もかも〈魂〉に残していくと。そして――そして、愛が勝利するだろうと――」

血が勢いよく迸《ほとばし》り、ごぼごぼと咽を鳴らして、〈躰〉は命のなくなった体を沈めた。まさに死の瞬間、両眼が驚くほどの輝きを放った。それは、闇の中に不意に姿を見せる夕暮れの星々のようだった。〈意志〉はそれがどこから来たのかを見た気がした。〈魂〉が彼の横に立っていた。白く、美しく、輝きを放っていた。

「来たぞ」〈魂〉が云った。

「私のために？」と〈意志〉が云った。瘧《おこり》で震えているかのように、だが、苦々しい皮肉を込めて。

「そうだ、お前のためだ。そして、〈躰〉のためでもある」

「〈躰〉のため？　見ろ、あいつはもう土になった。それに云う言葉が何かあるのか。同じようにすでに死にかけている私に云う言葉があるのか」

「これは――つい先日のことだったが、私たち三人が一人として書いたことを覚えているか。私の魂とともに、お前の心を通じて、〈躰〉の手がこう書き記した。『〈愛〉は心に思い描くよりも大きく、〈死〉は知られざる贖罪の番人だ*2』」

「ああ、そうだ、〈魂〉よ！　思い出した、私は思い出したぞ」

「あのとき、それは真実だった。それはここでも真実だ。私はお前に〈愛〉が救いをもたらすだろうと云わなかったか」

そう云って〈魂〉はベッドの傍らで身を屈め、〈躰〉に口付けをした。

「さらばだ、落ち葉よ。だが、樹は生きている――そして、樹の上を風が吹く。それは永遠の息だ」

「見なさい」さらに付け加えた。「我らの仲間はまだ眠っている。もはや限りある命の力量では隠れた輝きを育むことはできないが」そういって身を屈め、もう一度もの云わぬ唇と穏やかな額と脈打つことのない胸に口付けをした。すると、呼吸が、紛う方なき呼吸が、その肉体から始まった。形だけそれらしく。幻影なのか、それでも、命の動きを附与されていた。

貝殻の中の微かな呟《つぶや》きのように彼が囁くのが聞こえた。命！　命！　命！　風に吹かれる蒸気のように、彼は私たちとともにいた。特別な変化が、私たちに近く大事な存在だった肉体に訪れた。それまでそこにはなかった凍った白さが、古の大理石のような静けさがあった。

〈意志〉が立ち上がった。唖然として、狼狽《うろた》えたような目をしていた。何か恐ろしい見えない力が彼に宿ったようだった。

「失せろ！」と叫んだ。今はその声もまた貝殻の中の囁き声のように弱々しくなっていた。だが、〈魂〉は微笑んだ。

すると〈意志〉は風に靡《なび》く柳の葉のように灰色になった。風に揺れる葦の葉の影のように。そして、葦の葉の影が存在すると同時に、また存在しないように、不意に彼も存在しなくなっていた。

だが、奇蹟の一瞬のうちに、〈魂〉は実体と心と魂という三位の神秘の中にあるように見えた。歓びに満ちた完全な命として、〈意志〉は再生して立っていた。そして、今や私たち三人は再び一人になっていた。

私たちが宿っていたものを最後にもう一度見つめた。命のないものが横になっていた。あまりにも恐ろしいほど静かで未知なる存在だった。それでも、祝福としてやってきた気高さが備わっていた。この命の失われた神殿は聖なる法に屈服して、影や腐敗ではなく、再び巡ってくる春と、永遠の潮の満ち引きと、果てしない祝福の行列と手を組んだのだから。人間という種族にすぎない私たちが、命を浪費して廃物にしてしまった。無数の子供たちの中にも、無数の子孫たちにも、そんな浪費をすることはない。

〈魂〉は私たちには判らない規則に従って種を蒔《ま》き、私たちの知らない規則に従って収穫する。

私は振り向いて、西の窓のところへ行った。〈夢の丘〉の上に宿屋が建っているのが見えたが、その中を覗いてみると、懐かしの我が家に戻ってきたのだと判った。フクシアの茂みの向こうで、海が長い岸辺を絶え間なく寄せる泡もない波で探りながら、もう一度溜息をついた。下の小さな部屋では、ランプが灯されていた。その輝きが温かく、貝殻で縁取られた砂利道を照らしていた。飾り房のような花の咲いた木犀草《もくせいそう》、浜簪《はまかんざし》、羽に覆われたような木立蓬《きだちよもぎ》を照らしていた。押し殺した話し声が下から聞こえてきた。

そして今、夜が明けようとしている。私たちは今、一人になって、前よりも誠実で親密になった私たちが探求に出かけた記録を書いてきた。あと一時間もしたら出ていって、再び旅人になろう。疲れたらペンをおいて、この世で使うのはこれを最後にして、新たな一日の眩《まばゆ》いばかりの美しさと向かい合うことにしよう。私は恐れない。愛したものをすべて置いて行くつもりはない。この美しい世界に私を結びつけているものを私の内に持っているのだから。少なくとも新たな生涯に対してはそうするつもりだし、その後の多くの生涯に対してもそうするかも知れない。私の内部で夢を見て希望を抱いていたものが、今は前よりも歓びに満ちた素晴らしい夢を見て、希望を抱き、探求し、そして知る。もっと深く遠くまで美と真理を理解する。そして、その内なるものには判っていたし、今も判っている。結局のところ、霊的な夢に真実でないものなどない。希望が永久に飢えたままでいることはない。もう一度癒しの朝露になるために、同情という陰鬱な空の中へ引き寄せられない涙などない。

〈躰〉ができなかったこと、あるいは判らなかったこと、そして〈意志〉の闇は、あるいはせいぜいその中で迷うような霧は、もうすっかりなくなった。私にも書けない謎はいくつかある。神秘的な秘密のせいではなく、あまりにも単純で必然的なことは、四六時中そこにある謎のように、あるいは季節の変化のように、あるいは生と死のように、それらは自分自身のやり方で、自分自身の時間を使って、一つずつ学ばなければならないものなのだ。私が見た光から出て、私が目指した星々の下にいかなければ、道のない荒れ地の上の影のようになってしまうだろう。

ようやく判ったのだが、〈愛〉は道を逸《そ》らす最も強い力なのだ。〈愛〉は「罪を解き放つ」、そして失敗を癒し、行いをばらばらにする。思いもよらないところで因果という不変の法と対立することによってではなく、向きを変えることによってである。命のあとに聖なる愛がついてくるのだから。そして、方向を転じ、最後に聖なる愛はそれに出会う。その対面のときに向きを変えるのだ。だから、死ぬべき運命の邪悪な行いは、死ぬべき運命の法に屈して沈んでいく。聖なる法のもとでは、独りで生きることから逃れられないものが、命というリズムを刻んで生き延び前へ進む。〈罪の贖《あがな》い〉の神秘を私たちが理解するとき、〈愛〉が何なのかを理解するだろう。贖罪は〈創造主〉には未知の属性である。罪の贖いは、われわれ死ぬべき運命のものの内にある地上の焼け焦げた供物に過ぎない。〈罪の贖い〉とは、他者への償いを精神的に受け止めることであり、魂が恭《うやうや》しく運んできて受け入れた愛の中で償いと限りない復活は恢復《かいふく》されるのであり――だから、もう一度出会い、向きを変えるための、生きている力を生み出す――不死である私たちによる〈罪の贖い〉の生き証人なのだ。私たちを不当に扱う者たちこそ、私たちの救済者になる。「彼らの」償いこそを、私たちが「私たちの償い」にするのだ。彼らは私たちなしでやって行かなくてはならない。彼らが再びやってきて私たちから王冠を奪うとき、愛において一つになり、対等になる。これまでのところは、言葉は概念を云い表しているかも知れない。だが、この先は、罪の贖いなどないことが魂にも判っている。あなた方が自ら罪を贖うのでなければ、神は存在しない。赦しは幼い子供たちの夢である。私たちが遠くを見て、知るから、美しい。しかし、それ以上遠くではない。

よくあったことだが、今では肉体を蔑《さげす》むということがどれほど狂ったことかが判る。だが、私たちのこの奇妙な冒険を通して一つの謎がはっきりした――私が「私」あるいは「私たち」と云うとき、私には、話をしているのが〈躰〉なのか、〈意志〉なのか、〈魂〉なのか判らない。死の床で三人が一体となったときのことを思い出して、それぞれがそれぞれのことをはっきり意識していたときのことを理解して、ようやく判る。一人は記憶を持つ者、もう一人は知識と希望を持つ者、三人目は智恵と信仰を持つ者である。私たちはそれでも一人である。黄色と白色と紫色が私の側にある蠟燭の一つの焔の中にあるのと同じように。そして、この神秘は、躰というものが命で温められた土で、ただの魂の住《す》み処《か》として作られたわけではないということである。もしそうなら、魂が限りある命の仲間たちと一緒になっていなければ、躰など果てしない海に束の間隆起した波に過ぎない。記憶がなければ、希望がなければ、〈精霊〉の吹く息に過ぎない。だが、〈聖なる力〉が私たちを物質の型に流し込む前に、私たちは形作られたのである。そして、形とは、霊的な法においては、化学の法則に結晶が従うのと等しい。

今ならはっきりと判る。躰の本当の使命は魂を自然の法則で深く一本化させることであり、それで〈形〉の聖なる法則が満たされるようになるのかも知れないし、創造されたあらゆる命とともに一つになるのかも知れないが、それでも永遠に魂は魂自身であり、個人であるのだ。魂は独りでは無駄な憧れを抱くだけだろう。思い出すことを学ばなければならない。風と草と生きて動くものすべてと一体となることを学ばなければならない。躰の根から命を得ることを、心からその緑の命を、ひとりでに集まってくるものからその花と芳香を。この世界からだけでなく、それ自身の朝露から、虹から、暁の星々と宵の星々から、時と死の無数で広大な扇から。そして、私が学んだのはこのことである。絶対的な〈真実〉などないこと、絶対的な〈美〉などないこと。たとえ〈魂〉にとってであっても。〈聖なる炉〉で完璧な視野を獲得するほどきっちり型に嵌められることもあるのかも知れない。一方で、〈真実〉が最も深くなり、〈美〉が最も高まるのは、〈魂〉だけでなく、〈意志〉だけでなく、〈躰〉だけでなく、三人が揃って一体となったときである。それぞれが同じように完璧になろうではないか、それぞれが一致して完璧になろうではないか。これが神秘の示している意味である。それは、あまりにも必然的なので、聖なる高みに昇るのと同様に、病的な執着へと堕ちてしまう。だが、卑しい使い方をしたからといって、気高い意図がすっかりなくなることもなく、夥しい無知が一人の夢を曇らせるくらいである。

この後は、魂にとってもう命はないかも知れない。肉体もなければ、心もない命とは何なのか、古《いにしえ》の賢者たちが知っていた記憶の女神《ムネモシュネ》と呼ばれた両者の子供とは誰なのか。記憶がなければ、命は空っぽの息、空虚な不死である。

ああ、昇る光の眩いばかりの美しさ！　新しい一日がやって来た。さらばだ。

訳者註　＊1　一般的には、有名な作品から一文をエピグラフとして引用するものだが、本作品では自らの文章を先取りして巻頭に引用している。

＊2　この言葉は、マクラウドの別の作品Distant Countryに出てくる言葉でもある。ウィリアム・シャープ（フィオナ・マクラウド）はこれを一八九九年に友人フランク・リンダーへの手紙の中で、自分の墓銘に刻んで残して欲しいと書いている。

風と沈黙と愛

　こんな知人がいる。自分の精神的な基盤を形作った力の中で何よりも影響力があったものを詳しく教えてほしいと友人に云われて、考えるよりも先に直感による閃《ひらめ》きで口をついて出てきた答えが、「風と沈黙と愛」だったのだという。

　その言葉は、如何にも彼女らしいものだった。人を形作る影響力というのはいつも形作られるものよりも重要であるように思えるからだ。他人にとっての霊的な交わりという神秘について判る人などいない。ある人にとって抽象的な概念であるものが、別の人には極めて現実的だということもある。ある人にとって素性の判っている馴染みの顔が、別の人には錯覚でしかないこともある。

　ここで彼女が云おうとしていることは私もよく理解できる。私たちのほとんどにとって、自分が形作られるときに影響を及ぼすものといえば、母親と父親であり、我が家の空気であり、子供時代を過ごす場所と習慣である。こういったものの心地よい影響を受けてきたという人は多いだろう。しかし、誰にとってもそうというわけではない。逆の作用を持っているかも知れないし、あるいはそういうものが多少欠けているかも知れない。子供が幸運にも愛と家庭に恵まれていたとしても、精神的に相容《あいい》れないこともあるかも知れない。むしろ、陽の光と月の光の中に宿る神秘として、ぼんやりと愛を認めるだけかも知れない。静かな草地に、森に、静かな岸辺に注ぐ光の中に。家の中で聞くもっとも居心地の良い音、草の中で囁く風、ぎっしり生えた葉のあいだを抜けて来る溜息、それとも見えない波か。そういったものが松の木々の中で呻《うめ》くのを聞くとき、愛を見出すかも知れない。

考えてみれば、この三つの自然の力以上に深い影響力というものが果たしてあり得るだろうか。いつでも若く、それでも歳月より齢《よわい》を重ねていて、私たちの限りある命の耳に絶えず囁きかける美しい不死の存在である。〈風〉と〈沈黙〉と〈愛〉、そう、私はよき仲間としてこの三者のことを考える。気高く仕える、秘密の道の司祭である。

人里離れた場所へ、黄昏や嵐を待つ森の中へ、あるいは、暗い岸辺へ行くこと。そこで大胆になること、風に耳を傾けること、心の中で風を聞くこと、風と一体になって調和すること、草となって風に満たされること、葦となって風に揺れること、波になって風の前で隆起すること。どれも、他の方法では知り得ないことである。心の奥底の恐ろしい声に耳を傾けること。遠い遠い昔に過ぎ去ったこと、今まさに来て去ろうとしていることに耳を傾けること。落ち葉が落ちずに留まる場所、蒼白いヒヤシンス、月光のように白いパンジー、露を集める曇ったアマランサスの中で生きている音。それはすなわち他の忘れられたもの、忘れられかけているものの音がことごとく生きている場所、そこは影の帝国であり、その帝国を支配する悲しみと八月の美の微風《そよかぜ》に耳を傾けること。

そして、森の中、丘の上の灰色の石のそば、鷺《さぎ》の待つところ、千鳥が甲高く鳴くところ、枕の上、焔《ほのお》で暖められた薄明かりに満たされた部屋に、〈沈黙〉のような仲間が他にいるだろうか。彼女は言葉で変色してしまうような白い秘密を囁くことはない。私たちが忘れたときでも、彼女は忘れたとは云わない。私たちが覚えているときにすら、彼女は覚えていると云うだろうか。疲れ、重荷に苦しむ者は皆私のもとへ来なさい、そうすれば休息を与えようと云うのも彼女ではないのか。音の美しさをことごとく注ぎ込み、息を吹き込むと命が聞こえるようにしたリュートを持っているのは彼女ではないのか。数多の扉を閉め、悲鳴や大騒ぎの音を閉め出し、噴水や緑の庭、そこにある泉へとあなたを導いて「これがあなたの心臓であり、あなたの霊魂です。お聞きなさい」と云うのは彼女ではないのか。

三人目の、ただ一人仲間のいないのが、〈愛〉であろうか。ときどき、この三人は一人ではないかと思うことがある。〈沈黙〉はその内なる声、〈風〉はその疲れを知らない跫《あしおと》。たとえ、野薔薇の上であろうと、痛烈な波の上であろうと、泣き叫び、溜息をつき、祈り、涙を流す音と雨に揺さぶられる大嵐の中を歩いてやって来るのは彼ではないか。

彼にはたくさんの道があり、希望があり、顔がある。黄昏に会う者たちの上に、揺り籠の上に、暖炉のそばにいる者の上に、悲しみに暮れる者の上に、太陽の喜びに満ちた子供たちの上に、墓の上に身を屈める。あらゆる人間に崇《あが》められる彼こそ聖なる存在ではないか。野鳩が虹を胸に抱えるのは彼のおかげではないか。鮭が海から内陸の湖を目指すのも、這う虫が輝く羽を持つものになるのも。

〈風〉、〈沈黙〉そして、〈愛〉。もし人がこれらのことを知らなかったら、私たちにもっと多くのことを教え、もっと励まし、荒れ果てた不毛の地に命ある光を灯してくれる仲間は存在するだろうか。

密かな時間に、一人が身を屈めて私たちの額に口付けをするだろう。私たちの沈黙が他の二人にとってすでに記憶となっているときに。もう一人は見通しのよい夜明けの道のようだろう。そして三人目は目に歓びの光を湛《たた》えて私たちに会うだろう。だが、私たちは太陽の焔のせいで最初は彼を目に留めないのだ。夏の空気の中で鳥たちが無数に集まるせいでその言葉に耳を傾けないのだ。

そうこうしているうちに、彼らは近くにいて、親しくなっている。彼らの命が私たちの気持ちを高めてくれる。私たちは何もかも忘れ去ることはできないし、夢見ることをやめられないし、望みをなくして置いていかれることもないし、安らぎをなくして生きることも、明かりや歌をなくして闇の中を進む

 こともない。もし、彼らが私たちとともにいてくれるならば。あるいは、私たちが彼らとともにいるならば。彼らは一つの道を歩むのだから。

ジプシーのキリスト

一

ピーク地方の奥地に、人里離れた荒野ばかりの一帯がある。その地域のどこへ行っても、顰《しか》め面《つら》に追い払われてしまう。悪くない天気が続いているときなら――この遥かな高地では雲の影から完全に逃れられることは滅多にないのだが――この顰め面も陰鬱なことばかり考えている男の厳めしい顔くらいにはなる。雨と風がやって来たり、飲み込まれてしまいそうな鈍い暗闇がさらに東や北東から溢れ出ていればなおさらだが、その顰め面は敵意に満ちたものとなり、威嚇的になり、ときには悲劇すらもたらすようになる。ハイ・ピークからサー・ウィリアムまでのどこを眺めても、この高地は海のように見える。山並みが前方へと広がり、崩れ、互いに混ざり合っていく。大波が次々に重なってくるように。それはあまりにも壮大で、限りなく続いていて、しかしときとして、圧倒的に重苦しくなるものでもある。

取るに足りないような村が点在している。鈍い灰色の石で建てられていて、そこには庭も花もない。住人たちは、言葉も仕草もぎこちない。そして、彼らの住む家の石材のように冷たく、普通の感情表現の中にも不思議な静かさがある。

人間と自然の力の対決において何にも増して突出しているのが風といえる地域であればどこでも、それが海であろうと広い荒野であろうと、そこでは人の話す声が異様に低くなるのに嫌でも気づくだろう。

遠い島々や、山並みの上、平原から吹き上がり谷間に落ちていく丘陵地帯の大波の上、どこまでも広がる平らな草や羊歯《しだ》の生える土地、あるいは沼地、そして海の上では、人間の声はいつしか独特の静寂を自らにもたらす。その理由を知っている者には頭から妙に離れない静寂となるのだった。ここではおとなしい人間の声のように聞こえるが、彼らは怒りに満ち、終わりのない憂鬱の中にいる。

これほど陰鬱として、それを補う美しさもない土地は他にない。そうは云っても、訪れる人の多いピーク地方の丘陵地帯には独特の魅力がある。その谷は絵のような美しさで、ヒースの茂る斜面はその陽気な空気で、高地の荒野はその見晴らし、風の香り、華々しい光と影で有名である。それでもなお、自然にも、人間にも、そして近くの道と広い展望、周囲を取り巻く茫漠たる空にも、内なる陰鬱な精神が溢れている。それは、雷という重荷を担う、七月の雲の隊商《キャラヴァン》のようだ。陰鬱な内なる精神が浸透している。

これから始めようとしている話の地理的な詳細を語りたくない理由はそこにある。私が書き記したことから、ウェンドレイの森を見つけ出してほしくないからだ。あるいは、ファンショーの館を。ピーク地方でも最も遠いところ、もしかしたらもっとも素晴らしいところ、私にとっては間違いなく最も印象深いところだというだけで十分だとしなくてはなるまい。

この高地の遥かな奥地、今から話そうと思っている地域は標高一二〇〇か一五〇〇フィートから二〇〇〇フィートに及び、そこにはほぼ人跡未踏と云ってもよい沼地が広がっていて、グレイルフ沼地と呼ばれている。

その名はおそらく、灰色狼《グレイ・ウルフ》に由来するのだろうと云われている。噂によると、ここにはイングランド最後の狼の塒《ねぐら》があって、大悪疫の時代にあれほど図々しくなければ、今なお生き残っていたかも知れないのだ（狩猟家たちは、灰色狼は三百年生きると自信を持って主張しているのだから）。行商人たちや、その他の徒歩旅行者は、嵐の荒々しい晩、あるいは霞《かすみ》や沼の霧でもっと危ない季節にも、ヒースの密生する茂みや背後の柏槇《びゃくしん》の影から痩せた体軀の生き物が飛びかかってきたり、背後から、あるいは密かに先回りしたところから、恐ろしい足音が聞こえてきたりしたと断言した。

グレイルフ沼地は古い街道を進んでいると忽然《こつぜん》と現れる。この道沿いに、間隔を空けて寂しい集落があった。夏の三箇月を除いては、〈大沼沢地〉の無数の穴から現れる霧の中の孤島になることが多い。そういうときに、いちばん恐ろしくて耐え難いのは静寂である。

これらの集落からさほど遠くないところに、どういうわけか沼地の悪風とは隔絶された場所がある。夕焼けの変わりやすい輝きのもと、あるいは月の光で、飾り気のない美しさへと戻るのを除いてはくすんだ様子の建物だったとしても、高床式になっていて住む者の健康にもよさそうである。それでも、奇妙な家なのだ。私がそれまでに見たどんな家よりも奇妙だ。

その辺りでは〈ファンショーの館〉と呼ばれている。その名前が何世紀も前からのものだと知って戸惑う人は多い。何世紀ものあいだ、そんな名前の人物がイーストリグの邸宅に住んでいたことなどなかったからである。地域の言い伝えにもファンショーという名前は出てこないし、そんな称号が続いたというような記録もない。

ずいぶん前のことになるが、私の友人であるジェイムズ・ファンショーがその邸宅を買い取った。そのときにはもう中央部と北側の部分は崩壊し始めていた。もともとエリザベス朝様式だった南端もそれよりはかろうじてましだという程度で、それはただ奇抜で、ときに美しく、常に変わらぬ並外れた屋根と羽目板の彫刻のおかげだった。それにもかかわらず、水漆喰で白く塗られているところは印象的であった。バーバリーのアラベスク模様を思わせるような様式が多く、それは今日でもチュニスやトレムセンの裕福なムーア人の館で見られるようなものである。ルネサンス後期の想像力による珍奇な造りを思い出すようなものもあれば、ゴシック様式のごつごつした力強いものもあった。しかし、何より際立っている部屋は、大きな円天井の部屋から入る小部屋だった。三方の壁と天井全体がキリスト磔刑像のアラベスク模様で埋め尽くされている。容赦なく写実的で、なかには野蛮で残酷なものもあるが、あんなふうに白漆喰を塗った彫刻は他にない。残りの壁はニスを塗った黒オーク材で仕上げていた。その壁を背景に背の高い白い十字架が黒い架台に掲げられて、驚くほど浮き上がって見えた。十字架に架けられてぐったりとした悲惨な神の像は、かつて鮮やかな深紅の装飾が施されていたもので、今では時の経過とともに血の赤になっていることが目を惹き、ますます苦痛に満ちた姿になっていた。

この人里離れた荒涼とした地にある館を私がどうして知ったのか簡単に説明しておこう。

二三年前のことだが、クロアチアを歩いて旅していたとき、ジェイムズ・ファンショーに出会ったのである。私たちの不思議な出会いに繋がった経緯まで記す必要はないだろう。あれは不思議な状況における不思議な出会いだった。そして、不思議な場所で。私たちが出会ったこと、自らの意志で知り合ったこと、その後の友情、何もかもがあの状況から生まれたのだ。そのおかげで、私たちは二人ともジプシー博士を名乗れるのである。今までそう名乗ってきた者たちよりも、正当性を主張できるだろう。それは正確には、一般的に「ジプシー紳士」と訳されるわけだが、それとは少し違っていて、むしろアマチュアのジプシー、あるいはジプシーの兄弟とすべきかも知れない。「理解者ぶってジプシーの真似事をしている」と云われたこともある。小エジプト〔十五世紀にヨーロッパに入ったジプシーの集団が自分たちの故郷として考え出した仮想国〕の言葉を話せる者や、少なくとも聴いて判るという者、そして多くの場合、この放浪の民の民間伝承や習わし、衣装を知っているだけという者ならいただろう。だが、ジプシーの生き方で生活したことのある者、〈青い煙〉、〈二つの焔《ほのお》〉、〈流れる水〉の試練を経験した者はほとんどいないと私は思っている。

あの後も、私たちは何度か会うことがあった。イタリアでは頻繁に、あるいはチロルで、ドイツ南部で。多くの場合はあらかじめ約束して会っていた。ドーキング近くの〈天国の森〉で会う前、最後にファンショーに会ったのは、シュトゥットガルト西南の高地にあるホーヘンハイムでだった。そのとき話してくれた話では、彼はそれまでイングランドにいて、サウサンプトンからハルまで歩いて旅していたのだという。最後に、もうこの国に居を定めようと決め、大体のところニューフォレスト地方にしようかとも考えていたようだ。次に会うのは、イングランドで彼のところを訪問するときになると私は約束した。もうしばらく一緒にあちこち旅したいと思っていたが、そのときは彼が望んでいないのがはっきり判ったので、それは我慢することにした。

ジェイムズ・ファンショーは人目を惹く男だった。背が高く、筋骨逞しく、浅黒いが血色はよく、輝く瞳と長く垂れる黒い口髭をたくわえていた。髪は鉄灰色で、口元、目尻、額に深い皺があったが、それでも三十歳以上には見えなかった。初めて会ったとき、三十歳以上どころか、ファンショーは人生の〈洗礼者ヨハネの祝日〉にあったのだ。ちょうど、四十歳になったところだったから。

春が始まった頃のある日のこと、まったく予期せず、〈天国の森〉でお互いの姿を認めたとき、彼の住まいを訪問すると約束してから二年近くが過ぎていると気づいた。結局、以前云っていたような南の地方に居を構えることはなく、人里離れたダービーシャーの荒涼とした湿原にある奇妙な古い館に住んでいると教えてくれた。話を聴いているあいだ、友の容貌が大きく変わっているのを観察した。鉄灰色の髪は白くなり、力強い顔はこわばり、機敏で鋭い目つきは今では夢でも見ているような感じになっていた。それとも、考え込んでいるような様子とでもいおうか。もしかしたら、いちばん目立った変化はその眼かも知れないと思った。いつも私を貫いた、黒く滑らかなチェコ人の魅力はもはや見る影もなかった。もっと爛々《らんらん》とした、謎めいた激しさで見つめるようになっていた。

それでも再会できて嬉しかった。見失っていた糸口を摑んだように嬉しかった。そのときから六週間後に、イーストリグの邸宅まで一緒に行くという約束ができて嬉しかった。

これが、〈ファンショーの館〉を知るに至った経緯である。

二

イーストリグは最寄りの駅から二十マイル以上も離れていた。そこからの馬車での移動は、それ以上に遠く、もっと退屈に感じられた。その地方を覆う湿った霧のせいだ。物音さえ、その霧に吸い込まれてしまう。これほど退屈な地域を通ったことは一度もなかった。四月中旬だというのに緑がまったく目に入らず、鳥の鳴き声も聞こえないのだ！

軽馬車の御者は寡黙な男だったが、好奇心を抑えることはできないようだった。イーストリグの住人ではないものの、その場所のことや、そこに関係することもいろいろ知っていた。館の持ち主の話を本当かどうかいちいち喜んで確認してくれた。もしかしたら、私自身のことや、呪われていないにしても幽霊が出るという噂のファンショー邸に行く私の目的についても確かめていたのかも知れない。私の招待主はそこに独りで住んでいて、ホアという名の男だけが手伝いに行っているが、遠い南の国から来た男だから彼も外国人だという。しかし御者は、私が自分よりもさらに無口な男だと判ると、それ以上は説明も質問も一切やめてしまった。

黙ったまま最後の十マイルを進んだ。黙ったまま、でこぼこで轍《わだち》だらけの草が生えた古い街道を揺れながら進んだ。黙ったまま進んでいくと、荒涼とした廃墟を一つまた一つと通り過ぎた。人がいなくなって久しい鉛鉱山の煙突がそこかしこに立ち並び、その寂しさを無言のうちに強めていた。そうして、黙ったままファンショーの館に着いた。

建物の脇の、重い梁《はり》の下にある小さな扉が開いた。老齢の男が立って右手を目の上に翳《かざ》し、左手には淡い黄色の光を放つ角灯を掲げていた。その下の顔は、すっかり白くなっている髪とほとんど変わらぬほど蒼白くなっていた。

不安そうに私を見つめている目は何かを訝《いぶか》っているように思えた。咄嗟《とっさ》に、ファンショー氏は具合が悪いのかと訊《たず》ねた。

「お医者さまでいらっしゃいますか」とほとんど囁くような声で云い、私がそうではないと答えるとこう付け加えた。「そうであればよかったのですが。ご主人は死にかけているのではないかと思います」

吃驚して濡れた外套を脱ぐと、老人のあとについて曲がりくねった廊下を歩いていった。途中で聞いた話によると、ファンショー氏は今は起きて何かなさっているが、このところ様子が変で、食事もほとんど摂らないし、ほとんど眠らないし、ときどき沼地やもっと上の荒れ地へ出かけてゆき、一度出かけると十時間から十二時間くらい戻って来なくて、さらに、この数日は確実に状態が悪化しているのだということだった。

あらかじめこうやって念を押されていても、友の変貌ぶりに対する備えは十分ではなかった。そのとき彼は、黄昏の光の中、泥炭の上に薪を乗せて明るく燃える暖炉の焔の前に坐っていた。薪の一端からは焔が上がっていたが、反対側はすっかり炭になっていた。その髪はすっかり白くなっていた。召使いをしているロバート・ホアと同じくらいだが、比べてみるとやや黄色がかっていた。それが長くだらりと死人のような窶《やつ》れた顔に垂れていた。血の気の失せたこわばった顔の形は、見覚えのある暗く光る眼を除くと、まるで死体のようだった。眼だけは初めて会った頃のようだが、今はさらに激しく情熱的で生き生きとしており、生命の焔がすっかり眼に集まっているかのようだった。立ち上がると、躰《からだ》がこわばって動くのが困難なようにも見え、どんなに痩せてしまったのかも見て取れた。それでも、私の手を取って握ったときの力は昔とほとんど変わらず、半分は導くように、そして半分は押し込むように、彼の坐る場所の向かいにある肘掛け椅子に連れて行かれ、なおどれほどの生命力に溢れているかに気が付いたときの驚きは衝撃的だった。

そうなんだと友は認めた。具合が悪かったんだが今はよくなっている。すぐにもすっかり元通り元気になれればいいのだがと云いながらも、その目は唇の嘘をきっぱり否定していた。

しばらくすると、私たちの遠慮はすっかりなくなってしまった。それでも、彼は自分の健康と最近の生き方に関する話題を避けようとする様子で、繰り返し私の言葉を遮って深く立ち入らないよう念を押すのだった。

不意に立ち上がると、館を案内してやろうと云い出した。どの部屋も、私の心を捕えて離さなかった。しかし、さきに話したあの小さな部屋、あの十字架のある部屋は、抑え難い嫌悪感、恐怖に似たもの以外には何も感じなかった。これには彼も気づいたようだが、その唇は何も云わず、その目も私の発言を促すことはなかった。

私たちの再会におけるこの不吉な状況から、何か嫌な、あるいは悲劇的な決着を半ば予期していたとしても不思議はないだろう。しかし、それどころか、それ以上私に警告を与えるようなことも、不安を感じるようなことも、まったく起こらなかった。自分が使うことになっている部屋に入る時間はまだまだ先だというときに早くもファンショーの具合が好転していることに気づいたのだ。つまりそれは精神状態のことだが。身体的にはまだ不安定で弱っていたし、ひどい風邪をひいているようにも見える病気でかなり苦しそうだと思ったが、それは沼地熱だとファンショーは云った。「〈沼地の悪魔〉に捕まったんだ」と説明した。暖炉の側に坐っているときにもフリーズ地の外套を着ていた。そして、倹《つま》しい夕食のときでさえ、分厚いミトンを手から外すことはなかった。

当然のことながら、その夜はなかなか眠れなかった。まったく、あるいはほとんど風のない雨の日には、もともと眠りにつくのに時間がかかるたちなのだが、あのときの完全な静寂は孤独感を強め、そして何よりよくなかったのは、ファンショーが歩き回る単調な音が彼の部屋から私のところまで聞こえてくることだった。それに加えてこの部屋は、極めて風変わりな装飾が施された控えの間だった。そのせいですっかり動揺してしまって眠れず、足音もこちらが疲れてしまうほど活動的で、あの恐ろしい十字架と一緒にいる友のことを考えるのは耐え難かった。あの小部屋は受難を無数に増幅するのだ。だが、私にもようやく眠りが訪れ、ぐっすり眠った。陽が昇って開けたままの日覆いのない窓から光が降り注いでも遅くまで目を覚まさなかった。

私たちはその日のほとんどを屋外で過ごした。朝はあまりにも陽気で気持ちがよかった。ファンショーの悲劇的な病の気配もなくなり、私も彼の恢復《かいふく》に希望を抱き始めた。しかし、午後の早い頃に、一時間ほど前には既に用意されていた食事に戻ると、雲行きが変わった。蒸し暑くなり雲が空を覆った。晴雨計も急に下がった。この変化は我が友人にも覿面《てきめん》に影響を与えた。どんどん口数が少なくなり、とうとう不機嫌そうに黙り込んでしまった。

もう一回り散歩に行こうと提案してみた。すると熱心に同意されたので、驚いた。「よく行くところで、君に見せたいところがあるんだ」と云って、こう付け加えた。「そこは、この辺りの田舎者たちは避ける場所でね。荒れ地の住人は迷信深い。こんな人里離れたところに住むのは皆避ける」

その日は、先ほど云ったように、どんより曇ってむっとするような空気だった。その大気の変化と、我が同伴者の陰気な様子で、私も気が滅入った。それぞれの鉱床の上に立つ二本の寒々とした煙突には興を殺《そ》がれた。それを除けば、慣れない土地の様子やいろいろなものを楽しめた。蝙蝠《こうもり》が住み着き、風で摩滅した組合わせ煙突は、背が高くくすんだ色で崩れた廃墟から立ち上がり、打ち捨てられた鉛鉱山を圧倒していた。それが私に、とてつもない重さでのしかかってきた。

その一つの前で立ち止まると、ファンショーが、建物の壁の向こうにぽっかり開いた穴に、何かを投げ込んでみろと云った。大きな石を一つ拾い上げて、云われた方へ投げた。最初、石は柔らかな草地の上に落ちたのだと思った。あるいは、刺草《いらくさ》か、何かの雑草の上に。音がぜんぜん聞こえなかったからだ。そのとき、まるで足下から聞こえてくるような何だか判らない騒がしい音がした。続けて、微かに水が飛び散るような音が。

「廃坑がどれだけ深いか何となくわかるだろう」連れが静かに云った。「だが今のも、君が想像しているよりずっと深いんだ。水面の下にも鉱脈の斜面は続いている。石も最後にはその底まで落ちて行く。斜面のさらに下には通路があって、洞窟に繋がっている。そこから戻ってきた者はない」

「気の弱い人間が来るところじゃないな」できるだけ何でもなさそうな様子を装って答えた。「日没後に独りで来るところでもないね」

ファンショーはぼんやりと私の方を見て、静かに、自分はよくここに来るのだと云ってから、こう付け加えた。

「最後の審判の日の復活の喇叭《らっぱ》が大地を揺るがすとき、こんな場所からどれだけの死者が上ってくることだろう」

「こんな廃坑に落ちた人は今までいないんだろうか。あるいは、廃坑の中で殺されたとか」

「そう云う人もいるが、ありそうにないな。こっちへ行こう。もっと変わったものを見せてやるから」

私たちはまたとぼとぼ歩き始めた。木がまばらに生えているばかりの森の中を通って、一マイルほども進んだように思う。この魅力のない土地にまたどんな不愉快な面を見ることになるのだろうと思っていた。ようやく針金雀児《はりえにしだ》の低木が密生しているところに、三本の樺《かば》の木が覆い被さるように立っているのを目にしたときの驚きには、半ば怒りが伴っていた。これが私たちの見に来たものなのか。当然のことながら、そんなところに私の注意を引くようなものはなかった。しかし、私がそう云っても、ファンショーは返事をしなかった。彼が強く心惹かれているのは判った。だが、苦悩か、あるいは他の感情に心動かされているのかは、私には判らなかった。

さっと振り向くと、ファンショーは荒々しい口調で、疲れ切ってしまったからもう真っすぐ帰りたいと云った。ダラウェイ沼地のそばを通る近道の話をしただけで、他には一言も話をしてくれないまま、邸宅に着いた。

館に入るときに、ホアに会った。口を開こうとしたホアは主人には何を云っても届かないのに気づいた。ファンショーは顔をこわばらせたまま顎を動かし、ドアをぎらぎらした眼で睨みつけていた。

「誰だ……誰が来たんだ」嗄《しわが》れ声で叫んだ。だが、ホアはそれには答えず、何も判らないような顔で首を振るだけだった。心ここにあらずという様子で何かをぶつぶつ呟《つぶや》きながら。

「誰が来たんだ。誰が来たんだ。誰がやったんだ」我が友人は、掛け金から一フィートほど上のところにある小さな緑の十字架を指さし、喘《あえ》ぎながら繰り返した。そのペンキはまだ乾いていなかった。

三

ファンショーは昼を過ぎてからしばらくは押し黙ったきりだった。私たちは何も話さずに食事をすませた。その後、書斎に移っても内なる考えに引き籠って、自分が独りではないことになかなか気づかない様子だった。重苦しい空気がさらにこの沈黙を露骨なものにしていた。燃える暖炉の火にも勢いがなく、霧で湿った薪から上る煙は濃く重かった。

海の方から遠い銃の音が鈍くどーんと聞こえたときには、安堵感すら覚えた。やって来そうでなかなか来なかった雷鳴も近づいてきた。それからまた何分ものあいだ、耳には静寂しか聞こえてこなかった。そのとき、一陣の風が館を重く揺らした。世界が大波に押し流されて、マストの折れた船をすっかり飲み込んでしまったかのようだった。

ファンショーは顔を上げて、聞き耳を立てた。遠くから微かに泣き叫ぶ声が数秒間聞こえてきた。荒野で渦巻く風の声だ。そして、もう一度、また同じ不穏な静寂が。

「もうすぐ嵐になると思っていいんじゃないかね」結局、私が声を出した。

「そうだな。もう一回か二回、あんな風が吹きつける。それからたちまち雨になる。夜になると、漆黒の闇になって、暴風雨が一時間ばかり荒れ狂うんだ。その後、突然、前よりももっとひどい夜が戻って来る」

私は吃驚して友の方を見た。

「どうして判るんだ?」

「この辺の荒れ地で何度も雷雨や突風に遭っているからな」

私はもっと何か云おうとしたのだが、そのとき友人の顔に浮かぶ表情から、何かを考え込んでいるか、あるいは何かこれから云おうとしていることに気持ちを集中しているのだと判った。

私の推測は当たっていたようだ。ファンショーがまた低い声で話を始めたからだ。

「君もこんな雷雨の音をこれから何度も聞くことになるのは間違いない。私にとっては、これが耳にする最後の嵐になるかも知れないが。死者は嵐を聞かないのであれば、多分。これより立派な死を讃える歌を聴けるかということだ」

「君は病気だが、自分で思っているほど重い病気じゃない。何《いず》れにせよ、今夜にも死ぬなんてことを恐れなくていいだろう」

私のことを長いことじっと見つめてから、こう云った。

「ああ、今夜ではないかも知れない——」ようやく、ゆっくり言葉が出てきたが、また何か怪しいもののことを心の内で思い巡らしていたようだ。「そうだ、必ずしも今晩とは限らない」

長く耳障りな風の叫び声がダラウェイ沼地を越えて聞こえてきた。遠くの重い衝撃音が頭上で始まる凄まじい戦いを予兆し始めたときにも、それはなかなか消えなかった。

ファンショーに対するその音の効果は電撃的だった。立ち上がって、うろうろ歩き回り、二度ほど窓辺に立って、日覆いを引き上げた。二度目には、掛け金を外した。片開きの窓だったからガラス面は一枚の扉で、ただ、ガラスは上部三分の二しかなく、下の三分の一は固い木でできていた。内側へ引いて開くのは、そのガラス部分だけだった。

ファンショーは留め金を引き抜くと、身を屈めて中庭を覗き込んだ。こっそり歩く、足を引きずるような音が聞こえてきて、その後にはぶつぶついう低い声が続いた。

ファンショーは満足したように掛け金を締め、厚く重いカーテンを引いて閉じた。

「あれはうちのブラッドハウンドのグレイルフだ。いつも夜は外に出してやることにしている。ここを見張ってくれるからね。大きなクリーム色の躰で、信頼できるし本当に希少で優秀だ。仔犬のときに、トランシルヴァニアから連れてきたんだ。この辺りの住人は、あいつを憎んで恐れているがね。あんな名前だからなおさらだ。グレイルフ沼地の言い伝えについてはもう話したかな。そうだったか。うちのグレイルフが、本来のグレイルフ、つまりグレイ・ウルフなんだという噂がじわじわと広がっていってね。それから少し進んで、彼と私と〈ファンショーの館〉が神秘的な運命で結びつけられたというわけだ」

「そうじゃないって本当に確信があるのか」私は言葉を遮るように云った。からかいが半分、本心が半分だった。

しかし、彼は真面目に受け取って、答えた。

「いや、自信はない。でも、九番目の影、九番目の波、九番目の子供の頭に、どんな秘密が隠されているか云える人はいないだろう?」

「ああ、あの日、ボヘミアのイェルジエチの洞窟の側でマーク・ゼングロが云ったのをまだ覚えているのか。あの晩のことはよく覚えているよ。君のことをブラザーって呼んでいたのを思い出す……」

「それで?」

「いや、あの後、火の側で何て変な話をしたんだろうと思って、あのときは……」

「いや、君が云おうとしていたのはそれではないだろう。君はこう付け加えようとしていたんだ。『ゼングロが人差し指で自分の周囲に円の徴《しるし》を描いたとき、君がどんなに怒ったか。そのまますぐに野営地を出ていってしまいそうになったじゃないか』そうだろう?」

「そうだ、その通りだ」

「そうだと思った。まあ、私には怒る理由があったんだ」

「あの仕草に君が死ぬべき運命をもたらすと思ったと云うんだろう。僕たちが云ったように、北方で」

「いや、あれにはそれ以上の意味があった。でも、この話で、君に話したいと思っていたことを思い出したよ。今晩、話さなくては」

ここで話を止めてしまった。館を土台から揺り動かすような咆哮《ほうこう》が轟《とどろ》いたからだ。吠え哮《たけ》る、動きの速い渦巻きの一つだった。それは時に雷の強力な軍勢が着実に行進してくる前触れとなる。

その風が止むと、彼は煙を上げる薪を火から引き出して、乾燥した松や唐松の薪の三、四本と入れ換えた。あらかじめ塩が振りかけられている薪だった。上がった焔はあまりにも勢いよく鮮やかで、我が招待主がランプの光を遮ってしまっても、まだ私たちには心地よい焔の輝きが残されていた。これは歓迎すべき変化だった。もっとも、外の荒々しい夜はいっそう激しさを増しているようだったが。

少なくとも五分間ほど、ファンショーは黙ったまま、赤い輝きの中を見つめて坐っていた。その光の向こうで青や黄色の焔の舌が果てしなく薄い煙を織り上げていた。そのとき、ファンショーが話し始めた――（以下の語りの冒頭は、私が再現しているよりも本当はずっと長かった。あまり関係のないことだったり、たんに私たちが会ったときのことや共通の体験を懐かしんだり、話が突然飛んだりしたからだった。不意に湧き上がる激情と夜の嵐の騒々しさが話を相互に織り上げていた。終始、雷が〈運命の機《はた》〉を往復する杼《ひ》のように思えてならなかった）

「私にジプシーの血が流れていることは知っているだろう。本当なんだ。でも、その血筋が今でもどれだけ濃いか、どれだけ古くからのものかは知らないだろう。十二世紀に、私の先祖は〈風の子供たち〉の中でも王族と呼ばれていたのだと思う。その中の一人、当時の四散した大部族の長が、夏の数箇月のあいだ、ニュー・フォレスト地帯を通って行った。彼は〈鷺《ヘロン》のジョン〉と呼ばれていた。ある日、森の中で狩りをしていたときに、王の兄弟が無法者たちに襲われた。名も知らぬ勇敢なジプシーの味方がいなかったら、やつらに殺されていただろう。あるいは、少なくとも捕まえられて身代金を要求されただろう。王族公爵は感謝し、王もまた同様だった。放埒《ほうらつ》な〈鷺のジョン〉は、ロウハーストのジョン・ヘロンとなり、エルヴウィック一帯の領地を賜った。ジョンの七人の息子のうち、五人は非業の死を遂げるか、謎めいた失踪をした。いちばん歳上の息子は時が来て父の跡を継ぎ、いちばん歳下の息子は偉大な君主のお供としてダービーシャーへと旅立った。当時、最も由緒があり、最も権勢を振るっていたのは、と云ってもその地域の古い家系の中でいちばん貧窮していたのだが、それはレイヴンショー家だった。家長はサー・アルレッド・レイヴンショーで、傲慢なあまり、国王の身分を自分より下だと思っていると云われていた。ギルバート・ヘロンは大いにレイヴンショーに尽くし、最後にはこの有力者のおかげで、法的に怪しい名ばかりのナイトの称号を授かり、サー・ヴェイン・ファンショーとなった。それでも、若いサー・ギルバート・ファンショー（ヘロンの名は手放したのだった）のレイディ・フリーダとの結婚に疑義を挟まれる余地はなかった。若い二人は初めて会ったとき恋に落ちていたのだ。最後にはしぶしぶ仕方なく、ただ二つの出来事のおかげで、すべて許されたのだった。一つは、この若者（サー・アリュレッド・レイヴンショーの親族であり友人であった）が一緒にいた著名な領主が、王は速やかにダービー州のハンツとイーストリグのロウハーストのサー・ギルバート・ファンショーを男爵にするだろうと断言したことだった。当時、実際にはイーストリグという村は存在せず、ただ小さなファンショーという集落があるだけで、その頃の呼び名はザ・ファン・ショーだった。これらの領地はレイヴンショーに属していて、彼はそこを結婚の祝いとして娘に与えたのだった。国王が彼女を貴族と結婚させ、自分はファンショーのファンショー男爵として知られるようにすることを条件として。

これはすべて正式に執行されたわけだが、ジプシーの生まれであることを誤魔化すためのものだったようだ。ファンショーの君主の跡継ぎが誕生した頃、サー・アリュレッドは義理の息子と連絡を取るのを拒否しただけでなく、娘に会うのも拒んだ。そしてレイヴンショーは、異国産まれの者とは一切関係を持ち得ないと宣言した。

この数年後に、ファンショー卿だけでなく、猟場にも関係する奇妙な噂が広まった。城の多いその領地は猟場と呼ばれていた。乱暴で野蛮な者たちがその領地内、あるいは隣接する森の中に逗留しているという。胡散《うさん》臭いという不信感、漠然とした不安、激しい憎悪がたちまち広まった。その次には、君主は狂っているという話が広く信じられるようになった。自分はキリストであると公言したり、人々が到来を夢見ている第二のキリストに他ならないとでもいうような振る舞いをしていたからだった。

ある日、サー・アリュレッド・レイヴンショーがエジプト人の野営地に姿を見せた。他所《よそ》からやって来た放浪の民は、訪問を受けるのが常だった。その家長から知ったことで、彼は狂乱するほど激怒し、叫んだ。『このクンドリ〔十字架を背負い歩くイエスを笑ったために永遠の呪いを受ける。リヒャルト・ヴァグナーの『パルジファル』に登場する〕の一族の犬を殺せ。死を嘲《あざけ》ったのだから。そして、見よ、ここに私の証文がある。お前にも、お前の一族の財産にも、一切危害を加えないという内容だ。ただし、二度とここに逗留してはならない』

すると、ジプシーたちは彼らの血族であるファンショーのロード・ファンショーに襲いかかり、冠を被せ、ジプシーのキリストと呼んで嘲り、今はウェンドレイの森として知られる森にある、葉の落ちた大木を十字架として磔《はりつけ》にした。それから長いあいだ、その地に彼らが来ることはなかった。だが、後になって、彼らは密かにまだ幼かったガブリエルと接触した。ファンショー家の唯一の子供だ」

ここまで来て、ファンショーは話をとめた。私たちは坐って、外の嵐がますます激しくなるのを聞きながら、燃える焔をじっと見つめていた。そのとき、何の前触れもなく、話を再開した。彼には少しでも苛立ったり興奮したりすると両手を握ったり開いたりする癖があった。そんな様子がそのとき特に気になったのは、毛のもさもさした手袋をしていたせいで、奇妙な包帯を巻いたように見えていたからだった。

「そのガブリエル・ファンショーが再びイングランドを見ることはなく、その息子のガブリエルもまた同じだった。その名は密かに受け継がれた。ただ、オーストリアかハンガリーにいる親族のあいだでは、ガブリエル・ゼングロとして知られていたが。この族長の名前は彼の父が十字架に架けられた後に選ばれたものだった。

孫が四十歳を過ぎた大人になるずっと前に——そのとき初めて三代目のガブリエルはイングランドを

訪れて、自分が相続すべきものを請求できるか調べようとしたのだ――イーストリグ、ファンショーの館と集落、ウェスター・ダラウェイが、ギルバート・ファンショー（その名前から男爵位はなくなってしまった）の血筋の誰からも所有権の請求をされないようになっていることが判った。それだけでなく、すでにレイヴンショーの老ナイトの手からフランシス一族に所有権は移っていたのだが、ジャコバイト王朝没落までフランシス一族の管理下にあり、その後はヒューソン家の所有になり、それからようやくファンショー家の（悲しいことに落ちぶれてしまったが）ファンショーの所有者に戻った。つまりそれが、私が買い取ったときということになるわけだ。

それでも三代目ガブリエル・ゼングロは、称号も北部の相続領も失っていることを知ったものの、ロウハーストの所有権は恢復できた。そこに移り住んで、結婚し、二人の子供をもうけた。もちろん、イギリスの姓でしか知られていないが。五十歳になったときには、仲間たちからすっかり嫌われていた。ときどき、粗暴な放浪者たちの集まるところに訪れているのを目撃されていた。それどころか、そんな奴らと一緒に暮らしたりしたのだ。そして、外国人の妻は、本当はそんな異邦人の仲間なのだという噂が広がった。彼が乱暴で悪意に満ちたことを云うのが聞かれていて、それは当時なら絞首刑にされても仕方のないような言葉だったという。終いに、ある日自分の家に帰ってこなかった。遺体は、グレイルフ沼地の向こうの森にある葉の落ちた木に釘付けにされた姿で発見された」

「ロウハーストの向こうってことか」と私が口を挟んだ。

「いや、文字通りの意味でだ。磔にされた遺体はグレイルフ沼地の向こうの森の中で発見された。ウェンドレイの森と呼ばれているところの一部だ」

「ということは、犠牲者の祖父のときと同じ場所で悲劇が起きたというわけだ」もういちど口を挟んだ。

「まさにそうだ。だが、ガブリエル・ファンショーは、ハンプシャーから誘い出されたのか、説き伏せられたのか、攫《さら》われたのかは判らないが、ダーウェント川を渡ったときには確かに生きていて、北、南、東、西の地面に向かって唾を吐いた仲間たちと一緒にいるところを見かけた猟師がいたのだ。ロウハーストの領主はこんな謎めいた失踪をした。その近隣の南部に住んでいてその非業の最期を知る者はまったくいなかった。ただ、彼の妻だけが知っていた。どうやってそれが知らされたのかは私には判らない。だが、記録によるとそのことを書き残しているから、彼女を呼び出すメッセージが届いたのは間違いないだろう。もしかすると脅迫されたのか。彼女は二人の子供を連れて、もっと安全なロンドンへと向かった。そこで女の子は死んだ。その子が虚しく叫ぶ不思議な言葉を理解できる者はいなかった。でも、男の子は生き残った。成長して大人になり、母が死ぬと、自分の領土に戻ってそこに住んだ。結婚して、男の子が産まれてから初めて、母が書かせた記録を読んだ。そして、先祖から伝わるこの恐怖を知ることになったわけだ。

でも、彼も、その息子も何の被害にも遭わなかった。二人に共通した悲惨な結末は別として。彼の孫については、見当違いなこともいろいろ云われていたのだが、確実に判っているのは、ロウハーストの正面にあるオークの大木で首を吊って自殺したということだけだ。だが、彼もまたガブリエルを世継ぎとして遺していた。やがて、立派なナイトになり、学識豊かな大人になった。そして、一人息子をしっかりした立派な男になるよう大切に育てた。不思議なのは、そんなに立派な二人の血を引く世継ぎが、町よりも森を、廷臣や学者よりも森の住人を愛する間抜けになってしまったことだった。さらに不思議なのは、古い予兆が甦ってきたことだ。結局、ジャーヴァス・ファンショーは、血に流れる恐ろしい呪いのせいで、神を冒瀆するぞっとするような言葉とともに、自分の邸宅に公然と火を放ち、幼い娘と一緒に焔に飲み尽くされた。でも、幼いガブリエルは逃げ出せた。

こうして一代置きの悲劇が私の先祖の命を襲い続けた。何世代もイギリスのファンショー家が続いてきたが、ロウハーストの家系もジャスパー・ファンショーで最後になった」

その瞬間、風と雨の猛攻撃が館に襲いかかってきた。あまりにも激しく、雷鳴が館の壁を揺らし、しばらくの間、それ以上話し続けられなくなってしまった。しかし、黙り込んでいるのに、友は騒がしい音には気づいていないようだった。ぎらぎらした眼を大きく見開いて、暖炉の焔を魅せられたように見つめていた。その頭を苦しめているさまざまな記憶や思考が悲劇的な結末を迎えるのをじっと見つめているかのようだった。

「もう話したように、ロウハーストの一家は」激しい爆音のあとに比較的穏やかな状態になるとすぐに話を再開した。とはいっても、風は破風《はふ》の周りや立ち並ぶ煙突のあいだで呻《うめ》き悲鳴を上げ、雨は窓ガラスに対して猛攻撃を続けていたのだが――

「もう話したように、ロウハーストの一家はジャスパー・ファンショーで終わった。これはもう十八世紀近くになった頃のことだった。ジャスパーは一族の最後の一人だった。そして、あの噂が広まった。途方もない噂の一つだった。結婚式目前と云ってもいいときに始まった噂だが、ジャスパーがまだ若い頃、先祖全員とは云わないまでも、そのほとんどと同じように姿をくらましてジプシーの一族の中で暮らしていたときに、ロマの娘と結婚したというのだ。その結婚はイギリスの法律で認められるようなものではない。だが、それは信頼できる情報で、ファンショーの郷士には今も生きている息子と娘が一人ずついて、彼と婚約者の兄とのあいだの決闘の原因になったという噂が確認された。愚かにも、二人の決闘は森の中で行われ、目撃者はジプシー・メッセンジャーただ一人だった。彼は常にこの郷士が見えるところにいた」

「ジプシー・メッセンジャーだって?」

「そうだ。そんな名前がよく使われた。古い言葉で、運命の付添人を意味している。こっちの方が相応《ふさわ》しい呼び方だと思うけどね。私はあまり好まないが。

それで、私の祖先がチャールズ・ノートンという名前の男を殺したということになった。それは生き残るよりも悪かった。ノートンはその一帯で最も影響力のある男のお気に入りの息子だったからだ。一言で云えば、殺人事件として訴えられることになった。ジャスパー・ファンショーは罪人であると宣告された。唯一のチャンスの鍵は彼の血族が握っていた。運命の付添人がウィンチェスターにやって来て、森の低木の茂みに隠れながら目撃したことを証言した。しかし、その証拠は封じられ、正しかろうと間違っていようと、乾草《ほしくさ》積みに火をつけた罪で監獄に放り込まれた。

逃亡者を見つける糸口はなく、逃亡を成功させるのを手助けしたジプシーの行方も判らなかった。エルヴウィックの森にあった大きな野営地はばらばらに壊され、住人は一掃された。一人残らず、ほとんど一瞬にしてキャンプファイアの煙のように姿を消した。

いくら推測を重ねても、ジャスパー・ファンショーの死に方がどうだったかは私にははっきりと判らない。彼の息子、ジェイムズはその生涯のほとんどをハンガリーで過ごした。その他の期間は、カスピ海とアドリア海のあいだを放浪していた。古い部族内での名前であるハーン〔ヘロンと同義〕をむしろ好み、実際に彼の父がイングランドから脱出したとき、そう名乗るようになった。

このジェイムズ・ハーンは長生きして、支族の長老の一人になった。しかし、その息子ガブリエルは一族の元を去り、ウィーンへ行って医学を学んだ。その後、まだ若いうちにプラハで要職に就き、一年かそこらで、この辺りで云うなら行政官というような身分になった。浮浪者に対する扱いが厳しいことで有名だったが、特にジプシーの違反者の場合には容赦なかった。この頃、以前のウィーン時代と同様に、ヴァンサールという名で知られていた。ロマニー語でファンショーに相当する言葉だ。生涯で三度、命を狙われた。暗殺者のなりそこないは三回とも逃げおおせたが。ガブリエル・ヴァンサールは脅迫に屈する男ではなかった。実際、ますます容赦なく、専制的になった。それで、間もなくジプシーの野営地はプラハから半径二十マイルの範囲内にはなくなった。三十六歳になったとき、ウィーンで医学の教授職を得た。そこで、ミス・ウィンステインという美しいイギリス娘と出会った。サウス・ハンプシャーの治安判事であり、ロウハースト・パークとエルヴウィック行政区の大部分の郷士でもあったエドワード・ウィンステインの一人娘だった。ミス・ウィンステインは、美男子の求婚者を愛し、ほどよい頃合いをみて結婚式を挙げた。微かな外国訛《なま》りはあったものの、ヴァンサール氏は両親のどちらの言語も堪能だった。『ジェイムズ・ハーン』はイギリス人であることをやめても、息子には自分の母語をきちんと教え、二人だけのときにはいつも英語を使っていたからだ。

ウィンステイン氏もウィニフレッド・ウィンステインもガブリエル・ヴァンサールがジプシーのガブリエル・ハーンだとは知らなかったし、ロウハーストから逃亡して資産を没収されたジャスパー・ファンショーの孫だということも知らなかった。その資産が先代のエドワード・ウィンステインに譲渡されたということも。

実は、ウィンステイン氏は娘の結婚から数箇月後に亡くなった。ガブリエル・ハーンは職を捨ててイングランドに渡り、地方の郷士としての生活を始めた。そこで、三人の子供を授かった。息子が二人と娘が一人だ。ネイオミが一番歳下で五歳ほど離れていた。彼女が産まれたときに母親が亡くなっている。

二人の息子のうち、上がジャスパーで、下が私だ」

四

まったくの不意打ちだったというわけでもないが、「ファンショーだったのか？」と叫んでしまった。運命の連鎖には本当に驚くというようなことも云った。

「そうなんだ……それで、兄が二十一歳、私が十九歳になったとき、父が亡くなった。母が亡くなってからすっかり変わってしまって、妙に気持ちの沈んだ気難しい人物になっていた。それなりの説明が、ジャスパー宛の封印された文書に残されていた。

ここで、少し話が脇道に逸《そ》れてしまうのだが、君に打ち明けておきたいとても不思議な話がある……でも、その前に教えてほしい、クンドリというのを聞いたことがあるだろうか」

「クンドリだって？」狼狽《うろた》えて、ただその言葉を繰り返した。

「音楽が好きだっただろう。だから、クンドリのことを聞いたことがあるんじゃないかと思ったのだが」

「ああ、知っている。パルジファルに出てくる女のことを云っているんだろう？」

「そうだ。あと、ヴァグナーは本当の伝説を伝えていない。それがジプシーの名前だということすら知らなかった。そして、とても古い名前だということも。想像上のものにすぎないという人もいるし、古い時代のスカンジナヴィアの名前だという人もいる。でも、私の一族、つまり〈風の子供たち〉のあいだでは、誰も知らないような古い時代のものだということになっている。キリストの降臨よりも遥か以前に私たちのもとへもたらされた。だが、私たちは別の名前にして、〈悪魔の子供たち〉というように使った。私なら、もっと文字通り訳しただろうがね。私たちには神がいなかったし、死後の命を信じていなかったから、そして、王も故郷もなかったから、与えられたんだ。それに、他の民族と比べて、法もなかった。当時はそうだったし、今でもある意味そうだ。私たちは神を否定していないが、神に向かって礼拝をしないし、神の怒りを鎮めようともしない。来世への信仰もなくて、躰が死んだら人もまた死ぬと信じている。私たちには王もいない。〈時〉と〈死〉というどこにでもいる君主しかいない。森の帳《とばり》と大空の円蓋、太陽と月のランプの他に帰る故郷もない。風や海に法がないように、私たちにも法がない。風よりも移ろいやすく、海よりも放浪している。

一九〇〇年近く前、私たちの民のある一族は〈最初の一族〉と呼ばれており、それは始祖となる血統だと名乗っていたからなのだが、彼らはエルサレムの先の丘陵地帯に住んでいた。

現代世界にとって重要な瞬間となる年のことだった。ナザレのイエスが死んだ年だ。

誰にとっても馴染みのある話だから、繰り返す必要もないだろうし要点をかいつまんで話そう。十字架の苦悩の日に私たちの一族の一人が、ゴルゴタの丘にいたというだけでいい。その中に、クンドリと呼ばれる美しい女がいた。受難者が殉難の道を進んできたとき、彼女は嘲笑したんだ。キリストがクンドリの方を振り向き、その不信心の闇を知り、悪意の権化であることを知ると、足を止めて彼女をじっと見つめた。

『王よ、万歳！』そう云ってクンドリは嘲笑《あざわら》った。『あなたの妹である私に、あなたが〈宿命〉を超える〈主〉であるという徴《しるし》をお示しなさい。でも、あなたはそれができないことを知っている。そして、死を迎えなくてはならないことも！』

するとキリストは云った。『まことに、あなたは徴を得るだろう。あなたとあなたの家族に私の受難の徴を残そう。あなたの一族のあいだに永久《とこしえ》に恥と怖れとして残るように』

こう云って、イエスはその苦難の歩みを再開した。クンドリは笑って、その後を歩いた。再び十字架の苦悶の途中で、神の子の苦しみの叫びに対して声を上げて笑った。しかし、突然全地を覆った暗闇の中では、彼女はもう笑わなかった。

その日からクンドリという女は呪われた。彼女をキリストの妹と考える者もいたのだが。自分の一族の中にいるときでも、ヴェールを被るようになった。彼女を自分のテントに連れていった男とのあいだに、二人の子供を産んだ。双子だった。一人は男の子で、もう一人は女の子だった。

双子が七歳になったとき、アジアの荒野で一族の前に姿を見せると、キリストの妹である自分は今ここで彼らにメッセージを告げると云った。自分の胎《はら》から産まれた子の子孫から、いつの日か、救い主となる者が生まれ、それがジプシーのキリストとなるだろうと。

若い男女が嘲り笑ったとき年長者たちは叱責し、クンドリに向かって、太陽の熱や月光の狂気、あるいは他の心の病に冒されていない証拠を何か示すように要求した。すると、両手と両足にある磔の聖痕を示して、皆を驚かせた。

最初の驚きと畏れの後に、激しい恐怖と怒りが一族の中に湧き上がった。三日のあいだ、クンドリを部屋に閉じこめ、云った言葉を撤回し、罪の意識による出鱈目《でたらめ》だと告白するように、少なくとも自分の手足に傷を付け、そして傷を癒したやり方を明らかにするようにと迫った。三日目の日が暮れるとき、奇妙で恐ろしい徴はなおそこにあり、女は自分の云ったことを取り消さなかった。そこで彼女を棘のついた小枝で鞭打ち、ぎざぎざの冠を頭に被せ、森の中の枯れた木が立つところへ連れて行った。進む途中で彼女は一度立ち止まり、誰が一時間ものあいだ苦しむ自分を嘲笑ったのかをよく見た。すると、見よ！　それは自分の胎から生まれた娘であった。彼らは女を磔にした。三時間ほど経ったときに彼女は命を失った。まだ夜が明けていなかった。しかし、子供たちはまだ幼かったので、そして、〈呪い〉の兆候はまったく見られず、第一の血統でもあったので命は助けられた」

ここで、友の口が止まった。前屈みになって、暖炉の焔を見つめていた。幻に現れる男のように。長い沈黙がその場を支配した。外では、風が疲れ切った泣き声を、ときおり荒々しい叫び声を上げていた。雷の重く噴き出す咆哮が頭上で何度も何度も轟いた。カーテンを閉めていても、稲妻の眩《まばゆ》い光が眼を打った。

ファンショーには聞こえていないようだった。もしかしたら、見えてもいないのかも知れない。彼のことをよく見ていると、私に話してくれたことやそこから推察してみたことに、ますます興味を惹かれた。奇妙で不気味な叫び声に放心状態の彼も吃驚したようだった。飛び上がって、窓辺から外を必死に眼で探っていた。

「あれは風だ。あんなのが少し前にも聞こえた。これほど大きくはなかったけど。叫び声もこんなに不気味じゃなかったし」

ファンショーは返事をしなかった。カーテンを閉じた窓際で長いこと外を見つめながら、指を捻《ねじ》ったり解いたりしたあと、戻って腰を下ろした。それから、話を中断していなかったかのように、話を続けた。

「クンドリの息子と娘は親族だけでなく一族の敵から、むしろ、片方の勢力の狂信だけでなく、反対勢の残虐性からも逃れられたというべきか。一族はユーフラテス川の岸辺で皆殺しにされたからだ。クンドリの息子と娘、マイクルとオラーだけが、数人の逃亡者とともに、北へ五十マイルほど行ったところにある同じ民族の小さなグループが住むところで、しばらく暮らした。

そこで、オラーは〈笑う娘〉と呼ばれた。母親の記憶のせいもあったが、母親が死のうとしているときに声を上げて笑っていたからでもあり、一族の誰かに怒ったり喜んだりするときに歌うような声で嘲笑うからでもあった。その〈笑う娘〉は支配者たちのあいだに不幸と破滅をもたらした。古い種族の三兄弟がそれぞれ災厄と死に見舞われたのは、オラーのせいだった。しかし、彼らの死の結果、マイクルは〈風の子供たち〉の王子と呼ばれるようになった。彼に関してはただ一度だけ邪《よこしま》な行いがなされたという記録がある。妹を殺したんだ。だが、古い歴史によれば、これは臆病な心や敵意からなされた行為ではなく、母の呪いを解こうとしたからで、彼女の血のみならず、一族から呪いを除こうとしたためだった。それは、マイクルの妻が二人目の子供（女の子だった）を妊《みごも》っているときになされた。オラーは死ぬ前に――オラーは母と同じ死に方をしたのだ――幼いサンパを両腕に抱き、自分の命を吹き込んだ。磔の日、子供は母親の腕の中で眠り、今までに笑ったことのないような声を出して笑った。

ここからの話がまだ長い。私たちの秘密の記録に記されていて、ほんの数人にしか知らされていなかった話だ。君には何もかも話してしまえる。名前も、何が起こったのかも。でも、それは今夜の目的とは関係がない。鎖の一つ一つの繋がりはマイクルとサンパ、マイクルの子供たち、オラーの兄、ゴルゴタの丘でキリストを嘲笑ったクンドリのところから、ヴァンサールと呼ばれたガブリエル・ファンショーの三人の子供やヘロンの一族のところまでひと繋がりになっていると云うに留めておこう」

自分が熱心に見つめている、目の前にいて話をしてくれているこの男が、キリストを嘲笑ったクンドリの子孫だなどということがあり得るのだろうか。呪いの継承者などということが、もしかすると先祖と同じ運命が今にも彼に降りかかろうとしているなどということがあり得るのだろうか。自分が迷信的な畏れの念に捕われてしまったと気づいて、何とかそれに打ち勝った。

「つまりこういうことかな」私はゆっくり言葉を選んだ。「ジェイムズ・ファンショーは、つまり君のことだが、クンドリの直系の子孫で、呪いもまだ生きている。君か、血筋の誰かが、今か、あるいは後の世代かに、運命に甘んじなければならない。先祖たちがそうしてきたように」

「まさにそうだ。もう云ったように、それは私なんだ。呪いは生きているし、誰も運命の網から逃れることはできない。二千年近く続いた運命だ」

私は何と云えばいいのか数分考え込んでしまった。そして、こう云ってみた。

「ファンショー、この話は謎めいていて恐ろしい。でも、君が話したとおりだとしても、君か、君の兄弟姉妹が呪いを継承しなくてはならないという論理的な必要性はないんじゃないか。君自身が認めるように、血統には異邦人とキリスト教徒の血が頻繁に混ざり込んできたじゃないか。君のお父さんだって、どう見ても、僕と同じくらいジプシーじゃない。イギリス人と結婚して、田舎の郷士として生きてきた。ジプシーに対する肥大した敵意を除けば、よくいる類いのあの人たちと変わらないだろう。それに、田舎の紳士たちは放浪者が好きじゃないというところだって変わらない。一言で云えば、もしお父さんが生きていたら、それだけ過去の知識があるのだから、迷信めいた言い伝えを信じて君が没頭するのをお父さん自身も笑ったんじゃないかということだ」

ファンショーは眼をぎらぎらさせて私の方を向いた。失望の焔だった。激しい感情にとらわれているのが判った。

「妹だったら笑ったかも知れない」そういう声はあまりにも低くて、囁きと云ってもいいくらいだった。

だが、語気は強かった。「妹なら笑ったかも知れない。だが、父は笑わない」

「いや、ファンショー」私は吃驚して大声を出した。「本気で云っているわけじゃないよな――君の妹が――」

「クンドリの娘だ」

私は黙ってその言葉を受け止めた。どう考えればいいか判らなかった。何と云ったらいいかはもっと判らなかった。私の神経も電気を帯びた空気、繰り返し押し寄せる音のうねりの影響を受けていた。自分が聞いた話に動揺しているのを感じていたし、ありそうもないと思いながら信じていることも判っていた。とうとう、私に話そうと決めていたことを全部は話していないことは判っていると云って、話を続けてくれるように頼んだ。

「ああ、まだ終わっていない。

今まで話したことから、呪いは全世代に現れては来ないと推察しているんじゃないかと思う。三代目毎に出てくる。死去の記録は一定不変とまでは云えない。何しろ知らないからね。遠い先祖のことは各世代全部は追えないし。でも、不思議なことが一つある。三例を除いてすべて、知られている限りでは、クンドリの息子も娘も二人を超える子供はいなかった。何世代経っても、あの無情の笑い声がなくなることはなかった。何世代経っても、惨事と恥辱をもたらした。私もそうだったが、呪いはもう償いが済んだか、乗り越えることができたのではないかと夢みた者も多かった。だが、神を嘲笑したクンドリの家系には、どの世代にも「嘲笑う娘」がいて、三世代毎に、キリストが再び現れるか世界が終わるときまで、我が祖先の苦悩の悲劇は続くのだろう。

このことを、父は死ぬ前に全部知っていた。秘密を墓まで持っていこうと本気で思っていて、さまざまな予防措置によって自分を憎み恐れる者たちが接触してこないよう自分の子供たちを安全に守ったと信じていた。自分自身は彼らにやられたとしてもだ。

最初に父の気難しい陰鬱な気分に気づいた頃、兄のジャスパーが病に倒れた。奇妙な症状で、その病名が判る医師は一人もいなかった。たった一度だけ、父が激怒するのを見たことがある。エルヴウィックの森にジプシーの野営地があると知った日のことだ。ジャスパーは、聖フランチェスコの如く宗教にのめりこんでいて、放浪の民の中に入ってキリストの人類愛に目覚めさせようと奮闘していることも父に知られてしまった。父は、私と妹のネイオミがもう野営地を見つけてしまったことを知らなかった。私たちが、色の浅黒い人々と彼らの生き方、森の自由に心惹かれていることも。もう他のことをほとんど考えられないくらい、緑の森に憧れていた。檻の格子の向こうで翼を広げた鳥のようだった。

父が別人に変わってしまったのは、このすぐ後のことだったに違いない。ネイオミも私も、当時はよく判っていなかったが、何か恐ろしいことが起きたとは気が付いた。何か、畏怖と恐怖を呼び起こすことが。

ジャスパーの病気が治って起きられるようになったとき、その両足と両手には礫の大釘でできた紫の痣《あざ》とぼろぼろの瘢痕《はんこん》があった」

束の間、ファンショーは言葉を止めて、痛く苦しそうに息を吸った。苦痛に噴まれているか、極度に衰弱している男のようだった。

「父の死後、ジャスパーは自分の部屋に引き籠って誰にも会おうとしなかった。私はよく薄暗い通路にそっと忍び寄って、支離滅裂で狂ったような兄の祈りの言葉に聞き耳を立てていた。ネイオミと私はすっかり憂鬱な気分になって、ある晩、二人で森の中へ逃げ込んで、友人たちに会ったときはほっとした。

彼らは予想していたよりも謎めいていて魅惑的に感じられた。すでに死んでいる父が彼らのことをあれこれ恐ろしく話していたせいだ。

エルヴウィック教会の墓地が近道だった。そうでなかったら、もしかしたら私たちは父の墓をもう一度見ようとは思わなかったかもしれない。私たちはロウハーストに戻るつもりがなかったからだ。ネイオミと私は手を繋いで、最初の頃のように圧倒的な畏怖の念をもって見ることもなくなっていた場所へとこっそり向かった。

そのときのショックは、父が死んだときよりも遥かに激しかった。私たちが見たのは、盗掘された墓だったからだ。柩《ひつぎ》が見えていたが、蓋はこじ開けられていた。遺体は入っていなかった。驚きのあまり茫然としていたが、しばらくしてようやく、この不法行為はただちに然るべき筋に訴えなくてはならないと思った。掘り返された土はまだ新しい匂いがしていて、斧が墓の横に放り出され、じめじめした地面に足跡がたくさん残っていたからだった。

そのとき、父はどうにかして生き返ったのではないかという考えが頭に浮かんだ。もしかしたら、私たちがこっそり逃げ出してロウハーストに戻ろうとしているのを知って、それを邪魔しようというのではないかと思ったのだ。私は恐怖でほとんど動けなくなった。ネイオミが笑い声を上げた。奇妙な、全然楽しそうでない笑い声だった。その声を聞いて、私は彼女を打つかのような勢いで振り向いた。それから、震え、啜り泣きながら、私たちは這うように逃げ出した。もう家に戻る頃だと思ったとき、背の高い男が姿を現し、私たちの名前を呼んで、キャンプファイアの周りでする楽しい「狼の踊り」を見に来ないかと誘った。私は、その男に――マット・リーという名前だったと記憶している――何が起こったのかを話したんだが、驚いたことに、全然ショックを受けたり怯えたりする様子を見せなかった。しばらく黙っていた後、すぐ一緒に走るようにと囁き声で促した。館から墓へ戻る途中の死者に出会わないようにだ。

それが、妹と私が見知らぬ血族と一緒に暮らすようになった経緯だ。すぐ翌日、夜明けとともに、野営地を引き払った。一週間後に私たちはブルターニュにいた。それからずいぶん後になってから、父の墓を冒瀆したのはその一族だと知った。『あいつは裏切り者だった。自分の一族の敵だった。だから、あいつは尊敬される人生を送ったが、茨《いばら》か針金雀児《はりえにしだ》の中に放り捨てられる死んだ犬のように土に戻されて当然だ』と云われたんだ。

一度だけ、兄に会った。兄は兄なりに私たちに最善のことをしてくれたのだと判っている。私たちが逃げた道を追って、私たちと連絡を絶やさなかった。〝特殊部隊〟が兄に仕向けられ、私たちに接近したり、どこだろうと一族のいるところへ来たりするのを禁じた。私はどこでも好きなところへ行っていいと云われていたし、自由になる金もあった。しかし、ネイオミは一族と一緒に留まらなければならなかった。三年のあいだ、東はザクセンとバイエルンといった国々から、南はダルマチアやルーマニア辺りまで放浪した。それまでに私はしっかりした教育を受け、大学生になっていたが、今度は散漫なやり方ながらいろいろ学んだ。

そんなとき、ジャスパーが姿を消したという便りが届いた。その後、リミントンのソーレント沿いにある海岸の森で目撃されたと書いてあった。そこで海水浴をしていたか、ボートに乗っているときに溺死したのだろうという。ひっくり返ったボートが発見されたが、昼前までは確かに兄が乗っていたらしい。ワイト島にあるヤーマスから乗ったのだという。

私はイングランドへ行って、やがて、家族の資産を所有することになった。最初は（私たちがサリーで会ったのは、ちょうどこの頃だ）、しばらくのあいだだけ住んでみようと思っていたんだ。でも、結局、ロウハーストの方にしようという気持ちになって、自分の身に起こったことが何もかも理解できた。そんなことがあって、もう東ヨーロッパへ出発しようとしていたときに、ダービーシャーからの手紙を受け取ったんだ。それは兄の筆跡だった。

　動揺して取り乱し、怒りを覚えた。その謎めいた、思い掛けない文書を読んだ。手紙の差出人は生きていて、手紙の最後には彼と運命をともにする一族の憎悪から救いに来てくれと頼んでいた。長々と驚くような詳細を含めて語ってくれた話を短く要約するなら、シェフィールドへ行って、そこから遠くの荒涼とした地へ向かってくれということだった（そのときの私にはまったく未知の、名前すら聞いたことのないところだった）。それは、ダラウェイ・ムーアとグレイルフ沼地の北にあった。大きな森の縁で、ジプシーのガイドに会った。その夜遅く野営地に着いた。到着して一時間ほど経ってから夜が明けるまでが、兄と二人だけの時間だった。今まで君に話してきたことは全部、そのとき兄が話してくれたことだが、それだけではなく、その他にもいろいろあった。どこに行けば兄や父の書き残した書類を見つけられるかとか。最後に、呪いは自分とともに死に絶えると断言した。兄はこれらを啓示体験の中で得た。それに加えて、他のいろいろな証拠もそういう結末を示していたのだが、全部話すと君をうんざりさせてしまうだろう。兄は一族の者にもそう宣誓していたし、もし自分がジプシーのキリストであることを公式に放棄するというのであれば、兄がそのやり方で死を迎えることに彼らも同意していたという。まさにその呼び名が彼らに怖れと怒りの感情をもたらした。兄が熱心に語る言葉で不機嫌になり、最後にはすっかり怒らせてしまった。それに、何よりも、ジプシーのキリストがいつ降臨するにしても、〈風の子供たち〉の日々は終わりが近づいていて、十月の木の葉のように次第に数を減らして消えていくだろうという曖昧な一族の言い伝えがあったからだ。

あと一時間ほどで夜が明けるという頃、一族の三人がテントに入ってきた。彼らは私の目に布を巻くと、両腕を縛った。兄を持ち上げて唐松の大枝で作った橇《そり》に乗せるのが聞こえた。冷たい空気の中を、私たちは黙って進んだ。十数分ほど経った頃、高台の上で止まった。ジャスパーが擦《かす》れた声で、自分はキリストになるのに相応しくはないし、キリストではないと繰り返すのが聞こえた。そして、クンドリの呪いが自分とともに永遠に消滅するよう祈るのが聞こえた。

そのあと、短い静寂の時間があった。そして、かさかさいうような音がして、しばらく間が空いてから、どさりと音が響き、続いて水の跳ねる音が聞こえた。

『鉛の採掘坑の奥深くから生きて戻ってきた者はいない。ああ、ヘロンの一族のジェイムズ、クンドリの子孫のジェイムズ』そう囁く声が耳に届いた。

一時間ほど経って、私の目を覆っていた布が外された。私はファンショーの館から少し高いところにある荒野に立っていた。隣に少年が一人立っていたが、その顔は帽子の縁に隠れて見えなかった。私たちの古い言葉で、今いるのはイーストリグの村にほど近いところで、フォザリング・デールが南に向かって目の前に二十マイルほど広がっているのだとその少年が教えてくれた。そこからなら、どの方向へも簡単に行けるだろう。どこへでも。舌が沈黙し、記憶が死を迎えられるところへも、と意味あり気に付け加えた。

君に話してきたようなことを私は一切調査していないんだ。幸運にも、受け取った手紙のことを誰にも話していなかった。その手紙は燃やした。でも、数日後にイーストリグに戻るという大変な危険を冒してしまった。その理由はこうだった。兄が仄めかしていた文書から、私たちの呪われた一族、クンドリの一族の話をすっかり知った。それで、もう一度、〈宿命〉に対抗する危険を敢えて冒してみようと決めたんだ。ジャスパーの死で呪いを消し去ったかどうか確信がなかったからだ。一言で云えば、自分の住まいを、先祖や兄が悲惨な最期を遂げたここに移して、ここで死ぬことにした。文書を漁《あさ》っていて古い預言を見つけたからだ。英語とロマニー語の両方があった。クンドリの一族の女がゴルゴタの丘で自発的に自らを犠牲とするとき、あるいはクンドリの一族の男が、親族が呪いのために犠牲になった場所に暮らして死んだとき、その凶運は取り除かれるだろうという内容だ。

だから、私はこの奇妙な〈ファンショーの館〉の所有者になったんだ。でも、ここに住むようになるまで、やっておくことがあった。

すべきことを全部すませてから、親族を探しに行った。特に、妹のネイオミを。もしかしたら、君にも私の目的が何だか判っているんじゃないか。ネイオミの熱中しやすい性格を考えて、うまくやっているんじゃないかと期待していた。その頃は、ジプシーの一族のところから出て〈神の慈しみ修道院〉に入りたいと夢見ていたからでもある。

でも、一族はもうどこかへ行ってしまっていて、行方を探す手がかりも古くなって見つけるのが難しかった。ハンガリーからトランシルヴァニアを抜けルーマニアへ入り、ダルマチアを隅々まで歩いた。痕跡のあるところはくまなく探したが、彼らの通った跡は判らなくなってしまった。とうとう、バイエルンの高地にまできて、見当違いの方へ来てしまったのだという結論を受け入れなければならなくなった。これを確信したのは、シュヴァーベンを通って、モーゼル地方にまでその確かな足跡を追ってきたところでだった。トレーヴでは、南フランスを通ってバスク地方へ向かう痕跡を闇雲に追っていたんだ。でも、ようやく、プロヴァンスにあるエグモルトというところまで来て、命の兄弟に出会い（つまり、助けなければ死んでしまうような状況で命を助けられると、今度は救い出してくれた相手が求めるのならいつ何時であろうと自分の命を捧げると誓う間柄だ）、彼の誓いを利用してしまった。彼がいうには、ゼングリ、ハーン、それからあと二つの一族のどれも南ヨーロッパにはおらず、イングランドにいるのだという。ハイデルベルクとモーゼルのあいだを辿ってきたのは正しい追跡だったのだが、トレーヴにきたところで、巧みに進路を変えたらしい。その理由は、妹が圧倒的に優位に立ったからだという。この情報を聞いて、心が沈んだ。呪いはもう姿を現しているのではないかと恐れたからだ。でも、その情報提供者は推測が間違っていることを教えてくれた。それはただネイオミが一族の人々を虜《とりこ》にしただけだった。特に老ペーター・ゼングロが死んでから、妹は事実上の女王になっていた。その言葉は法だった。

もちろん妹が私を避ける本当の理由は判らなかった。彼女が君臨していることを私が恨んで、追い落そうとするのを恐れたのか。それとも、クンドリの一族に対して常に潜在的に存在している憎しみが私に向かうことになるのを恐れる理由があったのか。まあ、成功させたい計画があって、私が姿を見せるとそれが全部、あるいは一つでもうまくいかなくなりそうなのが嫌だといったところだろう。

それでも、私は真っすぐイングランドへ向かうことに決め、できるだけ早くネイオミと話をしようとした。

この国に着いてから数週間、また間違った方へと意図的に誘導されていた。一つ一つ跡を辿るたびに、ますますネイオミに早く会いたいという気持ちが強くなった。妙な噂が飛び交っており、ニューフォレストにあるリングウッドではキャンプファイアの火に当たりながら耳にした言葉で心臓を縮み上がらせたりした（私は眠っていると思われていたのだ）。

またもや追跡の手がかりをなくしてしまった。ネイサン・リーのことを思い出したのは、そんなときだった。君の親友でもあるし、私の友人でもある。自分の妻に対する深い愛があるから、妻が埋葬されているグローリイ・ウッズの近くから絶対に離れないと誓った男だ。精一杯急いでドーキングへ行った。リーから、知りたいことを教えてもらえた。謎めいた宿命を理由に、ネイオミはイーストリグの先のウェンドレイの森を本拠地にすることにしたんだ。だが、それにしても見る目のない宿命ではないか。私が戸惑い、不安になったのはそこだった。どうして妹は、そしてどうして我が一族は、ジャスパー・ファンショーが非業の死を遂げた忌まわしい土地に居を構えたがるのか！

グローリイ・ウッズで君に会ったのはちょうどこの頃だ。翌日、エルヴウィックの森に戻って、ロバート・ホアと一緒に計画を立てた。ロウハーストで最近雇った庭師だがね。夫婦で館を管理して、イーストリグ邸の方はほとんど面倒を任せている。

そこに住むようになってからはほとんど毎日、ウェンドレイの森まで馬に乗って出かけた。しかし、私は出入りが禁止されていて、野営地には近づかないよう警告された。三度、禁止令を無視して野営地へ歩いて行ったが、ネイオミの姿を見る機会はなかった。特に三回目は、ちょうど日没の、いわゆる「霞の刻」にそこへ着いて、ジプシーたちが焚き火の周りに集まって話をしたり、煙草を吸ったり、長い日中の断食を終えたときだったから、ネイオミの姿がないのは奇妙に思えた。この三回目の訪問の後、次に禁止令を無視したら、それが私の最期になるという正式な警告を受けた。これが言葉だけの脅しでないことはよく判っていた。その後は、もっと注意深く行動しなければならなかった。もう荒野を越えて進むのは止めて、夜が明けてまだ暗いうちか、夕方遅くなってから、高地をあちこち寄り道しながら歩いて行くことにした。ときには打ち捨てられた鉛鉱山のそばを、あるときは緑の貯水池のそばを、あるいはウェンドレイの森の縁を通ったりもした。

この春にグローリイ・ウッズで君に会ったのに、それがもう秋だ。恐ろしいことを知ったのは、この半年のちょうど真ん中の時期だった。

ある日、ネイオミの筆跡で手紙が届いた。翌朝、夜が明けるときにダラウェイ鉱山の先にある緑の貯水池に来るようにと。

もちろん、行った。その朝は、霧が出てじめじめして寒かった。貯水池の縁に着いても、反対側が見えないくらいだった。ところが、不意に囁き声が聞こえたんだ。それから、足を踏みならす音が。呼びかけると、すぐに返事が聞こえた。今いるところから動かないようにと云われたのだけどね。それはネイオミの声だったが、それまで聞いたことのないような響きだった。

『ジェイムズ・ファンショーね。ヘロンの一族の、クンドリの子孫の』

『そうだ、ガブリエルの娘ネイオミ。私だ、お前の血を分けた兄だ』

『ならば、このことを知っておきなさい。お前が密かに結婚した、サンプリエラ・ゼングロは死んだ』

私は苦しみの叫びを上げた……今まで話したことはなかったが、最後に一族と一緒にいたときに、第一の氏族の、ペーター・ゼングロの弟であるアレクサンダー・ゼングロの娘、サンプリエラを愛するようになっていた。だが、アレクサンダー・ゼングロはクンドリの子孫を恐れ、憎んでいた。だから、私たちは密かに愛し合った。これが、自分の一族をもう一度見つけたいと強く願う理由の一つだった。ネイオミのためではなかったんだ。君はそう思っていたかも知れないが。探求のただ一つの目的だ。サンプリエラが妊娠していることは知っていた。他の誰かに先を越される前に自分の妻にしたかったんだ。

『そうなのか』悲痛な苦しみに声を震わせて叫んだ。『そうなのか。十字架と秘められた道に誓って、そうか』

『そうだと云っているのに。私の言葉が真実でないなら、倒れる木に押し潰されようと、水に押し流されようと、流れ星の光に貫かれようと構わない。サンプリエラは死んだ。彼女はネッカーの向こうのハイリゲンベルクの森に横たわっている。だから今は運命の声に耳を傾けなさい。クンドリの息子よ』

その不穏な言葉に心臓が飛び上がった。自分と血を分けた者の口から聞くと、何にも増して不穏で謎めいていた。

『サンプリエラは双子を産んだ。男の子と女の子だった。女の子は生きている。だが、お前は決して会うことはない。ここから遠い国で、その命の道筋はすでに判っている。男の子は……男の子は……死んだ。

だが、このことは知っておきなさい。我が血を分けた兄ジェイムズ。クンドリの宿命はその子に宿っていた。母親はそれを隠していたが、その死後に呪いが現れた。あの子の両手には磔の大釘による傷跡が見えてきた』

震える叫び声とともに膝から崩れ落ちた。狂ったように私は祈った。ネイオミにそれは嘘だと云ってくれと懇願した。ただの噂だと。自然にできた傷をこの恐ろしい神秘と見間違えたのだと。

ネイオミは冷静に言葉を続けた。『それゆえ、禁止令がお前にも出された。気をつけなさい。もっと悪いことが身に降りかからないように。暮らしているこの地から永遠に立ち去れば、きっとうまくいく。この大地の表を彷徨《さまよ》いなさい。だが、〈風の子供たち〉の足跡は避けなければならない。お前は悪疫となるだろうから。では、さらば！』

『私の子供は生きているのか――娘は生きている！』そう絶望の叫びを上げた。

その後はもう声は聞こえなかった。何度も何度も呼びかけたが、返事はなかった。深い霧の中、貯水池の周りをグレイハウンドのように走り回った。その近くには誰もいなかった。荒野の方まで走っていったが、濃霧の中で大洋の上を漂う見捨てられたボートのようだった。何も見えず、何も聞こえなかった。一日中、私はそこから動かなかった」

また、ファンショーは長い沈黙に入った。外では、風がぞっとする悲鳴を上げていた。雨は館に激しく打ちつけていて、まるで雷雨の放水口がそこに集められているかのようだった。雷鳴はもう頭上から消え、耳障りな風が――あの見境なく荒れ狂う烈風とは明らかに違うものだった――肉食獣のように辺りをうろついていた。ずっと耳を傾けていた奇妙で恐ろしい話に私は圧倒されていた。外の荒々しい音を伴奏にして聞いた話は、何もかもが本当のように思えた。そして避けられない宿命に思えた。

激しい身振りとともに、またファンショーが話し始めた。

「あの日の前の晩、荒れ地を急いで渡ったんだ。グレイルフ沼地の東端に着いたときには、陽は地平線にかかっていた。そこで、私は石になったかのように身動きを止めた。夕暮れの光を背景に背の高い黒い人影が立っているのが見えたからだった。天を振り仰ぎ、両腕を横に広げていた。キリストの幻影かのようだった。最初に頭に浮かんだのがそれだった。そのとき、人影が消えた。グレイルフ沼地を覆う霧の中に吸い込まれるようにして。私は踵《きびす》を返し、家に帰った。私が見たのはネイオミだった。

翌日の晩、また同じ場所に、同じ時間に行った。

また、太陽の十字架に架かっているネイオミの姿が見えた。また彼女は沼の向こうへと姿を消した。そこに野営地などないのは知っていたが、素早く西に向かって行ったことに疑いの余地はなかった。

三日目の夕方、またそこへ行った。少し早い時間に。そのときは、白いブラッドハウンドを連れて行った。私たちは蹲《うずくま》ってネイオミが通り過ぎるまでうまく隠れていた。グレイルフに彼女の臭跡を追わせたんだ。太陽が沈むとき、ネイオミは前と同じように姿を消した。グレイルフを繋ぐ紐を握り、素早く跡をつけた。一時間もしないうちに追いついた。荒涼とした地に、崩れた円形に立ち並ぶ厚い石板の真ん中辺りに、彼女は立っていた。ドルイドの石だった。沼地を熱心に調査している者を除いて、ほとんど誰にも知られていない。沼地に取り囲まれたところにあるせいだろう。

ネイオミは両腕を伸ばし、祈るように何かを話していた。他には誰の姿も見えなかった。トランス状態ないしは恍惚とした状態になっているのが判った。

そのときネイオミが私に気づいて、石板のあいだを通っている乾いた細い道を鹿のように飛び出して行った。私の追跡なら確実にまけただろうが、グレイルフはまけなかった。犬は流れる急流のように走っていった。一分もしないうちに、グレイルフはネイオミの前に立ちはだかった。

追いついたとき、激しい非難か、少なくとも真っすぐ帰るようにという簡潔な指示を発するだろうと予期していた。ところが、ネイオミは私の方をしっかり見ようともしなかった。もう私たちのあいだに何があったかも覚えていなかった。取り憑かれていたのだ。

『ネイオミ』とだけ云った。

『私はネイオミ。女たちの中の聖なる女』

私は混乱して、ただ見つめるだけだった。

『なぜここまでこっそりつけてきたのですか。その不敬な行いのせいで神に打たれないように気をつけなさい』

『私の不敬な行いだって？』

『まさにそうです。私はここで神の霊と会っていたのだから』

『我が妹、教えてくれ、私が聞いたことは本当なのか。お前が妊《みご》もっているというのは』

彼女の目は私を見て燃え上がった。だが、答えるとき、その声は冷たく静かだった。

『本当です。主は私に奇蹟をもたらしました。穢《けが》れなく妊ったのです。私が産む子供はジプシーのキリストとなるでしょう。長いあいだ夢見られてきた、長く待ち望まれてきた、第二のキリストです』

『こんなのは狂っている。ネイオミ、私と一緒に行こう。一緒に帰ろう』

『緑の大地が我が家です。そして、風が我が兄、塵が我が妹』

『行こう！』

そのとき、一瞬、彼女の顔と態度が変わった。瞳の中にあった焔が全身から上がっているようだった。その声は今や大きく、嗄《かす》れて、尊大になっていた。犬が哀れっぽい声で鳴き、私の足下ににじり寄った。

『私はイエスの妹、私はクンドリその人である。この日々が続くあいだ、我が苦悩がやむことはない。私は来たるべきキリストの母。そして、お前は我が母の胎から生まれた息子、我が預言を執行する定めにある。今こそ、行け。森の我が民のところへ行け。彼らに告げよ、告げよ、告げよ！　ジプシーのキリストがいよいよ降臨するときだと』

私はショックを受け、怯《おび》えもした。だが、震える沈黙の後、しっかりとした声で話した。

『ネイオミ、こんなのは狂っている。もう呪いは私たちの十分な重荷になってきた。ジャスパーが、この凶運のせいであの先で死んだのを知らないのか。クンドリの子孫に取り憑いたこの恐ろしい呪いのせいで』……それに……それに……私の小さな息子も……

『何もかも知っている。何が起こったのか、何が起こっているのか、そして何が起こるのか。もう一度お前に問う。お前はジプシーのキリストの預言を執行するか』

『嫌だ、絶対に嫌だ。神よ助け給え！』

『今日は、奇蹟の週の第四日目だ。明日、お前には明日がある。明後日も、その翌日も。まだ、時があるうちに悔い改めよ。だが、悔い改めなかったときには、お前の最期は、お前の犬と同じようになるだろう。恐ろしい徴が一つまさに今夜現れるだろう。明日は、もう一つ。三日目に、十字架からの伝言を受けとるだろう。そのとき、もう迷いはなくなるだろう。なぜなら、あらゆる迷いは永遠に過去のものとなるからだ。さあ、行け！』

心を打ち砕かれ、私は振り向いた。そこから、百ヤード進んだところで振り返ると、もうネイオミがいた跡は残っていなかった。

その夜、最初の徴が現れた」

ここでファンショーは言葉を少し止め、葦のように震える手で額の冷たい汗を拭った。その声は鈍く単調な声に沈み込み、私に恐怖をもたらした。

「その翌日、二つ目の徴が現れた。赤いキリスト像から血が滲《にじ》み出てきた。私の部屋に置いてある像を君も見ただろう。それから、君が来たんだ。今日、十字架からの伝言を受け取った。君も見た、館の入口にあった緑の十字架だ。

あれで、とうとう恐怖に圧倒されてしまった。それでもまだ私はネイオミに勝つ希望を失っていない。だから、今日の午後、君をいきなり置き去りにしてしまったとき、荒れ地を越えてウェンドレイの森まで行ってきたんだ。野営地に着いたが、そこには火の消えた灰しか残っていなかった。だが、我が氏族が待っているのは判っているし、ネイオミが私の命をその手に握っていることも判っている」

　ここで私は無理やり割って入った。

「さあ、ファンショー、僕と一緒に出ていこう。明日にも早速。もうここに一日もいてはならない。ここに残るのは狂気の沙汰だ。ほら、一週間も経ったら君も自分がいわゆるこの呪いを継承したと確信してしまうようになる！」

「見ろ！」ファンショーはそう叫ぶと、立ち上がって、手を覆っていた布を引き剝がした。両手を私の方に向けて、証拠を示して私を驚かせた。「見ろ！　見ろ！　見ろ！」

　驚いたことに、その掌にキリスト受難の聖痕が青黒く浮き上がっているのが見えたのだ。

　叫び声を上げて、私はその手を払いのけた。とてつもない恐怖が私を摑んだ。しかし、次の瞬間には、もっと大きな同情の気持ちが、私の心の弱さに打ち勝った。そのときにはファンショーは床に倒れていた。私は両腕で彼を抱えて、椅子の上に横たえた。

　ジェイムズ・ファンショーは死んでいた。

　しばらく、さっきまで狂乱したようになっていた静かな顔を、私は麻痺したように見つめていた。深い畏れの念が湧き上がってきた。部屋を横切って窓辺に戻り、外を覗いた。犬のグレイルフの姿はなかった。近くに隠れられるとも思えなかった。そのとき、男が一人そっと滑るように素早く庭を横切って、闇の中へと消えていくのを見た。

　雨が上がって、雷鳴は荒れ地の彼方《かなた》で低く響いていた。風も穏やかになり、峡谷の深い切れ目の中で迷子になったかのような泣き声が聞こえるだけだった。

　私は友の側で、夜明けまで寝ないで静かに坐っていた。まだ暗い時間に、もう一度窓辺まで行って、外を覗いた。荒れ地の空高く二羽の雲雀《ひばり》が歌っているのが聞こえた。夜明けを迎えるために高く舞い上がったのは間違いないだろう。

私はネイオミのことを考えた。その狂気が彼女に恐ろしい先祖の宿命をもたらすのは確かだろう。それも近いうちに。この件についてては、もう何も聞いてはならないと判った。〈風の子供たち〉にはこんな諺《ことわざ》がある。犬は昼間に吠え、狐は夜吠える。だが、ジプシーはどこから来るのかだれにも知らせないし、どこにいるかも、どこへ行くかも知らせない。

ときどき、あの恐怖のせいで、あのことを知りたいと思ってしまうことがある。悪夢のように。結局あの恐ろしい呪いは解けたのだろうか。ジェイムズ・ファンショーには子供が二人いたんだということを思い出しては、不意に恐怖に襲われることがある。娘はどうなったのか。親族が、ネイオミを最期へと導くとき、やはり声を上げて笑うのだろうか。今でも、ネイオミは素早く確実にその日に向かって進んでいるのだろうか。子供を産み落す日に向かって。彼女か、その子供か、あるいは子供の子供かが、立ち上がってこう云う日に向かって。「見よ、ジプシーのキリストがついに降臨する!」

ホセアの貴婦人

「彼女は愛人の後を追っても追いつけず、尋ね求めても見いだせない。そのとき、彼女は言う。『初めの夫のもとに帰ろう、あのときは、今よりも幸せだった』と」（ホセア書　第二章九節）〔新共同訳〕

一

ジョン・ドリアンは、火掻き棒と焔《ほのお》を上げて燃える石炭の助けを得て〈夢　五十三番〉を抹消し、ようやく葉巻に火をつけた。それから、クッションを載せた肘掛け椅子に仰向けになって身を沈めた。夕刊をゆっくり楽しむためだった。

こんなに疲れているのは頑張ってしまったせいか。感傷的な性格で、自分の恋文に番号を振って残していたのがいけなかった。十通に達した頃から、〈夢　一番〉、〈夢　二番〉というように。実のところその夜は五十三通全部に目を通したわけではない。クレアの手紙をまとめていた小さなゴムバンドが、マントルピースの上に置いてある灰皿の横に載っていて、死んでしまった釣り餌の虫が捨てられている様子にそっくりだった。だが、積み重ねられた手紙は、せいぜい三十枚くらいしかなかった。内実をいえば、〈夢　十五番〉から〈二十一番〉が無慈悲な火掻き棒のもとから煙となっていた。口付けに包まれ、溜息で温められ、六月下旬にそれらの手紙は火葬に付されていた。魂まで結びつきたいという熱望、この愛が永遠であるという確信、憚《はばか》ることなく曝《さら》け出す激しい愛情によって、手紙は生命を与えられていた。いや、そのときまで与えられていたと云うべきか。それがあまりにも強烈だったので、手紙は二度の手間をかけて埋葬せざるを得ないのだとジョン・ドリアンは気がついた。一つ目は、自分の心で〈彼は自分の記憶と呼んでいたが〉、そしてもう一つは焔で。続いて、〈夢　四十五番〉から〈五十一番〉までが、もう秋と云ってもいい頃に、やはり同じ運命を甘受した。そこに、永遠の愛に言及しているものはもはやなかった。一方で、精神、魂、そして体の結びつき、この三つのうち特に第三の対象については熱意と巧みな言葉と切なる願いを込めて強調していた。

別の婦人からの書状が五通、クレアからのものと一緒に誤って束ねられていた。日曜日に発見したのだが、そのときは体調がすぐれず寒気がして、激しい永遠の愛についてぐずぐずと考え込んでいたときに、恋文を再読するという危険な愉悦を自分に許してしまった。温め直した料理を出して意外に美味しいと驚かせてもいいのは熟練したシェフだけだというのに。

安息日の午後の安らかな静けさの中で、十三の書簡が処刑された。クレアからのあまりにも情熱的な七通と、マドモワゼル・ファレンからの経済的に差し迫っているという内容の五通である。

そしてこの十月の夜、ジョン・ドリアンは捨てられた〈夢〉の衣を跡形もなく焼き尽くすため、秘密を守るすべがよく判っている焔に三十四通の手紙の処置を委ねることにしたのだ。こんな云い方は大袈裟だが、どれも間違いなくすでに過ぎ去ったことであった。

二週間ほど前だったら、〈夢　五十三番〉は彼にとってクレアから受け取った五十三番目のキスという意味しかなかっただろう。たんに五十二番目と五十四番目のあいだを楽しく繋いでいるというだけのもの。だが、〈五十三番〉に「最終」と裏書すると、他の数字の中からその番号だけが立ち上がって、運命に選ばれたものとなった。

頑張っただって？　そうだ。後のものほどざっと見るだけだったが、それでも永遠の熱情の残骸を三十四も読み通したのだ。

ドリアンは、ダンプトという彫刻家の手になる象牙の小さな像を二つ持っていて、暖炉の両側にある一対の本棚の飾りにしていた。右の本棚の上にある「大志」という名前の像は両腕を上げた恍惚とした顔で、一方の左の本棚にあるのは「成就」という名前の像で、疲れた目をして満足そうに寄り掛かっていた。

〈夢　五十三番〉が焔を上げて古い紙の燃える嫌な匂いを発しているあいだ、左手の小さな一群を見つめていた。ぼんやりした笑みを浮かべて、それからまたぼんやりとした溜息をついた。次いで、葉巻に火をつけて、腰を下ろし、悠々と新聞を広げた。

論説欄に興味を惹かれた。次面の半分くらい下ったところに「パンドラの箱」という言葉があって、読んでみると「恋人はいつでも文章の改竄者《かいざん》である」と書いてあった。

「確かにそうだ」燃える焔の近くへ脚を伸ばしながら、のろのろ呟《つぶや》いた。「如何にもそうだ！　あり得ない貞節と魅力という夢で言葉巧みに惑わすんだ」

「文章の改竄者か」もう一回口に出して云った。「辞書に何と書いてあるのか見てみようじゃないか。そんな言葉があるのなら」

少し手間取ったが、椅子の近くにある回転式の本棚から求める本を取り出した。

「ああ、ここか。sophistical、sophisticate、sophisticator ふーん……Sophisticator：酒などに余計な混ぜ物をして質を落す者、文章の改竄者」

辞書は長年使っていなかったせいで弱くなっていたに違いない。数秒後には床に滑り落ちて、顧みられることなく死んだようにぐったりしたままになった。

怯《おび》えたような眼差しがジョン・ドリアンの瞳に宿り、すぐに消えた。しばらくのあいだ、暖炉の焔をぼんやりと見つめていた。そしてまた不意に、クアドラント新聞を読み始めた。

欠伸《あくび》をしながら、「パンドラの箱」は読み飛ばした。「この辺を書いた小記事記者は、くだらない退屈な文章を、焼き直しを焼き直して書いているだけじゃないか」

外では風が吹いていた。ときおり通りを駆け抜けては、大きな音でクラリオンを吹き鳴らした。一分後にはもう舞い戻ってきて、空威張りをするように煙突の天辺をがたがた揺らした。ときどき、にわか雨が窓枠を叩いた。

暖炉の火があれば快適なはずだ。ドリアンが立ち上がって部屋の中を落ち着きなく歩き回っていたのは、もしかすると贅沢を尽くした薄地の服のせいだったのかも知れない。

外から聞こえるピカデリーのバスの低い音が、部屋の中の静けさを強調していた。

そこに独り寂しく暮らす彼は部屋の隅に置いてある青い陶器を取り揃えた飾り棚ともう一方の隅にある書き物机のあいだをうろうろしていた。その書き物机に惹き寄せられた。その前に腰を下ろすと抽斗《ひきだし》を引いて中身を出し、日記を開いて次から次へとページを捲っていった。八月の、ある書き込みが目に留まった。

「八月二十一日——まだランダニスにいる。月曜日に出発しなかったのは、セシル・Tに重要な件でチェスターまで呼び出されたからだ。その夜までに戻るはずだったのだが、あと二三日は戻れないから私に滞在を延長してほしいという電報を送ってきた。だから、私はそうした。そのメッセージを持ってきたのはクレアだった。彼女の目は美しい。私は出発しないと彼女には判っている。何という日々だったのだろう。決して、決して、この日々を私は忘れない。彼女と私が互いにこのように完全に一つになれた歓びがどれほど深かったか。こんなことがあるとは！　クレアとジョン・ドリアンは永遠にいつまでも一つだ。私たちの情熱に終わりなどあり得ない。厳しく自制することで、私たちはもっと崇高でもっと強いものになる。彼女も私もセシル・トレヴァーを嘆かせたままにしておくつもりはない。いくら何でも残酷だろう、夢にも思っていなかった偶然のせいで妻の心が奪われてしまい、私が別の国に妻として連れ去って家庭を崩壊させるなんて。いや、私たちも強くなろう。愛は哀れみ深く、お互いに与え合うものだ。最後の果てまで行かなければならない。とても苦しいものになるだろうが。いや、駆け落ちなどあり得ない。だが、私は彼女のものだし、彼女は私のものだ。生きていようと死んでいようと。ああ、死か！　いや、私たちに死などない。私たちの愛は永遠に耐え抜くのだから。彼女と私は、私と彼女は、永遠に一緒なのだから」

ドリアンは日記をぴしゃりと閉じた。立ち上がって元の場所に日記を戻し、ゆっくり窓辺まで歩いた。日覆いを引き上げた。ちぎれ雲の一群がときおり砕ける。頭上には、氷塊のあいだに黒く凍った水のように、雲間の空が見える。惑星が一つと十数個の星々が、氷のように煌《きら》めいていた。

「永遠に。私と彼女は、彼女と私は、永遠に、いつまでも」数分、黙ったまま、身動きもせず、じっと見つめていた。それから、微笑んで、云った。

「ああ、私はいつも星を見る夢想家だった」

そういって、暖炉の前の椅子に戻り、新聞の代わりに新しい雑誌を手に取って、ゆっくり楽しもうとした。

間違いなく、そうできるはずだった。しかし、運命は他の道を示した。郵便配達のノックの音は、念入りに姿を偽ったネメシスだった。

「お手紙です」そう云って、召使いが差し出す盆の上には、如何にも事務的な郵便という感じの封筒が載っていた。

「うーん、少し待ってくれ、ジョージ。ああ、これはアンダースン&アンダースンからじゃないか。ジョージ、まだそこにいるか」

「おります」

「もし今夜か明日に、ご婦人が電話を掛けてきたら、私は不在だと云ってくれ。それから、ええと、こう云ってくれ。ちょっと遅かったと。今朝、パリに出発してしまった。そこは、東洋へ向かう途中に寄るだけで、もう私は何年も戻って来ないだろうと」

「もし、その方がメッセージを送ってくれとおっしゃったらどういたしましょうか」

「その場合は、確かにお伝えすると云ってくれ。ただ、急ぎの用なら止めておいた方がいいと付け加えるように。東洋へ行ってしまったら、私から電報が来るまでいつ連絡が取れるか判らないから――エジプトからの電報としておこうか」

「かしこまりました」

召使いは少し躊躇《ためら》い、そわそわした様子だったが、主人の意図が何であったとしても、そうしておいた方がいいと考えることにした。召使いが立ち去るとドリアンは急いで届いた手紙に目を通した。それは弁護士事務所からのもので、確かにセシル・トレヴァー夫人は家を出ていて、ジョン・ドリアンの住所を訊《たず》ねる電話をしており、そして、今日でなければ明日、あるいは明日でなくても明後日には誰かから住所を知るのは確実だろうという内容だった。

ネメシスは決して失敗しないと云われるが、それはよくある間違いである。神々の監視官として失敗し得るし、失敗することもある。ときには早すぎたり遅すぎたり、あるいは時機が不適切だったりもする。その晩、ネメシスがピカデリーに行くのは二度目で、今回はクレア・トレヴァーの姿を装っていた。

窓の下に二輪馬車の止まるのが聞こえたとき、ドリアンの二本目の葉巻は半分くらいまで進んでいた。そのあとに、正面のドアを叩く音が聞こえた。それに応えてドアが開き、会話が続いた。

「私は臆病者ではない」とジョン・ドリアンが云った。「だが、ここは隠れていることにしよう――そうだ！　バスルームへ！」

二

トレヴァー夫人はホワイトホール・ホテルの部屋で暖炉の前に坐っていた。笑ったらいいのか泣いたらいいのか判らなかった。それは面白く思ったり悔しく思ったりしているからではなく、胸が張り裂けそうになっていたからだった。女であっても、男であっても、取り返しのつかない失敗に直面して、痛みのあまり心が無感覚になってしまって、笑ったらいいのか啜り泣いたらいいのか、気持ちを楽にするにはどちらにすればいいのか判らなくなることがある。

クレア・トレヴァーは、決して足を踏み入れてはならないと経験が教えるところへ入った。つまり、結婚生活という船に火を放ったのだ。どんな種類の災難でも、その船に害をなすかも知れないが、燃やしてしまうことは決してない。少なくとも他所者《よそ》が、一等航海士から正式に得た招待と許可によって乗り込んでくるまでは。云い替えれば、彼女は自分の家と夫を置いてきただけでなく、セシル・トレヴァー宛の手紙を置いてきてしまうほど軽率だったということである。その手紙は彼女がジョン・ドリアンを愛し、ジョン・ドリアンに愛されていると彼に云っている。そして、このジョンがいなくては生きていけないし、これ以上一日でも長く妻としてセシルと一緒にいたら、彼女の立場からすれば罪を犯すことになると。勘違いされるといけないので、他にも細かいことをいくつか付け加えておいた。

彼女には子供がなかった。そして、セシル・トレヴァーを愛していなかった。しかし、そんなことを思ったこともなかった――そのときまでは。ふと思ったことが事実へと発展したのは、知り合って数箇月経ってから、ジョン・ドリアンが彼の二幕劇『どのような運命になろうとも』を彼女に読んで聞かせたときだった。劇的な幕切れに不可欠な涙を誘う感傷的な場面で、彼女がヒロインであるヘレネ、そして彼がヒーローであるパリスだと告げたのだ。

事態が進むにつれて理念とするものをいくつか失った。最初はほとんどそんなこともなかったのだが、しばらくすると、なくなったんだなと実感するのだ。心からの溜息をついて、それでも勇気を持たなければと自分にいい聞かせた。

だが、彼女も一つの理念は手放さなかった。それは愛しく親しい気持ちだけでなく、浄《きよ》いものだった。それはジョン・ドリアンを愛する献身的な心であり、常に変わることはなかった。

ドリアンの新しい住所を知るのは彼女にとって難しいことではなかった。状況が許さず二人は三箇月ものあいだ会うことなく、その間、彼は住む部屋を一度ならず変えた。

直感の弱い女にしては、ドリアンの従者が云った嘘に感づいただけでなく、恋人が終わりを願っているとすぐ気づいたことは称讃に値するだろう。彼女は想像力が乏しく、これが決定的な終局なのかどうかまでは判っていなかった。だが、心の奥底では感じ取っていた。恋人を説得しようとはせず、会って話をさせろと無理強いすることもせず、ホテルに取って返しているあいだに、悲喜劇はしぼんで消えていった。

暖炉の焔をいつまでも見つめていた。眼が痛くなるまで。ようやく立ち上がって、革製の蓋のある机から写真を二枚取ってきた。傲慢といってもよいような瓦斯《ガス》の光が燃え上がって彼女を照らした。漠然とした本能にしたがって火を弱め、向かい合った鏡に映る自分の姿から目を逸《そ》らした。

その写真を見るのに明かりは十分だった。一枚は三十五歳くらいの男の写真で、背が高く、趣味がよさそうで、気品すら漂っており、明らかに色黒で、眼はほの暗い卵形、短い髪が両側にウェーブを描き、顔の輪郭はすっきりと、繊細そうな鼻と口、自意識過剰な微笑みを浮かべ、両手は風雅だが親指を目立つように後ろへ逸らしていた。彼が世間で見栄えのよい男の部類に入るのは、誰が見ても間違いないだろう。身近にいる鋭い観察者には、親指から尖った耳の先まで、何もかもが、教養のある洗練された人間でしかないことは明らかだった。厚かましくも自分がアポロンの一族だと信じているものの、自分はサテュロスであるパンの兄弟分でしかないことが判っていない。端正な外見の下には、癲癇《てんかん》が眠っているかもしれない。彼の人生は墓の中で燐光を放つ黴《かび》くらいのものだろう。

トレヴァー夫人のものの見方は常識的だった。写真は思いどおりにならない現実で彼女を苦しめた。その写真を長いことじっと見つめていたのだったが、もう一枚の方はもっと長くもっと熱心に見つめていた。どうみてもせいぜい二十七歳くらいだろうという若い女性が写っていた。金髪で、気品ある姿だった。実際それは、アルバムの写真を目にすれば、誰にでも判ることだろう。だが、クレア・トレヴァーにはそれ以上のことが判った。情に脆《もろ》くその青い瞳は愛のある人生を知り、魅惑的な唇は囁くことの許されない囁きを受けた女性であるとはっきり示していた。波のような金の髪が、恋人の熱い吐息に揺れるのを見て取った。胸の内には、〈運命の影〉に向き合う強く勇敢な心を持っていた。何事にも挫《くじ》けず、無私の、恐れを知らない魂である。彼女が見て取ったことは、一度も旅したことのない国から立ち上る虹の揺らめきである。世間の人々の考えに細胞のすみずみまで頭を占拠されて、彼女自身の心の居場所は埃まみれの奥座敷だけとなってしまい、魂はその中で資産もなく、寝たきりになり目も見えなくなっていたのだ。

過去の出来事だともっと強調すべきだった。おそらくその晩は、少しだけ余計に頭の細胞が解放されたものの、横暴な新参者たちにあっさりと強奪されたのだろう。それでも奥座敷の病人が立ち上がって、暗闇の中を手探りで歩き回ったのは間違いない。

トレヴァー夫人は椅子に戻って、ドリアンの写真を手に取り、それを暖炉の二つの石炭のあいだに置いた。石炭の下には灰が溜まっていたが、まだ真っ赤に光っていた。写真はぱちぱち音を立てて縮み、嫌な臭いを放つだけのものになった。一分か二分も経たないうちに、クレアの写真も同様に火葬に付された。写真が横向きに落ちて、噴き上げる贖《あがな》いの焔の中に、自分がジョン・ドリアンに写真を渡した夜の日付を読んだ。あのときは特別に美しい晩になった。その夜、星々は極地の光の壮麗な美しさとともに動き、神の恵みのなかで永遠の約束に屈しただけだった。二つの心の抑えきれない情熱が遠くの月の凍《い》てつくような冷徹さのもとでみつけた永遠の約束である。

火葬された情熱をもう一度燃え上がらせることはできなかった。おそらく冷めてしまった火は焔が押し入って来るのを厭悪《えんお》したのだ。ゆっくりと死んでいった焔ならばなおさらに。何《いず》れにせよ、不滅を熱望した二人の写真は煙の中で終わりを迎えた。彼女が身を乗り出すと、ロケットが胸元から落ちてきてマントルピースに当たり、蓋が開いた。金属の蝶のような姿で、希望の徴《しるし》を両側に広げた。

そのとき、目的に対する気持ちはすっかり消散した。実際、もう火掻き棒を使う必要はなくなっていたのだが。

その代わり、椅子に深く坐り直して、ロケットの中の小さな像を見つめた。それは見事なセシル・トレヴァーの肖像画だった。それを見つめていると、夫の顔の造りの一つ一つが見て取れた。皺の刻まれた額はかなり目立っていた。重い瞼《まぶた》と冷静な榛《はしばみ》色の瞳、しっかりとまっすぐ伸びる鼻と頑固そうな鼻の穴、耳のところから途切れず微かな巻き毛になっている茶色の髭はヘンリー八世の頃に流行った形、整ってはいないが大きく優しそうな口元、粗野な感じの頰と強情そうな顎。この細密画に表れているような如何にも郷士らしい人物よりももっと背が高いことをクレアは知っていた。知らない人が思い描くよりその声は柔らかいことも。そうしているうちに、今まで一度も見たことのないものがその目の中に見えた。

声を上げて立ち上がって、すぐに膝から崩れ落ちた。顔を両手に埋めると、髪が椅子の上に流れ落ちた。それは廃墟の上を這うもののようだった。

暖炉の火はすっかり灰の中へ消えていきそうになっていた。そのとき、クレアは立ち上がり、ゆっくり服を脱いだ。ここで相応《ふさわ》しい祈りは何かを考えていたが、次に頭に浮かんだことは、わざわざ神に不快感を与え、おそらく怒らせてしまうようなことはやめておくというものだった。もっと罪を贖いたいという気持ちが強くなったら、明日になってからでも十分時間があるだろう。

「帰ろう」と囁き声で云った。新たな孤独という曖昧な不快感に身を沈めた。「帰ろう。もしかしたら、彼は許してくれるかも知れない。もしかしたら、彼は罪を贖わせてくれるかも知れない。もしかしたら、まだ私を愛してくれているかも知れない」

奥座敷に暮らす病人が微かな声で呟いた。「ああ、何て愚かな、何て愚かなことをしてしまったの！」

三

クレア・トレヴァーはランダニスの駅に着いた瞬間、自分が寡婦であると知った。

その後、馬車に乗っているあいだずっと、死者を生き返らせる愛を求めて心から泣いた。あまりにも早すぎる死ではないか。

セシルはすべてを知っていたのか。死者はすっかり理解していたのか。だが、彼が生きていたら、どれほどのことを知っているのかもっと心配していたはずだということは、自分でも判っていた。「死因は猟場での事故」と聞いていた。その事故は、クレアが破滅への一歩を踏み出した朝の午後に起きた。彼女が書いた莫迦な手紙をトレヴァーが目にしていない可能性はある。

馬車に乗っているあいだに老け込んだような気分だった。馬車が若さを置き去りにして走っていくような感じがした。

彼女の家に入るときに――ここが今なお彼女の家であるならば――教区司祭に出くわした。司祭の態度は、同情と思いやりに溢れていた。あまりにも思いやりに溢れていたので、とりあえずは安心した。教区司祭の深い敬意はランダニスの相続人として彼女を認めていることを示しているのだから。

クレア・トレヴァーは自分をまったく赦していなかった。夫の遺体を目にしたときに、握りしめられているあの手紙、ただそれだけを恐れ、ただそれだけを考え、ただそれだけしか見なかったから。

「これはどういうことです」擦《かす》れた声でバーンビイ司祭に囁いた。

「あなたの最後の手紙です」教区司祭は優しすぎる口調で云った。「最後の瞬間に召使いが持ってきました。ご主人が馬に乗って出かける前に手紙をお届けするのを忘れていたのです。そのときはもう封を開ける力も残っていませんでした。手紙にキスをしてすぐに亡くなりました。手紙を胸に押し付けたとき、その胸の鼓動は止まっていました。奥様、それをお取りなさい。あなたの生涯の、愛しい思い出となることでしょう」

彫像

ジェイムズ・トリネアリイ記す

ケンジントンに古い館があった。コーンウォールの中でも辺鄙《へんぴ》な地方の住人だった私の目から見ても、そこほど寂しい場所はなかった。ホランドパークの東端からさほど遠くないにもかかわらず、カムデンヒルやその他ケンジントンの住人たちは、その存在をほとんど知らないに違いない。

館は小さな四角の建物で、壁で囲まれた庭の奥まったところにある。入口の扉へ通じる道は人目を惹くこともない小道で、どう見ても行き止まりのように見えるが、実は細い通用路が本通りまで繋がっているのだった。

〈桑の木館《ザ・マルベリーズ》〉と呼ばれているその館には、私の祖父の古くからの友人であるジョン・トレガーセンが住んでいた。実はそれだけでなく、その何年か前まで、彼の前に少なくとも三代のジョン・トレガーセンが住んでいたのだ。トレガーセンたちは皆きまって独り者で、いささか常軌を逸《いっ》しているといってもいい人たちだったが、一族の最後の相続人は他の親族とは違い、自分がコーンウォールで生まれ育ったことを忌み嫌っていた。私の知る限りでは彼ほどがちがちのロンドンっ子はいない。あの頃はまだ私もロンドンという大都市から離れたことは一度もなく、ケンジントンより先に足を伸ばすことも滅多になかった。どうであれ、社会的な接点ということで云えば、トレ・ポールの灯台に住んでいるにも等しく、先祖代々の故郷である人里離れたガーヴェル・マナーに籠っている男だった。

去年の秋のことだった。冬をイタリアで過ごす前にロンドンに数日滞在していたときのことだ。ある日の午後、私はキャンプデン・ヒルの辺りに住んでいる芸術家の友人のアトリエを探して虚しく歩き回っていた。あいつはわざと住所を見つけられないように教えたんじゃないかという疑いすら抱いていた。小さな通りや脇道を彷徨《さまよ》い歩き、気が付くととても手入れされているようには見えない門構えの前に立っていた。そこに消えかかった文字で〈桑の木館〉と書かれているのがかろうじて読めた。

本当のことを云うと、ジョン・トレガーセンという男のことをそれまですっかり忘れていたのだ。父が死んで数年が経ち、〈桑の木館〉の持ち主と連絡を取る機会が全然なかったからである。だがそのときは、いろいろな感情に促されてトレガーセン氏その人を探しにそこまで来たのだった。いや、本当は、生粋のコーンウォール人ならではの独特の感傷のせいではないか。

無駄な詳細を省いて端的に云ってしまえば、その館に住むトレガーセン氏を見つけ出すと、氏は私を心から歓迎してくれたということになる。心からとはいっても、それはこの陰気で飾り気のない生活をしている男にしてはという意味でだ。そうして説得され、些事を片づけるとブルームズベリ・ホテルから出て、残りの数夜を〈桑の木館〉で過ごすことになったのだ。

数時間後、その館まで車で乗りつけ、門のベルを鳴らしたとき、招待主は私との約束をすっかり忘れて何かの用事か散歩にでも出かけてしまったのではないかと心配になった。何度もベルを鳴らしたが、何の反応もない。鬱陶しい十一月の雨が、栗や楡《にれ》の樹に茶色になってもぶら下がっている数枚の葉っぱからぽたりぽたりと落ちていた。私の置かれている状況はとうてい許容できるものではない。

しかし、ようやくトレガーセン氏がゆっくり庭の道を歩いてきて、扉を開けてくれた。霧に包まれた薄暗さはガス燈の揺らめく焔《ほのお》でも和らぐことなく、彼の表情は見てとれなかったが、無理に話をしているような気がして、熱い言葉で招待してしまったことをすでに後悔しているかのように見えた。

館の中に入って雨と寒さから逃れると、あたかもその夜に限って外の世界を閉め出したかのようで、ようやく館の主人も優しくなり、私を客として迎えられて心から嬉しく思っていると云ってくれたのだった。それにもかかわらず、静まり返った寂しい館はあまりにも陰鬱で、暖炉で明るく燃える薪の焔も大きな読書灯の黄色の光もあるとはいえ、私たちの坐っている部屋の雰囲気はあまりにも重苦しく、それまで泊まっていたホテルのありふれた安心感、贅沢な光と音、馴染みの品々がもたらす気楽な心地よさは陳腐な慰めでしかないとしても、そういった陽気さを惜しむ気持ちを抑えられなかった。

それでも、私はその夜を楽しんでいた。晩餐はずいぶん簡素なものだった。一人しかいない使用人は老齢のコーンウォール女性で、若い頃から親しんできた料理法を頑なに貫いていたからである。しかし、ワインは格別のものだった。館の主人はよく喋り、その会話は知的で、隠遁者といってもいいような生活をしていても、最低限の文化的関心はなくしていないのだと判った。当時、報道の注目を集めていた外交政策にまつわるいろいろな話題にも。

夕食後は、小部屋に席を移したのだが、そこを彼は自分の聖なる場所だと云った。そこで、コーヒーを飲み、長い間黙ったまま、部屋に並ぶ暗い書棚の側にある暖炉の焔が揺れるのを見つめ、吹いたり止んだりする秋の風が泣く悲しい声に耳を傾けていた。トレガーセン氏は、ランプに火を灯すのを忘れていたわけでも意図的に無視していたわけでもなかった。普通なら私も暗い部屋の暖炉の側に坐って夢を見る以上の歓びはないのだが、このときばかりはランプという落ち着いた仲間がいてくれるといいと思ったし、揺るぎなく厚かましいガス燈の光でも構わないとすら思っていた。パイプには無関心だったが、いつも習慣にしている喫煙という食後の愉しみが欲しくてしかたがなくなってきた。しかし、葉巻が差し出されることもなく、すぐに判ったのだが、〈桑の木館〉では如何なる形態の煙草も見ることがないのだと確信した。

長らく黙っていた後、私が行こうと思っているイタリアの地に関するどうでもいいような話をしているときに、我《わ》が招待主がまったく脈絡のないことを云い出して、吃驚した。

「彼のことは全然知らないのでしたね」

また、その声には無理に感情を抑えているようなところがあるのに気が付いた。心は他のことでいっぱいなのに、口では別のことを話しているような感じだ。

「彼とは……誰のことですか」

「私の兄のリチャードです」

「いいえ、まったく。聞くところでは確か――」

「聞いたというのは、一体何を？」とトレガーセン氏がすぐに話を遮った。その口調はあまりに横柄できつく激しく、目つきも燃え上がる焔の光で私の様子をよく見てとろうと前屈《まえかが》みになるほどだったので、この会話のぎこちなさは夢想家の物憂い気分のせいではないのだと判った。

「いえ、いつも放浪していたとか、健康を害してこの地にやって来たとか、それから長く続いたけれども謎めいた苦しみの末に亡くなったというようなことくらいです」

「ああ！」私の話し相手が叫び声を上げ、そのまま何も云わなくなった。私もまたその話題を始める気になれなかった。歓迎されない話題だということは判っていたからだ。実際のところ聞いていたのは、トレガーセン氏に対して認めたことだけではなかった。それが単なる噂話なのかどうかもはっきり判らないようなことだった。ただ覚えているのは、口調だけでなく誤解させないようなものの云い方をする父が云っていたのだが、悲劇的な誤解がジョンとリチャードの両トレガーセンを引き裂き、弟の方が兄の館に戻ってきたときに何かとても奇妙なことがあったのだという。かけられた呪いとともに何年も前にジョンが出て行った館である。呪いは苦悩のように重く、死のように忘れ難い。さらに、何か美しい娘に関係する話があったことをぼんやりと思い出した。我が家ともつきあいのある由緒正しい家のキャサリン・トレガスキスという名前の女性で、私の知る限りでは、兄弟二人ともが彼女を愛してしまい、女性問題の常として、兄弟が大変な騒動を起こす原因となったらしい。

少しもどかしい気持ちで、私がちょうど立ち上がろうとしたときだった。風の鈍い音が呻《うめ》くようにひゅーひゅーいう音に変わり、そのときの気分では、明るく快適な部屋でなければとても冷静に耳を傾けていられなかった。私が暖炉の近くにある書棚のところまで歩いていけば、館の主もランプを灯してはどうかと云うのではないかと思ったのだが、私が躰《からだ》を動かす前に、彼の方がまた沈黙を破った。

「私たちは、ほとんど自分たちのことを話してきませんでした。古くからつきあいのある人たちのことを知っていればよかったのにと思っています。マルフォントに今は誰が住んでいるのか、教えてください。ジェイムズ・トレガスキスはまだご健在なのでしょうか」

「ええ、トレガスキス氏はまだお元気ですが、すっかり隠遁者のような生活をしています。あなたのようにですね。奥様は三年前に亡くなりました。子供も妻もないと、年老いた男は孤独ですね。その姿を見た者は、あのとき以来――あのときの――」

ここで私はまごついて言葉が止まってしまった。しかし、トレガーセン氏は静かに私の言葉を最後まで云った。

「彼の娘キャサリンが死んだとき以来、と云おうとしていたのでしょう?」

私は同意の印に微かに頷いた。

「マルフォント・ヒースにある小さな礼拝堂の裏手に一族が埋葬されている墓地がありますが、そこにある墓の墓碑銘は何と刻まれているのか、実際の言葉を教えていただけますか」

「ええ、本当のことを云うと私は知らないのですが、つまり、忘れてしまいまして」苦痛をもたらす危険を伴う話題は気が進まなかったので、もごもごと混乱したことを云ってしまった。

「こんなふうではないでしょうか」トレガーセン氏は静かに、しかし皮肉っぽい声で続けた。「私が間違っていたら直してくださいますね。最初に、亡くなった年と日付があって、それから、

『この三人を偲んで

エドワード・トレガスキス　二十九歳　戦死

オリヴィア・トレガスキス　二十六歳　海で溺死

キャサリン・トレガスキス　二十五歳　未だ復讐は果たされず』

どうですか。これで合っていますか」

それで合っていると答えた上で、思い切って、近隣の人たちは、苦悩がジェイムズ・トレガスキスの判断を誤らせたと思っていると付け加えてみた。そして、こう続けた。

「もちろん、一番下の、最愛の子供をなくしたとき、それはその年三回目という悲惨な死別だったわけですが、彼が虚しいことを考えついても不思議はありません。運命を甘受するものではないにしても、

もっと寛大なものの見方をさせてやれたかも知れない者たちから顔を背けることになってしまったのです」

　トレガーセン氏は不思議そうな目で私を見つめた。一瞬、皮肉っぽい笑みが顔に浮かんだような気がした。

　しかし、彼はそれ以上何も云わなかった。少し間を置いて、さっと立ち上がると、ランプに火を灯し、エトルリア人の生き残りに関する珍しい本を見せてくれた。私がヴォルテッラやその他のエトルリア地方にある滅亡した都市や町を訪れることになっていたから、興味を抱くと思ったのだろう。

　私は夜遅い時間まで起きている習慣がなかったので、そのとき感じていた疲労が表に出てしまったようだ。何《いず》れにせよ、招待主がもう部屋で休んではどうかと提案してくれたので、ありがたくその言葉に従った。

　それなのに、独りになると、それまでの眠気はもはや心地よい疲労感とは云えないものになってしまっていた。その晩、私の寝室となったのは、長いオークの羽目板を貼った部屋で、高さも内装も外から見た〈桑の木館〉から予想するようなものとはまったく違っていた。ベッドは古風な四柱式で重い天蓋がかかっていて、その背を入口のドアのある壁に向けていた。その向こうの右手には暖炉があり、中には薪が一本か二本あって、それが不機嫌そうにくすぶっていた。他には何もなく、ただ硬い椅子が二つ三つ暗い羽目板の壁に沿って並んでいて、下手な彫刻の施された大きくて寒々とした書き物机と埋れ木細工のオーク材でできた本棚があるだけだった。

　陰鬱な部屋というのはどうも好きになれないので、ホテルの快適な部屋がよかったとふたたび後悔したのは当然のことである。ロンドンに行くときにはいつも、昔からの習慣でそのホテルに泊まっていたのだ。だがそれでも、服を脱いでベッドに入るくらいの分別はあった。そうすれば眠れると希望を抱いて。

室内の不思議な静寂、ときおり窓ガラスに打ち付ける雨を伴う呻くような外の風の音、あるいはさっき飲んだコーヒー、それとも自分でも何だか判らないもの、いろいろなものが私を訪れたが眠りだけは訪れなかった。横になっているほど、落ち着けなくなっていって、とうとうここはいったん起きてあのオークの本棚に何か読めそうなものがないか見てみようという気になった。

しかし本は見つからなかったので、不機嫌な気持ちで暖炉の方を向いた。寝る前に薪を足しておいたのだった。ちょっとマントルピースの方に身を傾けて、焰の舌がちらちら揺れたり、下の方から黄色や赤の火が噴き出したりするのを見つめていたが、しばらくしてようやく躰を起こして目を上げた。

最初、ブロンズ製の大きな浅浮き彫りが壁に深く埋め込まれているのに気づかなかった。なぜか判らないが、それまでまったく気づかなかったのである。きっと、部屋に入ってきたときに蠟燭をドアの側の小さな読書テーブルに置いてそのまま動かずにいるうちに、暖炉の火が弱くなって部屋が暗くなったから気づいたに違いない。

気を紛らわせることのできるものがあって嬉しかった。そこで、自分の蠟燭に火を灯すと、装飾があるらしいところをじっくり見られるよう蠟燭を掲げた。すぐに、何か普通でないものだと判った。青銅版か銅版で、両脇と底部および上部に奇妙で戸惑うようなアラベスク風の、あるいはまた別の模様がある。最も顕著だったのは焰をあげる剣のように見えたもので、何となくレオナルド・ダ・ヴィンチが描いたもののように感じた。

しかし、中央には実物大の頭部があって、私に判る限りでは、蠟でかたどったあと硬化させて、薄く着色したものだった。

　最初はなかなか細かいところを見てとることはできなかった。何しろ吃驚して、次は好奇心を抱き、それから恐怖に似た感覚に襲われたからである。

　その顔は女性のものだった。間違いなく美しい女性だが、その表情はあまりにも邪悪で、あるいはむしろ、何といったらいいか、とにかく悪意に満ちていて、その容貌に自然な美しさを覚えることはどうにもできなかった。

　驚いたのは、本当に命があるとしか思えなかったことだ。目の前の顔は、生きているようだった。髪は白く広い額が見えるよう後ろに引っ張って束ねられていて、髪の自重で垂れ下がっているように見えていた。きつく結んだ唇、膨らんだ鼻、視線を逸《そ》らさず見つめている眼差しには、苦痛と苦悩に満ちた様子がありありと現れていた。

　しばらく、その奇妙な肖像画、あるいは想像力豊かな習作に見入っていた。好奇心と嫌悪感が入り交じったような感じを見て取った。それは、滅多に目にすることのない恐ろしい爬虫類を見たときによく感じるものだ。いや、この女性は以前は生きていたのだと確かに感じ取った。その陰鬱な目を通して情熱的な愛、あるいは情熱的な憎しみが流れてくる。その優美な曲線を描く唇は、蔑《さげす》みという毒牙のある言葉、あるいは危うい誘惑で甘くなった言葉を発するのだ。

　やっと底部を細かく調べるところまできた。そこには、念入りに深く文字が刻まれていた。読んでみると、

『影像』

と書かれていて、その下にはこんな言葉が並んでいた。

『見よ、私は己を彫像の中に作り込んだ。我が日々の終わりまで、この躰の目もまた安らぎを知らない』

この銘刻文は謎めいている。いや、この思わせぶりな銘刻にぞっとしたことを告白しておこう。それ以上は見ていられなかった。自分の弱さが恥ずかしくなかったとしても、着替えて居間まで降りていくべきだったのだ。ところが、神経が動揺を認めまいとして、ベッドへ戻ってしまった。安堵の感覚とともに自分の疲労が押し寄せ、忍び寄る眠りの潮がひたひたと近づくのを感じた。

目が覚めたとき、どれくらい時が経ったのか判らなかったが、不意に訪れた何とも云えない気持ち悪さを感じていた。それは、部屋に誰かが入ってきたときに呼び起こされる、耳には聞こえないが機敏に察知できる人には馴染みのある感覚である。

少し横になったまま冷たい汗をかき、恐怖に捕えられたように震えていた。それから、目を開いた。身を起こすまでもなかった。燃える暖炉の火は弱々しかったが、すぐ側に女が立って、その燃えさしをじっと見つめているのがはっきり見えた。顔は私の方を向いていたものの、そのほとんどが深い影の中にあった。背は高く、優雅な姿形だった。灰色の柔らかな素材でできた簡素な長いガウンを纏っていたが、生まれや血筋がよさそうに見えた。

いつの間にか恐怖が消えたのはどうしてなのか判らないが、横になったままこんなことを静かに考えられるようになっていた。もちろん、この訪問者がトレガーセン氏の老いた召使いでないことは気づいていたが、もしかしたらこの館に同居している誰かかも知れないとふと思った。そうでないことは知っていたのだが、ひょっとしてトレガーセン氏は結婚しているのかも知れないと思ったりもした。もしそうなら、彼の妻か娘が私がここにいると知らず入ってきてしまったのか、あるいは、夢遊病のせいだったりするのかも知れない。

そのとき、暖炉の火の真ん中辺りから焔がぱっと吹き上がるとほとんど同時に廊下を近づいてくる足音が聞こえた。女がドアの方を振り向いて、その顔をはっきり見てとることができたその瞬間、心臓が破裂してしまうのではないかと思った。

云いようのない恐怖とともに瞬時に私の目が捕えたのは、美しくも恐ろしい〈影像〉の顔だったのだ。それに気が付くと、考える間もなく、とにかく驚いた。たとえ、麻痺したかのように横たわっていたのでなかったとしても、同じことだっただろう。

執念深い怒りと蔑みが彼女の目の中で光っていて、それが怖かった。廊下を近づいてきて、今ゆっくりとノックしているのがトレガーセン氏ならば、劇的な出迎えが待っていることになるだろう。

ドアが開いたのか開かなかったのか、私にはよく判らない。判っているのは、あの女が後ろに下がると、背の高い色黒の男がそこにいて、ゆっくり前に進んできたということである。男の容貌にはまったく見覚えはなかった。

どちらも私の存在には気が付いていないようだった。何れにせよ、気にしていなかったのは間違いない。

これほど激しい、云い尽くせない悪意に満ちた侮蔑に対してもまったく怯《ひる》むことがないのはどうしてだろうと思った。

そんな様子も見せず、男は足を止めた。愛が憎しみへと転ずる悲劇とはこれだ。男の暗い顰《しか》め面《つら》を飽くなき怒りだと私は読み取った。それでも、彼女の揺らぐことのない切り裂くような軽蔑の眼差しほどには、この黙した怒りに恐怖を感じなかったのである。

男が彼女に飛びかかって暴力を振るうのを見ることになるのかと思った。しかし、男は暖炉に背を押し付けて、女から目を離さずただ立っていた。彼女の顔に浮かぶ荒れ狂う影が呼び起こす抉《えぐ》るような新たな恐怖に気持ちが悪くなった。

男の唇が動くのが見えた。怖い顔をさらに顰めた。躰を起こすときに、男が嘲《あざけ》るように誰かの名前を云うのを聞いたような気がした。

彼女は答えず、じっとしていた。外で風の音が大きくなり、また消えた。吹き渡る風のか細く抜け目のなさそうな音の中に単調な泣き声が聞こえた。雨がたてるぱらぱらいう音はやんでいたが、静寂が張りつめていたせいで、濡れた葉からたっぷり水を吸い込んだ地面に落ちるぽたりぽたりという水滴の音がはっきり聞こえていた。

そのとき、よく見えないほど素早く彼女が動き、前へ身を踊らせた。何かが煌《きら》めいて、嗄《しわが》れ声の悲鳴が聞こえると、男が後ろによろめき、左の肩に刺さったナイフから血を迸《ほとばし》らせた。

彼女はじっと立っていた。男は女を見つめ、喘《あえ》ぎながら、ゆっくり血が流れるのを止めた。

そのとき彼女が悲鳴を上げ始めた。私は自分の血がその恐ろしい声に対する恐怖で凍りつくのではないかと思った。繰り返し極度の恐怖による悲鳴を上げ、それでも、彼女と男はいずれも動かなかった。

だが、男を見ていると、その目に殺意が燃え上がるのが判った。それを阻止しようと私がベッドから飛び上がる前に、彼は猛獣が獲物を襲うように彼女に飛びかかった。一瞬にして両者は床に倒れ、見ると男が首を絞めて彼女を殺そうとしているところだった。

荒々しい叫び声をあげて、私は前へ飛び出したが、つまずいてしまい、次の瞬間意識を失って倒れていた。額をオーク材の書棚の角にぶつけたのだった。

目が覚めたとき、つまり前後不覚の状態から恢復《かいふく》したとき、私は床の上に倒れたときのままだった。ただ、窓から太陽の光が注ぎ込んではいたが。眼前で繰り広げられた恐ろしい悲劇は、その気配も残っていなかった。躰を震わせながら〈彫像〉を見上げ、新たな紛れもない恐怖を抱きつつ、蠟でできた本物そっくりのぞっとするような顔を仰ぎ見た。

もうその部屋にはいられなかった。慌てて服を着ると、階段を下りた。正面玄関を開けて、庭に出た。湿気はあったが、新鮮な空気は冷たく、私の脈打つ神経を落ち着かせてくれた。なんとか悪い夢を見ただけなのだと自分を納得させるのに、それほど時間はかからなかった。

そのとき、トレガーセン氏の姿が目に入った。自分の聖域である書斎に坐って、私に手を振っていた。その場の様子から、そしてまさに彼自身の姿から、彼は一晩中そこにいたのではないかと思った。

「どうでした?」と静かな声で云った。挨拶はそれだけだった。正直に云うのが一番だとそのとき思った。

「ひどい夜だった」

「でしょうね。あなたの叫ぶ声が聞こえた」

私は吃驚して、少し怯えながらトレガーセン氏の方を見た。いきなり、命令口調で私は訊《たず》ねていた。

「〈彫像〉のモデルは誰なんだ」

「キャサリン・トレガスキス、私の婚約者」

私は驚きのあまり口が利けなかった。

トレガーセン氏は躰を前に乗り出して、私に小さな肖像画を手渡した。

それは整った顔の、黒髪、黒い瞳、そして黒い髭を生やした男だった。その顔には見覚えがあった。

恐ろしい顔を思い出して身震いした。

「誰――この男は誰なんですか」

「私の死んだ兄、リチャードです」

＊　＊　＊

あのとき一晩で出て行ってしまった〈桑の木館〉への訪問から一年経った今、これを書いている。トレガーセン氏はもうこの世にいない。〈桑の木館〉は名前を変えたが、新しい借り手は見つかっていないという。だが、貧しくなり何もかも失ってしまったとしても、ふたたびあの屋根の下で寝るのはご免被《こうむ》りたい。

フレーケン・ベルグリオット

カステル・ガンドルフォでは、夏の暑さの中で外国人の姿を見かけることはほとんどない。ことによると、ローマから来た数家族くらいなら、アルバーノ湖に面した丘の周辺にある別荘に滞在していることがある。流れ者の芸術家が（きっとスペイン人か南フランス人ではないかと思うが）この小さな町に数日泊まっていることも。しかし、八月ともなるとローマから出て行ける人なら海や山へと去ってしまう。カステル・ガンドルフォはアルバーニ丘陵と同じくらい標高が高く風通しがよいにもかかわらず――ただし、ロッカ・ディ・パーパは別にして。もしかしたらネミもそうかも知れないが――暑さは過酷で、恐ろしいマラリアがカンパーニャから忍び寄ってくる。でもそれには、ジェンツァーノやアリッチャ、さらにアルバーノ自体をも渡って来なくてはならない。

ネミの方が美しいだろう。だが、アルバーニ丘陵にはカステル・ガンドルフォほど絵になる場所はない。そこには、歴代の教皇たちが使った古い夏の別荘があり、ローマ帝国時代からローマ人に愛されてきたのだ。そこの頂上には松や柊樫《ひいらぎがし》や糸杉が生えていて、美しいアルバーノ湖へ下る斜面を見下ろしている。夏には湖が巨大な紫水晶《アメシスト》のように見え、そこからアルバーニ丘陵の火山の斜面へと繋がる見事な弧を描いている。反対側はカンパーニャを一望でき、朝には人の気配のない薄い青が、真昼には揺らめく霞が、一日の終わりには紫が、何リーグも広がるのが見える。高みにある村の背後にはアルバーノへと通じる美しい柊樫の並木道が二本走っている。さらにその向こうには（町の名前の由来となった教皇の公邸と庭園の向こうと云うべきか）真っすぐ矢のようにローマへと至る街道が走っている。まさに、ロトス〔ギリシャの伝説で、その実を食べると現世の苦悩を忘れ夢心地になるとされた〕を食べ、夢を見るべき場所である。艶《つや》やかな青色の空の朝、丘の空気が斜面をロッカ・ディ・パーパから清々しく吹き降りるとき、風で水面が波立つ湖を眺め、魚が跳び跳ねるのを見つめ、柊樫や栗の樹のあいだを風が吹き抜ける音に耳を傾け、何時間でも安らぎの時を過ごすことができる。午後遅くには、西の壁の低いところをよく見ていれば、この世で最も印象深い眺めを見られる。人けのない広大なカンパーニャを横切る紫色の神秘のヴェールの中を通る太陽は、迸《ほとばし》らせる儚《はかな》い焔《ほのお》で遠くのローマという暗い一角に光を落し、ティレニア海の遠くの縁を緑や深紅の焔で照らすのだ。

三年前、イタリア中部の夏はことの外、暑かった。日照りが続き、高地の放牧場では牧草の緑が鞣《なめ》したばかりの革のような色になってしまうところが続出した。カンパーニャでは牛が病気になり、人間はあちこちでマラリアに罹《かか》って苦しみ死んでいった。アルバやヴォルスキの山々にある丘の町は、襤褸《ぼろ》を着て、目をぎらぎらさせた羊飼いでいっぱいになった。ヴォルテッラの山々の麓《ふもと》にある荒涼とした地からナポリの古い王国の国境近くにあるポンティノ湿地までの、疫病が発生したエトルリアの海岸地域からも住民たちがやって来て町に溢れた。

あの焼けつくような七月と八月の数週間ずっと、ベルグリオット・ロッシは落ち着きのない夢うつつの状態だった。北から出てきて、叔父の骨董商エルネスト・ロッシのところに住むようになって三年が経っていた。このぎらぎらした光が、この内陸の倦怠感が、このマラリアというあらゆるところに潜んで餌食を狙う見えない獣が、大嫌いだった。アルバーニ丘陵の住人たちのことも大嫌いだった。そのとげとげしい言葉、そのよそよそしさ、ヘドウィグという叔母の名前をエヴィーガにしてしまうように大切なスカンジナヴィアの自分の名前ベルグリオット・ロスをベルグリオータ・ロッシと呼び換える愚かさが大嫌いだった。

頭から片時も離れることなく、いつも不満に思っているのは、父親のヘンリク・ロス船長が、二十年前に亡くした妻の後を追って行ったときに、愛するノルウェイの地に残れたらどんなに嬉しかっただろうということだった。そうしたらきっと貧しさとは何かを思い知っただろう。その前に後悔したかも知れないが。あの頃ヘンリク・ロスは豊かな暮らしをしていたが、それは自分の本来の収入よりも贅沢な暮らしをしていただけのことだった。しかしたとえ貧しくても、自国で、耳に心地よく響くノルウェイ語の甘い声と言葉を聞き、山の景色を見て、海の景色を見ていられたのに。ノルウェイを離れるということは、同情されるべき不運としか思えなかった。北の魂を抱いたままはるか南方へと送られるということ。あの暗い山々や荒々しくも美しくくるくると姿を変えるスカンジナヴィアの海をもう見られなくなることは、悲しみに溢れた同情に値する出来事である。

とはいえ、エルネスト伯父とヘドウィグ伯母も以前は優しかった。丘にある美しい村に住んでいたのだが、それはとても都会的な響きの名前を持つ謎めいた大都市の近くにあって、そこに暮らすことはささやかな歓びではあった。だが、ベルグリオットの流刑生活の二年目の終わりにヘドウィグ伯母が亡くなるずっと前から、少女は南の国にうんざりして、失われた北の国への常に変わらない熱望に焼き尽くされていた。この熱望は毎晩の夢にも取り憑き、昼間見るものに苦悩の色を添えた。冬なら彼女も耐えられた。特に、水溜まりや小川を氷が塞ぎ、雪がフラスカーティからヴェレトリに広がる丘陵地帯の森林をすっぽり覆うときなら。春は美しく、故郷の緑のフィヨルドや何リーグにも及ぶ針金雀児《はりえにしだ》が懐かしかったものの、特別な美しさに歓びを感じずにはいられなかった。フレーケン・ベルグリオット（そう呼んでもらいたいと彼女はいつも思っていた）は町や村の住人たちのあいだで、いつもふらふら歩き回っている女の子としてよく知られるようになった。アリッチャとジェンツァーノの女たちは、このノルウェイの女の子は少し頭がおかしいと思っていた。その他の住人たちは、自分の理解できないものをひどく嫌っていた。最近はそういった住人のいる場所を避けて、高台の雑木林をネミの方へ歩くようになった。あるいはロッカ・ディ・パーパの方まで登って行った。そこは、ときどき子供たちが眩暈《めまい》に襲われ、急斜面を落ちないように母親たちがうまく摑まえていないと死んでしまうことがあった所だ。あるいは、フラスカーティの上の森を抜けてトゥスクルムの古い廃虚まで歩くことさえあった。しかし、彼女が時を過ごすのに一番好きな場所はカンパーニャを見下ろす柊樫の通りだった。午後が黄昏へ変わっていく頃、静寂を破るのは遠く天使祝詞の祈りを命じる鐘の音と、カステル・ガンドルフォから上がってくる子供たちが叫んだり笑ったりする声だけだった。あるいは、真昼の暑さを通り抜け、古い教皇宮の南斜面に横になって湖を見下ろし、緑のフィヨルドと、大洋の雨と海風の塩で皺を刻まれ、紅藻類と地衣類で灰色に見える岸壁を夢見た。しかし、夏の暑さが始まると、愛しい北方に対する郷愁の気持ちはやむことのない痛みになった。部屋で籠に入れられている雨燕《あまつばめ》のように暑い空気と大地の中で息を切らした。この異国の地に、この見知らぬ人々のあいだに、これ以上少しでも長く留まったら死んでしまうような気がしてきた。とてつもない孤独感に噴《さいな》まれていた。漂流船に乗っているようだった。エルネスト伯父は口数が少ない男で、仕事熱心で研究を怠らず、ローマやフィレンツェ、ナポリ、もっと遠くまで出かけて何日も戻って来ないことも少なくなかった。そんな独りぼっちの時間に物憂げな様子であちこち歩き回っていると、自分がもう一度北の国を見たいという欲望に圧倒されているということしか判らなくなってきた。その冷たい空気を躰《からだ》だけでなく心の中にも魂の中にも感じたいという欲望だった。

ひたひたと打ち寄せる波の音を聞きたいという欲望、山からの風が潮流に逆らって吹く海のフィヨルドから海へ出るところ、そこで竜《たつ》の落し子が陽の光の中へ飛び上がるのをこの目で見たいという欲望だった。この強い憧憬が湧き上がってきたからといって、日本人の眉のような細い軌跡を残して北へ飛ぶ鳥の様子を語ろうとしたら、つらい苦しみに啜り泣いて顔を背けるか、地面に身を投げ出して涙を流して慰めを求めていただろう。

だが、哀れにも、彼女はこの世に自分の金というものを持っていなかった。エルネスト伯父は何も与えてくれなかったのだ。住むところはあった。食べるもの、着るもの、ちょっとした贅沢品もあった。それは、遠い彼方《かなた》の生活では贅沢品と見られていたような品、高価なヴァイオリンのことだ。ヘドウィグ伯母が死の直前に与えてくれた僅かばかりのお金で伯父から自分で買い取ったものである。だが、どうすればフィレンツェへ行く――アルプスまで進む――ことができるだろう。方法は一つしかない。徒歩で、食べ物と泊まるところを乞いながらだ。それはできない。道義的にそれはできないことだと思っていた。ときどき、ヴァイオリンを教えられればいいのにと思うことがあった。だが、残念なことに彼女自身がレッスンを受けられずに困っていたし、アルバーノやフラスカーティの近くに数週間あるいは数箇月のあいだ住んでいる金持ちの外国人が、ろくに弾けもしない素人を雇おうとすることはなかった。その次は、スカンジナヴィアからの訪問客の子供たちにイタリア語を教えて稼げないかと考えた。だが、そもそも彼女自身、イタリア語があまり得意ではなかったし、さらには、アルバーノの斜面の地にやってくる金持ちのスカンジナヴィア人など誰一人いなかった。一度だけ、シニョーラ・エヴィーガが松林の向こうの小さな墓地に眠ることになる前、ノルウェイ領事にローマで会ったことがあった。領事は、ベルグリオットの願いを心に留めておいてやろうと約束したが、それ以降、何の連絡もなかった。もし本当にそうなったら、伯父がそんなことをやめさせようとするのではないかと心配までしたというのに。

イタリアで迎える三回目のこの暑い八月に、ものごとに対する関心がすっかり自分から消えてしまったことを彼女は悟ったのだった。何もかも、もうどうでもよくなった。エルネスト伯父の家の家事をきちんとこなし続けているかということも、ノルウェイ出身の老婦人がローマ人の看護婦にイタリア語で話しかけているときに突然ノルウェイ語で、**Jeg er troett** すなわち「疲れました」と云ったかと思うと死んでしまって、ヘドウィグ叔母の隣で眠っていることも。

よく眠れなかった夜の翌朝、夜明けとともに目が覚めた。熱に浮かされて落ち着きがなくなっていた。もし、エルネスト伯父が近ごろ病気にさえなっていなければ、ヴァイオリンを手に取って、演奏しながら遥か彼方から彼女を喚《よ》ぶ北の国へと戻る誘惑をもはや我慢していなかっただろうに。

どうして自分が東の高台からフラスカーティとトゥスクルムのあいだの斜面へ向かう山羊飼いの道を歩いていたのか判らなかった。一月以来トゥスクルムへは全然行っておらず、そのときは窪地に雪が厚く積もっているほどで、フラスカーティから続く急斜面の凍った道で滑るたびに歓声を上げた。もしかしたら、冷たさと白さの朧《おぼろ》な記憶が彼女を誘ったのかも知れない。

廃虚の上に張り出した崖の下にある、少し遠い林のあいだの空き地までやって来たときには、陽が昇ってきていた。伸ばした左手で鈴懸木《すずかけのき》の枝を摑み、しばらく佇んでいた。その全身が身動きもせず周囲を警戒していることを示していた。夏の気怠さと眠れない夜と満たされない願いに対していつまでも続く心の重荷のせいで、白い美しい顔がいつもより微かに紅潮していた。普段は灰青色の瞳が紫色に近くなって、その中には空色の焔が燃えていた。太陽の光が波打つ茶色の髪と絡み合い、ねじれて金色になり、抜けては戻り、綺麗でほの暗い茶色の中に琥珀《こはく》色の輝きを残していった。

昇る太陽が燦然と輝く美しさとともにやって来る新しい一日は彼女の歓びで――それは北方の空と、海と高地の空気と、山の景色への内なる熱情を掻き乱し新たにするものではあったが――そのとき彼女の注意は聞こえてくる音へと向けられていた。その空き地を音楽で満たす歌が聞こえていたのだ。見えない歌い手は前へ進んでいた。その軽快で凛々しい歌声が耳に流れ込んできた。

夜明けの音楽が具現化したような姿でうっとり立ち尽くしているベルグリオットの目に、そのとき歌っている者の姿が見えた。若い男だった。背が高く、逞しく、彼女と同じく白い肌と青い目をしていて、小川の浅瀬の陽の光に似た黄褐色の髪を一つに束ねていた。

歌がやんだ。若い男が娘の姿を見たからだ。その国のその場所で、その時間に見るものとしては、まったく予想していない姿だった。理想の体現に見えた。若い男は芸術家だったから、すぐに抜け目なく、肌の色の美しさと完璧な姿形を見て取り、彼女のポーズに出くわしたのは幸運な偶然だと思った。「ああ、今こそ自分の見るべきものを見つけた。俺のために用意された『夜明けに輝く美』の絵がここにある」と若い男は叫んだ。

ベルグリオットはゆっくりと腕を降ろした。鈴懸木の葉がその顔に影を落とした。少し躊躇《ためら》ってから、彼女は一歩前に踏み出した。

見知らぬ男が彼女の方へと進んできた。ベルグリオットの鼓動が速まった。黄金の夜明けから出てきたこの美しい歌い手もまた、北方人だ。その点は間違いないと彼女は歓びを感じていた。ノルウェイ人だろうか、あるいはスウェーデン人？　それともデンマーク人だろうか。もしかしたら、ドイツ人だったりイギリス人かも知れない。

だが、その瞬間、腕に誰かが触れたのを感じた。振り向くと、アニタの姿が見えた。エルネスト伯父が料理や家の雑用に雇っているエルメリルダ・ランツァの幼い娘だ。

「どうしたの、アニタ？」

子供は少し吃驚したように彼女を見つめていた。ベルグリオットの慈しみある声はこのとき厳しい口調になり、優しい瞳は冷たい光を放っていた。

「私は走って……一所懸命走って来て」彼女は息を切らしていた。「お母さんに云われたの。シニョール・ロッシが怒っているって。ちょうどヴェネツィアに出かけようとしていて、その前に会っておきたいって云って、昨日の夜から三回も、ベルグリオータはいないのかって訊《き》かれて、でもいなくて、その次に訊かれたときは、ベルグリオータ、もう眠っていたの」

ベルグリオットは振り向いて森の斜面を夢見るように見つめた。森は赤く輝いていた。若い男は立ち止まり、じっと彼女を見つめていた。

「あの人はだれ？　お友だち？」アニタが、子供っぽい好奇心を抱いて云った。

「あの人は……あの人は北の国の声を持つ人よ」娘は夢を見ているような声で答えた。そして、さっと振り向くと、後ろを振り返ることなく、急ぎ足で出発した。アニタは小走りに後をついて行った。すぐに、その姿は低木林の中に見えなくなった。

炭焼きをしているマルコ・ゴッツィ爺さんがフラスカーティからロッカ・ディ・パーパへ通じる道の途中にいて、ベルグリオットが通りすぎるときにうなずきながら、ヴェネツィア娘だった彼のカテリーナの美しい姿を思い出して若返ったような気分になると呟《つぶや》いた。彼の妻は放浪の騾馬《らば》引きの夫が寂しい炭焼きの身分へと落ちぶれるずっと前、内地の倦怠に萎《しお》れて五十年前に死んでしまったのだった。

マルコはまだその後ろ姿を見送っていた。あるいは、彼女が去った方向を見ていたというべきか。そのとき、誰かが近づいてくるのが聞こえて振り向くと、見たことのない男が立っていた。が、三日前に似顔絵を描くからといって、坐ってモデルをやるだけで五リラ硬貨をくれた画家だと気が付いた。この男は気が狂っている。間違いないとマルコは思った。だが、価値のつかない処分品に五リラ払ってくれるのであれば、狂人でも敬意を持って取引をするつもりだった。

「おはようございます、シニョール・ピットーレ」

「ああ、おはよう、おはよう。マルコさん、お互い早起きだね。この暑さでは他にどうしようもないけど。いやあ、さっき通っていったお嬢さんはどなたなんだろう」

「お嬢さん？　ああ……」その口ごもるような口調は、田舎のイタリア人によく見受けられるものだが、妙に摑み所のない云い方だった。「あれはそんなに大した娘じゃないでしょうね。ええと、ああ、何てことだ、思い出しましたよ、アニタという名前で、カステル・ガンドルフォのエルメリルダ・ランツァのところの娘ですね」

「あのミケーレ・ランツァっていう悪党の妻じゃないかな……だとすると……」

「ええ、そうです」

「でも、あんな可愛らしい娘が、ミケーレ・ランツァなんていうがさつな獣の娘なんてことがあるんだろうか。あいつも、エルメリルダも石炭のように真っ黒なのに、あの娘は北欧人みたいだし」

「ああ、シニョールが仰っているのは、あの背の高い方の娘ですね」

「何だって、莫迦じゃないか、一体誰の話をしていると思っていたんだ。マルコ、ふざけないでくれよ。知っていることを全部教えてくれ。そうすれば、私の健康に祝杯を上げるための一リラを差し上げよう」

「判りました、旦那。ここらであの女のことを知らない者はいません。若い奴らはみんなあのシニョリーナ・ベルグリオータが好きになる。実らぬ恋ですがね。シニョール・エルネスト・ロッシっていう評判のいい古物商がいて、その姪なんです。といっても、外国人です。いや、まともな外国の人はシニョール・ピットーレくらいですよ。ロッシさんはカステル・ガンドルフォから下のアルバーノ街道へ行く通りの先に住んでいるんです。そこに独りで住んでいます。姪と一緒にですね。ランツァっていう女が手伝ってやっています」

「ベルグリオータか……イタリア人の名前ではないな。ああ、そうか、ベルグリオットだな。ノルウェイ人？」

「さあ、どうでしょう。如何にもそんな感じで。奴らはドイツ人ですよね。私に判るのはそれだけです」

「伯父と二人で住んでいるんだって？」

「ええ、運の悪いことに」

「どうして？」

「あの男は怒りっぽいんですよ。悪魔のように怒る。本当です」

「そうか、じゃあ、よい一日を。聖者のご加護がありますように」機嫌のよさそうな微笑みを浮かべて手を振ると、トルキル・ベルンソンは躰の向きを変えた。マルコと一緒にいて、シニョリーナ・ベルグリオータに関する無駄話を聞かされるのが何となく嫌だったのだ。ロッカ・ディ・パーパへ登る道を辿るときに、ある女性の名前が頭に浮かび、その音楽が繰り返し繰り返し口から流れ出てきた。

「フレーケン・ベルグリオット――フレーケン・ベルグリオット――フレーケン・ベルグリオット」

彼は何度も何度も囁いた。新しい花に出くわしたときや、春一番の雲雀《ひばり》の歌を耳にしたときのように、ときどき歓びの笑みを浮かべて。

ロッカ・ディ・パーパに着いたとき、仕事をしようという意欲はすっかりなくなっていた。景色が、太陽の消えた、命のないものに見え始めた。以前からずっと描きたいと思っていた「朝の歓び」という絵に着手しようと考えていたのに。教皇宮の森を降りていくときに、鶫《つぐみ》の呼ぶ声が聞こえた。甘い繰り返しが、湧き出でる陽気な歌のようにベルグリオータ――ベルグリオータと聞こえた。急斜面の岩のすぐ下で、彼は夢見ごこちで太陽の光を浴びていた。菅《すげ》のあいだで打ち寄せる細波の音が聞こえた。捩《ねじ》れたオリーブの樹とともに大きく張り出して湖を縁取っている榛《はしばみ》の木や梣《とねりこ》の下でさらさらと音を立てる穏やかな波の音が聞こえた。黄金の空気を通って香のように立ち上ってくるこの甘い音が、フレーケン・ベルグリオット――フレーケン・ベルグリオット――フレーケン・ベルグリオットと聞こえた。

若いノルウェイの画家が怠惰な幸せからようやく立ち上がったのは、午後も終わろうとしていたときだった。カステル・ガンドルフォへ向かうマリーノ街道が合流する、昔の噴火口に沿って続く急斜面の騾馬道を元気に歩いている自分に彼は驚いたかも知れないが、暑さでぼんやりした村人がそれを見てもっと驚いたのは間違いないだろう。というのも、八月にそんなにも元気旺盛な活動をする者などいなかったからだ。近隣に数人だけ居残っている外国人ですら、午後はシエスタという贅沢に専念しているというのに。画家という哀れな奴だけがその辺をうろうろしているんだと小作農たちは云っていた。マリオ・トルキル・ベルンソンが泊まっている宿の主人によると、この端正な顔立ちの宿泊客は貧乏なので夜明けとともに起きて、こんな暑い日に一日じゅうキャンヴァスの上に絵の具をぺたぺた塗り付けたりするつらい仕事をしなくてはならないのだった。実は、トルキル自身も、驚くほど急に力が満ちてきたことを認めるのは自分でも恥ずかしいと一度ならず感じていた。冬、春、そして夏は、ローマやその近郊の地は歓びに満ちているが、初秋には北欧人にとって慰めと歓びが欠けていると、ほんの数日前にも、彼自身が認めたばかりだったからだ。「ああ、もう一度〈青のフィヨルド〉の空気を吸いたい」画家は何度も何度も叫んだ。海に押し流された故郷の家を懐かしむ気持ちに心が満たされた。

しかし、道の交差点にやって来たとき、マリーノの家へは向かわなかった。助言を必要とする問題があって、その問題に対する答えはあの古物商だけが与え得ると思ったからだった。この問題が、早急に解決する必要のあることとして頭に浮かんだのだった。もう一日の猶予もない。一年以上前から抱えていた問題であるとはいえ。それに、同郷人であるエルネスト・ロッシを訪問していないのは失礼ではないか。今のところ彼らはアルバンの丘の風が届く範囲にいるただ二人の北欧人だというのに。もちろん、そうすべきだ。ロッシ氏は卓越した人物であり、彼に敬意を払うことは礼儀として当然ではないか。そう思いついた今になって考えてみると、ベルゲンでロッシ氏のことを耳にしたのではなかったか。今日、最も優れた——最も優れた——ああ、そうだ、最も優れた考古学者——いや、古物研究家か。

恋をしている若者は野生の鹿よりも臆病であると云ったのは、ペルシャのフェルドゥーシだったか。実際、カステル・ガンドルフォにあるシニョール・ロッシの別荘のドアをノックするトルキル・ベルンソンは見るからにびくびくしていた。

返事はなかった。繰り返し呼び続ける音が聞こえたとしても、中にいる誰かはまったく関心を抱いていないのだろう。とうとう、隣の家の窓から女の人が身を乗り出して、カステル・ガンドルフォ家の人を呼び出そうとしても無駄だと云ってくれた。シニョール・エルネスト・ロッシは出かけてしまったのだから。

「明日には戻るでしょうか」トルキルは、溢れんばかりの熱意で訊いてしまった。

「いや、外国人のところへ行ったんだ。ヴェネツィアか、それくらい遠いところまで旅しているよ。他にどんなところに行くのかは聖母様だけがご存知さ。ここには何週間も戻らない。うちの旦那なんか、もう戻らないかも知れないって云っている」

「そうなんですか。それで――それで、シニョリーナは？」

「はっはっ！　シニョリーナだって！」

「それで、彼女はどうなんですか」その嘲笑《あざわら》うような言葉に憤慨して鋭い声で云った。

「ああ、麗しのベルグリオータ。彼女のことは心配ご無用。ちゃんとやっていける」

「中にいるんですか」

「いや」

「じゃあ、どこに」

「自分で探しなさいよ」

トルキルは自分が間違いを犯したと気づいた。彼の声に入っていた氷が泡立つ噂話の井戸を凍りつかせたのだ。怒ったように彼を見つめるこの女はたっぷりした体軀で粗野な感じだが、かつては美しかったはずだ。

「ああ、あなたのように美しい女の人はみな似ている」と明るい声で云った。「もし麗しのベルグリオータがいなくなってしまっても、そのときはカステル・ガンドルフォにまだあなたがいる」

氷が溶け、すっかり消えてなくなった。井戸には水が満ち溢れた。

「ああ、シニョール・エルネストがどれだけ姪のことを気にしているか。今回は本当に遠いところへ行くんだから。とっても遠いところへ。でも、だからってそれを責めることはできないでしょう？」

「今回は彼女に何をしたんですか」

「ああ、今朝早く姪に会いたいと思ったのに、どこを探してもベルグリオータは見つからなかったのよ。とうとうあの娘がやってきて――エルメリルダのところのアニタがそこらじゅうを探し回ってね――そうしたらあの人は怒り狂っていた。役立たずの雌犬めって罵《ののし》ってね。お前なんかカステル・ガンドルフォに来なけりゃよかったんだって云ったのよ」

「それで、彼女は何と？」

「丘にいる野生の山羊みたいに頭を振り上げて、自分はいつでもノルウェイに戻る準備ができているんだって。『それなら、行ってしまえ』って伯父の方が云って、『二度とその顔を見せるな。本当のところ、お前にはうんざりなんだ。もっと本当のところを云えば、俺はローマから未亡人のルチーア・ルケッシを連れてきて、ベッドと食事をともにしようと思っているんだ。よき妻はお前みたいな怠け者の世話なんかするわけがないからな』そう云って戸棚のところへ行って、小さな財布を取り出すと、金貨を何枚か押し込んで投げつけたのよ。この金貨にはお前以上の価値があるんだと云って。そんなふうにしたもんだから、誰も、金も持たない親戚を追い出したって云えなくなってしまったわけよ」

「それで、彼女は？」勢い込んで話すトルキルの顔が赤くなって目を輝かせているのに、女は気づいていた。

「もちろん、喜んで受け取るに決まっているでしょ。だって、その金貨の価値は――」

「ええ、でもどんなふうに受け取ったんですか。何か云いましたか」と若者が言葉を遮った。ベルグリオットはそんなひどい言葉で与えられた贈り物を突き返さないのだと知って、悲しみに心が痛んだ。

「はっはっ、最初は牡丹の花のように赤くなってね。顔の薔薇色の輝きは湖に垂らしたワインの飛沫《ひまつ》のように広がった。そんなふうに浮かんで消えていったねえ。私も、あの娘は受け取るのを断るんじゃないかと思ったけど。なんということ！　あの娘の態度は生意気だったね。でも、振り向いてこう云ったのよ。静かな声で、『働く者が報酬を受けるのは当然だから〔「ルカによる福音書」十章七節〕』ってね。財布を手に取って、ポケットに入れると、シニョール・ロッシに向かって手を伸ばして、あの娘の国の言葉で何か云ったんだけど、別れの握手をしてくれって云ったのかしらね。でも、私にはそれしか判らない。判るのは、エルネスト・ロッシがアンドレア・プラッチのワインを運ぶ荷馬車に乗って朝の八時に出ていったっていうことと、昼前にベルグリオータが自分の荷物をまとめて、近くの子供たちと目が見えない年寄りのマルゲリータ・コルレオーネさんにさようならを云って、ローマ行きの小型トラックに乗っていったってことだけ」

「住所は置いていきませんでしたか」

「はあ、何？　住所？　なんでそんなことするのよ、はっはっ。すぐにあの娘はローマにいいところを見つけるでしょうよ、きっとね」

　それを聞いて、古物商が知っているのではないかというトルキル・ベルンソンの望みは断たれた。自分がローマをもう一度見ておきたいとどれだけ思っているのかということにはたと気が付いた。前にローマに行ってからもう一週間近くにもなるではないか！

　そうだ、今晩の列車がまだある。マリーノに歩いて戻って荷物をまとめてから、最終列車に乗る時間はある。

　行動なら喜んでしょう。マリーノまでは、黒い氷の上をスケートで滑っているようだった。宿の支払を済ませ、別れの挨拶を交わした。結局、列車には間に合った。

その夜、クアットロ・フォンターネ通りにある自分の部屋から、システィーナ通りを通って、ピンチョ公園の門の側で涼しさという歓びと水の音を一年を通して生み出している古い泉へと向かいながら、明日はどういうことになるだろうと思った。密生する柊樫の下を飛沫を上げながらぼこぼこと流れる水の音楽の中にいても、スペイン広場とその向こうの暗闇のローマ全体から湧き上がってくる溜息の中にあっても、不思議なことに彼には、ロッカ・ディ・パーパに吹く風と同じ音、アルバノ湖の菅のあいだに打ち寄せる細波《さざなみ》の中に聞こえる音が聞こえてきた。それは、ベルグリオータという音楽だった。ベルグリオータ――ベルグリオット――フレーケン、フレーケン・ベルグリオット。

朝になって、探索を始めた。トゥスクルムの森の中で会った夜明けを愛する者にちょうどよい時なのは間違いないだろう。ローマの白い薔薇の上で花開くピンクの薔薇のように、そこから朝日が見える高いテラスを彼女はきっと探そうとするだろう。

だが、独りであちこち歩き回って見張っているときに、ふと頭に浮かんできたのは、フレーケン・ベルグリオットはエルネスト伯父がどこかで寝泊まりしている都でぐずぐずしているよりも、北への旅を急ぐのではないかということだった。

当然だ、なんて莫迦だったんだ。北へ向かう郵便列車はあと二十分くらいで出発するのではなかったか。

三分後には、彼は乗合馬車《ヴェットゥーラ》に乗って、ディオクレティアヌス浴場の先にある巨大で陰鬱な駅へとおんぼろ馬車を走らせていた。

馬車を降りたとき、発車まで五分あった。二ソルドの入場券を買って改札を通った。彼女がいた。売店の前にいるのが見えた。背が高く、美しかった。朝の静けさの女神だ。

「出発！」発車が迫っていることを駅員が継げた。

トルキルは吃驚して反射的に振り向いた。片手をポケットに突っ込んだ。そうだった。右のポケットには小さな銀貨が一枚入っていた。左のポケットに財布はなかった。紙幣と金貨の入った財布は部屋に置いてきてしまった。目を上げたとき、娘は消えていた。

「この列車に乗るんですか乗らないんですか」駅員が厳しい口調で云った。

「ああ、ええと――いや、乗らない」

「それなら、ホームから離れていてください。ナポリ皇太子殿下がちょうどご到着になって、特急でフィレンツェまで行かれるところですから。駅をすっかり空けなくてはいけないのですよ。いや、駄目ですよ。今は売店には行けませんね。邪魔をなさらぬよう。もう出ていってください。お願いしますよ」

そうするしかなかった。だが、トルキルが振り向いたとき、小さな古めかしい真鍮の金具のついた箱が横の荷物用の台車の上に置いてあるのが見えた。何もかも諦めかけていた目が、そこに大きな字で記された名前を捕えた。ベルグリオット・ロスと書かれていた。素早く身を屈めて住所を読みとろうとした。

ラベルには二つの項目があった。下半分は大きな字で「ハンブルク」と書いてあった。それは、最初の到着駅だ。上半分には、「フレーケン・ベルグリオット・ロス、ベルゲン、ノルウェイ」となっていた。

夢中になっていて、王家の一行が到着したという最初の知らせを聞き逃した。そのことに気づいたのは、周囲が騒がしくなったからで、先頭車両を見てはっきりと理解した――これはチャンスではないか。

口うるさい駅員はいなくなっていた。足早に前に進んで、トルキルは売店の近くまで行った。木の棚からファンフッラとかポポロ・ロマーノといった新聞の束が突き出していて、お茶の葉や真っ赤なハート型菓子《ハーツ・オ・ラブ》の入った陶器の壺が並んでいた。右の方には紳士が一人立っていて、五リラ札を出して、「皇太子殿下へだ」と云って薔薇を買おうとしていた。売り子は躊躇《ためら》っていた。金額が低すぎるのだ。トルキルはポケットに入っていた銀貨を置いた。およそ十二リラだった。「皇太子殿下へだ」といって、美しい薔薇の花を手にして静かに売店から離れた。

北へ向かう長い旅の途中で死んだ者もいた。ハンブルクに留まって、そこから海へ向かう蒸気船に乗っていった者もいた。一つの、馨《かぐわ》しい、深い愛の心《ハート・オ・ラブ》がベルゲンにまで達した。そして、小さな白い部屋を、その香りと美しさで満たした。

＊　＊　＊

暑い秋の後は、美しい小春日和の日になった。ノルウェイの昼間は金色と琥珀色の輝きに浸り、夜になると星明かりの菫《すみれ》色の帳《とばり》を降ろした。

ノルウェイにいるということは、深く愛し、恋い焦がれたこの北国の空気に浸ることであり、この我が家の心地よさに包まれて歓びとともに目覚め安らかに眠りに落ちることであり、それはフレーケン・ベルグリオットにとっては言葉に尽くせないほどの歓喜であった。

ただ、小春日和の頃には彼女はもうフレーケン・ベルグリオットではなかった。彼女はベルグリオット・ベルンソンとなっていたのである。

丘の風

〈丘の風〉が小さな湖《ターン》の辺で目覚めたのは、真昼の暑さが終わった頃だった。陽気な山の空気は、タイムや滲《し》み出る蜂蜜の香り、松や樅《もみ》の木から漂う芳香を伴い、高台を越えて流れていた。空は風に洗われた深く艶《つや》やかに澄み切った青色で、南と西から溢れる太陽の光を捉えると碧青色になった。雪のような霞の切れ端がそこかしこに姿を見せ、風変わりな橇《そり》のように巻き上がったり、野生馬の尾のように空を振り払ったりしていた。と思うと、その姿が薄くなったり、あるいは謎めいた消え方をしてすっかりなくなったりした。そこここで、雷鳥《らいちょう》の呼ぶ声が聞こえたりもする。ヒースが広がる地のところどころに生えたクランベリーの茂みから慌ただしく羽ばたいて飛び上がり、熱い大気を翼で打つ音がばたばたと鳴り響くこともあった。大杓鷸《だいしゃくしぎ》が物悲しげに鳴きながら、水路の上をぐるぐる回っていた。山の窪地から微かに聞こえてくるベルを鳴らすような鹿の声が、遠くの鐘の音のように耳に心地よく、しかし耳から離れなかった。

無数の命が広大な紫の高地を震わせた。大気は、草木や花、昆虫、鳥、獣たちの数えきれない長嘆息で揺れた。湖の中では珍しく、斑点模様の鱒《ます》が揺れる太陽の光の煌《きら》めきを捕えていた。遠くの丘の上では、小柄な羊の毛が、陽の光に照らされた斑《まだら》に残る雪のように見えた。遠い絶壁に生える松林の上空を飛ぶ鷲《わし》は、宝石を鏤《ちりば》めたブロンズでできているかのごとき眼下の荒野をしっかり見張っているようだった。

あらゆる音、あらゆる光景が、丘の風の命そのものを作るのに欠くことのできない要素となっていた。何もかも美しく、本物《リアル》だった。遠くで聞こえなくなっていく鷹の叫び、長元坊《ちょうげんぼう》が獲物を襲って荒れ地を飛びながら急旋回するときの甲高い声、軽快に飛ぶ黄青鵐《きあおじ》、蜜で濡れたヒースの枝先のあいだを滑り抜けたり、あるいはカンナや谷地柳《やちやなぎ》のあいだで囁く空気の渦巻き、何リーグにも及ぶ日当たりのよいヒースの平原や紫の屋根の下に広がるくすんだ草が生えたサヴァンナから聞こえる無数の囁き。

考えることも行動することもまったくなく、彼女はいつまでもただ幸せな状態に浸っていた。小さな湖に写る自分に見惚《みと》れながら。その像はうっとりするほど美しかった。柔らかく、優美に丸みを帯びた白い四肢、花のような躰《からだ》は、ベルヘザーの暗い葡萄酒色とヒースの淡いアメシスト色を背景に、なおいっそう白く見えた。影を帯びた大きな目は青紫のパンジーのよう。水の中から上を夢見るように見上げていた。その美しさは、朝の恵みのごとく彼女の頭を包む髪は目も眩む太陽のように輝いていた。なお美しいのは、小さな湖の水面の細波《さざなみ》と静かに透き通った茶色の湖水を貫く、揺らめく黄金色と束の間の琥珀《こはく》色である。それにも増して捕えがたい繊細な美しさを映し出しているのは、黄色の羽でバランスをとりながら彼女の小さく固い左胸にしがみついて震えている象牙色の紋黄蝶《もんきちょう》である。

ぼんやりとした曖昧な思いがオレイアスの心に浮かんだ――〈丘の風〉は、遠い昔から数知れぬ変身を経ても、〈丘の風〉のオレイアスだった――それは、山の池の辺に横になって夢を見ていたときのことだった。先祖たちの目的地を探しながら、人生の道のりとしてどこを降りていけばいいのかを、彼女は放浪者の目で辿った。遠い過去から、夜明けに飛ぶ影のように、山頂に火を灯す朝日の火焔《かえん》の思い出が甦ってきた。浜辺の森から最果ての松の木までゆっくり燃やし、やがて彼方《かなた》の雪に当たってくすんだ色の松明《たいまつ》になる夕陽の焔《ほのお》の思い出が甦ってきた。過ぎ去った昼と夜の野外劇《ページェント》のぼんやりとした記憶は、旧世界の風の言葉であり、春分の詠唱から暴風《エウラキュローン》の葬送歌まで入れ替わり移ろう季節という並々ならぬ驚異であった。ときおり心の中を漂う命の儚い幻が、彼女自身にことさらに近づいて来た。深く考えたわけでもない、ほぼ無意識の幻想が消え行く瞬間に、白い姿がいくつも見えた——丘の小さな森の高い木から木へと忍び移る姿、あるいは陽の光に輝く髪をなびかせ風の前を跳ぶ姿、それとも鹿が通ってくる山の湖へと近づいて身を屈めて水を飲む姿か。その乳白色の肌の上に赤い光が輝いている白い姿は誰、あるいは何なのか。日暮れに高い岩棚に立ち瞑想に耽《ふけ》りながら黄昏の谷や遥か下の薄暗い世界を見下ろしているのは。この思い出せないのに馴染み深い、花のような裸の美女たちは誰の姉妹なのか。滝の側の蜘蛛の網のように銀色に煌めく露に囲まれて、花輪を作るための夕顔を集めている姉妹たちは。彼女の目の前の湖に鏡像のように映っている美しい幻影は誰なのか。常緑の林の空き地に身を屈めて月光の滴を飲もうとしているときにふと顔を上げて聞き耳を立て、ひどく恥ずかしそうにはにかんで微笑むのは。

ぼんやりとした眼差しにはどういう意味があるのだろうか。まだ思い出せない過去の思い出の幻には何の意味があるのだろうか。

どういうことかよく判らないまま、戸惑いながらも知らず知らずのうちに、山の湖で第二の自我が瞑想に耽ると先祖への郷愁が甦り、ぼんやりと恋しい気持ちを抱きながら、〈丘の風〉はゆっくり身を起こすと、両手で金の髪を広げながら白い腕を伸ばして憧れるように彼方の青い霞を覗き込んだ。

そのとき、馴染みのない音が聞こえてきて、彼女は跳び上がった。その音は、風に捕えられ、山腹の洞穴から洞穴へと放り投げられているかのようだった。大きな岩が転がり落ちているような音ではなかった。ただ、妙に近く感じられた。少し身を屈めて谷地柳の小枝をもぎ取り、それをぼんやりねじったったり捻《ひね》ったりしながらゆっくり歩いて行くと、深紅の実を輝かせている七竈《ななかまど》がヒースの茂る斜面から身を乗り出して、荒れ地にある広い谷間を見下ろしているところに出た。大きな蜻蛉《とんぼ》が一匹、投げた槍のように一瞬にして通り過ぎていった。小さな黄褐色の蜜蜂たちが彼女の周りを飛び回り、髪をかすめた。この見慣れない奇妙な花が丘の羊か赤鹿《あかしか》のように動き回ることを驚いていたのだった。彼女が七竈の陰で立ち止まり、その節《こぶ》だらけの幹に寄り掛かると、小さな青い蝶が二匹、ヒースの茂みからひらひらと舞い上がってきて、額の上に振りかけられた太陽の黄金色の上で風変わりな踊りを見せてくれた。そこで彼女は笑い声をあげたが、雨燕《あまつばめ》が一羽さっと飛んできて、通り過ぎ際に青の踊り子の一匹をくわえていったときには眉を顰《しか》めた。素早い手つきで七竈の枝を一本折り取ったが、このときにはもう一匹の青い小さな蝶はふわふわと陽の光の中へと飛び去っていた。

枝を下に向けて握ったまま、揺れ動く尖った葉と深紅や朱色の実がたわわに実る房の下で、自分の手足の白さを見て彼女は微笑んだ。蚋《ぶよ》が空気の迷路の中でぐるぐる迷って彼女の側に近づきすぎると、七竈の枝を持ち上げてゆっくり揺らして蚋たちを追い払った。〈海の声〉だった。とそのとき、腕をこわばらせ、身動きせずに立ち尽くし、固まったままじっと動かなくなった。鈍く曖昧に呼ぶ声が、古代の神々に囁いた。何度も何度もあらゆる神々に、そして、かつて存在し、今も存在する神の領土に向かって呼びかけた。同じ囁きが、人間の耳にも谺《こだま》となって響いた。そして、〈魂の館〉には、来たるべき時の噂となって。

身動きもせず、彼女の目は遠く連なる丘の霞で青くなっている眺望を見回した。力強い翼を持ち、大鎌を素早く振るう〈影〉が斜面から斜面へと動いた。〈丘の風〉は溜息をついた。そして、新しい歓びの衝動に駆られて微笑み、前方に飛び出した。といっても、物憂げに、溢れる太陽の光の流れに身を投げ出しただけだった。

広く糸沙参《いとしやじん》の茂る水域の対岸で、ヒースの茂る大地が海へ向かって落ちて行き、目も眩《くら》む黄金の焔の中へと揺らめき消えていった。波が彼らの泡の冠を高く掲げ、甘い海の調べの詠唱に対して歓びに溢れた笑い声をあげた。彼らは妹を得たのである。〈海の風〉という花嫁を得たのだ。〈大洋〉という吐息を、長嘆息を、最期の溜息を。

涙の誕生と死、そして再生

世知辛い日常生活から一瞬にして夢という暴君の支配下へと入っていけるのは、何もハシッシュ常用者だけではない。彼らが歓びへ近づくためには、何と陳腐で、何と手間のかかる手順が要るのだろう。阿片を吸うパイプだとか、あるいはインド大麻の奴隷となり果てた薬入り珈琲といったように。

夢の門へ行くには別の道がある。その秘密を知っている者たちは、いつでも人生の迷宮から目的地へと素早く入り込めるのかも知れない。沙漠の雌騾馬《らば》よりも速く、疾風のように。

だから、いつもと変わらぬあの部屋で、別れを告げに行った恋人と二人きりだったとき――その言葉を結局云わずにすんだのは夢のおかげだ――夢みる者の倦み果てた日々にさえ変化を与えてくれた、予期せぬ白昼夢が私の行動を決めたのだ。

恋人に会いに行くのはあまり気が進まなかった。彼女に対する愛があまりにもつらくなり、恋人のことを辛辣で冷淡な心の持ち主だと信じるほどになっていた。しかし、自分自身のために、そして、将来のために、もはや耐えられなくなったものを終わらせる決意をした。彼女の美しさにも、優しさにも、控えめで魅力溢れる真心にも唆《そそのか》されることはなかった。別れのつらさを、彼女は頭脳と神経でのみ感じ、心で感じることはないのだと確信していたせいでますますつらくなり、それが私をがんじがらめにしていた。

いろいろなことをそれなりの時間をかけて話し合ったが、それでも本当に話さなければならないことには一向に近づかなかった。そのときある友人の言葉を思い出した。やはり彼女のことを愛していたが結局叶わぬ恋となった友人である。「彼女は海のように美しく、そして冷たく、冷徹で、死ぬほど残酷なんだ」

何の偶然でそうなったのかは判らないが、彼女が銀のお茶のトレイの上に身を屈めたとき、トレイが気紛れな焰《ほのお》の輝きを映した――光も音もことごとくほの暗い静寂の中にあった――彼女の美しさを弥増《いやま》す黒く長い睫毛の背後からダイアモンドが発しているような閃光だった。流れ落ちていない涙だった。薄明の影に包まれた露の雫《しずく》のように煌《きら》めき、それが震えながら落ちそうになっているのが見えたのだった。だが、とうとう涙は日に焼けた美しい頬に落ちることはなかった。どんな「陽の光を浴びた九月のアプリコット」の輝きも敵わない美しい頬に。現れた露は、また吸い込まれていった。

本心からの驚きか、心の奥底からやって来る途中の白く朧《おぼろ》げな道に迷ってなのか、そのどちらが私の動きを止めたのかは判らなかった。しかしその刹那、長元坊《ちょうげんぼう》が急な気流に向かって胸を張り空中でぴたりと停止するように、私の心も停止したのだった。

眼前と、遥か背後に、艶《つや》やかに広がる水面が見えた。太陽の輝きが近くの水に映っていた。風が、紺碧の平原に何リーグも広がる黄色の牧草の真ん中で陽気な笑い声をあげながら、小さな金と銀の杯を青い細波《さざなみ》で絶え間なく揺らして泡で覆っていた。その向こうでは、サフラン色の光が、深く限りない紫色の空間へと広がるヒヤシンス色の谷間に揺らめいていた。そして、水平線が海岸線と出会い、青が青の中に消えていた。

自分がその底なしの深淵に沈んでいるのが判ったときでも、広大な眺めや辺りの魔術的な美しさにほとんど恐れを感じなかった。墜《お》ちてきたのではなかった。墜ちてきたという感覚はなかった。むしろ、音も動きもなく、目に見えない深淵が広がって、私を包み込んでいたのだ。

不思議に思う気持ちのあまり、緑の芝生が目の前に広がっているのを見たときにも、海の底を流れる芝生の上を、自分が前に進んでいるのか、見渡しているのか判らなかった。そのとき、海の水の深みにいるのなら、陽の光に照らされた緑などあるはずがないではないかと思った。次の瞬間、私はそこを足早に歩いていた。あのときの足の下にある芝生がどんなに柔らかく、弾力があったのかを今でも覚えている。

驚異の感覚はすっかり消え去っていた。頭上から、うっとりするような雲雀《ひばり》の歌声が次々に聞こえてきたときも、もう驚くことはなかった。野生植物の生け垣に覆い被さり、芳香を放ちながら忍冬《すいかずら》と茨《いばら》をほとんど隠そうとしている野薔薇の美しさで目が満たされているときに、そして森へ行く途中で通り過ぎた中庭と雑木林の——その奥まったところから鳩がくーくー鳴く声、小川の歌声と滝が風を受けて鳴らす音が聞こえてくる——美しさに五感がすっかり魅了されているときに、驚きを覚える理由があるだろうか。

これほど美しい森を見たことはなかった。前へ進むにつれて、木々は古代の壮麗さ、あるいは私の心に届く美しさを強めていった。通りから通りへ進むごとに、新たな方向へ目を向けるごとに、数えきれない緑の葉、いたるところから降り注ぐ太陽の黄金の光を受ける無数の花の色合い、頭の上、高い枝のあいだから見える深い歓びを与えてくれる空の青といったさまざまな様相を見せてくれる。白い鳥、その他の虹色の鳥たちが、太陽に暖められた空を漂い、あるいは枝から枝へと飛び移る。子鹿たちが跳びはねるたびにそこかしこで羊歯《しだ》が葉を震わせ、同時にどこか見えないところを流れる水辺にいる鹿の鳴き声が聞こえてくる。野生のヒヤシンスや蘭、紫のアネモネ、金鳳花《きんぽうげ》、喇叭《らっぱ》水仙《すいせん》といった馴染みのある花もあったが、その他の多くは、ことごとく春の子供たちであり、本来咲くべき季節など意に介さず、桜草と野薔薇が並び、雪の花《スノードロップ》と鳥兜《とりかぶと》が山査子《さんざし》の赤い花の下に集まって咲いているのだ。

しかし、他にも不思議なことがあった。この花々の多くは、まるで、ルビーやエメラルドや虹色のオパールが地の底の鉱床から浮かび上がり地表に忍び出で、その胸を露《あらわ》にし、太陽の焰が接吻をして命と歓びを与えているように見えた。その情熱で彼女たちを虜《とりこ》にしているように。

鳥たちの美しさにもまた驚き、目を瞠《みは》った。その中に桃色や青色の焰の花が見え、焰には波打つ光の翼があった。歌声はあまりにも美しく、手に手をとって夢の園《エデン》を歩く〈恍惚〉と〈沈黙〉にも、歌声がいつ一つの〈歓び〉になるかは判らず、その〈歓び〉を見たり言葉にしたり在り処《ありか》を突き止めることはできないのだ。

このうっとりするほど美しいものの中を、私は死の歓びに創られた者として進んだ。そのヴェールが引き裂かれ、呼吸のたびに新しくさらに強い歓びの空気を吸い込むとき、そんな歓喜の中には、解き放たれた魂を誘惑するようなものもときにはあったに違いない。

そのとき、この美しいアヴァロンに自分は独りではないのだと気が付いた。驚くほど美しい声が緑の枝を抜けて広がってきた。最初は、その葉の囁きを幸せな死者の溜息か笑い声かと思った。耳から離れない綺麗な声のあとについていった。繊細で、よそよそしく、上品に泣く声は、暗い眠りの海を渡ってくる微かに聞こえる夢の音楽のようだった。翼ある者のように私は風に向かって進んだ。だから、木々が動きもせずに通り過ぎ、持ち上げた翼の先端から遠のいていくように見えたに違いない。

エデンの園の最も深いところまで進んでようやく私は立ち止まった。何も云わず、しかし、注意を失わず。そこにある泉の透き通った波を太陽の金色が満たし陽の光の泡が覆っていた。その側に、美しい霊が身を屈めていたが、その美しさを私は口に出して云うことができない。彼女は、太陽の東、月の西、若い熾天使《してんし》が枯れかけた虹を喜んで編み直すところから照射される光のようだった。

周りには、揺れ動く美しい亡霊たちがいて、近寄ってきたり離れていったり、姿を見せたり消えたりしていた。歓びと希望、憧憬と口に出されなかった祈り、心からの欲望と切ない思慕、汚れなき想いと繊細な夢があった。

彼女から、穏やかな水へと視線を移した。その煌めき、その輝きに、魅了された。

やっと私は口を開いた。彼女が振り向いて、私の方をちらりと恥ずかしそうに見ると、いじらしい落ち着きと、その後の一瞬の躊躇《ためら》いの後に、私に近寄るよう手招きした。

これほど愛らしい人を見たことがないのは判っていたが、それでも、その顔にはそこはかとなく馴染みがあった。長く探し求めていた、長く夢見ていた、紛う方なき理想《イデアラ》の人だった。

「さあ」そう囁くと、私の手に自分の手を滑り込ませた。一緒に、陽の光のあたる泉に身を屈めた。素晴らしい色合いのオパールのようだった。そのまさに中心に、限りなく美しい真珠のようなものが見えた。一瞬一瞬ごとにますます素晴らしくなっていくように思えた。とそのとき、それが水面まで上がってきて、数秒間、太陽の光で満たされてから、泉から導かれている（そのときようやく気が付いたのだが）黄金の水路の一つへ零《こぼ》れ落ちた。

数秒間、それでも、時の鼓動の一つほどのあいだに、私は驚くべきことを知った。「この泉が判らない？」イデアラがもう一度、同じ震えるような低い囁き声で云った。「これは私の心の中の心」

「あなたの心なのか。美しい夢の人よ」

「ええ。今、私の心の中にいるのが判っていないの？　ここまで歩んできた美しいエデンは何もかも、深い波があなたをこちらへ連れてきたときからずっと。花を見て、鳥の歌を、冷たい水の声を、不思議な風の囁きを聴いたのも。その意味が全然判らなかったの？」

「あの何もかもが美しい幻影は？　この美しい〈希望〉と〈憧憬〉、穏やかな〈共感〉と敢然とした〈勇気〉は」

「あれは私の助手であり、召使い。でも、私に彼らは見えない」

「この泉は？　この陽の光に照らされる泉は」

「これは〈涙の泉〉。一人一人の女の心の中にある。今は溢れる陽の光で暖められている。それは私が恋をしているから。湧き上がる涙は今はただ一粒。これほど美しいのは、虹の希望でできているから」

「そして、あなたは誰なんだ」情熱的な想いが嵐のように襲いかかってきて、私は風の前の木の葉のようになり、大きな声で叫んでいた。

彼女は私のことを吃驚したように見つめた。

その唇が動いたが、私には音が聞こえなかった。霧が私たちのあいだにたちまち湧き上がってきた。彼女は手を延ばした。私は懸命に手を伸ばしたが、どうしても届かなかった。

名前が、あらゆる名前の中でも最も大切な名前が、私の唇のあいだから飛び出した。彼女の美しい顔に輝く光が見えた。その目が、私に何もかも語った。我が家のランプ、我が家の美しいランプだった。

水が勢いよく流れてきた。彼女の心から湧き出でる涙は、その目の上で死んだのと同じ涙だった。涙は死ぬときに彼女の心の美しい聖域へと私を運んできたのだ。再び、大きな波が押し寄せてきた。再び、限りない大洋が私の前に広がった。再び、私は覆い尽くされ、たちまち深みから運び出されて、一瞬にして、意識が、魂が、束の間の飛翔から帰還するように戻ってきた。

落ちることのなかった涙が私が愛した人の黒い睫毛の後ろから光を放ったが、ほとんど気が付かないほどの、ほとんど判らないほどの光だったということはもう話しただろうか。

黄昏の影の中の雫《しずく》のように涙が光るのを確かに見た。そして、震えながら留まり、今は――どれほど遠い昔のことだったか、それともほんの一呼吸ほどの時間だったのか――憧れを抱き、苦痛の中で死に、そして今は美しい再生を迎えている。

私の心は大いなる歓びに、大いなる畏敬の念に満ちた。私が立ち上がり、そして震えたとき、その瞬間、涙が日に焼けた美しい頬の上に落ちた。どんな「陽の光を浴びた九月のアプリコット」の輝きも敵わなかった頬の上に。

臆病者

フランス・アラブ戦争での出来事

微風《そよかぜ》すらなかったが、それでも岸辺を洗う水の音が雲の多い夜の闇を通して聞こえていた。ル・マルシャン大佐が、トゥアルアの族長からの贈り物である白いアラブ馬に乗って耳を欹《そばだ》てていると、微かな水の音は、ショット〔北アフリカの浅い塩湖〕の岸から聞こえてくるのではないと判った。その音は明らかに、遥か遠くの穏やかで静まり返った広大な湖から出ている。沙漠から、大きな吐息がやって来た。風はなかったが、沈黙が恐ろしかった。それでも、その押し殺した吐息には、その溜息には、数知れぬ嘆息が込められていた。ショットの南には、砂——何リーグにも及ぶ石だらけで草も生えない沙漠が続き、東は砂の波が作る長いうねりが泥灰煉瓦のように固くなっていた。西は、ときどき新しく緑地に作り替えられる砂だらけの放牧場で、小さなオアシスが何リーグも離れて点在し、その沙漠自体は遠くモロッコとの国境を越えてフィグイグの町まで広がっている。〈放浪者への恵み〉と呼ばれる町である。北には、わずかな牧草地があるだけで、エル・ハドテラの陸軍駐屯地の監理下にあり、狂信者を祭ったオアシス、シディ・ハリファ、南オランの地図では将来の首都であるサイダの丘の麓《ふもと》にある村などがある。

南から、東から、西から、北から、静寂を通り抜けてはっきり判らないほどの微風がやって来た。豹《ひょう》とジャッカルがショットの北側の岸辺を歩いていった。それは、風が南から吹いているためだった。猪が鼻を鳴らし地を踏む音が聞こえる背の高い菅《すげ》の向こうは、震える羚羊《れいよう》の群れの匂いがする方向だった。夜の旅人たちが、「メハリ」に乗って、すなわち駱駝《らくだ》たちを長い列にして率いて、砂の上の目に見えない道を通り、嵐が来る前に休息所を確保しようと必死になっていた。

だが、人々が恐れている嵐は、大気の動きによるものではなかった。ブー・アママ・ベル・アルビはフランスの強奪者たちに対する憎しみを大っぴらに公言しただけでなく、全権を有するアラブ担当局の将校を護衛団もろとも待ち伏せして、異教徒の一行を一人残らず殺したという噂が広まっていた。これは戦争になることを意味していた。そして、戦争になれば、平和な旅人は友人からも敵国人からも等しく掠奪の対象となった。供給と輸送の問題である。エル・リオドから、サイドから、エル・ハッテラからやってくるフランス軍や、預言者ブー・アママに率いられたアラブの叛乱軍も、危機にあっては誘惑に耐えられるはずもなかった。

だが、狭い海峡にある島の近く、大きなショットエル・チェルグイの北を通る者はいなかった。ル・マルシャン大佐はそんな危機のさなかに独りでそこを通ることで、他の道の何倍もの危険を冒しているのは確かだろう。しかし、まさにそんな危険こそが、十分な安全を確保してくれていたのである。

ウジェーヌ・フランソワ・ル・マルシャンは自らの勇気を身をもって示していた。アルジェリアでの入れ替わりの激しい軍隊生活に馴染み、サハラ沙漠で野獣を狩ったり人間を狩ったりした。もしもこの夜、彼が何かを恐れるとしたら、それは背後から急襲するライオンでも豹でもなく、忍び寄るアラブの掠奪者でもなく、辺りを徘徊するトゥアレグ族でもなく、まして、すでに団結して叛乱を起こしている部族民でも、南の地からフランス人を追い出す使命をアラーの神に与えられた使命を抱いて、この狂信的なブー・アママ・ベル・アルビとこれから合流しようとしている部族民でもない。彼が恐れるのは、エル・ハッテラから来た部隊か、同じ部隊の仲間に見られることだった。

その夜が晴れていたら、約束の場所まで目に付きやすい白い馬に乗っては行かなかっただろう。もっと遅い時間に、変装をして、こっそり行動しただろう。しかし、そうではなかったので、愛馬〈天国からの風〉でも、雷鳴の響く夜の闇の中では五十フィートから先は見分けられないと判っていた。不意の緊急事態にはこの美しい雌馬を駆り立てて思いも寄らないような速さで逃げよう。

鞍から身を乗り出すようにして、息を止めて耳を欹てた。そして、ようやく安堵の溜息をついた。

数分後、ショットの浅瀬に一定間隔で水を打つ音を立てながら、不格好な小舟が乗り上げた。側板を付けた筏《いかだ》よりはましという程度のもので、砂の中に突っ込んだところは、白い雌馬が苛立たしげに鼻を鳴らし柔らかい地面を蹄《ひづめ》で掻いている場所から数フィートも離れていなかった。

「アブダラ、君なのか」と低い声のアラビア語でル・マルシャン大佐は云った。

「私です」

「ナハラはどこだ」

「一緒にはいません。旦那様、悪態をつくのはやめてください。本当のことを話しているだけですから。〈盲目の族長〉が今朝、北へ向かいました」

「何だって。マホメット・エル・ジェベリがブー・アママのところへ行ったのか」

「まさに、その通りです」

「アラーの神があいつを未来永劫盲目のままにしておきますように！　ナハラのことはどうしたんだ」

「一緒に行きました。当然でしょう」

「それで、預かってきたメッセージは何だ」

「マホメット・エル・ジェベリはウレド・シディ・シャイフ一族の一員である、と」

「どういうことだ」

に差し出すようにと命じました」

それから、ブー・アママはマホメットに対して、養女のナハラをシ・スレイマン・ベン・ハッドゥール・アママは、マホメット・イブン・マホメット・エル・ジェベリが約束を果たすだろうと云っています。ブー・
「〈信奉者〉たちの指導者であると同時に自分の部族の長である彼を召喚するつもりでしょう。

激しい罵りの言葉がル・マルシャン大佐の唇を破って噴出した。それから、少しのあいだ静けさに満たされた。ただ、ショットの水がたてる細波《さざなみ》の微かな音、〈天国からの風〉が落ち着きなく前足の蹄で地面を掻く音、そして、彼方《かなた》でジャッカルが吠える声だけが聞こえていた。

「スレイマン・ベン・ハッドゥールは我々と同盟を誓っている」ようやく、擦《かす》れた声で云った。「今でもスレイマンはジェリ・ヴィルの反逆者どもを監視しているというのは嘘だったのか」

アブダラはおどおどと目を上げて、曖昧な言葉を呟《つぶや》いた。

「まあ、いい」大佐が気を取り直して云った。「スレイマンが何をしているかはどうせすぐに判るだろう。ナハラのことを教えてくれ」

「あの方は、夜明けの一時間ほど前に、あなたに会おうとなさるおつもりです。シディ・ハリファの村の北、柱が倒れているところで」

ル・マルシャン大佐は歓びの声を抑えることができなかった。

「彼女は独りで来るんだろうな。もちろん、独りだな?」

「私はあの方の言葉をお伝えしただけです」

「よし、もう行っていい。明日の午後、私のところへ来なさい。そのとき、私のためにしてくれたこと以上に報いるつもりだ。だが、ここから立ち去るときには、まっすぐアイン・シフィ・シファへ行ってもらいたい。シ・スレイマン・ベン・ハッドゥールを見つけて、私が助言を賜りたいと云っていると伝えてほしいのだ。明日は、早朝からエル・ハッテラのところへ行くことになっていると」

「ですが、大佐殿、シ・スレイマンは――」

「何だ？」

またアブダラはよく判らないことをもごもごと云った。オールで水音を立てたのは、注意を逸《そ》らすためのようだった。

「何といったんだ、アブダラ？」

「命令なさってくださいと申し上げました」

「ならば、行け。そして、警戒せよ。いや、少し待て。ナハラが来られなかったとき、あるいは、私が約束の時間に何らかの事情で遺跡まで行けなかったときには、彼女をどこで探せばいいと思うか」

だが、このときにはアブダラはもうオールを使って舟を岸から数ヤードも離していた。

「ブー・アママ・ベル・アルビの緑の旗の下です」精いっぱい慎重な声で叫んだ。そして、声を潜《ひそ》めて付け加えた。「あるいは、シ・スレイマン軍にいるルミ〔イスラム教徒がキリスト教徒あるいは一般にヨーロッパ人を指していう言葉〕の犬のところです」

その数秒後には、アラブ人は視界からショットと周辺の荒れ地を覆う闇の中へと姿を消した。ル・マルシャン大佐は馬を数歩進ませてから、また手綱を引いて、深く考え込んだ。

そのとき、〈天国からの風〉が首を後ろに振り上げ、不安そうに匂いを嗅いだ。素早く落ち着かない様子で砂を踏み締め、長くて白い尾を左右に振っていた。

大佐は前に乗り出して、耳を欹てた。誰かが、あるいは何かが近づいてくることを仄めかす音はまったく聞こえなかった。どこかで蹲《うずくま》る豹やハイエナの黄色に煌《きら》めく目の焔《ほのお》も見えなかった。それでも、馬はますます落ち着きを失っていった。

叫び声を上げたかと思うと、馬上の男は拍車を馬の脇腹に当て、同時に手綱を緩めた。〈天国からの風〉は軸の上で回転するかのように向きを変えると、次の瞬間には暗闇の中を白い夏の稲妻のように飛び出していった。

一分もしないうちに、不思議なことが起こった。砂でできた無数の小丘のうち、ショットの岸のそばにあった二つが崩れ落ちて、それと同時に黒い塊がそこから一つずつ出てきたのだ。

二人のアラブ人だった。若い男たちでほとんど裸に近く、用心しながら互いに近寄るとき、一人は明らかに痛みを耐えている様子だった。しかし、重傷でもなさそうだ。その男はフランス人の大佐の馬が飛び出すとき、最初の跳躍で踏みつけられたのだ。

二言三言言葉を素早く交わして、二人は闇の中へ姿を消した。一人はエル・ハッテラの西に向かって真っすぐに、もう一人は東の道を少し遠回りをして。

一方、ル・マルシャン大佐は砦に向かって馬を走らせていた。走りながら、これからどうするか心を決めた。戦争は、可哀想なウィムブレナー中尉と部下たちがブー・アママに罠をかけられ皆殺しにされた今となっては、もはや避けられないと考えた。したがって、フランス軍の兵力の準備が整うまで、あらゆる手段を使って平和を維持せよ、そして、何にもましてジェリヴィルと周辺の部族たち（その中でもシ・スレイマン・ベン・ハッドゥールは権限を持ち最も影響力のある男である）を懐柔せよという緊急の指示がティアレットにいる上官から送られてきたにもかかわらず、マホメット・エル・ジェベリの養女を誘拐することは実質的に利己的な反逆行為にはならないだろうと確信していた。実際のところ、ナハラは立派な人質になるだろうとにやりと笑って心の中で付け加えた。あの美しい沙漠の姫君を自分のものにすれば、悪賢く忌まわしいスレイマン・ベン・ハッドゥールをコントロールできるに違いないからだ。

ナハラに初めて会って、ナハラの物語を聞いたとき以来、ナハラのことや彼女に関係のあるどんな出来事でも、考えただけで胸が高鳴った。

あれは三箇月ほど前に、シディ・ハリファの村のオアシスへ独りで馬に乗って出かけたときのことだった。オクバ族長とともに夕暮れ時の一時間ほどを過ごし、そこを立ち去るときには、気が付くと、家族とともにアイン・シフィ・シファの村に戻ろうとしていたマホメット・エル・ジェベリの一行と一緒になっていた。マホメットは皆に盲目の族長と呼ばれていて、太古のトレムセン一族の血を引くムーア人だった。若い頃はアルジェリア北西部の都市オランのスペイン人に混じって貿易商としてそこで暮らしていた。南のスペイン人の港や都市へ旅することさえあった。オランのムーア人の例に漏れず、スペイン語を流暢《りゅうちょう》に話し、フランス語で会話することもできた。

神の呪いが全土に降ってきたとき――恐ろしい悪疫と飢饉《ききん》の年、すなわち一八六六年と一八六七年のことだが、このときに二十万人が犠牲になって早すぎる死を迎えた――マホメット・エル・ジェベリは、メティジャという名で知られる地方にいた。彼は、スペインの入植者に命を助けられたのだった。恐ろしいコレラに罹《かか》った彼を看病してくれただけでなく、住居と仕事を与えてくれた。一八六七年の初めに地震があって、地域の豊かな村々は崩壊した。ペレイ・バレーラの農場は廃墟になり、このスペインの名士は、ぐらつく壁の残骸の中から死にかけている妻を助けだそうとしているときに死んだ。マホメットが、かつてはペレイ・バレーラの富であった荒涼とした地で見つけたのは、彼の恩人のたった一人の子供、五歳のドロレスだけだった。子供を自分のものだという者は誰もいなかった。誰も子供と係わろうとはしなかった。地震に徹底的に破壊される前から、バレーラの地所はすっかり荒れ果てていたからだった。

ドロレス・バレーラを引き取って、養女にしたのがマホメット・エル・ジェベリだった。まず、トレムセン近郊にあるジェベル・トウムザイトの斜面を下ったところにある自分の故郷へ行き、そこで結婚した。

その後、海岸の町チェルチェルへ移ったが、そこで諍《いさか》いを起こしたフランス人に追われることになった。今度はミリアナ近くの村に住むことになり、そこでマホメットの人生を変える悲劇が起こった。フランス人の入植者が彼の妻に会って恋に落ちたのだ。妻のマルギヤが植民農園主と不義を犯していたのを知ったマホメットは復讐の機会を待ち、ついに二人とも殺してしまったのだ。そして命からがら逃げたのだが、そのとき幼いドロレスを連れて行った。それからすぐに、一八七一年の叛乱が勃発した。その中心は、ベニ・マナッシルの丘の部族で、先頭に立って叛徒を率いたのがマホメット・エル・トウムザイトだった。この蜂起が鎮圧された後、高地地方の反逆者に平和は戻らなかった。彼はオラニアン・サハラへと向かい、オウレド・シディ・シェイフのメンバーとして受け入れられた。一年か二年経って、銃の事故で視力を失う前に、二人の妻を娶《めと》った。そのどちらの妻も、あるいは他の誰であっても、ドロレスと比較しようという気持ちにもならなかった。だが、その異教徒の名前には我慢できなくなっていた。娘はあまりにも美しく、並外れて優雅で、彼には若い棗椰子《なつめやし》の実のように思えた。つまり、憂国の詩人アブデルカーデルの言葉で云えば、「歓びをもたらす豊かなものが、平和を約束する」ということである。

トウムザイトのマホメットは智恵を身に付けたフランス人を憎んではいたが、何年もかけて、その力が強いこと、アラーが彼らに国を支配するのをお許しになったことを知った。マホメット・エル・ジェベリがオウレド・シディ・シェイフの指導者の一人だったので、フランスの法による報復は免れていた。シディ・ハリファの族長オクバを訪ねて、キリスト教徒の族長ル・マルシャンに会ったとき、その外国の司令官と親しい関係を深めようと思う理由があった。

すなわち、シディ・ハリファから一晩旅してきたル・マルシャン大佐の存在に怒るのではなく、マホメットは丁寧な言葉で自分を招待するようにしつこく要求したのだった。このフランスの将校の方も、有益な同盟者にとっても厄介な敵ともなり得る男の好意をしきりに得ようとしていた。

ところが、アイン・シフィ・シファへ行く道の途中で予期せぬ出来事が起こったのだった。トゥアレグ族の掠奪者の集団が北に向かっていて、雲の多い晩に徒歩で移動していた旅人たちの小さなグループを取り囲んでいた。ル・マルシャン大佐は、近くから女の悲鳴が聞こえてきて、さらに、自分に向かって最初はスペイン語で、次いでフランス語で訴える声を聞いて驚いた。次の瞬間、すぐ横にいる類い稀な美しい娘を見て、何をするかほとんど考える間もなく、ムーア人の作った高い鞍の上に引っぱり上げた。一行の残りはほぼ制圧されていた。拳銃を抜き、近くにいたトゥアレグ族の二人を片づけると、次の瞬間、沙漠に向かって走り去った。

美しい荷とともにエル・ハッテラに着いた。しかし、その後は彼女をよく見ることもなかった。すぐに、マホメット・エル・ジェベリが自分を捕えた者たちから金で自由を買って姿を現したからだ。それでも、ナハラの救出者として彼女から話を聴く時間はあった。そして、盲目の族長のスペイン人娘に、希望のない、熱烈な恋心を抱いた。そして、同様の恋心が返された。しかも、最初の瞬間に。彼が力強い腕をまわして抱え上げ、トゥアレグ族から馬を走らせた瞬間から、ウジェーヌ・ル・マルシャンは彼女の英雄であり恋人だった。マホメットは確かに素早く彼女のヴェールを降ろし、家まで連れて戻ったが、もはやナハラはドロレスとなっていたのだ。愛は愛を呼び、また、血は血を呼ぶ。二人は重々しい言葉で互いに忠実であることを誓い合った。

その後、ル・マルシャンは三回か四回、娘に会ったが、困難と深刻な危険を伴っていた。二人の情熱は瞬く間に燃え上がった。それは死の颪に向かって燃える焔となった。狂信者ブー・アママが突然ジハドを宣言して、その数週間後にアラブ担当局のウィンブレナー中尉とその部隊を皆殺しにしたときから。反フランス感情はその頂点に達していた。上辺ではまだ忠誠を誓っている部族においてもだ。マホメット・エル・ジェベリは自分の支配下にある者たちがルミと連絡を取ることを禁じた。

ナハラの義弟であるアブダラが秘密を誓い、なんとか協力してくれることになったので、ル・マルシャン大佐はもはや躊躇《ためら》うことなく、どんな危険や反対に直面しようとも彼女を花嫁として連れて行きたいという愛しのドロレスへの言づてを頼んだ。彼女もまた、アブダラを通して、そのためにはどうやって、いつ、どこで会えばいいのかという言葉を送ってきた。

その伝言を受けて、この四月の灼熱の午後に、カジン少佐の諫言《かんげん》を顧みず、ル・マルシャン大佐は馬に乗ってエル・ハッテラ、すなわちフランス人が呼ぶ名前ではエル・クライデルを出たのだった。

〈天国からの颪〉に乗れば、その守備を固めた村まではそんなにかからない。防衛ラインにいる三人の歩哨の前を通るときに、大佐は自分が馬に乗って出てから、誰かが出入りするのを見なかったかと訊《たず》ねてみた。誰の姿も見ていないという答えを聞いて、大佐は満足した。

自分の執務室に着いて、夜明けの二時間前に〈天国からの風〉を部屋のドアの前に待機させるように指示して当番兵を驚かせた。中に入るとカジン少佐がいて、ちょうど届いた指示を心配そうに読んでいたところだった。エル・ハッテラの守備隊の一部に気をつけろという内容だった。ブー・アママは、哀れなウィムブレナーに対する勝利に決して満足してはいなかったが、フランス人の入植地を掠奪し、広範囲にわたって荒廃せしめた。今や、ティアレから行進してくるル・マゾン大佐の隊列を待つべきかどうかも怪しくなってきた。その場合には、掠奪品と捕虜を伴ってサハラ沙漠に向かって軍を退却させることになっていた。もっと綿密なやり方で諸部族を奮起させるため、あるいは、夏がすっかり始まってしまうまで追跡者たちをまくために。そんなことにはならないようにする方が賢明だろう。フランス人とスペイン人の女性たちが多くを占める捕虜を助けるためにどうしても必要な場合は別にして。

誰も、ル・マルシャン大佐とカジン少佐のあいだになにがあったのかは知らなかった。だが、少佐がシディ・ハリファの村を占領しに直ちに部隊を派遣せよと強く迫ったとき、特に、族長のオクバがモハメット・エル・ジェベリの仲間に入ったのを大佐が知ったとき、怒りの言葉が発せられたのは間違いない。

「われわれの部隊が見えた瞬間、マホメットと奴の仲間たちは野営地を引き払うでしょう。シディ・ハリファには、一人の男も、一人の女も、一人の子供でさえ、残っているとは思えません。叛逆と狂信的行為の温床になっているから、厄介払いにはなる。いちど壊滅してしまえば、ここもよくなります。血に飢えた悪魔ブー・アママから遠く離れていても」

だが、これこそル・マルシャン大佐が何としても避けたい事態だった。もし、ナハラが今、手の届かないところへ行ってしまったら、もう二度と会うことはないだろう。

そこで、シ・スレイマン・ベン・ハッドゥールをおびき寄せるために部隊をアイン・シフィ・シファへ派遣するというまったく逆の提案をした。

「大佐殿！　何ということを」カジン少佐が怒りのあまり叫んだ。「それでは、北サハラ全土に叛逆の合図を送ることになります。数日後には、アトラス山脈、つまりオーレス山地のこちら側に生きているフランス人は一人も残っていないでしょう。今でも、ジェリヴィルにいるわれわれの同郷者は絶えず命の危機に晒されているわけですが」

「ばかばかしい。まさか本気では……いや失敬。自分が何をしているかは判っているんだ。このスレイマンという男のことは、目の届くところに置いておこうと決めた。だから、実は明日ここへ来るようにもう指示しておいた」

こんなやりとりが交わされた。そのあと、二人の士官から怒りの声が上がってきて、とうとう、カジン少佐が大佐のところから憤慨しながら出て、まっすぐ自分の部屋へと戻って行った。声を掛けるのを誰にも許すことなく。

その晩のウジェーヌ・ル・マルシャンには、そもそも眠ろうという気もなかった。熱に浮かされたように落ち着きなく行ったり来たりしていた。自分の行いがどんな事態を引き起こそうとしているかということよりも、自分がドロレス・バレーラに対してしようとしていることは間違っているのかも知れないという思いの方が彼を悩ませていた。というのは、パリでともに不幸な結婚生活を送った婦人は事実上すでに別れているにもかかわらず、今なお妻であるからだ。それでも、もしかすると自分が不安になっているのはそんな気持ちとは関係ないのかも知れない。何度も何度も繰り返し、心の中で言い争っていた。あの娘は私を愛している。あの娘はアラブ人ではなくヨーロッパ人で、彼女が置かれている状況はあまりにも悲惨なものなのだ。シ・スレイマンの妻になるよりも自分の愛人になった方が幸せになれるはずだ。もしも、失敗した場合でも、最悪の事態に比べればまだいい方だろう。彼の云うことはすべてそうかも知れないという想像でしかなかったが、それでも自分がドロレスに他の選択肢を与えるつもりはないことを悟っていた。

出発の時間が近づいたかと、何度も何度も時計を見た。とうとう、その時になった。もういちど念入りに拳銃を確認して外へ出ると、当番兵にいくつか指示をしてから馬に飛び乗った。

〈天国からの風〉に気が付いた歩哨は驚いた。受けていた命令では、たとえ士官であっても夜中を過ぎてから日が昇るまでのあいだに砦を出ることは禁じられていて、それは絶対のものだったからだ。だが、その決死の騎手にどんな必要があったとしても、どうして大佐自ら密偵にならなければいけないのか。

歩哨たちのあいだで交わされるに違いない疑念を無視して、ル・マルシャン大佐は馬を前に進めた。この旅には一時間近く必要だと判っていた。シディ・ハリファはそんなに遠くないのだが、ナハラと落ち合うことになっているオアシスの北西側の古いローマ人の遺跡に行くには、はるばる迂回して行かなければならないからだ。慎重に馬を進めなければならなかった。ときどき危険な雨裂のある荒れた斜面を渡って行かなければならないだけでなく、ブー・アママの支持者や自称信奉者たちの一団といつ遭遇してもおかしくないという危険があったからだった。

ようやく手綱を引いたのは、倒れた柱や崩れた壁の石材がごちゃごちゃと積み重なっているところに近づいたときだった。自分の計画がもうほどんと達成できたような気分だった。馬を降りながらも、耳を欹てていた。誰もいないと納得すると、雌馬の手綱をしっかり結び、崩れかけたまま立っている数本の柱の一つにもたれかかった。約束の時間よりも早く来たのは判っていたが、ナハラもまた自分と同じように逸《はや》る気持ちを抑えきれないことを願わずにはいられなかった。静かに時が過ぎて行った。ほとんど閉じている亀裂から滴り落ちる水のように。

ル・マルシャン大佐は勇敢な男だった。それでも、三人のヴェールを被った人影が近づいてきたときは、沈黙と暗黒から、そしておそらくは近くの大地からやってくる麻痺するような戦慄を意識していた。誰の物音も危機の知らせも聞こえなかった。葉のさらさらという音さえも。一瞬、超自然に対する本能的な恐怖を感じた。それから、自分が待ち伏せに会うのではないかと思って怖くなった。

「ウジェーヌ！」と女の声が聞こえた。低い、震える囁き声が聞こえ、大佐の心臓からまた血のうねりが湧き出し、思わず一歩前へ足を踏み出した。

「ドロレス……ナハラ……こっちだ！　誰か一緒にいるのか」

娘は素早く彼の方へと進んできて、次の瞬間にはその両腕の中にいた。

「ウジェーヌ……ウジェーヌ……愛している。私たちの幸せを嫉《ねた》む者たちから逃げられればいいのに！」

「ならば、そうしよう。今すぐに！　一緒にいるのは誰なんだ」

「でも、父がフランス人に対してどんなに厳しいか知っているでしょう。実際は、あらゆるヨーロッパ人に対してだけど。それに――」

「でも君はスペイン人じゃないか」

「いいえ、私は〈沙漠の民〉よ」

「でも、ドロレス！　君はもう自由な人間だ。さあ、ぐずぐずするのはやめよう。いつ跡をつけられるか判らないし、いつ取り押さえられるか判らない。教えてくれ、あれは誰なんだ」

「それに、私の父、マホメット・エル・ジェベリは、私がシ・スレイマン・ベン・ハッドゥールと結婚するのを望んでいるの。私はどうすればいいの。私は自分の民の災いのもとにはなれない。幸せになる方法はたった一つしかないけど、あなたがそれを選ぶことはないでしょうね」

「話してくれ、その方法とは何なのか」

「明日よ、ウジェーヌ、ブー・アママと仲間たちと捕虜たちが南へ向かうの。ブー・アママがショット・エル・チェルグイの西岸と南岸にまで達したら、シ・スレイマンが数千の男たちを引き連れて合流するはず」

「スレイマンのことで悩むことはない。あいつは私の手の内にいるのだから」

暗闇の中でル・マルシャンは娘が驚いたのが見えなかったが、彼もまた、暗い影の中で妙な動きをするものに気が付いていた。それは、さっきまで彼が寄り掛かっていた柱の背後に集まっていた。

「あなたが――シ・スレイマンを――手の内に？」

「そうだ。あいつは明日やってくることになっている。だが、エル・ハッテラから出ることは決してないだろう。つまり、いずれにせよ、この戦争が終わって、私たちが一緒に出て行ってしまうまでは、ということだ。だが今は、私と一緒に行くつもりがあるのかどうか教えてくれ」

「ウジェーヌ・ル・マルシャン、もし明日、部隊を砦の中から出さなければ、明晩にはあなたのところへ行きます。もし、そうするつもりがないのであれば、私は二度と再びあなたに会うことはないでしょう」

一瞬、ル・マルシャン大佐はナハラの云うことの意味を完全には理解できなかった。突然焔の光が輝くように、何もかもが頭の中に浮かび上がった。

「ドロレス、自分が要求していることの意味が判ってないのではないか。もし、ブー・アママがジェリヴィルへ向かっているのなら、われわれのすぐ側を通らなくてはならない。キリスト教徒の囚人を多数連れて勝利を祝うアラブの叛乱者たちがわれわれの手を逃れるのを私が許したと知ったら、私の部隊はいったいどう思うだろうか。無理を云わないでくれ！」

「それなら、私が恐れているようになるでしょう。すぐにでも私たちはお別れしなくてはなりません」

「でも、この話はひどすぎる。そんなことを私に要求できるなんて」

「私が要求しているのではありません。私には選ぶ余地などないのです。私たちは罠に嵌まったのです。あなたも私も。無力な鶉《うずら》のように」

「罠に嵌まった――なんと恐ろしいことだ」

「こっそり抜け出したのが父に見つかったのです。直ちに殺すと脅されて、あなたに会いに行こうとしていたのだと白状してしまいました。すると、私に選ぶよう云いました――死か、あなたを味方につけるかだと。これまでアラブ人はあなたに危害をくわえなかったので、あなたがブー・アママの邪魔をするためだけに死刑を私たち二人に宣告なさるつもりはないように思えたのです」

「何ということだ、ナハラよ。ブー・アママのために砂粒一つと云われたのなら気にはしない。だが、任務が……任務がある……それに何より、捕虜は……不運な女たちだ。しかし、マホメットが私たちに死を宣告したというのはどういうことなんだ」

「私たちは包囲されています。ああ、拳銃を使おうとはなさらないで。もう遅すぎますから。一人でもあの男たちが叫んだら、私たちは一瞬にして捕えられてしまいます」

「待ち伏せされたのか」

「まさにそうなのです。でも、ウジェーヌ、私に何ができたでしょうか」

「何とか逃げ出す方法を考えなければ。私が一発撃ったらすぐに私の馬に飛び乗りなさい。二発目で私が隣に飛び乗る。何とか逃げられるかも知れない」

「いいえ、もう遅すぎるのです。取り囲まれているのですよ」

「だから何だ」

「こういうことです。私たちはこの大きな柱の下に生き埋めになるということなのです」

次の瞬間、ル・マルシャン大佐が腕を掲げた。ほとんど同時に閃光が瞬き、すぐ近くの柱の背後から銃声が鳴り響いた。彼の拳銃が手から弾き飛ばされて、腕の方はしばらく麻痺して脇に垂れたままになった。

深い静けさが続いた。ただ、ナハラとヴェールをかけて平然とした二人のアラブ人がいるだけだった。大佐は納得した。

「命か……ナハラ、あなたの命……私たちの命がかかっている。ドロレス、あなたを失うわけにはいかない。私はこれで破滅するだろう。それでも、同意しよう」

「ああ、ウジェーヌ、ウジェーヌ、私たちを助けてくださったのね」

「今、一緒に行けないのか。私は約束を守るつもりだ」

「いいえ、それはできません。明日の夜、失敗しなければ。でも、今夜は無理です」

「ならば私はもう行くことにしよう……それで、身の危険はないのか」

「ええ、今は大丈夫です。でも……ウジェーヌ……忘れないで！　もし約束を破ったら、私に二度と会えないだけでなく、私の身も破滅します。私は死ぬでしょう」

「私は約束したのだ、ドロレス。だから、あなたの約束を聞き入れた。明日の夜、私のもとに来ると云った。そう、それを信じよう」

「彼女は行くだろう！」

擦れた嗄《しわが》れ声が聞こえ、ル・マルシャンは振り向いた。何となく聞き覚えがあるような声だった。だが、誰の姿も見えなかった。前に歩を進めると、背の高い姿がちらりと見えたが、それも闇の中へと消えて行った。再び振り返ると、ナハラの姿も消えていた。

まったくの独りになったようだった。何もかも夢だったのだろうかという気分になった。いや、砕かれた拳銃が証拠だ。腕もまだ痛んでいる。さらによくないことが起こる予感がした。だが、予感など何の役に立つだろうか。自分は決断をして、その結果を受け入れなければならないということなのだ。今は馬に乗って戻り、成り行きを待つこと以外にできることはない。

夜が明けたのは、ル・マルシャンがエル・ハッテラの門で歩哨に敬礼をしたときだった。あれは夢だったのかと思った。途中、誰一人姿を見なかったし、誰に邪魔されることもなかった。それでも、耳を澄ませていると一度ならず、砦とシディ・ハリファのあいだに広がる砂の荒れ地にいるのは自分一人ではないと感じ取れることがあった。

大佐を通した歩哨には何が最も白いか判らなかった。不毛の丘と起伏の多い沙漠の上をそっと進んで行った白い夜明け、〈天国からの風〉の白い躰《からだ》、あるいはル・マルシャン大佐の白い顔か。

朝がゆっくりと過ぎ、真昼はもっとゆっくり過ぎた。伝令が入ってきて、アラブ人部隊の本体が北東に見え、おそらくそれはシディ・ハリファからやって来てジェリヴィルへ向かうルートを南へ進んでいると知らせたとき、守備隊の士官たちは昼食の席についていた。

「ブー・アママに違いない！」カジン少佐が叫んだ。「南へ進軍しているというのは間違いないだろう」

「今度こそ戦うことになるだろう！」下級将校たちが低い声で言葉を交わし合った。「それに潮時でもある。数日後には、エル・ハッテラでさえあの反逆者の虜《とりこ》になっているだろう」

　興奮がまだ醒めないうちに、さらなる情報がもたらされた。確かにそれはブー・アママだった。だが、勝利を収める軍を率いて慎重に進んでいるのであって、逃亡している敗軍の将ではなかった。率いる非正規軍の真ん中で翻る軍旗は緑色旗だった。最後の伝令が頭を下げて告げるには、ブー・アママ・ベル＝アルビはフランス人をあからさまに嘲《あざけ》っていて、まだ態勢がまったく整ってもいない軍勢に対してフランス人は恐れを抱き、エル・ハッテラの強力な守備隊でさえブー・アママ率いる軍が進むのを止める勇気もないのだと嘯《うそぶ》いているという。

　この頃にはもう、士官だけでなく部隊全体が熱狂的な興奮状態になっていた。もう一度、伝令がやって来て、ブー・アママの部隊には二百人のヨーロッパ人捕虜がおり、その中には百五十人ほどの女がいるという情報に間違いはないと伝えるともう狂乱の域に達した。

　ル・マルシャン大佐と士官たちがいるのは、城塞の西門の近くにある円頂小丘だったのだが、そこからはアラブの叛乱軍を容易に見てとることができた。誰もが驚くほどの速さで、見る見る近づいてきていた。密かな動きだったものが、門の南側へ向かって続く草の茂った古い城壁沿いに犇《ひし》めき合う原住民たちの中にいても目立つようになっていた。

「御覧なさい、大佐」ルーセル大尉が意味あり気に云った。「あれはどういう意味なのでしょうか」

「自然な好奇心だと思うが」冷たく固い声で答えた。

「それでも注意しておくべきでしょう。連携した動きかも知れません。いや、まるでブー・アママがライフルの射程内に入って来ようとするかのようでした。あいつは見栄を張ってそんなことをするほど莫迦ではないし、慌てて砦を奪いに来るような奴でないのも確かでしょう」

「ルーセル大尉、求められるまでは自分の意見を心の中に留めておきたまえ」ル・マルシャン大佐はかっとなってそう云った。大尉は一瞬怒りに顔を赤くして大佐を見つめたが、敬礼してから身を固くして後ろに下がった。

ブー・アママの部隊がエル・ハッテラへ接近するつもりであることにもはや疑いの余地はなかった。攻撃するつもりなのか、あるいは純然たる虚勢なのか。

前進してくる軍勢をじっと見つめて立っていた全員が今では大佐に目を向けていた。兵士たちが嘲り挑発するように叫んだり笑ったりする声がはっきり聞こえてきた。

とうとうカジン少佐は自制できなくなった。

「大佐、撃つべきではないでしょうか」

「駄目だ」

「しかし……失礼ながら、大佐……ブー・アママ軍はすぐにも攻撃してくるかも知れません。もうこのアラブ人たちは――奴らはもうすっかり勢いづいています。もし、軍の不意打ちを撃退しているあいだに、奴らが蜂起したら、まずい事態になりかねません」

「ブー・アママは攻撃してこない。虚勢を張っているだけだ」

「ですが、大佐、われわれを臆病だと笑って名誉を汚すような叛乱を成功させてはなりません。付いてきている烏合《うごう》の衆と一緒に、十分で回れ右させて追い返してやりますよ。もし、戦いを挑むほど愚か者だったら、奴の軍勢を粉砕してやりましょう。ただ粉砕してやればいいんです！」

「何が最善のやり方かを決めるのは私だ、カジン少佐」

「しかし、大佐……ああ、神よ！……大佐、捕虜たちが！　百五十人の女と子供ですよ！」

「だから？」

「だから……大佐、私には――私には理解できません」カジン少佐の言葉は途切れがちだった。周りの者たちは、驚きと怒りと湧き上がる恥の綯《な》い交ぜになった表情で見つめ続けていた。

大佐は振り向いて、また敵軍をじっと見た。その先頭はもう五百か六百ヤードしか離れていないところにまで来ていた。そのとき、馬に乗ったアラブ人が飛び出してきて、全速力で砦に向かって走り出した。バーヌース〔防砂防熱用フード付きマント〕が風にはためき、左腕の肘に抱えている長いライフルの銃身が陽の光を反射していた。

城壁から五十ヤードの距離まで近づいたところで急に向きを変え、馬を巧みに操ってゆっくり旋回させ、砦の西正面に沿って進んだ。

馬に乗って進みながら、男がアラビア語とフランス語で交互に叫んだ。「おい、そこの犬と犬の息子たち！　震えている不信者たち！　ブー・アママがお前たちを笑っているぞ。お前たちの顔に唾を吐いているぞ。だが、命を奪うのはもう少し待ってやる。今のうちに、食べて飲んで楽しんでおけ。数日のうちに戻ってきて、お前たちとエル・ハッテラを地上から消し去ってやるからだ。見ろ！　ブー・アママが通り過ぎるとき、お前たちを嘲笑《あざわら》い、ばかにする。俺たちは、お前たちの仲間をジャッカルのように殺した。禿鷲《はげわし》はお前たちの若い族長ヴァイムブレナーの相手で忙しくしているところだ」

そのとき砦の中にいるフランス兵たちから声も嗄《か》れるばかりの深い咆哮《ほうこう》が湧き上がった。激高した虎が凶暴な唸《うな》り声を発しながら檻の格子に飛びついて、それを破り、虎をからかっていた愚者たちに跳び掛かるときのような声だった。

「ブー・アママ・ベル・アルビは憐れみ深いお方だ、たとえお前たちが犬であったとしても」使者の声は続いた。嘲る声は何度も絶叫にまで高まった。「そうだ、ブー・アママはお前たちに慈悲をお与えになるだろう。武器を捨て、偉大な預言者アラーの御名の前に頭《こうべ》を垂れさえすればいいのだ。さもなくば、お前たちを塵のようになるまで擂《す》り潰し、踵《かかと》で踏み砕くだろう。馬が乾いた糞を砂になるまで踏み砕くように。お前たちもまた汚物だからだ。ジファ――ジファ――ジファ！」

擦れた唸り声は今や激しい呪いの言葉になっていた。荒々しくライフルを摑み、殺人的な怒りに喘《あえ》ぎ身を震わせた。

「見ろ！　偉大なる族長がお前たちを嘲笑しているぞ。族長は道から一ヤードも外れるつもりはない。我らはエル・ハッテラの外縁を進み、アイン・シフィ・シファで休息するだろう。そこでお前たちと相対するだろうか。いや、お前たちはその砦から出て行くこともないだろう。そうやって身を守りながら、俺たちを数十人くらいはライフルで殺せるわけだ。否！　俺たちアラブ人は男だが、お前たちは男ではない。はっ、はっ、はっ。お前たちの妻や娘や若い女たちもそう云うだろう。はっ、はっ、はっ！　百五十人もの女たちを連れて帰って、俺たちの奴隷やハーレムの女にしてやろう！」

全軍に電撃を受けたような衝撃が走った。すっかり静まり返り、ただ噎《むせ》び泣くような息だけが聞こえ、言葉にできない怒りと云いようのない威嚇の感情が満ち溢れた。小丘のうえの将官たちが大佐を見た。しかし、灰のように白くなった顔とわなわなと震える筋肉が見えただけだった。

驚愕の表情が、すでに怒りと憤りでこわばっている顔に現れた。一人一人が、仲間たちと顔を見合わせ、それから大佐を見た。そして、カジン少佐を、そしてまた大佐を。その間、アラブ人の戦士はライフルを投げ上げ、腕を伸ばしてそれを摑み、緩んだバーヌースをひらひらとはためかせては、馬の向きを変えたり後退させたりしてから、悠々と道を戻っていった。彼は何度も何度も笑い声を上げながら、フランス兵たちを臆病者と嘲り、ブー・アママ軍の手中にある不幸な女たちの運命を笑うのだった。

カジン少佐が上官の隣に歩を進めたとき、激しい期待のこもった死んだような沈黙が広がった。

「ル・マルシャン大佐、我らの準備は整っています。命令を出していただけますか」

大佐はゆっくり周囲を見回した。その顔は引き攣《つ》っていた。鈍い灰色に染まっていた。

「何の命令だ？」

その声は乾いて、擦れて、咽《のど》の渇きで死にかけている男のようだった。

「何の命令……何のですって？……大佐！」カジン少佐は声の限りに叫んだ。その目は猛獣のような光を放っていた。「大佐もフランス国旗がひどい辱めを受けるに任せるつもりはないでしょう。大佐も駐屯部隊の一人一人にフランス人がかつて飲めと云われたこともないほどの苦い恥の杯を飲ませるつもりではないでしょう。神よ、大佐もブー・アママという悪魔がやすやすと進軍して二百人の同胞と親族が、百五十人の妻と娘が連れて行かれるのを、指をくわえて眺めているつもりはないでしょう！」

「私には私の命令があるのだ」と低い声で答えたが、その声は低すぎて聞こえないというほどでもなく、士官全員が苦々しい屈辱と憤怒で顔を赤くして聞いていた。

「大佐が受けている命令があることは我々も知っています。ですが、目下の我々の義務を遂行するのを妨げる命令などありますまい。直ちに出撃しなければ、アラブ人に対して、北アフリカの同志たちに対して、我らの国家に対して、我らの敵に対して、全世界に対して、名誉を失うでしょう。我々の中に、フランスの名誉におけるこの汚点を防ぐのに喜んで命を投げ打つ覚悟のない者は一人もいません」

「カジン少佐、身の程をわきまえたまえ。私が、私だけが、我らの義務とは何かを決める権限を持っているのだ。この件を少佐と議論するつもりはない。だが、本当の攻撃に対して防御を固めるあいだは、ブー・アママとの戦いで戦力を裂くつもりはない」

「ですが、大佐。女たちは――捕虜が！」

「話したとおりだ」

強烈な軽蔑の眼差しが将校たちの顔に浮かんだ。その一つの感情が部隊全体に広がった。将校たちに、そして部下たちに。自分たちの大佐は恐れている！

カジン少佐は頭を下げなかった。初めは何の身振りも、何の動きも見せなかった。ただ、紫がかった色がその唇から頬へ広がっただけだった。少佐が口を開いたとき、その言葉を全員が聞き、息を飲んでそれに対する答えを待った。

「ル・マルシャン大佐、共和国陸軍の士官として抗議致します。フランス軍兵士として、この屈辱の時を呪います。今からでも、この不名誉から我らを救いませんか」

答えはなかった。大佐の灰色の顔に、慄《おのの》くような動きが見えた。

「ウジェーヌ・ル・マルシャン、あなたは臆病者だ」

恐ろしくどっちつかずな状態が続いた。この侮蔑の言葉を云われたら、この甚だしい服務違反のあとなら、長患いで寝たきりだった男でさえ立ち向かうだろう。

ル・マルシャン大佐がゆっくり向きを変えた。機械じみた動きで西を指さした。

「見ろ、敵軍はもう退却している」

しかし、一瞬目を向けただけで、誰も敵軍を注視しなかった。

「カジン少佐！」

「はっ」

「剣をよこせ。逮捕する。この反逆行為、侮蔑的言動について申し開きをする法廷では、お前の空威張りも通用しないぞ」

「ル・マルシャン大佐、私を恐れているのは大佐ですよ。私にできることを私は恐れていませんから。さあ、私の剣です。ですが、ルシアン・カジンは剣を臆病者であり裏切り者である相手に引き渡したと云われるようになってはいけないから、膝で折っておきます」

そういうと、カジン少佐は言葉通りのことをした。それから、折れた武器を投げ捨てると、踵《きびす》を返して歩み去った。

ゆっくりとした足取りでル・マルシャン大佐はその後を歩いた。士官たちの一団の側を通り過ぎるとき、敬礼する者はいなかった。

その日の午後は、陰鬱な憤怒と脅威に満ちたまま過ぎていった。兵士たちは大佐が臆病であること、カジン少佐の侮蔑の言葉、ブー・アママの傲慢な勝利、捕虜たちの運命、明日の情勢、来たるべき軍法会議の結果といった話ばかりしていた。

自室に坐って頭を両手で抱えたウジェーヌ・ル・マルシャンはナハラのことしか考えていなかった。「これはお前のためなんだ、ドロレス！　お前のためだ」繰り返し繰り返し呟き続けていた。

そのとき静寂がラッパの大きな音で破られた。日没だった。大佐は立ち上がって広い砂の道に出て、速い足取りで南門へと向かった。

任務中の歩哨の周りに集まっている男たちがいた。大佐が近づくと、道を開けた。最初に誰だか見分けがついたのはアブダラだった。だが、盲目になって、腕を切り落とされていた。

この背信者のアラブ人の前の地面に横になっているのは、白い長衣《ローブ》を纏っている人だった。ル・マルシャン大佐には、白い服に真っ黒の髪がインクが零《こぼ》れ落ちるように流れているのが気味悪く感じられた。

「エル・ハッテラの族長はどこだ」アブダラがアラビア語で何度も何度も狂ったような緊張した声で叫んでいた。

「ここだ」

「ああ、そこにいるのか」腕を切り落とされた興奮状態の男は喘ぎながら云った。「俺はシ・スレイマン・ベン・ハッドゥールのところから来た。俺をブー・アママの前に連れて行ったのが彼奴《あいつ》だ。こうしろという族長の命令を実行したのが彼奴だ」そう云いながら、震える腕ではっきりしない眼の名残を示した。

「お前が何の用だ。伝言は何だ」無表情なル・マルシャン大佐がその言葉を遮って、云った。大佐の目は、地面に力なく横になっている白い姿から動かなかった。長くて黒い髪がその白い躰の上を流れていた。

「送り出される前に俺はブー・アママとシ・スレイマンとマホメット・エル・ジェベリの前に呼び出された。奴らが命じたのは、〈沙漠の子供たち〉はいつも自分たちの約束を守るとお前に伝えろということだった。盲目の族長の養女ナハラは今晩お前のもとに行くと約束した。だから、彼女は自分の約束を守った。だが、この死んだ女と一緒に伝言する言葉を持ってきた」

「何だ」

ル・マルシャン大佐はまるで関心なさそうに云った。その目はなお動かない白い人影に向けられていたが、それが愛しのドロレスの遺体であることは判っていて、伝言が何なのかそれほど強く知りたいという気持ちもなさそうだった。

「シ・スレイマンが俺に云ったのは、『フランス人の族長ル・マルシャンに云え。俺の妻であるナハラに奴との約束を守らせると。生きているあいだはナハラは俺のものだ。死んだナハラを迎えるのなら歓迎してやろう』」

ル・マルシャン大佐は身を屈めて、遺体からバーヌースを持ち上げ、少しのあいだだけその美しい顔を見つめた。

「カトリック教会の儀式に従って埋葬してやろう」それだけ云うと、自分の居室へと歩いて戻っていった。

戻る途中で古参の大尉に会うと、立ち止まって云った。

「ルーセル大尉、ブー・アママを追撃し、彼らがジェリヴィルを奪取し砦を築くのを防ぐようにという指示を受けたところだ。シ・スレイマン・ベン・ハッドゥールがとうとう叛乱に成功した。直ちに進軍しなければならない。カジン少佐に替わって指揮をとれ」

ルーセル大尉は気をつけの姿勢を取り、敬礼した。その顔に侮蔑の気持ちが浮かぶのを隠しきれていなかったが、踵《きびす》を返し、必要な命令を出しに行った。

〈澱み〉のマッジ

テムズ川素描

一月の霧が重くロンドンに立ちこめるとき、水門を開いて放水された流れのように〈澱《よど》み〉にも霧がやって来る。あるいは、廃棄場の下り斜面に投げ出された生ごみの塊のように。冬の〈澱み〉は楽しい場所ではない。それでも、雲一つない凍るほどの寒さの空に珍しく太陽が輝く日やハイゲートとハムステッドの遠い彼方《かなた》の高みから北西風がやって来るときには独特の美しさがある。川を下る流れに押されるような小さな波を伴ってやって来る満ち潮を北西風が叩いていると、テムズ川の岸辺は隅々まで青と白の光が混じり、灰色と緑の煌《きら》めきでいっぱいになる。真冬の夜中には、また、煙の中を、ランベスの窯から昇る巨大な熱気球のように、月がぽっかり浮かび上がってくるときにも。星々が槍投げ用の槍の先端のように輝くときにも。観るべきものがあるとすれば、マストの森が黒くそそり立ち、無数の舳先《へさき》のランプや船尾の窓、索具のあいだに斜めに吊り下がってぐらついている角灯が赤と緑の光を交互に瞬かせているところであろうか。流れを一マイルほど遡れば、美しいほどの静寂がその地を支配している。もちろん、橋の上の鬱陶しいバスやタクシーの騒音、数百人が素早く歩いて進むときの地面を擦る足音、穀類の荷揚げ場で動く起重機のエンジン音や、木の桟橋に煉瓦や石炭を積んだ艀《はしけ》が当たる音を越えて、四方から届くありとあらゆる声や音が一緒くたになって聞こえてくる。だが、川の流れる空間では、何という静けさだろう。連結を外された客船は、煙突をすっと垂直に戻すと、橋の下から前に飛び出し、吃驚した鴨《かも》のように下流へ向かって外輪で素早く進む。しばらくするとそれも靄《もや》の中に飲み込まれたのか、川の曲がり目の向こうへ行ったのか、視界から消える。ガレー船を漕ぐ奴隷のように、三艘を鎖で繋いで一組になった艀が、巨大な青蠅《あおばえ》のように見えるものに引かれて上流へと通り過ぎていった。この青蠅は、川の言葉で「艀虫」と云う。そのスクリューが勢いよく水を叩いてできる泡は、最初の艀の船首から両側へと雪のように流れ、船尾から消え行く細い航跡の中へ押し流されるときには汚い蒸気のように薄くなる。おそらく、艀の船員たちは黙りこくって、パイプを片手に瞑想に耽《ふけ》っている。罵詈雑言の種類も勢いも他に類を見ないほどの無駄話が途絶えることがないいつもの姿から見れば、寡黙だと云ってもいい。しかし、もしかしたら、調理室にいる少年が口笛で「ああ、俺がもし兵士だったら」の曲だとか、ペントンヴィル刑務所ではあまりにもお馴染みのジャック何とかやボブ何とかがやったとかやらなかったとかいう偉業を並べ立てるような永遠のお気に入り曲を吹いたり、自分は忙しいと思いながら右舷の甲板をポールを持って歩いている上着も着ていないみすぼらしい男が耳障りな冗談を叫ぶくらいのことはあるかも知れない。重苦しくネクタイをして犬革の帽子を被った舵手が突然嗄《しわが》れ声で何かを喋りまくろうという気になることも。それは、「くそったれ」という言葉にまみれ、溢れ、覆われ、固められていて、艀の「石炭庫」さえもそんな姿を装って逃げてきた肥溜めに見えてくる。だが、その艀も上流へとのろのろ進んで行って、それほど経たないうちに視界から消える。そしてしばらくすると川には静けさが戻って来るのだ。波止場の肥えた鼠たちは穀類の蓄えのあいだを抜けて水に飛び込むときに石が落ちたような水飛沫《みずしぶき》を立てる。だが、水の流れの下品な囁きのなかでその音を聞き分けたり、その甲高い鳴き声が発せられた場所を特定できるのは、よほど訓練された耳だけである。溺れかけて絶望している玩具の笛のような声を出して、この〈テムズのチキン〉たちの群れは慌てて穀類の山の斜面を滑り降り、潮が引いた後の泥の中へとぱちゃっと落ちる。しかし、〈澱み〉に完全な静寂が訪れることはない。風がなかったとしても、〈澱み族〉の罵《ののし》りの言葉（そこには少なくとも二十種もの言語がある）が空気の流れを呼び起こし、汚れた川の面《おもて》を気味悪くにやついた表情に変える。

　他の世界と同じように、〈澱み〉にも社交の季節というものがある。おおまかにいえば、その社交には二つある。短く済むのは、手風琴《コンサーティーナ》と屋外でのフリング〔スコットランド高地のダンス〕といっていいかも知れない。長くかかるのは、川沿いの歌小屋とダンス酒場である。だが、大半の住人にはわざわざ愉しみに出かける余裕などない。長い夏の夜でさえも。それどころか夏は良くない時季なのだ。仕事がほとんどないし、そこで何かするには明るすぎる。この地域を訪れている他所者《よそ》は、〈澱み〉に住む者がいる、そこに定住している者たちがいるという話を笑い飛ばすかも知れない。つまり、自分の社会的地位を示す証明書を顔に貼りつけて歩いているような他所者である。そんな他所者から見れば、この地域の猥雑な酒場にいる婦人たちが、言葉も違い、肌の色もさまざまな他所の国の殿方たちと打ち解けた社交をしているように見えるだろう。彼女たちは概して女学校で上品な教育を受ける機会はなかったが、評判のダンスホールや酒場で踊る相手に対して島国的な選り好みをする様子はまったくない。実は国際色が豊かな地域なのだ。西洋の文明と東洋の智恵が絶えず交流する。アイルランド人の港湾労働者と中国人小作農が交わり、インド人やマレー人も、オランダ人やポルトガル人と同じように馴染んでいる。

　ほとんど知られていない一族もいる。それが、〈澱み〉の民だ。川を管轄する警察に訊《き》いてみるといい。〈水鼠〉たちのことを何か話してくれるだろう。もっとも、その情報提供者が正直なら、あまり話すことはないと付け加えるだろうが。運の悪い旅行者が大勢、彼らの同胞に出くわしてきた。彼らが好む最も評価される仕事の一つに、人を船で運んでやり、ハンブルクとバルト海を結ぶ蒸気船じゃないかというような法外な値段（その値段には途中で必ず行われる巧みな掏摸《すり》の分は入っていない）をふっかけるというのがある。潮のせいで川の中ほどで乗り込まなければならないときだ。〈澱み族〉はアイアンゲートとホーズリーダウンの階段にたむろしていて、彼らの既得権に対してとやかく云われるとすぐに怒る。だが、彼らの主要な生活手段は別のところにあった。彼らはテムズの害虫なのだ。彼らは夜になると徹底した組織的作業で完璧なまでにその表面を漁《あさ》る。彼らが何をするのか書き記すのは容易ではない。特に霧と煙の下でなされる行為は。簡単に云ってしまえば、彼らは何でもする。〈猫〉に話しかけることと酒を断ること以外なら。〈猫〉という言葉を耳にしたら、それは河川警察の男たちを指す呼び方である。〈猫〉はいつも、〈澱み族〉すなわち〈鼠〉を直接追っていないときでさえも煩わせているから、互いにどこまでも相容れない間柄になっている。

〈澱み族〉はホーズリーダウンの階段の近くにある窪みだとか、表から見えない場所に行けばいくらでもいる。中には古いボートや朽ちかけた小屋、あるいは材木の山を塒《ねぐら》にしている者もいる。宿無しとして、糞転がしのように不快で過酷な生活をしている者もいる。その中には事実上まったく陸地に上がらない〈鼠〉たちが性別を問わずいる。彼らのロンドンに対する知識は川に面したおぞましい領域に限られていて、「偉大なるイングランド」に関係のある関心事といえば、警察という姿を纏った権力と権威に対する長年の不安だけである。

二十人ほどの〈澱み族〉は要注意人物である。つまり、ぶらぶら放浪している年月の長さにおいても、確定している罪の数においても、彼らの名前は〈猫〉たちに知れ渡っていて、その身柄はしばしば拘束された。無敵の謙遜の精神が〈澱み族〉の特徴だ。公衆の面前で逮捕されることを栄誉だとも思わないし、眩《まばゆ》いばかりの有罪判決にも心惹かれることはない。一言で云えば、彼は水鼠であり、そうあり続けたいと願っているのだ。

自分があまりにも有名で、たいていすぐに見つかってしまうという事実は、酒に酔ったディック・ロビンズの苛立ちの種になっていた。これほど自分が有名なのは実に不愉快だった。二十年前に彼がまだ若かったとき、つまりまだ三十歳くらいだった頃に――世界のどこでも年ごとに年齢が増えるとは限らないが――すでに刑務所で三回勤めを果たしていた。この事実によって、彼は生き方を根本的に変えようとすることを毛嫌いするようになったのかも知れない。二度目は、あまりにも人目を引いてしまうやり方でご婦人のポケットの中身を自分のものにした。船長の奥方だった。法の範囲を外れた条件で示談を成立させるのが困難だと判った相手だった。ロビンズにとってはごく自然な行為の結果、過酷で不快な重労働を伴う三年の実刑判決を受けた。もし、三回目の勤めのときにそれほど軽い判決で済んでいなかったら、法を破ることを生涯苦々しく思うようになっていたかも知れない。六週間という刑期――つまり、それだけ軽いものだったのは、罪状が、妻を乱暴に艀の上で蹴り転がして、凍りかけたテムズに落したというだけのことだったからだ。妻がリウマチ熱で死んだときでも、夫のロビンズにはもちろん法的な責任はなかった。二十年あるいはそれ以上のあいだ、ディック・ロビンズはジンで情婦を喜ばせることを覚えてからは、自分の娘の成長――それを教育などというのはばかげているだろうが――に対してほんの名ばかりの関心しか抱けなくなった。子供の名前は〈娘〉だった。つまり、それが我が子を呼ぶときの名前だったのだ。マーガレットという名前で洗礼を受けていて、皆はマッジと呼んでいた。彼女が娘だということ、そして器量がよいことはロビンズにも判っていた。自分で思いつくことも他から仄めかされるようなことも、ことごとく腐りきっていたから、そういう基準でということだったが。初めてマッジのことを女だと気づいたのは、ウォッピング・ユーカーの賭けで負けてネッド・ブルに十一シリング四ペンスの借金を作ってしまったときで、そのときこの紳士は寛大にも、一ポンドに足りない残りの八シリング八ペンスはジャマイシー二壜とティア・マリア四杯で支払うことにして、マッジを正式にブル夫人として迎え入れるという条件で、この借金を大目に見ようと申し出てくれた。この申し出はすぐさま受け入れられそうだったが、癪なことに、ラム酒とジンは婚礼の祝いのときまでおあずけではないかとロビンズ氏は気づいたのだった。

マッジは色黒で背が高く、凛《りん》とした感じの娘だった。やせ過ぎではあるが均整はとれていて、服装はどことなくだらしなさが感じられた。それでも、顔はだいたい清潔だったし、もっと意外なのは手も概ね綺麗だったことだ。彼女自身も、また他の者も、彼女に対して「美しい」という言葉を使おうとは夢にも思っていなかった。ただ、彫像を思わせる姿勢で手にポールを摑み、干し草を運ぶ艀や脚荷を積んだ大型艀に立っている姿、あるいは沼昆布の中にいる鴨のように巧みに艣櫂《ろかい》を操って流れを行き来する様子を垣間見た者だけが、そのゆったり束ねた豊かな髪の美しさや、大きく暗く柔らかな瞳の輝かしさに気づいたかも知れない。マッジは陸地での暮らしをほとんど知らなかった。近隣のホーズリーダウンのことすらよく知らず、彼女にとって世界の象徴である巨大な大都会での生活についてはまったく何も知らなかった。ただ、ぼんやりと考えていたのは、アイル・オヴ・ドッグズの向こうではテムズが海へ向かって広がり、そこにはロンドンへ向かう外国船が浮かんでいて、さまざまな国から来た船乗りたちを運んでいること。彼らが求めるのは二つだけ。強い酒と金で買える女たちだ。陸に上がっているときはだいたい酒場を経営している伯父のビルの家か、あるいはこちらの方が多かったが、義理の姉であるネル・ロビンズと一緒にいた。過酷な人生を過ごしてきたせいで難しいことには考えが及ばず、品のない者に囲まれていて話し方や仕草が洗練されていなかったわりに、マッジは純粋な心を持っていた。親しくしている者たちの中では高潔でおおむね誠実だったし、そう云われていた。

〈澱み〉という川の生活を捨てて、伯父の酒場〈陽気な海賊たち〉で働くように云われたのをマッジが拒否したときもディック・ロビンズの言葉はそれこそ下品で乱暴だった。それまでも罵り言葉専門家たちとの勝負に負けていなかったかも知れないが、父親に向かってマッジがこう云ったときには下劣極まりない語彙をまたたっぷり学ぶことになった。「あんな獣《けだもの》、ネッド・ブルに、この私を何かと交換でくれてやるなんてことは神様にだって無理だね。溺れ死ぬとしても真っ平だ。いや、死んでも御免だね」

この酒浸りの獣は、以前から繰り返しマッジを激しく殴っていたが、申し込まれた結婚を彼女が心底嫌がっていることを確かめても、勢いを増してなおも殴り続けた。それが彼女を力強く後押しした。自分の人生を生まれて初めて根本的に作りかえようと。そうなったら、自分が言葉を失ってしまうかも知れないことは判っていた。私だって汚い言葉をやめられる。もううんざりだという気持ちになった。いつもは祈ったりしないが、謎めいた抽象概念でしかない神に祈った。その神の名を、彼女は警察の名前と同じくらい耳にしていた。祈れば、醜く汚らしい言葉をきっぱりやめる力が得られるかも知れない。「忌々《いまいま》しい」とか「ちくしょう」くらいなら会話の飾りとして許すことにして。

とはいえ、これがまったく初めての決意でもなく、今までになく差し迫ったものだったとしても、人生を作りかえることにはならなかった。彼女はすでにホーズリーダウンとアイアンゲートの屑たちの憤怒と侮蔑の対象だった。それはジム・ショウに対する彼女の態度に起因していた。彼は軽蔑し、憎むべき〈猫〉である河川警察だ。それが、溺れる彼女を助けたことがあったのだ。明らかに仲間たちが救助すべきときに、少年どころか大の男でさえも、誰一人、行動を起こさなかった。彼女は〈水鼠〉だったし、どんな〈猫〉でも敵意を抱いていることは判っていたが、そのときはまだ幼くて同族の考えにほとんど染まっていなかったので、救出者に感謝の念を感じることができた。容姿端麗な救い主は、上品で立派な人物そのものに見えた。

汚れた霧に包まれた十二月の午後のことだった。ディック・ロビンズは冒瀆的で卑猥な言葉の洪水を通して、自分の言葉の趣旨を娘の心の波止場に横付けしようとしていた。娘にはそんなことをするつもりがまったくなく、これは紛れもなく反抗しているのだと判ったとき、罵りの言葉とともに拳を振るったので、とうとうマッジは激しい怒りと痛みに耐えかね、父親が引き込んだ酒場から飛び出した。もちろん、彼女はまっすぐ川へ向かった。小舟《ディンギー》に飛び込むと艫櫂を操ってすぐに流れの真ん中へと出た。どこへ向かおうとしているのかは自分にも判っていなかった。あの恐ろしい通りからなるべく離れよう。あの酒場から、あの父親と自称している人獣から。ただ、その願いだけが彼女を覆いつくしていた。

運良く櫓《やぐら》を壊していなかったら、その夜あっさり非業の最期を迎えていたかも知れない。渦巻く流れが小舟を捕え、次の瞬間、舟は舷側を上に向けていた。材木を運ぶ艀と石炭船が流れを下り、大きな蒸気船がゆっくり上流に向かっていた。それらの船の進路の上で彼女は虚しく水を掻き回すばかりだった。ほぼ確実に衝突するか水没するかだ。いつもの彼女らしい臨機応変の才も不意にどこかへ行ってしまったようだ。自分はもう終わりだと思った。それに抗おうとするのは若さという彼女の本能だけだった。

そのとき、ずしん、ずしんという音が聞こえた。材木を運ぶ艀がすぐ近くまでやってきて音を轟かせたのだった。ポールが目の前に突き出され、激しい衝撃を避けるため小舟を押して遠ざけるのが見えた。次の瞬間、船から乗り込んできた誰かが彼女のすぐそばに立っていた。ジム・ショウだと判った。夢の中にいるようだった。

「ほら、しっかりしろ」ぶっきらぼうな口調で云った。「その櫂をこっちに」船尾の櫓受けから艫櫂を動かしながら、自分は仕事で上流にいて、友人のところで人を下ろしてきたところだと云った。その友人は《ウォッピングの誇り号》の持ち主だ。それから、誰かが困っている様子が見えて、遠くからでも彼女の顔が何とか判ったから、「それで、ここにいる」というわけだった。

マッジは心からお礼を云って、手短かに、「くそっ、危ないところをどうも」と付け加えた。彼が自分の方を見てから、何となく心配そうに後ろを向いたのに気が付いた。

「君は綺麗な娘だ、マッジ、それにいい子だと信じている——そんな莫迦な言葉を使わないくらいには。もし妹がそんな「くそ」なんていう言葉をそうも自由に変な意味で使っているのを聞いたりしたら、教えてやらなくてはいけないな——断じて僕は使わない」

「妹がいたんですか、ミスター——ショウ」不思議に思って訊いてみた。できるだけ機嫌を損ねないようにしながら。

「いや、いない。母親もいないんだ。だが、前はいた。ほら、マッジ、僕は孤独な男でね、君のことで思いついたことがあって。あのとき、君を〈澱み〉から引っぱり上げて——話そうと思っていたことがあるんだ。ロビンズや仲間たちと縁を切って、僕と一緒に暮らさないか」

マッジは振り仰ぐと大きな眼でジム・ショウを見上げた。彼はマッジが仲間たちを軽蔑しており、ただ生活する上で都合の良い関係と見做《みな》しているのかも知れないと考えていた。一方、彼女は、その見事な騎士道精神と語りかける言葉の上品さに惹かれまごついているのだった。

「それじゃあ、イエスかノーで答えてくれ。もうすぐアイアンゲートの側を通る。君の仲間たちがきっといるだろうからね」

「一緒に行きます、ジム・ショウ」それだけを、低い声で云った。

ショウはそこで櫂を捻《ひね》って、小舟をアイアンゲートの波止場から百ヤードほど川下まで流れの中央から動かさなかった。九番という印のついた小さな浮き埠頭の反対側に来たとき、艫櫂を操った。十分後にはその夜の欠勤の許可を得て、ショウとマッジは宿泊場所を探しに出かけた。

それから数日のあいだ、マッジはまずまずの幸せに浸っていた。もし、ジムと二人だけでずっと過ごせたら、それはこの上ない幸せだっただろうが、河川警察が忙しい季節だったので、仕事からずっと毎晩離れてもいられないのだった。ショウは朝の六時から八時のあいだ二人の部屋に帰って来たが、昼過ぎまで眠らなくてはならなかった。六時までには勤務に戻らなくてはならないし、ときにはもっと早いこともあったので、一緒にどこかへ出かける時間はあまりなかった。だが、実際のところ、マッジは一緒に出かけて楽しむことなどほとんど興味もなかった。けばけばしい化粧をした女たちが嫌なことをいうからだ。それまでそんなことをした経験はなかったのに。男たちの下品な冗談は面白いとも思わなかった。自分の中で何かが大きく変わったことをぼんやりと意識していた。身体的にも精神的にも、ジムと二人で過ごした最初の夜から彼女は別の女になっていた。ジムの「愛人」になって、二人の「子供」の母親になるのだ。もし、生まれればだが。しかし彼女の想像力を占めるようになった、いまだ目覚めぬ妻らしさとか母親らしさといったものは、どうにもよく判らない謎めいた畏怖すべきものであり、それを神聖なものとも感じていた。この精神的革命、どうしても真っ当に振る舞いたいという新しい願望は、彼女の様子にすぐ表れた。まず、これまでのように余計な飾り言葉を付け足す癖をきっぱりやめたのだ。後には、さらに入念に気をつけるようになった。ジムが、ボクシングデーは一日まるまる休みが取れると話した朝は何と嬉しかったことだろう。とうとう天国の扉が開いたのだ。ジムは突飛で無茶苦茶な旅行ばかり提案した。外からは見慣れている聖パウロ大聖堂かロンドン塔の中に行って、続けて大いなる都を横断して、豪華な見物の本場マダム・タッソーの蠟人形館へ行こうだとか、あるいは、ジムの少年時代の心にいまだに消すことのできない最低の印象を残した猿の檻がある動物園へ行こうとか。中でもとんでもないのは、ジムの云う三大豪華観光とやらで、ロンドン塔と聖パウロ大聖堂に続いてはるばる水晶宮へ行き、夜にはドルーリー・レーンでパントマイムを観るというものだった。

しかし、強い幸福感の中で心はときおり溢れんばかりの歓びに対して苛立ちを感じていたのだった。深い愛の中には深い水と同じように闇があると云った偉大な作家がいた。闇は、マッジの場合、街の通りと住居での生活に倦んだとき、抑えがたい川への思慕としてやって来た。もし天使が願いを叶えてくれるといったら、河川警察の婦警になるという途方もない夢の実現を願っただろう。そして、ジム・シヨウの相棒になるという夢を。

ジムがこの娘の胸の内に気づいたとき、心優しい性格だったので、溜息をつかないわけにはいかなかったが、自分の諸計画を諦めて、彼女を喜ばせるために奮起したのだった。その提案の中に、自分たちは結婚すべきだという申し出があった。ところがマッジは、それは時間と金の無駄だと思った。幸福にとってもそうだと。ぼんやりとだったが、正式な夫としてよりも、おそらく彼女の「男」としてジムとの関係を続けた方がいいだろうと判っていたからだ。「それがいいかも知れない」と考え込みながらジムも認めた。

「でも、どうしてかしら。私はあなたを愛しているのにね」というのが、答えることのできない問いに対するマッジの素朴な返事だった。

クリスマスまでには何もかも準備できた。ジムは、キューまで乗せてくれるという蒸気船の船長を知っていた。そこから鉄道でウィンザーまで行って、マッジに二つの驚異を見せようとしていたのだった。女王が暮らしているところと、「本当の田園」である。それから、リッチモンドの下流の引き潮に間に合うよう出発して、友人の大型艀《踊るマリア号》でグレーブゼンドまで流れを下って行く。そうすれば、マッジは一日で田園と海の両方を見られる。それでいて、ほとんどの時間を川の上で過ごせるのだ。この計画にマッジは夢中になった。日ごと夢を見て、夜ごと胸を躍らせた。ジムは笑いながら、これでしばらくは次の休暇を申請できないなと云った。

実に忘れ難い日となった。マッジの教養は危険なほど目紛《めまぐる》しい刺激を受けた。夕暮れが近づく前に、目標を達成し、さらにささやかな歓びを、そして、このときから常にともにいることになる新たな痛みの種を得た。それはもしかすると彼女を支配しようとしているのかも知れなかった。

冬の川の景色も、その美しさはマッジに痛みをもたらした。その大いなる静けさ、その言葉にできない穏やかさ、ウィンザー周辺のテムズを覆う雪の穢《けが》れのない純粋さが、彼女の味わった人生を、そして彼女自身をどうしようもなく責め苛んだ。そのとき、三つの感情を意識した。過去に対する恐怖、彼女を救い啓示を与えてくれたジムに対する感謝、命に対する讃美とでも云うような感覚である。しかし、最初のうち、彼女はただただ圧倒されていた。ジムに愚かと思われることを恐れなかったら、彼女はきっと叫び声を上げていただろう。叫び声をあげたところでただ静寂を破るだけのことだとしても。ジムにはパイプを喫《す》う慰めがあった。澱んだ精神と活力を失った心にとってパイプは慈悲深い恵みとなる。彼女には外見を取り繕うような内なる自己はなかった。うっすらと意識する魂を呼ぶ声が何を云っているのかほとんど判らなければ、ひっきりなしの鈍い苦痛とぼんやりした苦悩から解放してくれるものは何もない。それでも一度ならず、激しいホームシックに襲われたことがあった。あの汚く、ごちゃごちゃした、ときに忌わしい、大抵は惨めな暮らしに、躰《からだ》が郷愁を感じるのだ。彼女はそこで生まれ、そこで育った。川が曲がって雪の平原を通り抜けるところは、重苦しいが実に美しく、そこで確かな安堵を実感したのだった。そのとき、彼女は一緒に乗っている船客たちと一緒に、逆上した艀の乗組員たちから発せられる罵り声という火山の溶岩流に押し流されていた。ほとんどの耳にとってはひどいものだが、彼女には、内陸のにおいが疲れ切った船乗りの鼻に届くときのように、故郷の音がなんとはなしに歓迎してくれているように感じていた。

〈澱み〉を越えたテムズ川下流への旅に、激しくというほどではなかったとしても、マッジは深く心を動かされた。ただ、ウィンザーそのものはさほど強い印象を残さなかった。あまりにも壮大で自分と関係のない世界に思えたからだ。

その夜の遅くに、大型艀がグレーブゼンドの岸から離れたところに錨を下ろしたとき、闇を通して呻き声、溜息、そして、音を抑えているような足音と押し殺したような囁き声が聞こえてきた。それは海の声であり、マッジは死について考えて心配な気持ちになった。それは彼女にとって生まれて初めてのことと云ってよかった。月の出ていないその夜は暗く、星々は漂う煙とくすんだ霧の幕に覆い隠されていた。東風が水の流れに逆らってぱしゃぱしゃと波を追い立てていた。マスケット銃を撃つ不規則な音が頻繁に聞こえてきた。絶え間のないさらさらという音が今は潮の流れ、あるいは風の道に乗って聞こえていた。それとともにやって来る潮の冷たさが、娘の血をぞくぞくさせた。

二人は寝台を二つ使って衝立で仕切り、寝室のプライヴァシーをしっかり確保していた。二人とも、長い最高の一日を終えてこの上ない幸せに浸っていた。その幸せ、何度もパイプに詰めた煙草、惜しみなく与えられるジンを味わって、ジムはすぐ眠りに落ちた。マッジは何時間も横になったまま目を覚ましていた。海風の強い夜だった。テムズの流れは、その河口付近では決まった方向を向かず沸き立つように流れていた。頭上を吹き抜ける風は、島の噎《むせ》び泣きとも、都の叫び声ともつかないまったく異質な泣き声を運んでいた。マッジはそれを聞いて、震えた。海が泣き叫ぶ声だ。それは、黙示であり、記憶であり、預言であり、脅威であった。

＊　＊　＊

翌日、マッジは自分が予想したとおりだと思った。川の下流への旅がしっかり親族に知られていたのである。何れにせよ、ロンドン橋からアイル・オヴ・ドッグズまで彼女とジムが彼らに知られることなく行けないことは残念ながらよく判っていた。彼女の恐怖をジムは笑い飛ばしたものの、常に注意を怠らないようにと云った。特に、〈澱み〉は避けるようにと。

これは、あいにくマッジには無理なことだった。彼女の血にはあの川の水が入っていたのだから。チーズの側に鼠を置いて、空っぽのパン皿の横から動かないようにと云うようなものだ。

少しずつ、昔の行きつけの場所に通うようになっていった。アイアンゲートでは、マッジは船乗りの男と一緒に姿を消したが、男に飽きたのか、あるいは金がそれほど自由に使えなかったのではないかと思われていた。一方で、彼女の秘密は知られたくないと思う相手にまで知られていた。これを我慢するのは大変だった。〈澱み族〉の女たちの言葉は汚かった。以前は比較的容易に追い払えた男たちも、次は自分の番とばかりに言い寄ってくるようになっていた。彼女の同族たちの一部からは、口に出されなかったものの、少なからず嫌悪の念を込めた視線がマッジに向けられていたのだった。ときどきネッド・ブルの姿を見かけた。男の野卑な顔に浮かんだ凶暴な情欲、それと同時に現れた憎しみと執念深い悪意に、マッジは心の底から嫌悪を抱いた。ある日、ネッド・ブルはホーズリーダウンの階段で彼女の姿を捕えると、すぐに悪魔のような淫らな目で見て、嘲《あざけ》った。マッジが振り向くと、目の前にネッド・ブルの顔があったのだ。

そして次の瞬間、マッジは水の中にいた。親切な目撃者が彼女を引き上げてくれた。といっても、ブルが女に仕返しをするのを見てみたかったという意味での親切だったのだが。奴は彼女のところまで近寄ってくると、耳元で罵った。

「お前を盗んだあの男にナイフを突き立ててやるからな。絶対だ。俺はそれだけ〈猫〉たちが大嫌いだからだ。それだけじゃない。お前をまた俺の女にしてやる」

「ああ、ネッド・ブル」マッジが大声ではっきりと答えた。その大きな目には恐れを知らない反抗の光が宿っていた。「それは〈澱み〉が干涸《ひから》びて、私が泥の中の鼠みたいにきいきい鳴くときが来たらだね。でも、それまで絶対にないよ。神に誓ってね」

この一件以来、マッジは今までにも増して身の安全に気をつけなくてはならないと判った。ネッド・ブルは敵にしてはならない男だ。彼女が本当に恐れる一撃はどこを狙えばいいのかをよく知られている以上はなおさらである。そして、その恐怖には正当な根拠があったと証明されることになった。もっとも数箇月のあいだはまるで安全に過ぎていったが。

以前からの知り合いで唯一今でも彼女を裏切らないのが、アラベラ・グッジという名の娘だった。前に一度、急ぎの仕事をしてやったことがあったのだ。そのとき、感謝の念を示せるときが来るまで決して自分は気が済まないとアラベラは誓った。その機会がようやく到来したのだ。

ジムと一緒になってからちょうど六箇月経った頃、六月のある日の夕方遅く、マッジは住まいのドア越しに訊《たず》ねる声を聞いて吃驚した。「ジム・ショウの愛人とやらが住んでいるのはここ？」そつなく話しているつもりかも知れないが、その声は聞き間違いようがなかった。誰の声だか判ると、善の使者なのか悪の使者なのか本能的に判り、この訪問者に会いたくてたまらなくなった。それでも、家主のミセス・マッコーコランとミス・グッジのあいだに起きている押し問答に入っていくのをわざと遅らせて楽しんでしまった。ミス・グッジは「ミセス・ショウ、つまりジェイムズ・ショウ夫人ってことだね、まったくあんたは忌々しい」と云ってようやく在宅であることを知らせてもらえた。

彼女がやってきたのは、ある計画について警告するためだった。自分に危険が及ぶかも知れないのに来てくれたのだろう。マッジほど彼女のことをよく知っている者はいない。まさにその夜、霧が立ちこめていたら、〈鼠〉たちが二艘のボートに乗って待ち伏せをして、《快速号》を追い詰める計画があるというのだ。あの憎き〈猫〉たちのボートを。もちろん、ミス・グッジは面白そうな情報を知らせるだけならわざわざマッジの居場所を探してまで知らせには来なかっただろう。ただ、たまたまジム・ショウが《快速号》で調整手《ストローク》を勤めることになっていたのだ。

マッジはすぐに危険を理解した。アラベラに心から礼を云うと、ジムのいる署へと向かった。その知らせをジムは二つの意味で喜んだ。きっと昇格に繋がるだろうということと、戦いの形勢を逆転できるということに対する期待だった。

その結果、人形を三、四体乗せたボートが霧の中をちょうどその時間に予告された場所へとやって来ることになった。〈鼠〉たちは餌に食いついてきた。ボートが衝突した後、ジム・ショウの人形はボートが沈んだことで損傷を受けただけでなく、鉄梃《かなてこ》でひどく頭を打たれて特に無惨なありさまになっていた。《快速号》が〈鼠〉たちの前に姿を見せたとき、彼らは、どうやって自分たちを騙したかがほとんど判っていなかった。急襲、そして戦い。〈澱み〉勢のボートは転覆し、最後まで乗っていた者は一網打尽となった。ただ、ネッド・ブルだけは網を逃れた。ジム・ショウには個人的に悔しく思うだけの理由があったし、公式にもネッドは特に本部が確保したがっていた対象だった。ネッド・ブル逮捕の立役者は当局に名を挙げて讃えられるだろうし、もしかしたら昇進したかも知れなかったのに。

いや、名を挙げて讃えられたと云えないこともない。正確に云うと、《快速号》に乗っていた者は、個人でも全員まとめてでも、〈のろま〉と呼ばれたのだった。ネッド・ブルを逃がしたからだ。少なくとも、櫂の頭で殴るくらいのことはできただろうに。これに対してジム・ショウは、ネッド・ブルは沈んで引き潮に運び去られたのだと反論し、もちろん仲間たちも加勢した。しかし溺死したネッド・ブルでは、逮捕したネッド・ブルほどの満足感を与えられないのである。それでも本来なら祝われるべきことなのに。

ショウにとっての一番の関心事は、自分の昇格が予想以上だったことだ。ショウの昇格について知らせてくれた警視はさらに、ショウを好意的に見ていて、誠実に振る舞い続け悪事に対して油断なく気を配っていれば、これからも順調だと期待していいと仄めかした。

翌朝帰宅する途中もショウは、早くこの朗報をマッジに知らせてやりたいと思い、この特別な出来事をどうやって祝うのがいいかあれこれ考えていた。そのとき、思いついたことがあった。昇格と将来の展望は人の倫理的な概念を刺激する効果があるのだ。最初に、マッジを正式な妻にしようと心に決めた。次に、敵を許して、〈陽気な海賊たち〉のロビンズとウィル、ボブ・ロビンズとその情婦を招待して、一日を楽しく過ごしてはどうかと考えた。というより一晩をと云うべきか。これがマッジに相応《ふさわ》しい身分と処遇を与えることになるのは確かだろう。他にそうする以外の方法はないと思った。それが、マッジに向けられた彼らの恨みを取り除く、あるいは少なくとも恨みを和らげるほとんど唯一の方法なのだ〈危険ではあるが、好都合な二枚舌の一枚ではないか〉。その昇格の知らせを聞いてマッジは喜んだ。それはいつの日か、川を上ることを意味しているから。いつの夜か、グレーブゼンドの方へ、海の音が聞こえるところまで行くことを意味しているから。そして、さらには、ジムの心を惹きつけて離さないマダム・タッソーと水晶宮を巡る計画を実行できるようになるから。結婚式のことに対しては、相変わらず関心がなさそうな様子だった。もしジムが本当にそう願うのなら、もちろんマッジもそうしたいと思っていた。もしそうでないのなら、彼女にとっても同じことなのだ。この娘は、実は、ものこそすべてであって、象徴などまったくどうでもいいという稀な考えの持ち主だった。しかし、ジムが提案した結婚パーティに関するキリスト教的な隣人愛には真剣に反対した。彼女はジムの感傷的な弱さを愛していたが、人間の堕落に関する自分の深い知識に基づいて、父親の仲間たちは招待せずに済ませてもいいと考えていた。最後には、兄のボブ夫婦くらいならいいかと譲ることになった。アラベラ・グッジも一緒に呼ぶという条件が付いていたが。だが、伯父を招待するという度重なる要求は蔑む口調で退けた。しかし、女であるせいか、徐々に妥協し始め、とうとう何もかも譲ってしまうことになった。その夜、ジムが川へ向かう前に結婚式の日取りが決まり、それに続けて川沿いの気取った感じの居酒屋〈青い雄豚亭〉でパーティを開くことが決まった。ジムや花婿付添人テッド・ブラウンの仲間たち、そしてマッジと花嫁付添人のアラベラ・グッジの友人たち、さらに、ミスター・ディック・ロビンズ（ちゃんと素面《しらふ》だったら）、ロバート・ロビンズ夫妻、〈陽気な海賊たち〉のミスター・ウィリアム・ロビンズの臨席を賜ろうという内容である。

結婚式は三週間後と決まった。ジムが、七月十八日の土曜日から二十四日の金曜日までの一週間という長い休みをとるためだった。この一週間はどんな一週間になるだろうか。そのうちの三日は遠い荒涼とした地ピナーで過ごすことになっていた。そこの郊外がジムの出身地だったのだ。もっとも、ずいぶん幼い頃に離れてしまったのだったが。ジムの叔母が菓子と日用文房具の小さな店を持っていて、閑散期にはジムとその花嫁を月曜から水曜まで受け入れてくれるという。残りの日々についてのマッジの提案はずいぶん大胆なもので、ジムの提案は驚くほど贅沢なものだった。この若者はそれまで以上にマッジを愛するようになっていて、彼女は百人に一人、千人に一人の特別な人だという思いを抱いていた。二人一緒の生活はそれぞれにとって幸せなものだった。しかし、九月に生まれる予定の赤ん坊の将来に歓びに満ちた関心を抱いていたのはジムであって、マッジではなかった。

七月の十五日、つまり結婚式の予定のほんの三日前のことだった。〈陽気な海賊たち〉のボーイが緊急のメッセージを持ってきて、マッジは驚愕した、というか、少なくとも狼狽《うろた》えた。彼女の父親が危篤で、すぐ彼女に会いたいと云っているらしい。

マッジは無慈悲な人間でも冷笑家でもなかったが、密かにこう云ったのもまた、混じり気のない本心だった。「この出鱈目《でたらめ》を真に受けたらやられてしまう」しかし、後になって気になってきた。この新たな優しさは、もしかすると新たな弱さだったのかも知れないが、躰の中に抱える重さを毎日毎時間意識するようになってから生じてきたのだった。子供というものの本質にまったく馴染みがなく、命に対する彼女の見方はくすんで歪んだものだったにもかかわらず、この母性という神秘は、まったく新しい特別な啓示となって、驚くほど心に響いてきたのである。ジムと彼女の子供なのだ！　そう考えると、神秘的で静かな冬の景色を見ているような気分になった。かつて一度だけ見て、決して忘れられない景色だった。ただそれまでも漂う霧か煙を通して見える、あるいは通りのガス燈の揺れる光の上に見える、星でいっぱいの空の静寂には、時として不思議で圧倒的なほどの苦しさを感じることはあった。

結局、川の向こう岸のトムスン・コートから脇へ入ったところにある、父親の住むプラム横町へ出発することにした。〈陽気な海賊たち〉か、その辺りにいなかったとしたら、その家にいるだろう。途中で、署に立ち寄ってジムに会おうとしたが、驚いたことに、ジムはホーズリーダウン方面での特別任務に出ているところだった。じゃあ向こうで偶然出くわしたりするかも知れないと呟《つぶや》いた。だって、今から自分もそこへ行くのだから。それを聞いて、警視は賛成しかねるという様子だが、優しそうな口調で云った。「ショウは厄介な任務で出かけたんだ。彼のいるところには近寄らない方がいい。我々にとっても、彼にとっても、あなたにとってもだ」それでもマッジは道すがら、一目でいいからジムに会えないかと思っていた。《快速号》事件以来、ショウが特別任務に就いていると聞くと心安らかではいられなくなっていたのだった。ネッド・ブルは、たとえ溺死していなくても、憎悪と復讐の遺産を残していったはずだ。

七月の夜は蒸し暑くむっとするようだった。空気は毒を含んだジンのにおいを漂わせている人の息の雲のようで、潜水夫たちの鼻を突くような臭いに似ていた。川の側の狭い裏小路や横町では、暑さはそれほどでもなかった。マッセル・ヒルやハイゲートの先で午後中ずっとロンドン郊外を取り囲み脅すようにごろごろと鳴っていた雷がハムステッドの東の上空をいつしか通り過ぎ、町のどんよりとした暗がりを抜けて這い進むと、歩みを止めてピムリコーからブラックフライヤーズまで不機嫌そうに覆った。

川を渡るときに、憧れるような眼差しで水を見つめながらしばらく立っていたマッジは、ちょうど今は潮が満ちているときなのだと気づき、次いで、よく知られるロンドンのスモッグほどではないにしろ厚く濃い霧がショアディッチとウォッピングから上流に向かってそっと忍び寄ってきているのに気づいた。ジムのことを思い出して、今回は陸の仕事で本当によかったと思った。

ようやくプラム横町に着いたとき、少し驚いたのは、父親が本当に彼女を待っていたことだった。一方で、一目見て「急病」というのが嘘だというのも判った。

しかし、ディック・ロビンズは娘が怒って引き返す暇も与えず、まして非難する時間はなかった。「おい、いいか」と嗄《しわが》れ声で話し始めた。「お前の弟のボブが困っているんだ。助けられるのはお前しかいない。神よ、助けたまえ。こいつは本当なんだ。一言たりとも嘘はない。何だって？　あいつはどこにいるかって？　〈チャイナ・ルート〉の方を回っている。あいつは、そこで待っている。何を待っているかって？　そりゃあ、あの他所者を待っているんだ。他所者って誰か？　お前がアイル・オヴ・ドッグズの霧を抜けて下ってきたときの他所者じゃないか」

嗄れ声の説明は、マッジの責任に対する抗議を伴って延々と続き、とうとう彼女もその内容を理解して、同意することになった。人生においては、なぜ、何のためなのかを知らずにしなければならないことがたくさんあるのだという鉄則をよく理解するように育てられてきた。彼女は実際に緊急事態なのだと信じ、その他所者を下流へ連れて行くのは疑わしい〈澱み〉の民に委ねられないことを理解した。〈雲雀《ひばり》の囀《さえず》り波止場〉などというひどい云われようの場所まで下っていくことになった。そこで、ある男を保護しているボートを見つけることになっている。艫《とも》の方に男たちが集まっているはずだ。この男たちには何があっても絶対に話しかけてはいけないし、奇妙な様子を気にしてもいけない。流れを下って、〈アイル・オヴ・ドッグズ〉にある〈ピッグ・ポイント〉まで行って、岸から離れたまま別のボートが合流するのを待つ。そこで、彼女の荷を下ろすことになる。艀に同乗する親しげな男は、船首に立つ操舵手であると同時にマッジの見張り役でもあった。

「結婚式はどうするの」気が進まなかったが、立ち去るときにマッジはそう云ってみた。

ロビンズ氏は、ごくごくと耳障りな音をたて、唾液を垂らしながら飲んでいたティア・マリアの瓶を置いた。

「ああ――確かにそうだった――結婚式をどうするかだ！　はっ、はっ！　俺にもいろいろやらなくてはならないことがあって――ひっく、ひっく――そうなんだ、俺にもな……」

マッジは言葉を待ってそれ以上の話を聞こうとはしなかった。彼女は彼女のなすべきことをしただけであって、さっさと済ませられるなら、それに越したことはない。

それでも、捨て台詞を吐かずに立ち去ることはできなかった。ディック・ロビンズには彼女が階段を降りていくときにこう云うのが聞こえた。「忘れないでよ、もし土曜日に来るとき、〈マリアおばさん《ティア・マリア》〉と一緒だったら中には入れてやらないからね」

〈雲雀の囀り波止場〉に着いたときには、マッジは汗びっしょりになっていた。頭上で聞こえる気がめいるような雷鳴、澱んだ大気、むっとするような息苦しい霧のせいで、ただそこにいるだけで躰が重く、何をするのも惨めだった。しかし、水面の動きは、多少の安らぎを約束していた。

波止場には誰もいなかった。ただ、その側にボートがあって、後部席にすっぽり身を包んだ人影が蹲《うずくま》って、舳先には背の高い男が背を伸ばして坐っていた。これが件《くだん》のボートだろう。間違いなく。

舟縁を跨《また》いだとき、マッジは驚いて身を震わせた。一瞬、その黙りこくって不機嫌そうな船頭が他ならぬネッド・ブルのような気がしたのだった。マッジになど何の関心もなさそうだが、男が顔を背けたとき、黒い巻き毛と長い髭が気になったのだ。しかし束の間の疑いと恐れはただ戸惑いの中へと消えていった。もう一人の乗員は、言葉であろうと、身振りであろうと、決して自分の本性を見せまいとする固い決意を抱いているのが明らかだった。

ときおり櫂が水を打つ音と、舳先から絶え間なくごぼごぼと聞こえる水音の他には何も聞こえない静けさの中を、マッジは下流へとボートを進めた。船頭の熱い息が頬に当たるのに気づいて不愉快に思ったことが三度あった。三回目には、ちゃんと前を注意しているようにと振り向くことなく静かに云った。こんな霧の中ではいつ事故が起こっても不思議ではないのだから。

ようやく〈アイル・オヴ・ドッグズ〉の近くまで来た頃だとマッジは思った。嬉しかった。暑い中での仕事で疲れていただけでなく、ボートの状態に漠然とした不安を感じていたからだった。せいぜい腐った風呂桶といった程度のものだったのだ。すでに水が漏れ入っていて、冷たい泥水が足首まで這い上がってきていた。そのとき、霧を通して船頭が奇妙な二重音の口笛を鳴らすのを聞いた。ほぼ同時に、二人の男の漕ぐ舟が横からぶつかってきた。

次の瞬間、船頭は新しい舟に乗り移っていた。腰を下ろすと身を乗り出すようにして、マッジに向かって擦《かす》れ声でボートを岸に向けたら真っすぐ進めるようにと囁き、波止場に着いたら直ちにもう一人の乗客を降ろすようにと告げた。男が話し終わるか終わらないかというときに、もう彼と仲間たちは霧の中に見えなくなっていた。

マッジの警戒心がまた働いていた。あの声、間違いなくあの声はネッド・ブルのものだ。そう断言できる。でも――

額の汗をぬぐって、櫂を一休みさせると遠くの呻《うめ》き声と雷鳴が打ち寄せる虚ろな咆哮《ほうこう》に耳を傾けた。その音も、やがて陰鬱な静寂の中へと砕け散っていく。そのとき、ふと気づくと、浸水が深刻になっていた。水はもう足首の上にまで達していて、急速に上がってきていた。背後から聞こえるごぼごぼという水音がその危険を隠していたのである。ボートには栓がしてあったのだが、それがさっき外されたのだ！

このことに気が付いたときにはもう、船首が斜めになって水面に持ち上がり、舟は沈み始めていた。ようやく判った。ただ、あの黙りこくって動かない謎の乗客だけは別だが。つまり、ネッド・ブルは復讐を果たそうとしているのだ。だが今は、全力で迅速な行動を起こさなくてはならないときだ。「ちょっと、そこの人」乗客である無言の男に怒鳴った。「ブーツの中に泥水を詰めたくなかったら、今すぐ動きなさいよ。ボートが沈んでいるんだから。聞いてるの？　もう、何だっていうの、眠ってるの。ちょっと！」

だが、そのときぐらりとボートが揺れ、水が勢いよく流れ込んできた。ボートは崩壊した。まるで、両手で握りつぶされたかのように。

いちど沈んだ水から顔を出して息を吸うと直ちに同乗者の方へ向かって泳ぎ始めた。どう見ても、泳げるようには思えない。もう溺れかけている。

一分後には、男の纏う襤褸布《ぼろきれ》を摑んでいた。その瞬間、暗がりを突き通す赤い光に気が付いた。それは、流れに水を飛ばしながら半分空になった大型艀を上流に向かって曳航《えいこう》する舟の船首灯だった。マッジは大きな声で助けを求め、次いでもう一回、今度はもっと金切り声のような叫びをあげた。二回目のは、自分が発見したことのせいだった。彼女の摑んだ躰は、生きている男のものでも、今死んだばかりの男のものでもなかった。完全な死体だった。すっかり固く冷たくなっていた。

衝撃的な恐怖だった。一瞬、自分が卑劣な殺人の共犯者になったように感じられた。精一杯引っぱり上げていた、襤褸を纏った恐ろしい屍《かばね》を手放した。次の瞬間には、死体は下へと吸い込まれ、下流へ押し流されそうになった。よく判らない本能に促されて、マッジはさっと前に手を伸ばし、その屍を摑み直した。

曳き舟の照明と、艀の緑と赤の角灯が、流れに乗って彼女の真上にまで来た。水に濡れた服と、妊娠七箇月の躰は重く、流れに耐えるだけでなく、少なくとも死体の様子がはっきり見えるまで沈まないよう持ち堪《こた》えるのに苦労した。その流れは、実は幸いにも彼女の躰を艀の方へと押してくれていたのだが。それでも、水の引き込む力はあまりにも強く、とうとう手を離してしまった。まさにそのとき、溢れる光が死者の顔をはっきりと照らした。

それはジム・ショウの顔だった。彼女の夫の顔だった。

一瞬、世界が旋回した。死神がマッジに呼びかけた。風の吹く頭上の闇から、勢いよく水の流れる川の中から、海に近い水路の向こうから。死神がマッジの耳の中で歌い、マッジの躰と魂を悪癖に浸るように抱きしめた。死神は、マッジの心の中に、頭の中に、唇の上に、凝視する眼のどんよりした光の中にいた。

不意に、狂うほどの怒りが苦悩の渦の中へと彼女を押し戻した。それこそが彼女の命のすべてだった。素早い手つきで死体の顔を上に向けて、光もなく、もはや何も見分けることもない眼を必死に覗き込んだ。寄せる波と彼女が摑む手でジムが纏っていた変装の襤褸布が緩んで、紫色の傷跡とナイフに刺されてぱっくり開いた傷が目に入った。ジムの若い命が流れ出した傷跡が。

長く苦しい絶望の叫びとともに、マッジは愛する者の骸《むくろ》を放し、自らも再び水の中へと沈んでいった。最後の命の灯を揺らめかせた後、死に行く女が枕の上に倒れ込むように。もし、何もかももう少し早く起こっていれば、あるいはもう少し遅く起こっていれば、彼女もすぐにその場で溺れ、もう苦しむこともなかっただろう。

曳舟の舵柄《かじづか》を持つ男がマッジの姿を捉え、艀の舳先にいる男に叫んだ。艀の舳先では速い流れと波立つ水のうねりのせいで、マッジを捕まえられなかった。だが、艫にいる仲間の方は鉈鎌《なたがま》でくるくる揺れる服を捕まえ、数分後にマッジは意識を失って《黄金の希望号》の甲板に横たわっていた。彼女を助けた男たちは、さっき後から来たボートを見ていなかったし、彼女が摑んでいた死体も見ていなかったが、他にも助けなければならない不運な者がいたときのことを心配して、目を瞠《みは》り耳を澄ませていた。

幸いにも、乗員の中に女性が一人いた。《黄金の希望号》の船長の妻だったが、〈澱み〉の住人たちの多くがそうであるようにただ女だというだけでなく、真の女性であった。

真夜中、というよりもうすぐ夜が明ける頃、男の未熟児が産まれた。蒸し暑い艀の甲板室がその子の生まれ出た世界だった。死産だった。「でも、良かったんだよ。望まれていないところへ出しゃばってくるようなもんだからね」と諦めたような口調で《黄金の希望号》のホーキンズ夫人が云った。産まれたばかりの赤ん坊は、正式に結婚した男女の子供ではないと気が付いていたからだった。もしこの幼子が生きて産まれてきたら、その弱々しい息をほんの僅かの時間できたとしたら、この善良な女性はその死を嘆くだけでなく、法律の条文をきちんと守ろうとしただろう。だがそうではなかったので、ホーキンズ夫人は急いで夫と相談した。若く貧しい母親にとってのあらゆる恥辱と困難、そしてもしかすると事態の悪化から救う手立てを遠回しに提案した。

ピーター・ホーキンズ氏は深刻な面持ちで耳を傾け、冷淡に一二回頷いて、一度だけ用心しながら唾を吐き、その後は再び物思いに耽るような様子で、そして最後には断固とした態度になった。甲板室を出ると、数分後には大きくて重い煉瓦を一つ持って戻ってきた。

夜明けとともに《黄金の希望号》は〈澱み〉に入り、そこを通り抜けた。柔らかく穏やかな鮮黄色の光の波が東の星々を拭い去った。川の上や桟橋に係留されている船の帆桁《ほげた》や帆柱《マスト》が魔法にかけられたようにくっきり浮かび上がってきて、角灯は色鮮やかに燃え上がった。そこかしこで角灯の緑の光が踊り、僅かに見えている暗い水面を青灰色に変えていく。鈍い騒音が両岸の市街地から聞こえてくる。まだ街は眠っているようではあったが。

川の上は静かだった。ただ、ときおりぎしぎしいう音が貨物船取引所の大きなスクリュー船から聞こえてくるだけだった。日の出とともに出港する予定になっている船だ。そして、中国の茶輸送快速帆船《ティークリッパー》の上では、マレー人たちが甲高い声で歌う、不気味であやしい歌声が次々に聞こえてきた。

艀が〈澱み〉のいちばん深いところを通って大きく揺れたとき、小さな荷物が一つ、船の外に落ちた。それはすぐに沈んでいった。その荷物は、ホーキンズ夫妻の考えで小さな冷たい亡骸《なきがら》の脚に重い煉瓦を括りつけたものだった。すっかり意識を取り戻した母親にとっては、自分の歓びを埋葬することであり、自分の命を埋葬することでもあった。

マッジは同席しない方が良いのではとホーキンズ夫人からそれとなく伝えてもよかったのだが、何れにせよマッジは衰弱しすぎていて動くのもままならなかった。夫人はこの若い娘のことをあれこれ考えていた。その大きな目に悲哀と切望と絶望を湛《たた》え、ときには、激しい憎しみにも見える狂暴な光を湛えるこの娘のことを。

夫人は夫と話し合って、艀がサンベリーに着くまではマッジを自分たちのところに置いておこうと決めた。そこには姉がいて、夏のあいだは紅茶とエールの小さな店を開いて稼ぎにし、貧しい旅人たちの休息の場としていた。しばらくのあいだ、姉のポリー・ホーキンズにこの娘を預けて世話を頼むつもりだった。マッジも恢復《かいふく》すれば自分が世話になっていることに対して支払いができるようになるかも知れないし、もしそうでなくても、神様の恵みで、マッジが落ちついて物事を見られるようになるまでポリーと自分でなんとかできるだろう。

サンベリーに着いてしばらくすると、哀れなマッジは降りていった。ジムの死と未熟児の出産、そして二人の愛の子供を喪失して数日後、彼女はまったく別の女になっていた。冷気がその若さを包み込んだ。善良で優しく、何事にも怯《ひる》むことのないミス・ホーキンズでさえ、マッジのあまりにも静かで謎めいた様子に、恐れを抱いたほどだった。その物惜しみしない優しさもとうとうその沈黙の前に力尽きた。するとようやくマッジが何もかもを打ち明けたのだった。ポリー・ホーキンズにとっては、極めてロマンティックで、まさに激しいロマンスの息遣いを感じ、合法的な結婚に関するマッジの行動には賛成できなかったり勘違いをしていたにもかかわらず、ポリーはすっかりマッジの味方になっていた。冬の夜ごとに熟読してきたファミリー・アスタウンダー誌やウェスト・エンド・ミラー誌の毎月の新刊や製本された既刊にさえ、ポリーの心をこれほど動かす話には出会ったことがなかった。しかし、我がことのように興奮した後には、現実の悲劇の一員であるかのような精神状態になり、雨の吹きつける八月の夜遅く、マッジの崩壊した人生に対する苦痛と苦悩と激情が叛乱のように湧き上がってきた。

自分の望みは今や一つしかないとマッジは明言した。たった一つ。それは復讐することだ。父親にそして何よりネッド・ブルに。マッジはもう未来に幸せという安息所を持っている娘ではなかった。壊れた女だった。岩礁に当たって粉々になるか、流砂に飲み込まれるかの二つしか選択肢はない。しかし未来に破滅しかないからといって、何もかも放棄して、おとなしく先へ進み、報復の意志も力もない犠牲者となるというのか。そうはならないと彼女は誓った。目を光らせ、背筋を伸ばして、調理場を行ったり来たりしながら。父親に自分の罪を認めさせ、その命で償わせるまで決して満足しない。ネッド・ブルが絞首台にぶら下がるまで決して満足しないと誓った。

ミス・ホーキンズはそんなマッジを熱い眼差しで見つめていた。情熱をもって狂ったように熱く。そして、身を震わせていた。この娘に愛情を抱いたのだ。マッジがいなくなるときは、彼女と彼女の財布の両方を失うことになるものの（マッジが連絡を取っているジムの同僚たちは、公式には何もできないと判るとかなりの寄付金を集めてくれたからだった）、そんなことに不安を抱くことはなかった。だが、今は――今は、殺意を抱いた女を世に解き放つのだ。いつか、新聞各紙を賑《にぎ》わす日が来るだろう！　未来の見出しが目に浮かび、それを読むことを思うだけで首や額に冷たい汗が噴き出した。「波止場で恐怖の殺人」「最後の告白」「マッジ・ロビンズの処刑」「艀の船頭は赤ん坊に何をしたのか？」「ポリー・ホーキンズの証言」などなど。

ミス・ホーキンズは立ち上がって、マッジを畏怖と強い賞讃の目で見つめ、身を震わせると、それらの感情が一体となって深い愛のこもった哀れみとなった。だが、彼女にはそれを表現する才能がなかった。彼女に云えるのはただ、「黒房酸塊《くろふさすぐり》のコーディアルを飲みなさい」ということだけだった。

しかし、マッジは理解した。涙が目から流れ落ち、啜り泣き、躰を震わせながら、友の腕の中に身を投げた。

翌日は日曜日だった。ほんの気晴らしのような気持ちで、ミス・ホーキンズはマッジを教会に連れて行った。マッジは教会に行ったことがなかった。礼拝が始まって最初のうちはすっかり怯えてびくびくして、目にするものや耳にするものを楽しむところではなかった。だが、歌は心を慰めてくれた。祈りの言葉も、頭の中から残響が消えなかった。牧師は実に立派な人物で、熱心なキリスト信者であり、極めて誠実な男だった。機械的に教会の仕事をこなすのではなく、厳しいが大切な主人の美しい花に賢く愛情をもって水をやる庭師のように仕事をした。牧師の云うことにはほとんどついていけなかった。あるいは、ついていきたいとも思わなかった。それでも、その熱意に感銘を受けた。説教が聞こえているあいだ、海の風の唸《うな》るような音や悲しげな音のように、言葉が響いた。「我らの敵を許す如く、我らの罪をも許し給え」「主よ、我らとともに限りなくあらんことを」牧師が口にした言葉で最後に聞いたのがこれだった。そして、会衆は立ち上がって祈りを捧げた。

後でこのことをミス・ホーキンズと話したときには、あまり得るところはなかった。ミス・ホーキンズは宗教というものは十分な量の水とともに飲むジンのように受け取らなければならないと云った。

「彼らが話したとおりに受け取っては駄目。牧師のような人たちだって、他の人たちと同じように支払を受け取って仕事としてやっているわけよ。地獄の火に焼かれないように救うっていうのがその仕事。ねえ、生きている男なら、牧師だろうとただの法螺《ほら》吹きジョニーだろうと、求めてもいないようなことまで請け合ってくれるものなのよ」

その夜、マッジはよく眠れなかった。ぼんやりとした不安が消えなかった。彼女の怒りの焔《ほのお》は静かに燃えていた。そして、思い出という石炭を惜しげなく足してやったが、勢いよく燃え上がらせることはできなかった。

翌日の朝食のときミス・ホーキンズに向かって、不意に、牧師がこういったのを聞いたかと云った。「我らの敵を許す如く、我らの罪をも許し給え」そして、もし聞いていたら、それで何を考えたかと。

ミス・ホーキンズはお茶を飲み終えた。考え込みながら砂糖をすくって、カップに紅茶をゆっくり注いだ。そしてこう云った。

「あまり考えなかったけど」

その後は黙ったまま食事を終えた。天気がよかったので川のそばの野原へ歩いていったら、いつの間にかマッジに若さと力が戻ってきて気分が良くなり、血と魂に対する太陽の呼びかけに素早く応えていた。

溢れる太陽の光を無意識に楽しみながら、真昼の暖かさに浸って長いあいだ横になっていた。空は碧《あお》の円蓋だった。そこに馬の灰色の尾がいくつか浮かんでいた。牧草地は、その年二度目の牧草が青々と茂り、野草の秋の花が咲いていた。足の向こうでは、川がゆっくり流れていた。黄金の光がその水面に降り注ぎ、その光はたちまち銀色と空色になる。川縁には木々が覆い被さって、静かに流れる水に揺れる雲のような緑の影を投げ掛けていた。

静かに横になって、飛び交う燕たちを眺めたり、膝の深さの浅瀬に立って物憂げに長い尾を振っている牛たちや、葦の茂る澱みから澱みへと飛ぶ紫の蜻蛉《かげろう》を見つめていると幸せすら感じられる。そうやっている間に、思い出の苦悩が和らいでいった。

教会で聞いたことを考えれば考えるほどマッジは混乱していった。その日のように感じたことは初めてだった。困惑した心の中には、新たな平和が、新たな希望がありそうだった。まだはっきりした形をとってはいなかったが。その不思議で謎めいたことをあれこれ考えていたら、マッジは疲れ切ってしまった。だが、引いては寄せる潮が言葉を見つけてくれたのかも知れない。彼女が声に出して云ったひと言の中に――

「いいえ、私には無理。どうしてもよく判らない。でも、地獄のような〈澱み〉の生活に戻っても、ジムのところへ行けるわけでもないし、ましてジムが喜んでいた赤ん坊だってどうにもならない。父親は放っておいて、ネッド・ブルをナイフで殺すのも諦めて、あの牧師が云うように、全能の神に任せるとしたって」

日暮れも近くなってようやく、救いの道がはっきり見えた。「自分はともかく死ななければならない」だが、陸地へと戻されることに彼女の本能は全力で抗った。もし、ポリー・ホーキンズの家か、あるいは別の住まいであっても、そこで死を迎えるのであれば、それは自分にとって破滅である。「自分は陸に留まることはできない。自分には判る。何があっても」

日が暮れる直前に、サンベリーの船引き道を少年が一人歩いているのを見つけた。その少年を呼び寄せ、六ペンスを与えると、彼女の云うことを鉛筆で書き取らせ、ミス・ホーキンズのところへ届けるよう頼んだ。

少年が行ってしまうのを、マッジは少し待っていた。大きく赤くなった太陽が、川面の霞を抜けて川岸の真ん中へと燃え上がるように沈んでいくのを見つめていた。そして気が付くと、鶉水鶏《うずらくいな》が背の高い小麦畑のすぐ近くから擦れ声で鳴くのを熱心に聴いていた。

ほんの些細なことのように思えた。これでは別れの言葉を云うほどのこともないではないかと思った。日が暮れるとすぐに、赤と黄色の大型艀が、吹く風があればそれを受けようと茶色の襤褸布の帆を高く掲げて、重い流れを下る姿を見せた。積荷はライ麦だった。甲板の男と少年は、日中の暑さと労働で怠そうだった。どちらも、船首の方の底に何か障害物がぶつかって艀を傷を付けてしまったことに多少の動揺を感じていた。

《潑剌《はつらつ》ナンシー号》がずんぐりして不格好な小型の牽引船に曳かれてきて、〈澱み〉の乱流で大きくぐらりと揺れたのは、もう夜更けだった。激しく交差する激しい流れの水面下では、下に向かって冷酷に引き込む捩《ねじ》れ絡み合う水流があった。潮が水車用の水路のような勢いで上ってきた。川の流れと西風は海に向かって遮二無二《しゃにむに》進んだ。

この激しいぶつかり合いの末、《潑剌ナンシー号》の曲がった竜骨はようやく邪魔を振り切った。

その後、一時間かもう少し経った頃、河川警察が発見したのは、陰鬱で人影もない埠頭《ふとう》の泥だらけの桟橋にぶつかりながらゆっくり押し流され、〈澱み〉のあちらこちらへと揺られている女の骸《むくろ》だった。

ヴェネツィア舟歌

去年の夏にヴェネツィアで、友人と私が一緒にとった部屋は快適だった。サン・グレゴリオにあるゴンドラの渡し場の東端にあって、窓の正面からは大運河の躍動と美しさが臨めたが、建物自体は静かな小運河から少し奥まったところにあり、閉ざされた中庭の出入口から入るようになっていた。しかしそれでも、夕方になれば賑《にぎ》やかな話し声や笑い声、それに甲高い叫び声が聞こえてくることも少なくはなかった。渡し場は、その名前が明らかにしているように、ゴンドラが客を待つところだからだ。もしゴンドラの停泊所がすぐ近くにあったら、王なき〈アドリア海の女王〉らしい特徴だと遍《あまね》く信じられているあの詩的な静寂など虚しい妄想でしかないことを、ヴェネツィアに住んだことのある者ならすぐに気づくだろう。ヴェネツィアの男たちには、運河を挟んで両岸から大声で口論をする習慣がある。彼らにとっては好都合かも知れないが、おとなしい他所者《よそ》には納得し難いものである。どれほどひどい罵倒の言葉をいくら浴びせても、まったく身の危険はないので、ヴェネツィアの口論のほとんどはこうやって解決されるのだ。とはいえ結局は、ときたま騒がしくなるくらいで、宿泊地として他にそれを補ってあまりある喜ばしい立地条件ではあった。私たちはこのいつまでも新しくいつまでも美しい都に到着したとき以来ほとんどずっと同じゴンドラを使ってきた。アレッサンドロ・ルイージ・トレマッツィという名前の男の舟で（その名前は後になって知ったのだった、最初はルイージという呼びやすい名前しか知らなかった）、結局、一日四リラ半という手ごろな値段で彼を一箇月間独占して雇うことになった。

ある日の早朝、五月もそろそろ終わるという頃だったが、珈琲を運んできて、「旦那方のために次は何をいたしましょう」と訊《き》いたのがこのルイージだった。教えてもらわなくても、シロッコ〔サハラ沙漠から地中海沿岸に吹く熱風〕が吹いていることは感じ取っていて、ルイージが姿を見せないうちから、一日の最初はティントレットやティツィアーノとともに過ごそうか、あるいはトルチェッロまで船で北上してみようか、そして、戻るときには、シロッコの中を沈む日暮れの銀色と紫水晶《アメシスト》色のヴェールの下でヴェネツィアと潟湖《ラグーナ》を見ようかと少し話し合っていたのだ。私たちは後者の案に決めたところだった。そこで、必要な指示を出し、ロールパン、珈琲、果物をさっさと片づけた。私たちはルイージの広くてゆったりしたゴンドラに前から目をつけていたのである。ルイージには、旅の準備運動に、まずリドーに行って軽くひと泳ぎすると伝えた。サン・ジョルジョを右手に進むと、サン・マルコ広場の獅子像とドゥカーレ宮殿が左手に見えてきて、それもやがて活気のあるリヴァ・デッリ・スキアヴォーニに取って代わられた。微風が吹いていたが、それも次第に弱まってきて、そのうちすっかりやむのは確実なようだった。そこで、トルチェッロ行きについて心を決めるのは海水浴のあとにすることにした。無風のシロッコの日に、この打ち倒されそうなほど凶悪な暑さの中であんな遠くまで連れて行けとルイージに要求するのは、いくら何でもひどすぎるからだ。

聖女エリザベッタ（あるいは、「リドー」か。マラモッコのリドーのこの辺りは今ではただ「リドー」と云っていて、ヴェネツィア人でさえ例外なくそんなふうに呼んでいる）に近づくにつれて、弱り切った微風に僅かに力が甦ってきた。頭の上の空や下に見えるラグーナは、いつもなら驚くほど透明で紺碧という独特の姿なのだが、今はその片鱗も見られないものの、そのほのかな淡い青もまた美しかった。ゴンドラのすぐ右側の水は曇った緑色で、それは浅い海の下から朝の波とともに上がってくる緑の糸のような海藻だった。

ルイージとボートを小さな湾において私たちは島を歩いて渡り、十分後には海の風を顔に感じながら、アドリア海の煌《きら》めきが眼前に広がり、無限の彼方《かなた》まで伸びているように見えるところにいた。何リーグも何リーグも先まで続く青に移ろいをもたらすのはただそこかしこに見られる白い波頭のみ。雪のように白い鷗《かもめ》が不意に滑るように飛んでくる。遠く散らばっている漁師の舟が五つ六つ、ときおり吹く風を精いっぱいオレンジ色や赤煉瓦色、あるいはサフラン色の帆に受けようと頑張っている。

この美しい眺めが果てることはなかったが、やがてそこから抜け出して海水浴場へと向かった。塩を含んだ浮力の大きい海の水で泳ぎゆっくり楽しんでから、ルイージと合流した。南に行くほど青が深くなっていることに気づいて、トルチェッロに行こうという気持ちになったからだ。パブリック・ガーデンの緑の高台を通りすぎるとき、ゴンドラの船頭が天気のことを何か云ったのだが、その言葉は聞き取れず、船頭がもう一度口を開いたのはサン・ミケーレに近づいてからだった。この島の墓地の向こうでは、すでに北と西がきめ細かい銀白色に霞んだ空気に満たされていたが、やがてそれは上下から紡ぎ出される目に見えない蜘蛛の糸で織り上げられたヴェールのように見えてきた。この薄い空気のヴェールのせいで、遠くに見えるものやその輪郭はことごとく蜃気楼の中に見えているようだった。夢の国の幻影にすぎないのかも知れないというような景色の中で、ヴェネツィアのカナレッジオ地区とラグーナにあるほの暗い島々、さらにメストレの南までを見たのだった。すぐ隣のムラーノ島ですらその見苦しさがなくなって、陽の当たる壁面にぼんやり映る大きなネクタリンの実のようにぼんやり輝いていた。私たちがシロッコの息とも呼びたくなる空気の流れを見つめていると、ルイージがもう一度割って入って来た声が聞こえた。丁寧な言葉遣いで、旦那方がトルチェッロに行くにはいい日ではないと仄めかした。

どういう理由かと問いただせば、夕方には特別蒸し暑くなって雷鳴が鳴り響くようになり、そうなったら程度の差はあれ激しい嵐になりそうだと云う。ゴンドラの船頭はその経験から天気についてよく判っているのだと判断し、私たちは直ちに計画を断念してサン・ニコレットに戻り、舟を降りることに賛成した。そこの、リドーでいちばん美しいがほとんど誰にも知られていないアカシアの木陰で昼食と午後の煙草を楽しむのだ。一時間後には最初の計画の変更を余儀なくされたことをまったく残念に思うこともなく、私たちは涼しくて何よりも馨《かぐわ》しいアカシアの木陰に坐っていた。軽い昼食の後、煙草を吸って、ラグーナの金属的な灰青色をだらだらと眺めながら、あるいは、頭上を飛ぶ数えきれない野生の蜜蜂の集団が立てる羽音を聞きながら、誰かがルイージに話をしてくれと云った。実話でも伝説のようなものでも構わないから、好きに選んでくれと。ゴンドラの船頭はヴェネツィアの騎士物語の英雄のようにも見えた。背が高く、力強く、しかし頑健な体格というより柔軟な躰《からだ》で、波打つ豊かな黒髪が日に焼けた額から茶色の首まで流れ降りていた。暗灰色の瞳は怠惰と熱情のあいだでくるくると表情を変えた。楽しそうな微笑みをいつも口元に漂わせていた。自らの三十年を見事に身に帯びたそんな無意識の風格は、どんな画家や伝奇作家でさえ、ヴェネツィアの船頭やキオッジアの漁民たちの中からこれ以上のモデルを見つけることはできないと思わせるだろう。

笑いながら、私たちの依頼に答えて舟の歌を歌うことはできるが、話をするのは得意ではないし、何より旦那方の興味を惹くような話は何も覚えていないと云った。すると私の友人が、もし無理な註文でなければだが、自分のことを何か話してもらうというのはどうかと促すと、嬉しいことがあったかのように顔を微かに赤らめ、すぐに、こんなことで喜んでもらえるならと付け加えて、いつか私たちに紹介しようと思っている美しい妻をどうやって勝ち取って結婚したのかという話をしましょうと云った。

私たちの隣に立つアカシアの木陰で寛いだ姿勢をとると、彼はしばらく黙っていたが、その柔らかく歯擦音《しさつおん》の多いヴェネツィアの言葉で、以下に記すような話を始めた。ただ、彼自身の言葉遣いを正確に再現したものではない。

「物語の主人公には、名前が一つしかないとは限らないと思いますね。たとえ、主要人物が自ら語るときでもです。だから、今はただルイージとして知られているだけですが、私が今は亡き父ジョヴァン・アンドレアの一人息子で、私の名前を全部云えばアレッサンドロ・ルイージ・トレマッツィだというところから話を始めてもいいだろうと思います。アレッサンドロは父の父にちなんで授けられた洗礼名で、ルイージは母方の祖父からもらいました。六歳か七歳の頃に、父が常に私のことをルイージと呼ぶようになるまでは、もっぱらアレッサンドロと呼ばれていました。あとで判ったのですが、それは父の親友のアレッサンドロ・ダ・ルーの恥辱的な裏切り行為のせいだと判りました。私の名前をとったのと同じ父の父にちなんで名付けられたものだったのですが。ダ・ルーの息子マッテオと遊んだり、話すことさえも父が禁じていました。ここでこんな話をしているのは、この話に彼がもういちど出てくることになるからです。それに、裏切り者の塒《ねぐら》に裏切り者が一人しかいないなどということはないのです。しかし、私たちにもいろいろあって、それはときとしてよいことだったり、またときには悪いことだったりしましたが、これは私が二十五歳になったときのことでした。この頃、父はゴンドラを二艘所有していました。一つはまだ新しく、もう一つは長年使い続けていてかなり傷んでいました。一見《いちげん》の客は一般的に歳とった男よりも若くて活動的な方を選びたがるものですから、私もピアツェッタで新しいゴンドラを選んで自分の仕事を始めたのは自然な成り行きでした。一方、父はリオ・ディ・サン・ヴィートの近くにあるトラゲットでは〈バルカ〉と呼ばれる渡し舟をもう一人の男と一緒に仕事で使っていました。ちょうどジュデッカの対岸でした。私たちは借金を作ったりすることもなく、何とかやっていました。しかし、父は宝籤《たからくじ》だとかどんなものやら判らない投機取引に金を注ぎ込むのに夢中で、春や秋の繁忙期でも蓄えはほとんどなく、これでは冬を到底越せないのも明らかでした。こんなふうに金がなくなっていかなければ、かなり裕福に暮らしていけたはずなのに。私たちの利益を分配したり養う者がいるわけでもなく、二人だけなら年中いつでも一日平均六から八リラで、近所の十世帯のうちの九世帯よりも豊かに暮らしていけるのですから。聖体の祝日が近づくちょうど今頃の時期に父が亡くなったのですが、医師は熟したメロンの食べ過ぎだと云い、教区の司祭は先代のトレマッツィがミサにまったく出ていなかったのを神がお怒りになった徴《しるし》であると宣告しました。父は厳しく口数の少ない男でしたが、それでもしばらく私はひどく寂しい思いをしました。とはいっても、貧乏人はいくら悲しくても働かなくてはなりませんし、そのうえ私の人生はちょうど新たな関心事に心奪われるようになったばかりだったのです。父の死の数週間前から私はスキアヴォーニ海岸にある小さなカフェに暇さえあれば通っていました。珈琲や冷たいオレンジ水が特に好きだったからではなく、サルヴァトーレ・アグジャーニの小さなロープ店が目あてでした。私がただロープ店の中を覗き見るためだけにカフェで金《ソルド》を使っていたとはまさか思わないでしょう。ときおり小柄な白髪のサルヴァトーレと言葉を交わすのが楽しいというわけでもないのに。シニョール・アグジャーニには孫娘が一人いて、彼女はシニョール・アグジャーニを慕っており、頻繁にその店で姿を見ることができたのでした。

〈金髪の乙女〉の美しさを、彼女と親しい人たちのように云える立場ではありません。今では私の妻になっているのですから。でも、ご自身の目で妻をご覧になれば、〈金髪の乙女ツェーナ〉として知られる評判に値するかどうかがお判りになるでしょう。その髪がどのような金髪なのか、その瞳がどんなに深く青いのか、その美しい首と繊細な手がどんなに白いのか、その笑い声がどれほど歓びに満ちているのか。それでも、夜に魚のフライとマカロニを食べに家へ帰って、私の隣に坐っている彼女が、あるいは私に必死に手を伸ばしている赤ん坊を見て笑う彼女が私の目にどれほど美しく見えるかは想像もできないでしょう。少し話を急ぎすぎたようです。そもそもの最初から順を追ってお話しすることにしましょう。

父はあのサン・ミケーレに埋葬されました。そのとき、気がついてみれば自分は二艘の船の持ち主になっていました。もうゴンドラとしてはほとんど役に立たなくなっていたので、舟《バルカ》を所有しているという歓びだけでも元が取れるという知人に古い方を売りました。その売り上げと、ほとんどないようなものでしたが手持ちの金を合わせて借金をすっかり返済すると、まずまず新しいゴンドラで自分のために新たな世界へ漕ぎ出しました。ゴンドラの名前を新たに〈金髪の乙女《ラ・ビオンディーナ》〉としました。

ここで云っておくべきだと思いますが、この頃には、ツェーナと私には言葉にできないほどの強い絆ができていました。私が変えた舟の名前を初めて彼女に見せた日のことを今でもまざまざと思い出せます。聖体の祝日のときでした。あの日、夜明けの光のもとで目を覚ましたとき二つのことを心に決めました。一つ目は、その一日を休日として過ごすこと。二つ目は、できることならツェーナから、いい返事であろうと悪い返事であろうと、もう一度横になって休むときまでに必ずはっきりした返答を得ることでした。サルヴァトーレに朝の挨拶ができたらと思って朝七時ちょうどにスキアヴォーニ海岸へ行ったところ、まさにそのとき、ツェーナが出てきました。ここリドーで見られるどんな花よりも美しかった。それから、三人で町の広場へ行って、聖歌隊行列を見て、サンマルコ大聖堂の大司教の祝福を受けることにしました。その後は一日中、知り合いに会って話をしたり、ぶらぶら歩いたり、金持ちの外国人みたいに氷菓子を食べたりしました。日が暮れると、ヴェネツィアは水上の都であることを楽しめます。誰もが、大運河の上を軽やかに行ったり来たりする数百ものゴンドラや、楽団を乗せ燈火で飾られた何十もの屋形船を見ようとするのです。そのとき岸辺には、綺麗な花火がいくつもいくつも打ち上げられ、それがスキアヴォーニの端からリアルトや北西の端の船着き場まで及ぶのです。

私たちも、私のゴンドラで運河に出ました。その晩、舟を出せば百リラは稼げていたでしょうが、五十リラ出すと云われても、ツェーナと一緒に大祝祭の最後を見る楽しみを諦めはしないと固く誓っていました。広場を歩いているとき、ツェーナのお祖父さんが友人か誰かの方を向いて話をしていたので、私も彼女をゴンドラの方へ向かせておいて、舟の舳先の向きを何とか変え、新しく書き直した舷側板の名前をツェーナに見せる時間ができました。〈金髪の乙女〉という字を見ると、彼女は薔薇のように顔を赤くして、あだっぽくどうして以前の〈美しい希望〉という名前を変えたのかと云いました。〈金髪の乙女〉こそ私の〈美しい希望〉だからだと答えると、また前よりもさらに顔を赤くしました。その夜を逃したらもう二度と機会はなさそうだと判っていたので、身を屈めて囁きました。『ツェーナ、誰よりも美しいツェーナ、心から愛している。結婚して僕をずっと愛してくれないか』すると、嬉しいことに、彼女は話すというより息をするように『あなたのことをずっと愛していたのよ、ルイージ』と云ってくれたのです。ああ、あの晩は本当に幸せでした。決して忘れることはないでしょう。きっと間違いないと思ってくださるでしょうが、私たちは、花火も、派手に装った外国人でいっぱいのゴンドラの群れも目に入らず、お互いのことだけを見ていました。大運河のあちこちから柔らかな夜風に乗って絶えず流れてくる音楽よりも、お互いの明るい言葉に耳を傾けました。心の中でこう思っていました。何もかもうまく行きすぎて本当にこんなことがあるとは思えない。でも、自分の束の間の思いが後に悲しい現実になるとはまったく考えてもいませんでした。

その夜はアグジャーニには何も云いませんでした。ツェーナとは、手と手を強く握り合い、目と目で愛の視線を交わし合っただけで、他には何もなく別れました。家に帰ってからも、あまりに幸せでいつまでも眠れませんでした。それでも、ようやくうとうとと眠りに落ちていきました。夢も見ない眠りとはいかず、夜明け前に二度ほど、少年時代に戻って、父にアレッサンドロ・ダ・ルーの息子マッテオとは二度と遊んだり話したりしてはならないと云われる夢を見ました。夢の中では、父が歯のあいだで呟《つぶや》くように云うのを何度も聞いたことがある諺《ことわざ》をまた云い聞かせました。『裏切り者の塒《ねぐら》に裏切り者が一人しかないなどということはない』

目を覚ましたときには、雲一つない四月の朝に囀《さえず》る雲雀《ひばり》はこうだろうと思うような軽やかな気持ちでした。でも、昼近くになるともう私の歓びは消えうせてしまいました。少なくとも、すっかり鈍っていました。海軍に召集されたからだと云えばお判りいただけるでしょうか。通知によれば、私は一刻も遅れることなく国王の艦船に乗って三年の兵役を務めなくてはならないとあります。ご想像になれるかも知れませんが、これは私の燃える思いの希望を悲しく吹き飛ばすものでした。しかし、私に逃れる術はありませんでした。第一に、私には養わなくてはならない母親も子供もおらず、私自身も健康だったから。第二に、もし当局が認めたからといって代理人に支払うほどの資金がなかったからです。三年間、ゴンドラを保管しておいて、あるいは売り払って、いろいろ片づけて出発する以外の道はありませんでした。もしかしたら、そんなに大変なことだとは思えないかも知れません。もちろん、友人や知人の中にも同じ経験をしているものはいました。それでも、可哀想なツェーナにこの知らせを告げるとき、私の心は破れるほどの痛みを感じていました。でも、彼女は勇敢にこの知らせを受け止めました。そして、涙ながらに三年間なんてすぐに終わると安心させてくれたのです。間を置かずに手紙を書くことと、私に対する誓いから足を踏み外すようなことは決してしないことを約束しました。それから、私たちの婚約のことは自分の祖父には知らせないようにと云いました。三年のあいだそこにいない私に束縛されていることをきっと嫌がるに違いないからです。

ツェーナと私の悲しい日々について詳しく話す必要はないでしょう。簡単に云うと、〈ウンベルト王〉に乗艦せよという正式な通知があってから一週間もありませんでした。ヴェネツィアからリヴォルノへ行くと、かなり貧しいところのように見えますし、軍艦に乗っている男の生活はゴンドラの船頭の高潔な自由と喜んで交換できるようなものではまったくなかったということはお判りかも知れません。しかも、ただのゴンドラの船頭ではなくて、所有者でもあったのですから。ですが、その三年間がどのように過ぎていったのかの詳細でうんざりさせないようにしなければいけませんね。ときどきリヴォルノに停泊して、ときどきはスペッツィアに、そしてまたチュニスに、あるいはアレクサンドリアに寄りました。でも、ヴェネツィアには一度も行きませんでした。一度だけ、〈ウンベルト王〉がトリエステに向かう命令を受けたという噂を聞いて胸を高鳴らせたことがありました。二三日の休暇でヴェネツィアまで行って一目恋人に会って戻ってこられると判っていたからです。しかし、根も葉もない噂でした。コルフ島を出ると、船は北ではなく南西へ向かいました。

その前に云わなくてはならないことがありました。この艦船に乗ったとき、徴集兵たちのなかに知っている顔が二つ三つあることに気がついたのです。しかし、着任の夜に目についた顔はただ一つ、マッテオ・ダ・ルーの顔でした。もう何年ものあいだ、元遊び友達の顔をほとんどというより、まったく見ていませんでした。先代のダ・ルーは、私の父の死の五年くらい前にジュデッカから引っ越して、キオッジャの漁業団体に参加していました。ご存知のように、ここから南へ三十マイルほど行ったところです。距離だけでなく、地域に対する偏見が南北のラグーナを今も隔てています。ジュデッカでさえも、お互いに相応《ふさわ》しくない町の出の男女が結婚することは歓迎されないものとされています。マッテオと私は数年間ほとんど会っていませんでしたが、お互いのことはよく知っていましたし、あんな状況で馴染みの顔に出会ったら気持ちの良い感情しか抱けません。それに、一緒に遊んでいた子供のときから知っているのですから。それでも、奇妙なことに、親しみのこもった挨拶とともに抱きしめ合ったときに嫌悪感といってよいような気持ちを抱いたのです。まるで、私の亡き父がアレッサンドロ・ダ・ルーの親族や仲間とは決してかかわるなと警告し、裏切り者に関するあの諺を呟くのが聞こえたかのようでした。このときには、私の父とその友人のあいだに何があったにせよ、その息子にはまったく罪のない悪事を理由に関係を絶つようなことはやめようと考えていました。だから、本当の意味で友人になったことは一度もなかったとはいえ、お互いをよく知り合えば、必ずや親しい間柄になれると思っていました。

もちろん、この頃はツェーナからの手紙がよく届いていました。手紙はいつでも歓びを与えてくれました。彼女が元気で幸せにしていることを手紙が教えてくれるのですから。とはいえ、その手紙は実際に彼女自身の手で書かれたものではありませんでした。それでも、麗しの聖マリア広場の右手奥にいつも坐っている、その辺りでは有名な代筆屋であるアントニオ・バルッチオの筆跡であったとしても、私にとっては彼女が書いたもの同然だったのは、彼女らしい言葉遣いと判るからというのもありましたし、こんなことをお話しするのは恥ずかしいのですが、その頃は私自身が手書きの文字を読めなかったからでもあったのです。つまり、ツェーナも私も、字が読めないだけでなく、書くのもままなりませんでした。そのときは、愛しい人からの手紙の中身を知るためと、自分の手紙を送り返すために、いつも助けを必要としていたわけです。私は信頼できる友人を見つけていました。ジャン・バッティスタという掌《しょう》帆員《はんいん》で、その船に乗っているあいだはずっと親しい友人として、手紙を読みあげたり代筆してくれて、決して船の仲間に恋人の名前を漏らしたりすることはありませんでした。私の兵役期間もあと三箇月で終わるというとき、私たちはスペツィアに配置されました。そこで私は、マッテオ・ダ・ルーやその他の数人と一緒に選ばれて小砲艦〈焔《ほのお》〉に乗せられ、この頃よくフランスや北アフリカの海岸で発生した密輸船トラブルに対処するために送り出されたのです。マッテオと私の関係は一年以上のあいだを経てすっかり冷えきっていて、それは何かはっきりした理由でそうなったのではありませんでしたが、個人的な問題や願いについて相談できないほどにはなっていました。しかし、ある晩、一緒に見張りについているとき、ツェーナと自分のことを彼に話しておこうという気持ちになったのは、手紙のことでジャン・バッティスタにはもう助けてもらえなくなっていたのを何とかしようと思ったからです。スペツィアに着いてすぐに手紙を送っていたから、ヴェネツィアからそろそろ便りがあるころだと判っていました。その前の四箇月ものあいだ、愛しい人から何の知らせも受け取っていなかったのです。これは彼女のせいではないと判っていました。〈ウンベルト王〉が西に向かって突然出発する前に私が知らせた住所へ彼女は手紙を送っていたに違いないと思っていました。その間、私はモロッコの海岸を通ってモンテ・ビデオに行き、モロッコ沖を戻って、そして、アルジェリアとチュニス沖を通って帰ってきました。ツェーナの手紙が行き場に迷ってコルフ島、アレクサンドリア、メッシーナ、ジブラルタル、モンテ・ビデオ、北アフリカといった、遠い各地を転々としてしまっても不思議はありません。それでもなお、ほんのわずかな情報でさえ熱心に追い、私の最後の手紙に対する返事が今日こそ届けられるのではないかと毎日待ち望みました。この頃になると私も少しは字が読めるようになっていたのですが、まだまだゆっくりと、かなりの困難を伴っていました。それでも、ツェーナの手紙を自分で読めるようになりたいと願っていたのです。あるいは、友人に読んでもらった手紙をその後でまた読み直すくらいのことはしたかったのです。

緊急事態には、いつものように注意深くはなくなってしまうものですが、私がマッテオを信頼するようになったのもそのせいでしょう。さきほどお話ししたように、私たちは同じ当直にあたっていて、軍隊勤務期間について話をしていました。もうすぐ、それも終わるということで、兵役から解放されたら何をするかという話をしました。

『父だったら僕にキオッジャで漁業の仕事に参加して一緒に働いてくれと云うだろう』とマッテオが云いました。『でも、僕はそうするつもりはない。自分のゴンドラは安全なところに保管してあるし、ピアツェッタの懐かしい場所でもう一回昔の仕事をやってみたい。そうしたら、もしかしたら、結婚してもいいかも知れないな。西の海でゆさゆさ揺られるのを終えたら、気持ちの良い家に住む』

『ということは、結婚を考えているのかい。おいおい、友達じゃないか。誰かその気になれる人が現れるまで、本気でそんなことを考える奴はいない。どうして、今まで全然話してくれなかったんだ』

『それは、同じ理由じゃないかな。君は今まで僕を絶対に信用してくれなかった。僕の目が節穴だと思っていたのか。君が手紙を書いているのを一度も見たことがないとでも？　それとも、ジャン・バッティスタが君のために書いているのをと云った方がいいかな。どこに入港しているときでもね。君のお父さんがもう亡くなっていることは知っているし、フランチェスコやティト、あるいはパオロ、それとも他のどこかのゴンドラ船頭たちの仲間にそんなにしょっちゅう手紙を書くとはとても思えない』

『じゃあ、一つ教えてくれ』と笑いながら私が云いました。『君の恋人は黒髪なのか金髪なのか。僕のは十二月の夜に対する五月の昼間のように明るい金髪だ。彼女はイタリアじゅうで一番美しい金髪娘だと誓ってもいい』

『そんなに綺麗なのか』急に熱を帯びた口調になってマッテオが云いました。『そんなに綺麗なのか。もし、僕の愛する娘より綺麗でなかったら一日分の給料を罰金にするからな。ほら、名前を教えろよ。ここの仲間の誰かが知っているかも知れない。そうしたら、どっちが綺麗か決められるだろう』

『いやいや、こっちが先に訊いたんだ。君の恋人の名前を教えろ。そうしたら、こっちも教えるから』

『それはだめだ。でも、コインで決めるならいい。表が出た方が最初に云う』

『いいだろう』

するとマッテオはソルド貨を六枚放り投げました。四枚が表になって落ちたので、最初に秘密を明かさなくてはならないのは私でした。

『云ってやるぞ！〈金髪の乙女〉と呼ばれている。綺麗な金髪で美しいからだ。彼女をよく知っている奴らはそう呼ぶんだ。それほどよく知らないのは、金髪のツェーナと呼ぶ。他所者やスキアヴォーニ海岸にある彼女の親父さんの店の客だったら、ツェーナ・アグジャーニだ。これが僕の金髪娘だ！』

ちょうどそのとき、当直の士官が誰かに向かって何か厳しい声で叫ぶのが聞こえたので、振り返って聞き耳を立てました。でも、マッテオの方からは何の音も聞こえてきません。顔を戻して吃驚しました。彼の顔は蒼白で、私を見るその真っ黒の瞳は抑えきれないほどの憎しみでぎらぎらしていました。

『どうしたんだ、マッテオ。どうして、そんな目で僕を見るんだ』私は声を上げました。なかなか答えようとせず、その妙な表情を目に宿らせたまま私を見続けました。それから、口ごもりながら何か気分が悪いというようなことを云ったのですが、そのとき私はあまり気に留めませんでした。漁船に乗って夜の漁に出た後はときどき見られる症状で、胃が痙攣《けいれん》したようになるのだそうです。はじめは吃驚して何となく警戒心を抱いたその蒼ざめた顔のことは、これですっかり納得してしまいました。『もう大丈夫か?』と訊きましたが、マッテオは返事もせず私たちと前檣《ぜんしょう》のあいだに広がる暗い影の中へ足を踏み入れました。もう一度、顔を見られるのが嫌だとでもいうようでした。もし、それが彼の意図だったとしたら、うまくいったということになります。私が見分けられたのはぼんやりとした体の輪郭だけだったのですから。それは新月の晩で、星々の光は闇がどれほど深いのか知るにはとても足りなかったのです。

『ああ、もう大丈夫だ。もうずいぶん前からツェーナ・アグジャーニと婚約していたのか。結婚を約束したのか、それともお互いそう思っているだけなのか。サルヴァトーレはどこまで了解しているんだ』

『質問は一度に一つにしてくれよ。それに、君の方はまだ約束どおりに話していないじゃないか。君の金髪の美女の名前は何だ。ヴェネツィア人なのか、キオッジャ人なのか』

『いや、あれはただの冗談だよ。トリエステから来た金髪の娘が一時期好きだったことがあるんだ。フジーナで叔父さんと一緒に住んでいた。でも、あの娘の言葉は僕には激しすぎた。結局はピエロ・カレッリと結婚したと聞いたよ。メストレのレモン商人だ。金髪は信用できないな。恋人にも夫にも誠実な金髪は聞いたことがない。恋人に対して誠実なのは黒髪の娘だけだ』

『そんな法則があるかな。君の好きだった人が無愛想なキオッジャ人よりも優しいピエロ・カレッリを選んだという単純な事実に基づいた意見じゃないかな』

私は愚かにもマッテオが金髪娘に対する一般則として云ったことに腹を立ててしまったのでした。私の冷笑するような答え方にきっとマッテオはすぐに激しく怒るだろうと思ったのですが、驚いたことに、予想外の熱意のこもった声でこんなことを云ったのです。

『さあ、ルイージ、つまらないことで喧嘩をするのはよそうじゃないか。君と君のツェーナに健康と長寿と幸運を祈ろう！』

『彼女の姿をきっと見たことがあると思うね。〈金髪の乙女〉といって誰のことか判らないゴンドラ船長はあの辺りにはほとんどいないからね』

私がそう云うとしばらく返事はなくて、やっと口を開いたマッテオの声はなぜか無理をしているように聞こえました。

『ああ、誰のことかは判る。彼女が美しいのは疑いようもない。でも、サルヴァトーレとは会ったら言葉を交わすくらいの知り合いで、もう五年か六年くらい前のことだが、公衆の面前で僕の父を悪く云ったことがあって、それを決して許せないんだ。以来、あいつは肋骨のあいだにナイフを感じなくて済んだことをあの白髪まじりの髪に感謝しているんじゃないかな』

まずい話題になったと判ったので、船を降りてまた自由の身になるときの楽しみについて話題を切り換えました。それからしばらくして当直の時間が終わったのですが、それでも私はすぐに眠れそうにはありませんでした。どうしてなのかはよく説明できないのですが、目が覚めたとき最初に頭に浮かんだのが、マッテオが金髪について云ったことと関係がありました。自分の莫迦さ加減を笑い飛ばしましたが、漠然とした不安が私を捕えて放さず、というのも、ツェーナからずいぶん長いこと便りがないのは実に妙に感じられたからです。そのとき思い出したのは、前には一笑に付していたようなことなのですが、最後に受け取った手紙の内容で、お祖父さんが彼女をフィリッポ・ファッチョーリと結婚させようと熱心に勧めていたと書かれていたのです。それは中年の裕福な船具商で、ジュデッカにあるフォンダメンタ・デル・ポンテ・ルオンゴ沿いで営んでいる商売が繁盛していて、サルヴァトーレと話をしているときに、その男は持参金があろうとなかろうとツェーナと結婚したいと申し出たのだそうです。その瞬間に私の頭に甦ったのはこのことでしたが、自分に憤慨してそれを振り払いました。ツェーナには他に愛する相手がいるのだから、いくら相手が金持ちでも他の男と結婚しようとするはずがない。彼女のことをよく知っている私には判るのですから。それでも、一日じゅう落ち着かない気持ちを抱いて過ごしました。来るはずだと思っている手紙が届かないのだからなおさらです。午後になって服を繕おうと思って下に降りていたので、国のカッター帆船が来ていたのに気づかなかったのですが、それから三十分もしないうちに「手紙」という言葉を誰かが云っているのが聞こえて、私が慌てて駆け上がったのはご想像の通りです。後甲板に着いたときにはもう手紙はほとんど手渡されたあとでしたが、ようやく自分の名前が呼ばれて、前に進み出てかけがえのない手紙を受け取ると、すぐに静かな場所を見つけて腰を落ち着けました。

そのときまで、マッテオの意地の悪い嘲笑がどれほど自分の心に影響を与えていたか判っていませんでした。確かに手紙を受け取ったという歓びはあまりにも強く、涙が目に溢れてきて、封を開ける手は震えていました。その瞬間、マッテオの声が背後から囁くのが聞こえました。「どう？　いい知らせだといいね」反射的に手紙を手渡して、読み上げてくれと頼んでしまいました。はやる気持ちに応えられるほど私は文字をうまく読めなかったからです。マッテオは黙って手紙を手に取ると、読み始めました。『愛しいルイージ』そこで言葉を止め、手紙の残りにさっと目を通したようでした。

『さあ、この手紙が僕宛だというのは判ったから、最初から最後まで自分だけで読むんじゃなくて、声に出して読んでくれよ』
『怒らないでくれ。悪い知らせがあってね、云い難かったんだ』
『一体どういうことだ』心に痛みが走って、叫び声をあげていました。『ツェーナに何かあったのか』
『昨日の夜、金髪のことで僕が云った無駄話を覚えているか』低い早口でマッテオが云いました。私の顔に浮かんでいたに違いない苦悩の表情を見て、こう続けました。『槍で貫かれるのは苦痛だが、長い病が始まるのに比べればましだ。男らしく、これまで多くの男たちが耐えてきたことに君も耐えてくれ。あの娘からの手紙を読み上げるからな』

『愛しいルイージ、この手紙を読んであなたがとてもがっかりすることは判っています。もしあなたが寄る港で私がいない寂しさから好き勝手に慰めを得ていると思ったらこんなに気に病むこともなかったでしょう。でも、この前の手紙で私だけに常に誠実であると誓っていましたね。私はそれを信じています。

近くの大金持ちが私のことを好きになってしまったのは、私のせいではないのです。でも、それを受けなさいと祖父が云ってきませんでした。運悪く投機に失敗して何もかも失ってしまったのだから、私自身のためでないとしても、少なくとも祖父のためにこの好機を拒んではならないと云われました。あなたが戻って来るのはそう遠くないと期待していることは祖父には云いませんでした。そんなことを云っても苛立たせるだけで、よい結果にならないと思ったからです。本当に正直に云うと、今までに何度か、本当に私はあなたに相応しいだろうかと疑問に思ったことがありました。そして、私たちは幸せになれるのだろうかと。なれないのではないかと思います。だから、勇気を持って手紙にこう書けるのです。あなたがこの手紙を受け取る前に、私はあの大金持ちの隣人と結婚しているでしょう。その名前を知らせるのはやめておきます。あなたが怒りのあまり、彼を呪うといけないので。

私を許そうと努めてください。そして、私は精いっぱいのことをしているのだと信じてください。

今でもあなたの友人です。最後に自分で名前を記します。

ツェーナ・アグジャーニ』

手紙が読み上げられるのを聞いているあいだ、船が私の足の下で沈んでいくような感じがしました。そして、躰の中の血の一滴一滴が心臓から沸き立つような、あるいは顳顬《こめかみ》で鳴り響いているような感じがしました。湧き起こる眩暈《めまい》のするような怒りに圧倒されて、マッテオの手から手紙を引ったくると、血も涙もない浮気女だとか偽善者だとか云って罵《のの》りました。それから、船首楼まで走って行って、仰向けに倒れ込むと、それまで体験したこともないような苦悩の時間を過ごしました。

「惨めな数週間の後ようやく起き上がり、震える手で下手くそな字の短い手紙を書きました。

『ツェーナ・アグジャーニへ——僕からの連絡はもう決してないだろう。

ルイージ・トレマッツィ』

「やはり同じように自分で宛名を書きました。ヴェネツィア市スキアヴォーニ海岸通り13½　サルヴァトーレ・アグジャーニ様方　ツェーナ・アグジャーニ様。

翌朝、その手紙は旅立って行きました。〈焔〉の船腹の文字を越えて郵便袋が手渡されるのを見たとき、自分の人生の幸せがすべて持っていかれるような気分になりました。

しかし、次の当直で甲板に出るよう命じられる前に、マッテオに対する疑念が心をよぎりました。一昨日の夜の振る舞いはどうも妙でした。ツェーナの手紙が読み上げられるのを聞いて悶え苦しんでいるあいだでも、変な表情には気が付いていました。戦友の顔を嘲《あざけ》るような、そして勝利といっていいような表情で輝いていたからです。そう思うとすぐに手紙を取り出して、ゆっくり文字を辿っていきました。しかし、『愛しいルイージ』から『ツェーナ・アグジャーニ』に至るまでの言葉はマッテオが読み上げたとおりでした。疑う気持ちは湧き上がってきたのと同様にたちまち消えていきました。甲板に上がるときには、惨めな気持ちをマッテオに対しても誤魔化せるくらいにはなっていました。次の交代の時間になる前に、ツェーナと自分のあいだのことはもちろん何もかも終わって、頼みたいことはただ二度と私の前で彼女の名前を口にしないで欲しいということだとマッテオに話しました。

『約束するよ。でも、あの手紙を破り捨てたかどうか教えてくれないか。もし僕が君だったらそうするだろうけどね。あれを持っている限り、裏切られたことを決して忘れられないだろうから』

あの手紙を破り捨ててはいないこと、これからもそうする気はないことを告げると、マッテオはうっかり怒りの叫びをあげてしまうのをぐっとこらえているかのように唇を噛みしめていました。それでも、そのときも、そのあとも何も云いませんでした。甲板に戻る前に、私はその冷酷な手紙を私物箱のいちばん奥にしまいこんできました。破り捨てなかったとはいっても、身に付けているのには耐えられなかったからです。その夜はほとんど眠れず、夜明けの光が忍び寄ってきた頃になって、半ば目を閉じたまま横になり、うとうととしながら、私の頭の中は目茶苦茶になった希望と激しい苦悩が巡るばかりでした。そんなことを考えているとき、ほとんど意識もしていなかったのですが、私の目は船の仲間の一人を見ていました。どうやら服を探しているようで、私の服が置いてある辺りを探っていました。その男が不意に視線をあげたので、私は反射的に目をしっかり瞑《つむ》りました。ちょっとしてからまた目を開けてみますと、その男はマッテオだと気づきました。そのとき探っていたのはマッテオの服のポケットではなく、私の服のポケットだったのです。そのこそこそとした動きに疑いの気持ちが湧き上がりました。少し迷った後、寝台から飛び出して私の持ち物をどうしようというのかと訊きました。本能的にまず最初にベルトで横に吊るしているナイフを摑みに手が動いたのが見えましたが、次の瞬間には振り向いて口ごもってこう云いました。

『何だって?』と云ってからすぐに続けました。『ああ、すまなかった。君の服だったんだ。自分のだと思っていたんだ。昨日の夜、煙草を一箱ポケットに入れておいたはずだから、一本取ろうと思ってね』

そう云ってすぐに後ろを向くと、私はもうそれ以上何も云えませんでしたが、やましいところがないのなら何をしているにせよ、そんなに吃驚して、蒼白になった顔でもごもごといいわけをしたりするのは変だと思いました。そのときでも、私はまだマッテオは臆病なんだなというくらいにしか考えていませんでした。

それから日が経ちまして、とうとう私たちの大半が任務を終える日が来ました。しかし、歓びに満たされる代わりに、ただ私は小さな街をふらふら彷徨《さまよ》い、湾の岸辺に沿って歩いて、時おり苦々しい落胆に啜り泣いたりしていました。何となくもう一度任務を志願しようかとも思っていました。私がヴェネツィアに戻ろうと心を決めたのは真夜中過ぎのことでした。でも調べてみると、ピサとフィレンツェへ向かう夜汽車はもう出てしまったところで、あと数時間は待たなくてはならなかったのです。しかし、あんな惨めな時間でも——神が旦那方にはそんな時をお与えになりませんよう——どうにか過ぎていくものです。時が過ぎて、気が付くとピサにいました。そして、ボローニャに、そしてとうとうヴェネツィア行きの郵便列車に乗っていました。列車に乗っている誰かがもう一日早くフィレンツェを出発できたらよかったのにと云っているのが聞こえました。聖体の祝日をまるまる一日友人たちと一緒に過ごしてしまったのだそうです。それを聞いて、暗澹《あんたん》たる気持ちで帰還する日が、三年前にツェーナに結婚を約束してくれと頼んだのとまさに同じ祭りの日なのだと知りました。話が長くなってはいけないので結末まで手短かにお話ししますが、聖体の祝日の午後四時から五時のあいだに再びヴェネツィアの土を踏んだわけです。駅から外に出たときに、ある思いつきが頭に浮かび上がってきました。このあと独りで部屋を探すかわりに、荷物を駅に預けて、ゴンドラに飛び乗り、その持ち主にジュデッカにあるフォンダメンタ・デル・ポンテ・ルオンゴまで連れていってくれと頼んでみようと。人けのない渡し場の側をゴンドラが進んでいるときに、少し待ってくれと云って、川岸をゆっくり歩いてファッチョーリの店まで行きました。この船具商が私の愛を奪った男だと疑いもなく確信していました。館の近くに立って、建物の窓を見上げていると、足の悪い者が近寄ってきて、聖母マリア様の思し召しとして一ソルドを恵んでくださいと云うので、その言葉に応える前に、この横にある建物には誰が住んでいるのかと訊いてみました。私には判っていたわけですが。

『そりゃあもちろんシニョール・ファッチョーリです。大金持ちの船具商ですよ』

『ああ、じゃあ奥方と一緒に出入りしているのをよく見るんだろうね』

『それは人違いじゃありませんか、船長の旦那』足の悪い男はおもねるように云いました。『あの優秀なフィリッポ・ファッチョーリには奥さんなんかいませんよ。金髪の娘と結婚したがっていたという話は聞いたことがありますがね。サルヴァトーレ・アグジャーニのところの孫娘ですが、その人は――』

それ以上の言葉を待たずに、ソルド貨を吃驚している物乞いに何枚か放り出すと、舟に戻ってすぐにスキアヴォーニ海岸に連れて行ってくれと頼みました。左手にドガーナ・ディ・マーレを、右手にサン・ジョルジョの島を見ながら、心の中には数千に及ぶさまざまな思いが駆け巡っていました。もしツェーナがシニョール・ファッチョーリと結婚していなかったとしたら、誰と結婚したのだろう。あるいは結婚などしていなかったのか。それとも金持ちフィリッポとの結婚から逃れるために死を選んだのか。あるいは私に対してしたように、あの男のことも拒絶したのか。そんな思いが繰り返し繰り返し頭に浮かんでいました。

ピアツェッタの近くに舟が着くと真っすぐによく知っている小さな店まで歩いて行きました。ちょうど近づいて行ったところで、知り合いに出会ったので訊いてみると（その前に自分のことを強引に答えさせられましたが）、ピアッツァのアグジャーニの親父さんに会ってきたばかりで、水辺の音楽から始まって暗くなったら花火でたっぷり楽しませてくれる楽団の演奏を聴いていたのだと教えてくれました。何とか平静を保って、あの〈金髪の乙女〉は一緒にいたのかと訊《たず》ねることができました。彼女は確かにいたと答えました。『聖体の祝日の前夜に綺麗な娘をお前が捕まえて家に留めておかなかったんだから』

その知人と別れて、彼が断言してくれた言葉に勇気づけられながら、あの古い店のドアの前まで歩きました。なぜまた会いたかったのかは判りません。いずれにせよ、私はそれほど会いたかったのです。ドアに鍵がかかっているかも知れないということは頭にありませんでした。どうしてだか判りませんが。でも、そんなことは何も考えずに、ただそこに再び立っていました。口から心臓が飛び出しそうという感じでしょうか。取っ手を回して中を覗き込んだときはそんな状態でした。誰かがこっちを見上げて短い叫び声をあげました。ツェーナでした。

次の瞬間、彼女は私の腕の中にいました。噎《むせ》び泣いては、私に口付けをするのを繰り返して、私もやはり同じことをしていました。ところが、幸せな時がそれほど続かないうちに、彼女は私から飛び退いて、涙を目にいっぱいに溜めたまま、もう二度と自分からの便りを受け取ることはないと書いていたのは一体どういうことなのかと云い出したのです。

『ここで、あなたの冷酷な手紙のせいで、命を絞り尽くすほど泣いていたのよ。どういうことなの、あれは。今すぐ答えて。他の娘と結婚したの？　誰かと結婚を約束したの？　どういうこと？　すぐに答えて！』

私は口ごもりながら答えました。『ちょっと待ってくれ、ツェーナ、あんな恐ろしい手紙を書いたのはどういうつもりか教えて欲しいのは僕の方だ』

『何の手紙？』彼女はほんとうに吃驚したように云いました。

『これだよ』そういって、ポケットから手紙を出して見せました。そして、ゆっくり最初から最後まで読み上げました。

『それで、これを私が書いたと信じたっていうの？』彼女はそう云っただけでした。

その瞬間、再びツェーナを腕の中に掻き抱いて、許しを乞いました。それでも、どういうことかはっきりするまでは許せないと彼女は答えました。そこで、始めから何もかも説明しました。でも、どんなことがあったのか説明しているときに、ヴェネツィアに着いてシニョール・ファッチョーリの館を見上げたところで、ツェーナは大声をあげました。

『ねえ、この残酷なことをして騙したのが誰か私には判っている——マッテオ・ダ・ルーよ！』

『一体どうしてそんなことを思いつくんだ』私も半ば確信していましたが、そう訊ねました。『マッテオはスペツィアからあなたよりも早い列車に乗ってここに着いたに違いないわね。だって、今朝、祖父に会いに来たのだから。そのあとすぐ私に結婚してくれって頼み込んだの。もう五年も前から私のことを愛していたのだと云って。あんまり激しく愛を願うものだから、ちょっと吃驚してしまって。だから、私は怒ったような顔をして、あなたとは絶対に結婚しませんってばかにするように云ってやったの。たとえ私が誰とも約束していなくて、あなたがアレッサンドロ・ダ・ルーの息子でなかったとしてもって。そうしたら、私の顔をじっと見つめていたかと思うと、急に立ち上がって部屋から出ていったの。でも、そのときあの人の蒼ざめた顔がちらりと見えて、まるで微笑んでいるようだった。こんなことを呟いているのも聞こえたの。「まあいいだろう、復讐はしてやったんだから」って』」

「まあ、これが私の話ってわけです。これ以上お話しすることはありません。それからすぐに私たちは元通りになって、一箇月もしないうちに金髪のツェーナと私は結婚しました。サルヴァトーレ爺さんは持参金をたっぷり持たせてくれて、それは私が自分のゴンドラを持つための資金の足しになりました。何もかも自分たちがやりたいようにできました。

え、何ですか？　あの手紙が何だったのか知りたいんですか。あと、マッテオのことも？　二人であの苦しみと悲しみをもたらした手紙を昔なじみの代書人アントニオ・バルッチオのところへ持って行ってみました。すると、これは自分の筆跡ではないと断言しました。そういって、封筒と手紙の筆跡がまったく違うことを確かに示してくれました。私は比べてみようなんて思いもしなかったのですが。この事件に関して彼は信頼できると確信できました。私が手紙を読んでもらおうと手渡したときにあらかじめ用意しておいた手紙を本物とすり替えたに違いないと云って真相を明らかにしてくれたのもバルッチオだったのです。『私がこちらのお嬢さんの言葉を最後に書き取った手紙はまったく違うものでしたよ』バルッチオはそう云ってちょっとふざけたような笑みを浮かべました。後に、キオッジャにある父親の館に住んでいるマッテオに手紙を出して、彼の裏切りが判ったこと、当分のあいだ、私の通る道から離れておいた方が身のためだと書いてやりました。さらに、贋物の手紙は警察に渡したくなったときのために保管しておくとも付け加えました。その手紙の返事はありませんでしたが、数日後、リヴォルノとサンフランシスコを結ぶ商船〈白の美女〉に乗り込んだという話を耳にしました。その目的地に移住しようというのか、小さなイタリア人の入植地——成功した従兄弟がいるそうです——のあるメルボルンまで行こうとしているのかは判りませんでしたが。とにかく、マッテオはこの界隈から姿を消して、あれから一度もその姿を見たことはないし、話を耳にしたこともありません。

私たちはほんとうに幸せです。もし、私たちの娘である赤ん坊（ジョージャと名付けました。私たちに歓びをもたらしてくれたのですからね）が大きくなって母親と同じくらい美しくなったら、娘と恋人のあいだに危険で耐え難い思いをさせる〝マッテオ〟が現れて待ち伏せたりしないことを願っています」

これでルイージのヴェネツィア恋物語が終わった。私たちはサン・ニコレットのアカシアの涼しい木陰で一時間から二時間待ってからリドーを出ると、荒れ果てたユダヤ人墓地を通り抜けて宿まで舟で戻った。墓地には辱《はずかし》められた墓石が打ち砕かれて横たわり、乾いた砂の上に育つ刺草《いらくさ》や赤い罌粟《けし》の花に半ば埋もれていた。ゴンドラの舳先がサン・ジョルジョの島とプンタ・モッタのあいだを真っすぐに指して進むとき、私たちはヴェネツィアのあまり見られない姿を見た。七月末から八月にかけてのうだるような暑さは別にして。西の、フシナとメストレのあいだに見える空は暗紫色で、金赤色の帯がそこを貫いていた。もっと近くの頭上には焰のような深紅の雲の欠片が集まり、流れに乗って広がっていた。その縁を激しい潮流によって千切られたり刻まれたりしながら漂う赤い海藻のように。ヴェネツィアの上空、そしてそれを越えて、大きな塊を形作るどぎつい紫がかった赤褐色と鮮やかな青銅色の雲が、ゆっくりと上って混ざり合った。やがて、私たちは輝くばかりの嵐に視界を失った。豪華に積み上げられたサリュート金貨が側を流れて行くときに、目の前に見えた空はほんの少しだけだった。

サン・ステファノからフェニーチェ劇場を通りすぎて伸びる長く真っすぐな線に向かって打ち込まれた鮮やかに煌めく光の前で、トラゲットの私たちの宿にはなかなかゴンドラを寄せられなかった。そのあとすぐに稲妻が続いて激しく光った。続いた雨は何という降りようだったか！　まるで洪水が地表に向かって渦巻いて飛沫《しぶき》を上げているかのようだった。心地よく坐って珈琲を飲みながら、我らが友人ルイージが雨に降られる前に気持ちのよい家に帰っていればいいと思っていた。本当のことを云えば、金髪のツェーナのお帰りなさいの言葉と、小さなジョージャのきゃっきゃという歓びの声で我が家に迎えられるルイージのことが羨ましかったのだ。

訳者あとがき

フィオナ・マクラウドという名前は、幻想文学愛読者のあいだでは、それなりに知られているだろうと思う。これまで、日本では一九二五年刊行の松村みね子訳の『かなしき女王』と一九八三年刊行の荒俣宏訳『ケルト民話集』があり、どちらも後にちくま文庫から再刊されて広く読者の手に渡り、マクラウドのケルト幻想の世界を日本語で堪能できた。荒俣宏は『ケルト民話集』の後書きで「こんなにうそ寒く哀しい幻想民話が存在していたことを、むしろ驚きの目でみつめたほどでした。（中略）とにかく徹底的に哀しいのです」と記している。確かに荒涼とした北方の島や岸辺とその海の冷たさが心の芯まで染み入ってくるし、死をもたらす愛の苦しさが胸を締めつける。それでいて、野の花や緑は鮮やかで、耳に届く鳥の声は美しく、山を越え海を渡る風は香しく好ましいではないか。そう思ってイギリスの書店からマクラウドの本を取り寄せ、まだ邦訳のない作品のページを捲りながらも、しかしページを捲るだけで何となく安心してしまい、きっと邦訳が出るに違いないと思ってその日を待ち続けていた。数年おきにスコットランドのケルト幻想を思い出してはページを捲り、まだ新たなマクラウド作品集を日本語で読めないのかと思い続けていたのだが、待っていてもこれは出ないのではないかと思うようになった。そこで、マクラウドの本を集め始め、数十年のあいだ本棚に放置していたままだった本も読み、マクラウドの言葉に乗って北の海岸の空を飛び、海を渡り、荒野を旅した。

本書は、三十四年ぶりの日本語のマクラウド作品集である。フィオナ・マクラウドとウィリアム・シャープの作品集である。といっても二人の作家の作品集というわけではない。この二人は同一人物だからだ。マクラウド名義では、スコットランド色の濃い幻想的な作品を女性作家として発表した。ウィリアム・シャープ名義では詩や評伝、評論、小説や戯曲を発表したが、小説は少ない。本書には、この〈二人〉の小説を、ほぼ同じ分量で収録した。

フィオナ・マクラウド名義の前半では、スコットランドのケルト的幻想の色濃いものを中心に、純粋にケルト的なもの、キリスト教の影響の強いもの、そして、どちらにも属さずウィリアム・シャープ的といってもよいものと、それぞれ異なった独特の魅力を感じられる作品を選んだつもりである。後半のウィリアム・シャープ名義の作品は、もともとあまり多く小説を発表していないのだが、その全作品の半分を少し越えるだけの数を本書に収録した。ウィリアム・シャープ名義の小説はこれまでまったく日本語になっていなかったので、これが最初の紹介だと云ってもいいだろう。

ウィリアム・シャープは、一八五五年九月にスコットランドのグラスゴー近郊にあるペイズリーで生まれた。三人兄弟と五人姉妹の長子だった。そして、一九〇五年にシチリア島で死去した。その間のおよそ五十年に、四十冊弱の本を、ウィリアム・シャープ／フィオナ・マクラウドの名義で刊行した。

子供の頃は、スコットランド北部のヘブリディーズ諸島出身の子守バーバラの口から、スコットランド・ケルトの妖精物語やゲール語の歌、古いケルトの英雄たちの話に親しんだという。山や海で休暇を過ごすときには、スコットランドの自然を全身に受け止めた。家の近くの海の入り江に、さまざまな捧げ物を投げ込んだりもした。小さな硬貨や花、貝殻、捕まえたばかりの鱒、大事にしていた石の鏃《やじり》さえも。母親はスウェーデン副領事の娘であり、北欧文化の影響も同時に受けていた。そして、八歳の頃に従妹のエリザベスに会っている。後のシャープ夫人である。

十二歳でグラスゴーに引越す。十六歳のとき、腸チフスに罹《かか》り夏の数箇月をスコットランド西部で療養することになった。そこで島の漁師シェーマス・マクラウドに会ったことを、後にシャープはこう書いている。「十六歳のときに彼の暮らす遠い島に着いた。その到着の朝、まだ夜が明けたばかりの時間にその老人は海を見つめて立っていた。白い頭から帽子を取って。シェーマスに話しかけると、ゲール語でこう答えてくれた。『毎朝こんなふうに世界の美しさに向かって帽子を取ることにしている』」それからシャープは大学生になっても休暇にはこの島を訪れ、付近の入り江、フィヨルド、海峡をことごとくボートで回り尽くしたという。西ハイランドの海岸や島々、アラン島やコロンセイ島からスカイ島や北へブリディーズ諸島まで。ギャロウェーの半島からサザランド州まで。行く先々で、漁師、船乗り、羊飼い、猟師、密猟者、ジプシー、放浪の笛吹たちと積極的に交流した。特に漁師や羊飼いと親しくなり、彼らの語る物語に耳を傾けた。

十八歳のときに、荒野へ行くといって行方不明になったことがあった。北部スコットランドを放浪していたらしい。そのときの経験が、後に「ジプシーのキリスト」、『明日の子供たち』（未訳）、『緑の火』（未訳）の登場人物アナイクに強い影響を与えたと云われている。放浪から戻ると、両親の強い指導で大学へ復学すると同時に弁護士事務所に就職させられる。さらに、今度はオーストラリアに行くよう命じられて、一年ほどをオーストラリアで過ごす。イギリスに戻ると今度はロンドンで銀行勤めをする……という具合にずいぶん目紛しい経歴の持ち主である。

ロンドンでは周辺部をかなり熱心に探訪し、普段の生活からは見えないような領域を知り、それは例えば本書収録の「〈澱み〉のマッジ」に強い影響を与えているという。また、そのころ、ダンテ・ゲイブリエル・ロセッティと知り合い、大きな影響を受けた。詩集を刊行してもなかなか評価されなかったシャープの評価が高まったのは、ロセッティの死後にシャープが書いたDante Gabriel Rossetti: A Record and Study（一八八二年）によるものだった。その他にも、Life of Percy Bysshe Shelley（一八八七年）、Life of Heinrich Heine（一八八八年）、Life of Robert Browning（一八八九年）といった評伝を発表した。

一八八三年に初めてイタリアへ行ってからはたびたびその地を訪れることになる。一八九〇から九一年にかけてローマに滞在したとき、妻のエリザベスは「ウィンゲイト・リンダー夫人と三週間を共にし、夫は彼女と一緒にカンパーニャ一帯を散策し、近隣の丘陵地帯の町を訪れるのを大いに楽しみました」と記しているのだが、このイーディス・ウィンゲイト・リンダーという女性がフィオナ・マクラウドの誕生に大きな影響を与えた人物である。シャープは一八九六年に書いた妻への手紙の中で「フィオナ・マクラウド誕生は彼女に多くを負っていて、彼女がいなかったらフィオナ・マクラウドも存在しなかっただろう」と書いている。そして、マクラウド名義の最初の本、Pharais（一八九四年）はＥ・Ｗ・Ｒへ捧げられているのだが、これはもちろん、Edith Wingate Rinderのことである。おそらく、リンダー夫人に会わなくてもマクラウドは生まれただろうが、シャープとの交流は生涯続き、イーディスのブルターニュ民話の翻訳もシャープの創作に強い影響を与えたと云われている。ひとたびフィオナ・マクラウドという女性人格を獲得すると、創作意欲も新たな翼を得て勢いよく羽ばたくようになる。「ウィリアム・シャープとしてはできなかった書き方で、心の中から言葉を書き出すことができるし、もし自分がフィオナ・マクラウドという女性だったとしても、それができたということではない。慎重に正体を隠しているからこそできることだ」と書いている。「この秘密がばれてしまったら、フィオナは死ぬことになる」とシャープはたびたび云っていたという。一八九〇年代後半はフィオナ・マクラウドとして活発に執筆できた時期で、妻への手紙の中で「これほど女性の魂を自分の中に感じたことはかつてない。

自分の頭の中に女性の魂が何か巧みなやり方で息づいているかのようだ」と書いている。スコットランド・ケルトの魂を纏うフィオナとして、淀みなく言葉が迸《ほとばし》り出てきたのだろう。だが、それがいつまでも続いたわけではなかった。やがて、フィオナの筆が滞るようになり、一八九七年にははやくも妻への手紙に「ますますWSとFMが二人の人間になってきているという感覚を強く感じるようになった。心の中で夫婦となって一つの特性を共有しているときもあるのだが、また、まったく別個のものとなるときもしばしばだ」と書いている。このときの署名はシャープとマクラウドの融合人格としてのWilfionだった。だが、これは二人の人格が分かれたというよりも、本来の男性人格と区別がつかなくなっていったのだろうと有元志保は『男と女を生きた作家　ウィリアム・シャープとフィオナ・マクラウドの作品と生涯』(国書刊行会・二〇一二年)の中で指摘している。本書に収録した「聖なる冒険」や「風と沈黙と愛」は、スコットランド・ケルトの色彩は薄まり、ウィリアム・シャープの著作だといってもさほど不自然なものではないだろう。それでも、シャープは、フィオナ・マクラウドの代理人であることに固執していた。

昔から女性名を使う男性作家、男性名を使う女性作家はいた。たとえば、ほぼ同年齢の英国作家ヴァーノン・リー(一八五六〜一九三五年)は最初は女性であることを隠していたが、すぐに女性であることが知られることになった(興味深いことに、シャープとのあいだで交わされた手紙が残っていて、シャープの詩について議論したことが判る。またシャープは、ヴァーノン・リーの兄であるユージーン・リー・ハミルトンの詩集を編纂しているのである。女性名を名乗った男性作家と男性名を名乗った女性作家のエピソードについてはまた別の機会に紹介したい)。そういった他の作家たちとは違い、ウィリアム・シャープは女性名で作品を発表しただけでなく、その名前で手紙を書いて多くの作家たちとも交流した。しかし、シャープはその役割をうまく演じすぎたようだ。手紙のやり取りを通してフィオナに恋をして結婚を申し込んだ者も複数いたらしい。もちろん、理由をつけて断っていた。シャープは、フィオナ・マクラウドの代理人としての役割を徹底し、手紙を書くときには妻や妹に代筆を頼むこともあった。そして、シャープの死後、フィオナ・マクラウドはウィリアム・シャープだったと発表されると大騒ぎになり（男と手紙をやり取りしていたと判っても女性はさほど怒ることもなかったが、男性は激しく動揺したり怒り出したりしたらしい）、それぱかり注目されたせいか、シャープ夫人が編纂した全集が刊行された後はあまり注目されることなく、多くの作品が新刊書店では買えない状態が続いていて、今では外国での紹介もフランス語で三冊、ドイツ語で四、五冊刊行されているくらいである。

フィオナ・マクラウドとウィリアム・シャープの名前が日本に紹介されたのはかなり早い。例えば、薄田泣菫『象牙の塔』（一九一四年）には「内部両性の葛藤」というものがあるし、一九二〇年の「新潮」十二月号には木村毅「個人内に於ける両性の争闘」（一九二四年刊の『近代文学に現れたる神愛・自然愛・人間愛』では「女人の仮面（ファイオナ・マクロードの謎）」）が収録されている。それぞれの題名から判るように、どちらも女性名を名乗って著作活動をしていたウィリアム・シャープの内部に宿る女性性について考察する文章である。男性作家の中に宿った女性の人格に注目しているもので、シャープやマクラウドの作風の簡単な紹介はしているものの、具体的に言及することはない。女性名で作品を発表した男性作家は当時他にもいたにもかかわらず、シャープ／マクラウドだけがことさら注目されたのは、多くの場合しばらくすると真相が明らかにされてしまうのに対して、シャープ／マクラウドは最後までその秘密を守り通し、結果として死後に大騒ぎになったこと、また、自分の中の女性性との葛藤が特別激しかったこと、作品が読者にあまりにも強く女性らしさを感じさせたことなどを挙げ、両性の葛藤に焦点を当てたものとなっている。そこが注目されるというのが現代の私たちには興味深いが、薄田泣菫は、「初期の頃は新聞雑誌にも関係し批評家として相当の名を挙げてゐた。ロゼチ、ハイネ、シエレエ、ブラウニングなどの評伝は、今でこそそんなには言はれないもの丶、一頻《ひとしき》り吾が国の文壇でも相当に読まれたもので、私達がこれらの詩人の生涯と、その作物に対する評価とは、大抵先《ま》づシヤアプ著作から入つたものだ」と記している。シャープは、その特殊な人格とともに、評論家・評伝作家として知られ評価されていたことが判る。詩人としてはどうだろうか。残念ながら、詩人としてのウィリアム・シャープはほとんど日本で紹介されなかったようだ。

マクラウド名義の詩は大正時代から少しずつ紹介されてきた。例えば小日向定次郎『英米文学講話』(研究社・大正八年/一九一九年)や戸田明三『英文学覚帳』(大岡山書店・昭和元年/一九二六年)にもマクラウドの名前を見つけられる。

しかし、小説の紹介は松村みね子の登場まで待たなければならなかった。松村みね子(明治十一年〜昭和三十二年/一八七八〜一九五七年)は、本名を片山廣子(旧姓吉田)といい、歌人として活躍していたが、大正の初めから昭和五年(一九三〇年)頃までアイルランド作家の作品を中心に翻訳して発表した。マクラウドの作品は大正六年から十四年の間に、雑誌『三田文学』『心の花』に発表され、大正十四年(一九二五年)に第一書房から『かなしき女王』として単行本が刊行された。しかし、その後は翻訳から離れ、また歌人に戻っていった。

父親の吉田二郎はロンドン領事やニューヨーク領事を務めた外交官だった。当時としては西洋風の住まいに輸入雑誌が置いてあるような暮らしだったという。そして、ミッションスクールの東洋英和女学校で英語で聖書の教えや英文学の講義を受けた。その後、アイルランド文学について彼女に指導と助言をしたのは鈴木大拙夫人ビアトリスだったといわれている。そうして、シング、ダンセイニ、イェーツ、バーナード・ショーといったアイルランド作家たちの戯曲を中心に翻訳を発表していった。だが、大正七年（一九一八年）に大病を患い、二年後に夫と死別した頃には翻訳から離れてしまい、大正十四年（一九二五年）にマクラウド作品集を刊行してからほとんど翻訳活動を行わなくなってしまった（ただし、昭和二十七年（一九五二年）に『カッパのクー』が刊行されている）。「過去となつたアイルランド文学」（『燈火節』所収）にこう書いている。「すばらしい展覧会を見てその会場を通りぬけたもののやうに長時間その文学の中に浸つてゐた私が、或るときその中を通り抜けたきりもう一度そのなかにはいらうとしなかつた。人間の心はきりなしに動いてゆくからきつと私は倦きてしまつたのであらう。それに怠けものでもあるから、学者が研究するやうに一つの事に没頭することも出来なくてアイルランド文学に対してはすまないことながらついに私は展覧会を出てゆく人のやうに出たきりになつたのである」

松村みね子訳のマクラウド作品については、その翻訳が見事であることも賞讃されてきた。意外なように思うかも知れないが、三島由紀夫は十七歳（昭和十七年／一九四二年）のときに友人に宛てた手紙にこんなことを書いている。「『かなしき女王』は御存じのとほり目下私の最高の愛読書ですが、就中《なかんずく》、「漁師」「精」「最後の晩餐」、などに出色の出来、「女王スカァア」物は、女兵士などゝいふ題材がかはつてゐて面白いと思ひます。殊に、諸篇の筋よりも私の魅せられるのは寧ろ訳文で（中略）文章の韻律の美しさなぞまでがふしぎに私を搏《う》ちます」と絶讃しているのだ。新潮二〇〇七年一月号の「三島由紀夫十代書簡集新発掘」で全文を読める。

第一書房の『かなしき女王』に収録されている作品は、一篇を除いて、すべてマクラウド全集の第二巻に収録されているものである。第二巻しか持っていなかったわけではなく、まず第二巻から手を付けて（第一巻は短篇集ではない）、次々に紹介していくつもりだったのかも知れないが、残念ながら松村みね子のマクラウド翻訳はそんなに長く続かなかった。松村みね子の蔵書は、洋書に関しては日本女子大学図書館に、和書は東洋英和女学院図書館に寄贈された。寄贈されたもののなかにマクラウド全集が揃っているのだが、第二巻が欠けているのは以前からよく知られていた。その他の本も、色褪せ具合に差があるので、まとめて保存しておいたわけではないようである。手元において頻繁に開いたものとそうでないものがあったということなのだろうか。『かなしき女王』に収録されている作品で第二巻以外からとられたものは「約束」で、第三巻に収録されているThe Birds of Emarの前半（初出時は「一年の夢」）である。また、別に発表されてのちにちくま文庫版に収められた「ウスナの家」は第七巻所収である。日本女子大学の蔵書を手に取ってみると、それが丸善で購入されたこと以外に判ることは少ない。書き込みがまったくないからだ。汚れや、ページに挟まれた飛ぶ虫の数に違いがあるものの、書き込みはない。アイルランド語辞書やダンセイニの本についても同様である。

マクラウド全集第二巻について、一九六九年の『学鐙』丸善創業一〇〇年記念号に掲載された「芥川の手沢本」で関川左木夫はこう記している。「マクラウド全集の一冊（the Sin-eater, the Washer of the Ford）をその前年古本で探し出したことがあった。これは同じ著者の全集でもUniform Edition と呼ぶ版であるが、その見返しにローマ字でR. Akutagawaと署名があって、私にとっては非常に貴重な本となっている」それは芥川自殺の数年後のことだったという。この本は、『へるめす』第四七号（一九九四年）に掲載された南條竹則「印度歌姫の謎　サロジニ・ナイドゥと芥川龍之介」にも登場する。「英文学者関川左木夫氏の御宅を訪れた折、最近こんなものを買いましたといって『黄金の門』をお見せしたところ、関川氏はしばらくじっと本を見ておられたが、やがて面を上げ、ニヤリと笑った。「これは大変な本だよ」「えっ？」「見返しにサインがあるでしょう」「はあ……」「これ、芥川です」」といって、同じようにローマ字で記された芥川の署名のあるマクラウド全集を見せてくれたのだという。このマクラウド全集第二巻は現在、南條竹則氏の所有となっている由。

晩年の芥川と松村みね子（片山廣子）が親しい間柄であったことは知られているが、この全集第二巻がどのような経緯で芥川龍之介の手に渡されたのかは不明である。芥川もマクラウドを読んだのだろうか。読んだことは間違いない。何しろ翻訳作品が一つあるのだから。生前には発表されていないが、岩波書店の『芥川龍之介全集』第二二巻で読むことができる。「囁く者――Fiona Macleod――」というタイトルの作品である。だが、この作品は実はフィオナ・マクラウド名義で発表されたものではない。ウィリアム・シャープ名義である。だから、松村みね子から芥川龍之介の手に渡ったマクラウド全集にはもちろん収録されていない。この全集と同様にHeinemann社から刊行されたウィリアム・シャープ選集の第五巻Vistas（一九一二年）、あるいは一九〇六年にニューヨークで刊行されたVistasに入っているWhisperer（一八九四年刊行のVistas初版時には収録されていない）のである。ただし、その前半のみ。この囁く者の声は、「闇中問答」の「或声」に似ている。

あるいはもしかしたら、尾崎翠の作品で、ウィリアム・シャープの名前を知った読者もいるかも知れない。生涯でそれほど多くの作品を書いていない作家であるが、「神々に捧ぐる詩」（一九三三年）に「キリアム・シヤアプ」という詩がある。さらに、「こほろぎ嬢」（一九三二年）には「ゐりあむ・しやあぷ」と「ふいおな・まくろおど」という恋人たちが出てくるのである。しかし、そこにマクラウドの哀しいケルトの心は感じられないように思う。どうも、一人の作家の心の中に二人の男女の心があったというところに強く心惹かれたようである。その詩人ウィリアム・シャープあるいはフィオナ・マクラウドについて図書館で調べようとしてもなかなか情報が得られなかったようで、「こほろぎ嬢」の中に「こほろぎ嬢の心を捕へてしまったういりあむ・しやあぷ氏は、図書館の建物の中で、何と影の薄い詩人であつた。幾日かの調べに拘らず、こほろぎ嬢のノオトは、いつかう、豊富にはならないのである」という言葉がある。先に木村毅の「個人内に於ける両性の争闘」という論文が『新潮』一九二〇年十二月号に載ったと書いたが、この号に尾崎翠の「松林」が掲載されていた。そして、「神々に捧ぐる詩」の「短いあとがき」でシャープの生年を一八五六年と記しているのは、この論文に記された生年のせいではないだろうか（ただ、木村論文に記されている没年は一九〇五年であるが、尾崎翠は一九〇二年と書いている）。

この作品に登場するしやあぷ氏は本気でまくろおど嬢に恋をしていて、互いに艶書を送り合っている。実際に、互いの名前で手紙を送り合っていたし、シャープはフィオナと心の中で夫婦であるように感じることもあると記しているから、強ち単なる想像や創作とも云えない。また、「神々に捧ぐる詩」に「一枚のドアをへだて／となりに棲むミス・マクロオド」という表現があるが、シャープは実際にこれにそっくりな言葉を手紙に残している。また、「神々に捧ぐる詩」に小泉八雲の名前も出てくる。マクラウドあるいはシャープの作品を一つも読まずに、ラフカディオ・ハーンの名前が出てくるだろうか。もしかしたら、尾崎翠はシャープ夫人の回想録を読んでいたのではないだろうかと思ってみたくなるのである。

収録作品

括弧内の数字は、Heinemann社版マクラウド全集に収録されている巻数を示す。

フィオナ・マクラウド名義

1 「鳥たちの祝祭」The Festival of the Birds［2］
2 「夢のウラド」Ulad of the Dreams［3］
3 「アンガス・オーグの目覚め」The Awakening of Angus Òg［5］
4 「暗く名もなき者」The Dark Nameless One［2］
5 「聖別された男」The Anointed Man［3］
6 「島々の聖ブリージ」St. Bride of the Isles［2］
7 「射手」The Archer［3］
8 「最後の晩餐」The Last Supper［2］
9 「ルーエルの丘」The Hills of Ruel［3］
10 「聖なる冒険」The Divine Adventure［4］
11 「風と沈黙と愛」The Wind, Silence, and Love［4］

ウィリアム・シャープ名義
12「ジプシーのキリスト」The Gypsy Christ
13「ホセアの貴婦人」The Lady in Hosea
14「彫像」The Graven Image
15「フレーケン・ベルグリオット」Fröken Bergliot
16「丘の風」The Hill-Wind
17「涙の誕生と死、そして再生」The Birth, Death and Resurrection of a Tear
18「臆病者」The Coward
19「〈澱み〉のマッジ」Madge o'the Pool
20「ヴェネツィア舟歌」A Venetian Idyl

翻訳には、Heinemann社のフィオナ・マクラウド全集および同社のウィリアム・シャープ選集を使用した。マクラウドの作品は、全集に収録される前にも複数の本に収録されていることがあり、そこで細かい文章や登場人物の名前の変更がなされていることもある。例えば、「ルーエルの丘」では、最初の三人の名前が明示されていない版もある。「夢のウラド」では、ドンハからコンラへ変わったり、ウラドに〈ワンダースミス〉という呼び名が付されたりした。さまざまな版で、どのように変わっていったのかはまだ調査がなされていないようである。また、全集の編纂にあたって、同じ書名の本に収録されていた作品の配置換えも行われている。これは全集の編纂者であるシャープ夫人の考えにより、作品の傾向によって全体を整える意図があったと考えられる。この全集は、シャープの死後にまとめられたものだが、生前には、Re-issue of the Shorter Stories of Fiona Macleod Rearranged, with Additional Tales という三巻本がSpiritual Tales、Barbaric Tales、Tragic Romances というタイトルで一八九七年に刊行された。また、ドイツのライプツィヒでは、Wind and Wave（一九〇二年）と The Sunset of Old Tales（一九〇五年）が刊行された。どちらも自選の幻想作品集であろう。前者はそのまま Wind und Woge というタイトルでドイツ語訳となり、また、フランス語版も出たという（後者についてはまだ実物を確認できていない）。

収録作品は、なるべく既訳のないものを選ぶように心掛けたが、三作品は以前に紹介されたことがある。「最後の晩餐」は、同じ邦題で松村みね子訳『かなしき女王』に収録されている。ただ、冒頭の部分が省略されていた。本書では、最初の一ページと九行分がこれにあたる。その部分がなくても作品を読むのに何ら差し支えはないし、むしろない方がすっきりしているとも思える。それでも、本書では原書に収録されているとおりの紹介をするために訳出することとした。

「アンガス・オーグの目覚め」は、「アンガス・オグの目覚め」（赤井敏夫訳）として、『幻想文学』三四号（一九九二年）に掲載されたことがある。同時にA・E作の「アンガス・オグの夢」も掲載されていて、両者を比較して論ずる「二つのアンガス像」（赤井敏夫）も読める。この作品のアンガス像は、アイルランドの幻想作家ロード・ダンセイニのペガーナの神々に似た雰囲気があるように感じられないだろうか。

「約束された男」は館野浩美訳がオンラインで公開されている（「影青書房」http://far-blue.com/index.html）。アハナの七兄弟シリーズの一篇で、「影青書房」でその六篇を読める。

「鳥たちの祝祭」は「魚と蝿の祝日」と「海豹」（何れも松村みね子訳）とともに「三つの不思議（The Three Marvels of Hy）」を構成する作品で、その順序は、「鳥たちの祝祭」、「魚と蝿の祝日」、「海豹」の順である。

マクラウドの作品は、ケルト人の神話や民話と深い関係があり、中には神話そのものといっていい作品も少なくない。だから、荒俣宏訳の作品集は『ケルト民話集』だったわけだが、民話を採集したままというわけでもない。それでも、ケルト神話との関係をいくつか説明しておいた方が作品をよりよく楽しめるようにはなるだろう。ケルト人は古代ヨーロッパ中西部に広く分布していた民族で、ローマ時代にはガリア人と呼ばれていた。後に、ヨーロッパ辺境へと追いやられ、今の用語としては、ケルト諸語に属する言語を話している（話していた）民族と考えていいだろう。特にマクラウド作品と関係が深いのは、スコットランド、アイルランド、マン島で使われていたゲール語と呼ばれる言語と、その文化圏であるケルトである。ただ、ガリア人時代のケルト人とスコットランド、アイルランド、マン島等の「島のケルト」との間の連続性については疑問が呈されており、近代になって強くなった民族意識によって強調されてきた民族観としてとらえるのが妥当であるという考えも広がってきた。本書においては、そのスコットランドケルトの民族意識が高まってきた時代背景との関係を意識しながら読んでもいいし、もちろん、そういうことから離れて楽しんでも一向に差し支えない物語群であるのは間違いないだろう。

ケルト神話には、現実世界と接するさまざまな異界が登場する。幸福と平和に満ちた素晴らしい世界としてとらえられることが多い。〈ティル・ナン・オグ〉は「常春（常世／常若）の国」**Tir na n'Óg**（本書では**Tir-na'n-Og**）は、ときとして〈波の下の国〉**Tirho Thuinn**（本書では**Tir-na-thonn**）とも呼ばれる。〈ティル・ナン・ベオ〉は「生者の地」、〈マグ・メル〉は「歓びの野」、〈ティル・タルンギリ〉（本書では**Tir-Tairngire**）は「約束の地」（ただし、この言葉自体はキリスト教の用語からの翻訳であろう）、〈マグ・モル〉は「広大なる野」である。

現実の世界では、一族の族長 rí tuaithe はその権力の一部を部族の王 rí tuath に委譲、その部族の王はさらに権力の一部を大王 ard-rí（本書では Ardrigh）すなわち高位の王に委譲するという構造になっていたという。一方、ドルイドと呼ばれる者の集団が神官として力を持っていた。同時に賢者としての意味もあり、本書に登場するドルイドたちは白い衣を纏う賢者たちである。また、ケルトの祭司たちが執り行う儀式として、夏至の日に太陽を讃美する行事があったという。これがキリスト教によって、六月二十一日の夏至の日から、二十四日の聖ヨハネの日の宵祭りにおける火の讃美に置き換えられ、各地で続けられることになったといわれている。これが「聖なる冒険」の冒頭に出てくる聖ヨハネの日である。夕方、丘の上や広場で火が灯され、少女たちが火の周りで踊り、大人たちは十字架の前で祈ったという。これは聖ヨハネに対する聖人信仰とはまったく別物の太陽に対する民間信仰であろう。ケルトに限らず中世文学では、頂点に達した力が突然違う方向に向かう節目の日としてとらえられていたようだ。

宗教的な力はドルイドからキリスト教会へと移り、その過程で聖パトリック（パトリキウス）の伝説が作られる。そして、もう一人ケルト的な聖者として聖ブリジット（ブリージ／ブリード）が挙げられる。キルデアの女子修道院の創設者として知られているが、その人物像は（マクラウドが指摘するとおり）同名のケルトの女神と混同されるようになり、春の始まる二月二日が聖女の祭日として祝われるようになったのもそのせいだろう。乳幼児、修道女、船乗り、旅人、家畜、農耕の守護聖人として伝えられている。片山廣子（松村みね子）は「燈火節」で聖ブリジットに注目しており、「先日読んでゐたのは聖女《セント》ブリジットの物語で」と記しているが、これは本書収録の「島々の聖ブリージ」、あるいは「「ゲエルのマリヤなるブリジット」といふグレゴリイ夫人の伝説」のことであろうか。それとも「フィオナ・マクラオドの「浜辺の聖女ブリジット」といふ文では「二月の美しい女」「温かい火のブリード」「浜辺の聖女ブリード」と三つの名を挙げてゐる」と記しているマクラウド全集第六巻所収のSt. Briget of the Shoresであろうか。それほど、強い関心を抱いていたのなら、なぜ「島々の聖ブリージ」を訳さなかったのだろう。松村みね子訳で読みたかったものである。

ケルトの詳細を記すとページがいくらあっても足りないので、さらに関心のある読者諸兄はケルト神話に関する書物を参照することをお勧めする。

フィオナ・マクラウド／ウィリアム・シャープの作品一覧については、これまでの二冊の邦訳の解説を参照されたい。あるいは、オンラインでも詳細な情報が得られるので検索してみればすぐに判るだろう。また、シャープとケルト復興運動、オカルティズムについても、『ケルト民話集』が詳しい。松村みね子とマクラウドについては、『かなしき女王』の解説でさらに詳しいことが得られよう。

邦訳作品はすでに記したものの他に、「牧人」が『幻想文学』三四号に南條竹則訳・赤井敏夫解説で収録されている。また、『幽』一二巻には、同じく南條竹則訳で、「海の魔法」と「水の子たち」が掲載されている。

シャープとマクラウドの二人の人格については、日本語であれば、有元志保『男と女を生きた作家』（国書刊行会・二〇一二年）を読むことをお勧めしたい。英語であれば、Flavia AlayaのWilliam Sharp–"Fiona Macleod" 1855–1905 (Harvard University Press, 1970)が読みやすい。シャープ夫人編纂の回想録William Sharp (Fiona Macleod): A Memoirを参考にしながら読むと理解しやすい。幸いなことに、この回想録もスキャン画像が公開されているので、無料でダウンロードして読むことができる。

シャープとマクラウドの作品については、さらに有元志保「超自然のもたらす「リアリティ」」(『幻想と怪奇の英文学』春風社・二〇一四年)、「ジプシーのキリスト」の理解には水野眞理「パッションとスティグマ」(『英文学評論』七七巻六九ページ・二〇〇五年)が大いに参考になる。

マクラウドと松村みね子に関する論文として、林田弘美「忘れられた女流翻訳家松村みね子に関する一考察」(『埼玉女子短期大学研究紀要』第一〇号二七五ページ・一九九九年)や下楠昌哉「松村みね子翻訳のフィオナ・マクラウド作品を研究するにあたっての留意点」(『主流』七二号七二ページ・二〇一〇年)がある。

ウィリアム・シャープと尾崎翠については、森澤夕子「尾崎翠の両性具有への憧れ――ウイリアム・シャープからの影響を中心に――」(『同志社国文学』四八号四九ページ・一九九八年)、竹田志保「尾崎翠「こほろぎ嬢」論――「少女共同体」と「分裂」」(『学習院大学大学院日本語日本文学』第六号四七ページ・二〇一〇年)、有元志保「重なり合わない分身と分心――ウィリアム・シャープと尾崎翠「こほろぎ嬢」をめぐって」(『幻想と怪奇の英文学Ⅱ』春風社・二〇一六年)なども参照されたい。

スコットランド・ゲール語の発音は難しく、資料を集めてみたが独力では無理だと思い、神戸大学大学院人文学研究科教授の菱川英一氏に教えを乞うお願いをしたところ、専門はアイルランド・ゲール語であると断りながらも丁寧に片仮名表記を見ていただいた。深く感謝を申し上げたい。もちろん、不適切な表記があった場合の責任は訳者にある。ゲール語やマクラウド作品の松村みね子訳に関して、同志社大学文学部教授の下楠昌哉氏に重要な助言をいただいた。また、古いウィリアム・シャープ、フィオナ・マクラウド関係、および松村みね子による翻訳とマクラウド全集第二巻関係の資料については、藤元直樹氏に多くの情報を教えていただいた。

荒俣宏訳『ケルト民話集』の解説には「今日ではマクラウドの名は、むしろ軽蔑をもって口にされています。あるいは、感傷におぼれたケルトの〝小ロマン派〟とも、暗すぎる神秘家ともいわれます」と記されている。実際、英語圏でマクラウドの新刊書を買おうと思っても、古い本のオンデマンド本しかない。むしろ、ドイツやフランスの方がマクラウドの幻想小説を新刊書で買って読めるのである。ウィリアム・シャープとなるともうどこにもない（ただ、古い本のスキャン画像が公共図書館等で公開されているので、Heinemann 版の全集もそのすべてを無料で読むことができるはずである）。現代の日本の読者は、ケルトの〝小ロマン派〟の感傷に堂々と溺れればいいではないか。暗すぎる神秘家の物語を堂々と楽しめばいいではないか。本書で紹介したフィオナ・マクラウドの物語はほんのわずかでしかない。これまでの、松村訳、荒俣訳の諸作品を合わせてもほんの一部でしかない。まだ日本に紹介されていないスコットランド・ケルトの哀しい幻想の海は広大である。本書をきっかけに原文でその広い海へ泳ぎ出でてもよい。あるいは、マクラウド幻想作品集の第二巻、第三巻が刊行できるようになれば、さらに嬉しいことである。松村みね子による最初のマクラウド作品の翻訳が出てからほぼ百年が経ったとはいえ、まだその全作品のほんの一部しか邦訳されていないのだから。翻訳も少なければ、研究も少なく、私たちの目の前にその姿をほんの少し見せてくれただけなのだから。マクラウドの幻想世界への旅はまだ始まったばかりなのだ。

著者　フィオナ・マクラウド／ウィリアム・シャープ　Fiona Macleod ／ William Sharp
1855年、スコットランド生まれ。本名ウィリアム・シャープ。文芸批評家、ケルト民話の研究者としてW・B・イェイツらのケルト文芸復興運動に参加、小説や詩も発表し、オカルト研究の分野でも活躍した。その一方で、男性であることを匿して女性名フィオナ・マクラウドを名乗り、まったくの別人として小説や戯曲、詩を発表した。ユダヤ人、ジプシー、ケルト民族などを題材とした独自の幻想世界を作品の特徴とする。1905年に死去。シャープとマクラウドが同一人物であることは死後まで明かされなかった。

訳者　中野善夫　なかの・よしお
1963年アメリカ合衆国テキサス州生まれ。立教大学理学研究科博士課程修了（理学博士）。英米幻想小説研究翻訳家。主な訳書に、ヨナス・リー『漁師とドラウグ』（国書刊行会）、シャロン・シン『魔法使いとリリス』（ハヤカワ文庫）、ヴァーノン・リー『教皇ヒュアキントス　ヴァーノン・リー幻想小説集』（国書刊行会）、ロード・ダンセイニ『ウィスキー＆ジョーキンズ　ダンセイニの幻想法螺話』（国書刊行会）の他、共訳書として、ロード・ダンセイニ『世界の涯の物語』（河出文庫）、『インクリングズ』（河出書房新社）などがある。

夢のウラド　F・マクラウド／W・シャープ幻想小説集

2018年2月20日初版第1刷印刷
2018年2月22日初版第1刷発行

著者　フィオナ・マクラウド／ウィリアム・シャープ
訳者　中野善夫

発行者　佐藤今朝夫
発行所　株式会社 国書刊行会
東京都板橋区志村1-13-15　〒174-0056
電話03-5970-7421　ファクシミリ03-5970-7427
http://www.kokusho.co.jp

印刷・製本　中央精版印刷株式会社
ISBN 978-4-336-06246-8